Née en 1929, ***Marthe Gagnon-Thibaudeau*** *a connu une vie bien remplie. Après avoir visité plus de cent pays, élevé une famille et présidé plusieurs sociétés, à l'âge de la retraite, elle vient à l'écriture pour nous enchanter par ses sagas d'une grande sensibilité.*

Du même auteur

Aux éditions De Borée

La Boiteuse, Terre de poche

Autres éditeurs

Chapputo
La porte interdite
Lady Cupidon
Le bal de coton
Le commun des mortels
Le mouton noir de la famille
Nostalgie
Pure laine, pur coton
Sous la griffe du sida

Au fil des jours

MARTHE GAGNON-THIBAUDEAU

AU FIL DES JOURS

De Borée
Terre de poche

I

GERVAISE, RÉVEILLÉE À LA POINTE DU JOUR, enfila sa robe de chambre et descendit à la cuisine. Elle emplit un verre de lait et ne put résister à la platée de galettes au gruau que les siens adoraient tant. Assise près de la table, elle savourait son festin matinal, tout en laissant errer ses pensées. Elle mouillait le bout de son index et, comme l'aurait fait un enfant, elle recueillait les miettes au fond de l'assiette, puis portait le doigt à la bouche.

Le silence qui régnait la faisait moins souffrir. Ces heures de grand calme l'avaient beaucoup bouleversée après le décès de Télesphore, lui rappelant crûment l'absence de son mari auprès de qui elle vivait habituellement ces heures d'étroite intimité. Elle frissonna ; ne venait-elle pas d'engager son avenir avec un autre homme ? « Gilbert, à propos de cette terre à vendre, la terre adjacente à la mienne, ne serait-il pas plus sage que ce soit mon frère Raymond qui l'achète ? Il commence une famille, alors que moi, j'ai déjà la charge de sept enfants, moins, bien sûr, les deux qui ont quitté ! Et je n'ai pas d'homme pour m'occuper de la terre... À condition que toute cette marmaille ne vous effraie pas... et que vous n'ayez pas peur de la grosse besogne... Mais il faudra savoir attendre. Les convenances, vous comprenez ? »

Gervaise avait prononcé ces mots dans un moment d'intense solitude et de grande tristesse, lors de leur dernière randonnée.

Plus tôt, Gilbert avait exprimé le désir d'acheter la ferme adjacente à la sienne, la terre du défunt Jolicœur, dans le but de se rapprocher d'elle et des siens. Ça, elle l'avait compris.

Dans un sursaut d'émotivité, elle avait rectifié cette idée première et suggéré à Gilbert qu'elle l'acceptait auprès d'elle. « Non, mais comment ai-je pu prendre une telle initiative ? C'est l'équivalent d'une demande en mariage pure et simple ! Qu'est-ce que je sais de cet homme ? Qu'il est libre et qu'il a un fils malade... qu'il est généreux. Ça, il me l'a prouvé. J'aurais mérité qu'il m'envoie au diable. » Elle sourit. Non, Gilbert, bien au contraire, le moment de la surprise passé, avait réagi de façon discrète et charmante. Leur retour à la maison s'était fait dans le silence le plus complet. À quoi songeait-il alors ? « Que ne donnerais-je pas pour savoir ce qu'il a réellement pensé, en m'écoutant ? J'espère qu'il n'a pas deviné que j'ai perdu la tête à cause de ses poils roux qui m'aiguillonnaient les sens ! » Elle pouffa de rire, mais sa gaieté se dissipa, car une phrase prononcée autrefois par la mère supérieure de son couvent lui revint en mémoire : « Vous avez les sangs en effervescence ; un jour, ça vous perdra. »

L'amour peut-il reposer seulement sur l'attrait sexuel ? Peut-on organiser sa vie autour de quelques poils aguichants ? Serait-ce comme l'aiguille du fourneau : s'agirait-il de garder la flamme active et d'être attentive ? Le souvenir de ces mots l'émut, ils étaient de Télesphore, cet homme de qui elle ignorait tout également à son arrivée dans cette maison, mais qui l'avait pourtant séduite par sa grande tendresse.

Son veuvage lui pesait, à cause surtout de la solitude dans laquelle il l'avait plongée. La naissance de Papachou, né orphelin, était sans doute la motivation profonde qui la rapprochait de Gilbert. « L'autorité d'un père est primordiale ; ou bien est-ce que je me leurre, que je cherche tout simplement une explication à ma conduite ? Il me faudra avoir un entretien sérieux avec Gilbert et établir clairement les faits. »

Elle se leva et éteignit la lumière. Le jour était là, le soleil rayonnait. Elle pénétra dans la chambre que Raymond finissait d'enjoliver. De nouveau, un frisson lui parcourut l'échine, ce même désir impétueux qui la grisait dès que la situation évoquait le mot amour. Serait-ce Gilbert et elle qui s'ébattraient ici ? « Ne serait-il pas plus sage que ce soit Raymond qui achète la ferme ? » Gervaise venait de saisir l'ampleur de son étourderie ! Elle avait indirectement impliqué Angéline et Raymond ; peut-être faudrait-il qu'ils retardent leur union, histoire de circonscrire toutes les données de l'affaire. Sa conscience lui reprochait maintenant sa conduite puisqu'il ne s'agissait plus seulement de son avenir, mais aussi de celui des membres de sa famille. « Les enfants ! Comment réagiront les enfants devant cette situation ? » Son remariage était-il une affaire personnelle ou de famille ? Grand Dieu ! Quelle impasse ! Par quel bout commencer ? Tout s'enchevêtrait dans ses pensées, formant une boule compacte indémaillable.

– Bonjour, Gervaise.

Elle sursauta ; Raymond se tenait debout dans l'embrasure de la porte.

– C'est beau, hein, notre nid d'amour ?

– Votre nid d'amour, balbutia Gervaise. Raymond…

– Alors quoi, petite sœur, on est nostalgique, ce matin ?

– Disons bouleversée. Tu veux déjeuner maintenant ?

– Non, j'irai d'abord à l'étable. Retourne dormir, il est très tôt.

– Tu as peut-être raison.

– Le verre de lait laissé sur la table t'a trahie, sans doute t'es-tu gavée de croquignoles…

Il s'éloigna en riant. Gervaise monta à sa chambre, ferma la porte. Elle avait besoin de solitude pour mettre de l'ordre dans ses pensées. Le premier geste qu'elle ferait serait de téléphoner au notaire pour s'informer au sujet de la terre de Jolicœur. La succession était-elle seulement réglée ? Peut-être devrait-elle songer aussi à prendre une option sur la propriété. Il ne serait pas question de son mariage avec Gilbert tant et aussi longtemps que Raymond et son épouse habiteraient avec elle. Cette décision prise, elle se sentit plus calme.

Non, elle ne parlerait pas à Angéline de sa rencontre avec sœur Clara. La jeune fille était trop inexpérimentée et vulnérable. Plus tard, quand elle aurait mûri, qu'elle serait elle-même mère de famille et bien encadrée par l'amour et la sécurité que lui donneraient famille et mari, elle serait plus en mesure de faire la part des choses et de pardonner à son père cet écart qui avait failli détruire son bonheur, briser sa vie à tout jamais. « Et moi qui accusais Télesphore d'avoir manqué de confiance en moi parce qu'il ne m'avait pas confié ses tourments ! Il me faudrait inclure l'indulgence à la liste des vertus à pratiquer ! »

C'en était fait du silence, le va-et-vient se faisait entendre ; les siens, cette famille qu'elle chérissait tant, prenaient leurs ébats. Bientôt ils seraient réunis autour de la grande table pour le déjeuner. L'harmonie qui régnait dans sa maison lui apportait un grand réconfort. « Pourquoi, Télesphore, nous as-tu quittés ? Tout était d'un équilibre parfait quand tu étais là ! » Et voilà que Papachou essayait d'ouvrir sa porte. La poignée maladroitement opérée refusait d'obéir. Elle s'ouvrit pourtant, l'enfant se précipita dans les bras de sa mère. Elle l'étreignit, émue par l'arrivée du chérubin. Était-ce la réponse à la question qu'elle venait de poser à son époux ? Elle vit là un signe d'approbation venant du ciel, une assurance de bonheur ; en même temps, elle se reprochait sa tendance à la superstition, surtout quand les événements jouaient en sa faveur.

« Dis-moi, mon ange, m'approuverais-tu, toi, si un nouveau papa venait remplacer l'autre, celui que tu n'as pas connu ? » Elle se dit qu'elle divaguait. Tendant les bras à son fils, elle emprunta l'escalier. L'odeur du café chatouillait son odorat ; Angéline était donc là, elle aussi, toujours fidèle à ses obligations.

– Votre randonnée a été agréable, Gervaise ?

– Oui, et je suis fidèlement rentrée au bercail, badina-t-elle, pour faire allusion à la remarque lancée par son frère avant son départ.

– Nous le savions, nous venions à peine de monter dormir quand vous êtes arrivée.

– Raymond ne vient pas déjeuner ?

– Il a sans doute décidé de se rendre au village pour expédier les invitations à notre mariage.

– Hein ? Qu'avez-vous dit ?

– La cérémonie aura lieu dans trois semaines, nous ne pouvions décemment tarder plus longtemps.

– Trois semaines !

– Vous semblez troublée, Gervaise.

– Euh…

– Il ne s'agit, en somme, que d'une réunion de famille. Les choses se passeront bien simplement. En fait de grand luxe, il n'y aura que cette jolie robe qui vous a causé tant de tracas ; je cherchais surtout à faire plaisir aux enfants qui ont tant insisté pour que je porte la tenue conventionnelle. J'ai préparé des choses, parfois je double les recettes quand elles se prêtent à la circonstance.

– C'est pourquoi je n'ai pu résister à vos galettes ce matin…

Le sort en était jeté : plus question de remettre le mariage, il aurait lieu à la date prévue. Gervaise devrait modifier ses plans. Elle réfléchissait tout en humant son café ; la terre du voisin demeurait une priorité.

– Dites-moi, Angéline, votre père sera-t-il votre témoin au mariage ?

– Non.

– Voilà un non qui ne tolère pas de discussion possible, n'est-ce pas ?

– Je considère que sa venue ici serait indécente, surtout si Mariette se trouvait là. Aussi, Raymond a-t-il prié Léo de me servir de père. Je crois qu'il réserve à Gilbert l'honneur de l'accompagner à l'autel.

Gervaise ouvrit démesurément les yeux. Ça alors ! Elle qui se mettait martel en tête pour solutionner des problèmes qu'elle croyait insurmontables ! La vie elle-même se chargeait de les éliminer un à un. Elle marcha vers la fenêtre, orienta la berceuse de façon à faire face à la fenêtre. Ainsi elle tournait le dos à Angéline qui ne verrait pas son étonnement. Elle se sentait dépassée par les événements.

– Et votre mère, Angéline ?

– Je lui ai écrit une longue lettre. Je comprendrai, au ton de sa réponse, si oui ou non elle sait ou pas toute la vérité ; si vérité il y a Gervaise, je n'ai invité… que ma mère. Raymond insistait pour que la famille de votre mari soit conviée, à cause du lien avec les enfants, vous comprenez ?

Ainsi Raymond avait pris toutes les initiatives, probablement pour lui simplifier les choses. Un instant, elle s'était sentie lésée, mais elle devait admettre que les décisions du couple lui rendaient la vie plus facile.

– Et vos frères et sœurs ?

– Nous ne sommes pas fortunés, vous le savez, ça les arrangera bien de ne pas avoir à décliner l'invitation.

– Vous êtes une brave fille, Angéline. Raymond a eu une chance inouïe de vous croiser sur sa route.

– Je vous dois ce grand bonheur, pour ne pas parler de votre généreuse compréhension, de votre bonté, Gervaise.

– Quel âge avez-vous, Angéline ?

– Dix-huit ans.

– J'ai enfin une sœur dont je suis à peine l'aînée.

Angéline s'approcha, plongea son regard dans celui de Gervaise. Sans un mot, elle se pencha et l'embrassa sur le front.

*
* *

Dès qu'elle se trouva seule, Gervaise téléphona au notaire et prit rendez-vous. Avant de lui exposer le but de sa démarche, elle le pria de s'enquérir de la valeur du lopin de terre et de la maison passablement délabrée qui y était construite. Elle souhaitait de tout cœur que son projet prenne forme.

Puis elle élabora son dessein de signer une entente avec Raymond, à qui reviendrait dorénavant la charge de gérer la ferme, de s'occuper de son exploitation.

Les confidences reçues de son père au moment où il avait dû se départir de sa terre lui servaient de guide : le propriétaire du fonds de terre doit percevoir les revenus. Puisque Raymond prenait charge de tout, il était raisonnable de lui verser, en plus d'un salaire, une redevance sur les profits de la vente des produits.

Le notaire se dit tout à fait de son avis et félicita Gervaise pour la sagacité dont elle faisait preuve. « Quand une femme entreprend de s'intéresser aux affaires du foyer, il est rare que l'entreprise soit vouée à l'échec. » Il lui suggéra de préparer à cette fin un contrat qui stipulerait les grandes lignes de l'entente. Il insista sur le fait que ce contrat se devait d'être renouvelable annuellement. Ainsi il pourrait être modifié selon les besoins. « Que l'un de vos fils veuille un jour prendre la relève et administrer le bien paternel, vous ne seriez pas liée ni acculée à certains scrupules d'ordre moral. »

La jeune femme écoutait religieusement et s'efforçait d'assimiler les précieux renseignements. Non seulement elle serait en mesure de sauver la terre comme elle l'avait promis à Télesphore, mais les siens pourraient bénéficier de ses fruits. « Une saine administration assure le succès de l'entreprise. Quelles que soient vos décisions futures concernant votre vie personnelle, étant donné votre très jeune âge et les obligations qui vous incombent, je vous suggère de garder la main haute sur votre propriété. N'hésitez jamais à me consulter en cas de remariage ; rien n'est plus sécurisant qu'un contrat de mariage en bonne et due forme. »

Gervaise ne put résister à l'envie de demander à quel moment le document devait être signé. « Avant la cérémonie religieuse ; c'est ce qu'on appelle un mariage au civil, ensuite entériné par l'Église. » Gervaise détourna la conversation du sujet qui l'embarrassait et on revint au contrat d'embauche. Elle regretta de ne pas avoir invité Raymond à assister à l'entretien, puis elle se ravisa. N'y perdrait-elle pas en autorité si elle n'imposait pas le fait accompli de ses décisions et de ses actes ? Télesphore ne lui avait pas épargné les conseils et les informations, qui, aujourd'hui, valaient leur pesant d'or. Dans les jours qui suivirent, elle se surprit à observer le ciel, histoire de vérifier ses connaissances sur les moyens de prédire la température du lendemain. Il devait sûrement exister des volumes qui traitent de la culture du sol et de systèmes de comptabilité pratiques ; oui, elle se documenterait, elle étudierait, elle conduirait sa barque à bon port.

Depuis bien longtemps, elle ne s'était pas sentie aussi sécurisée. Le départ de Télesphore l'avait laissée désemparée et le rapt dont elle avait été victime avait sapé le reste de sa confiance en la vie. Enfin elle reprenait sa destinée en main : seule la préoccupation du bien-être des siens lui importait et elle s'y consacrait entièrement. Elle n'en était pas consciente, mais, maintenant seulement, elle se libérait de peines et de chagrins qui l'avaient menacée. Elle s'assumait entièrement, redevenait maîtresse de la situation. La période des épreuves la laisserait grandie, affermie. Inconsciemment, elle allait jusqu'à s'oublier et se consacrait à de profondes méditations sur sa situation et l'avenir des siens. Son âme s'était épurée.

*

* *

– Gervaise, on vous demande au téléphone.

– Merci, Angéline.

Elle s'essuya les mains et se dirigea vers l'appareil. Le notaire Gaboury la priait de passer à son bureau afin de clarifier certains faits obscurs qu'il avait découverts à l'étude des titres de la propriété de Jolicœur que Gervaise désirait acheter. Intriguée par cet appel, elle s'empressa de se présenter à l'étude du notaire.

– Chère madame, tout porte à croire, selon les archives consultées, que la propriété qu'occupait votre voisin appartenait depuis toujours à la famille de votre défunt mari.

– Mais alors ?

– Vladimir Jolicœur était le fils de Hugues Jolicœur qui avait signé un bail emphytéotique avec le père de votre mari. Les lieux ont été loués pour la somme annuelle d'un dollar, somme bien modique, mais significative car elle permettait de légaliser la transaction. Remarquez que je doute fort qu'elle ait été versée pendant toutes ces années, ce qui ne change rien aux faits. Il semble que votre beau-père ait alloué une parcelle de ses terres à cette famille pour des raisons non indiquées à l'acte. Puisqu'il y a rupture de bail, décès du locataire, la propriété vous revient de fait. La maison qui s'y trouve a été la première résidence du sieur Langevin. Celle que vous habitez fut construite plus tard. Votre mari ne vous a jamais parlé de ces choses ?

– Pas que je me souvienne.

– Fouillez bien dans vos souvenirs ; qu'il ait négligé ou oublié de le faire ne changerait rien à la situation. Vous êtes, en tant qu'héritière, la propriétaire des lieux. En ce qui a trait au contrat d'exploitation dont nous avons discuté précédemment, j'ai préparé une ébauche que je vous soumets et que vous devrez étudier avant que l'on passe à la phase finale de sa rédaction. Je suggère que vous en discutiez avec l'intéressé, en l'occurrence votre frère, afin que tout soit clair et net entre vous ; l'harmonie dans vos relations futures en dépend. Parfois, il est plus difficile de négocier avec un membre de la famille qu'avec un étranger.

Gervaise n'était pas en mesure de saisir toute la portée des recommandations du notaire, mais elle pensa à l'initiative que Raymond avait prise d'expédier les faire-part de son mariage sans la consulter. Pourtant, n'assumait-elle pas les frais de la noce ? Le notaire avait raison : il fallait tout prévoir, ne rien négliger.

Quant à la disponibilité de la terre de Jolicœur, la question était réglée puisqu'elle en était propriétaire. Toute préoccupée qu'elle était depuis quelques jours, elle avait à peine pensé à Gilbert ; voilà qu'il s'imposait à son esprit. Là, le notaire n'était pas en mesure de la conseiller, la décision lui incombait. « Je dois démêler mes sentiments, établir mes priorités, séparer la sentimentalité des questions d'ordre purement matériel. »

La voyant plongée dans ses réflexions, le notaire s'adossa à son fauteuil et respecta son silence. L'émotion se lisait sur son visage, la lutte intérieure de la jeune femme s'y manifestait. Gervaise jouissait d'une très bonne réputation à Saint-Pierre-du-Sud. La famille Langevin y avait fait sa marque ; aussi le notaire se faisait-il un devoir de la bien diriger. Elle lui semblait bien jeune pour assumer tant de responsabilités. Par contre, elle avait l'étoffe nécessaire pour faire le cheminement. Lorsque enfin elle leva les yeux, il admira son regard franc et déterminé. Elle eut un pâle sourire puis laissa tomber :

– Je viens de saisir toute la profondeur et la justesse de vos paroles, maître Gaboury. Je me devrai d'être impartiale.

– L'homme, habituellement, est plus qualifié pour faire face au genre de situation dans laquelle vous vous trouvez, de par la force des choses.

– Je proteste, monsieur le notaire ! Là je ne suis pas d'accord avec vous. Une femme peut très bien orienter sa vie et veiller sur son patrimoine avec autant de brio que le mâle !

Le notaire sourit, la détermination de Gervaise lui plaisait.

– Je vois, vous appartenez à cette nouvelle génération qui ne craint pas de s'affirmer dans la vie active. Remarquez bien que nos mères le faisaient aussi, mais plus discrètement, à travers les autres ; au fond, elles ont toujours dominé, exercé une autorité prépondérante dans la famille, mais voilà qu'aujourd'hui elles étendent de plus en plus leur influence dans la société.

Il admirait la femme frêle d'apparence qui se tenait devant lui, qui avait de la fermeté dans ses décisions et le verbe pour les exprimer.

Gervaise rentra chez elle, bouleversée par la tournure qu'avait prise la conversation ; elle pensa à sa mère, à la mère de Julie, des femmes faibles et soumises, dont le sort n'était pas enviable. Elle pensa aussi à la domination de l'Église, des religieuses, au couvent, ces dignitaires qui manipulaient les sentiments humains et qu'il fallait affronter pour ne pas se laisser assujettir. Seul Télesphore n'avait jamais usé d'autorité avec elle ; c'est ainsi qu'il avait gagné son cœur et elle lui avait été dévouée, fidèle. À ses côtés, tout était si simple. Il avait le don de faire régner l'harmonie autour de lui, quelle que soit la diversité des besoins de chacun des siens. Aurait-elle ce doigté ?

L'acquisition de la propriété adjacente n'était plus un problème. Mais cela ne réglait pas pour autant la question de savoir si Raymond accepterait de l'occuper et de demeurer à son service si, éventuellement, elle épousait Gilbert.

Il lui semblait qu'il serait plus sage d'en parler dès maintenant à son frère, mais une certaine pudeur l'en empêchait ; son veuvage était si récent ! Elle se pardonnait mal son anxiété. « Grand Dieu ! Mais qu'est-ce qui m'arrive ? Je ne suis tout de même pas amoureuse de Gilbert ? Alors, quoi ? Me voilà incapable de raisonner calmement, tout se brouille au niveau de mes pensées ! Et, demain, je vais me retrouver en sa présence… Je verrai à ce que nous ne nous retrouvions pas seuls dans la même pièce. Non ! Mais de quoi ai-je peur ? Qu'est-ce que je redoute ? Qui et pourquoi ? J'ai un blocage, là, au niveau de l'esprit, que je dois démêler ; je manque de lucidité. Gilbert ne va pas m'agresser, Raymond me déserter ! »

Elle frissonna. Le souvenir de Frank, cette nuit affreuse vécue sous son emprise, lui revint en mémoire. Plus loin encore, le départ de son frère qui, autrefois, l'avait tant marquée refit surface. « Tout ça est un passé révolu, il n'est pas question que je m'y accroche et en fasse un mélodrame. Si seulement je pouvais m'ouvrir à quelqu'un, étaler mes problèmes, en discuter ! Parfois je me crois maîtresse de ma destinée, parfois elle m'effraie. Pour mettre de l'ordre dans tout ça, je dois cesser de ruminer ce qui fut et m'arrêter à ce qu'il faut faire. Je ne peux asseoir ma vie sur des chimères, je deviendrai dépressive. Le passé doit rester derrière, il faut aller de l'avant. La réalité est sans doute que je pleure Télesphore qui fut, avec mon père, les grandes amours de ma vie. Les enfants devraient être ma seule inquiétude : vivre pour eux, avec eux. La vie se chargera du reste. »

Gervaise ne parvenait pas à s'endormir ; les préoccupations la hantaient. Au repas du soir, elle avait senti le regard scrutateur de son frère et remarqué le silence buté des enfants. En y repensant bien, elle comprit aussi que l'attitude d'Angéline dénotait un malaise.

Gervaise alluma la lampe de chevet, regarda autour d'elle. Un calme absolu régnait ; tous dormaient sous un toit chaud et confortable, où tant d'heures heureuses avaient défilé, assurant à chacun sa part de bonheur. Non, elle ne laisserait pas s'échapper tant de sérénité. « Je dois solutionner ce qui me bouleverse intérieurement. »

Elle s'endormit, appuyée sur ses oreillers, en position assise. La lumière brillait toujours. Elle rêva à Télesphore.

Gervaise ne prenait pas conscience que ses besoins intimes dus à la fougue de son jeune âge étaient en cause. Son âme était trop pure pour qu'elle s'arrête à ces considérations d'ordre physique. Elle pensait surtout en fonction des siens, de leur sécurité, de leur bonheur.

*
* *

À son réveil, Gervaise s'attarda au contrat d'exploitation qu'avait rédigé le notaire. Elle serait l'administratrice des biens et les fruits de la terre constitueraient ses revenus. Raymond toucherait un salaire avec, en sus, une commission payable annuellement sur les profits. Tout lui semblait confus, mais raisonnable.

Restait un point crucial à déterminer : advenant son remariage, que résulterait-il de ces engagements ? La question du mariage civil qu'avait évoquée le notaire lui revint en esprit. Il avait été clair sur le sujet : « À cause de votre jeune âge… » La terre rapportait-elle suffisamment pour accommoder deux familles ? Voilà ce qui expliquerait la hantise des parents fermiers d'avoir des fils, de nombreux fils : plus de bras, plus de revenus. Cette considération la rassérénait.

Elle descendit déjeuner, plus calme, plus confiante. Elle trouva les enfants joyeux, tapageurs tels qu'elle les aimait. Dès qu'elle se mit à table, ils devinrent sages.

– Eh ! quoi ! On ne s'amuse plus ?

Seul Papachou poursuivait son tintamarre, indifférent aux contraintes que s'imposent les grands. Réjeanne jeta simplement, gardant les yeux baissés :

– On a appris à se taire, maman ; quand tu rentres de voyage ou que tu t'absentes, tu nous reviens toujours bouleversée et distante.

Gervaise promena son regard sur son petit monde attablé. Elle ne parvint pas à riposter, stupéfiée par la remarque.

– Veux-tu bien te taire, Réjeanne ? Si maman décide de partir pour toujours, qui va prendre soin de nous ?

Jacqueline venait de laisser percer ses craintes ; Angéline posa la main sur le bras de la fillette, dans un geste protecteur. Son mouvement lui avait échappé. Elle tourna les talons et se dirigea vers le fond de la cuisine. Gervaise regarda les enfants tour à tour, consciente de la profondeur de leurs inquiétudes. Il lui paraissait évident qu'ils avaient discuté du sujet entre eux.

Devant le silence de leur mère, qui n'était pas pour les rassurer, Réjeanne se leva pour quitter la table.

– Assieds-toi, Réjeanne.

Le ton impératif du commandement de Gervaise, ton qu'elle n'avait jamais employé auparavant, les laissa cois. Elle se devait de ramener la confiance dans le cœur de ses enfants.

– Laissez-moi tout vous expliquer… Vous savez que bientôt, Raymond épousera Angéline. Je suis allée chez le notaire.

– Avec Gilbert ? questionna Lucien à brûle-pourpoint ?

Gervaise sentit un pincement au cœur.

– Non, pas cette fois-là, c'est d'autre chose qu'il était alors question. Les parents, vous savez, ont des obligations qui exigent parfois des décisions graves ; il est alors sage de consulter des personnes-ressources…

– C'est quoi, des personnes-ressources ? demanda Lucille.

– Des gens qui ont l'expérience, la connaissance.

– Comme papa ?

– Oui, comme papa. Votre papa qui me manque et qui vous manque, que nous continuons de chérir et qui compte sur moi pour que vous soyez protégés, toujours.

– Tu ne feras pas comme Alphonse ?

– Non, mes chéris. Moi, je ne partirai pas, je ne partirai jamais. Je vous l'ai déjà promis.

– Ouf ! s'exclama Lucien. On a eu peur !

– Sans raison. Lorsque vous ressentez de telles craintes, c'est que vous vous sentez perdus à la suite du décès de votre père. J'ai parfois de ces inquiétudes pour d'autres raisons. Mais vous devez me faire confiance, me parler ouvertement, comme vous venez de le faire, afin qu'entre nous il n'y ait pas de malentendus.

C'est à ce moment que Gilbert frappa à la porte. Angéline alla ouvrir. L'homme tenait à la main un bouquet de fleurs qu'il remit à Angéline. Gervaise sentit ses joues s'empourprer.

– Vous voulez un café, Gilbert ? Ou êtes-vous trop pressé de partir ?

– J'ai espéré que vous pourriez vous libérer et m'accompagner à Lévis ; je vais visiter mon fils.

– Non, pas aujourd'hui, je dois rester auprès des miens, nous avons beaucoup à discuter. Mais s'il n'est pas trop tard, au retour, venez souper avec nous. Merci pour les jolies fleurs.

Il n'avait pas sitôt fermé la porte que Réjeanne demanda :

– Il a lui aussi des enfants ?

– Oui, un fils très malade, ce qui l'afflige beaucoup.

– Il a quel âge ?

– Je l'ignore, certaines confidences ne doivent pas être provoquées.

– Tu aurais aimé l'accompagner ?

– Sans doute, mais suite à notre conversation, je préfère demeurer auprès de vous.

– Tu n'es plus fâchée ? demanda Lucille.

– Moi, fâchée ? Et pourquoi ? Vous m'avez exprimé le fond de votre pensée avec confiance. Pour moi, ce sont là des mots tendres, dictés par votre cœur.

Le bébé profita de cet instant pour échapper son verre de lait. Le liquide éclaboussa Gervaise et se répandit sur la nappe. Réjeanne accourut avec une serviette, soucieuse de réparer les dégâts de son filleul. Gervaise sourit. Rien ne briserait l'amour qui liait ces deux enfants. L'incident mit fin à ce déjeuner qui avait été, pour la mère, une source de grand embarras.

Lucien demeurait assis à sa place, l'air songeur. Il se leva subitement et sortit de la maison à grandes enjambées. Il allait chez les Vadeboncœur. De la fenêtre, Gervaise le vit filer sur la route dans cette direction.

– Angéline, où Raymond se cache-t-il ? Il n'est pas venu déjeuner ?

– Il nous prépare une surprise. Il est à retaper le mobilier de notre chambre. Je l'ai bien deviné, ses vêtements sentent la peinture quand il rentre des bâtiments.

– Nous en profiterons pour faire le dernier essayage de votre toilette et vérifier si tout est à votre goût.

On parlait menu, achats à faire, mille détails qui entouraient le jour du mariage que l'on voulait mémorable. Le bonheur qui rayonnait sur le visage de la jeune fille enchantait Gervaise. Elle ne pouvait s'empêcher de revivre certains souvenirs qui demeuraient vifs dans son cœur à la pensée de son union à Télesphore, si colorée, si spontanée, si pleine d'émotions.

– Réjeanne, ma grande, garde un œil sur les enfants, et surtout sur oncle Raymond. Nous allons dans ma chambre, tu devines pourquoi ?

– Vous y croyez, vous, Gervaise, au mythe du bonheur en péril si le futur époux voit la robe de la mariée avant le matin des épousailles ?

– Il n'y a là aucun fond de vérité, ce sont des souhaits imaginaires.

– Et l'histoire de mettre son chapelet sur la corde à linge pour qu'il fasse beau le jour du mariage ?

– Celle-là, je ne la connaissais pas. Et pourquoi pas ? Surtout si c'est basé sur un acte de foi. C'est inoffensif, en tout cas. Vous êtes heureuse, hein, Angéline ?

– Parfois jusqu'aux larmes. Si vous saviez ! Tout ça tient du miracle.

– Le grand jour approche, il reste beaucoup à faire.

– Moins que vous ne le croyez. Raymond a pensé à tout. Vous sembliez si préoccupée, récemment, que votre frère a pris certaines décisions qui vous épargnent bien des ennuis.

– Lesquelles ?

– La présence de M. Vadeboncœur pendant notre courte lune de miel assurera le soin des animaux et de la ferme. Raymond a aussi prié M. Gilbert de venir parfois, tout au moins de vous téléphoner pour vous rassurer. Ainsi, ce soir, ils doivent transporter ensemble le mobilier de notre chambre… Je croyais que vous le saviez déjà, quand vous l'avez invité à souper, ce matin.

Gervaise n'en croyait pas ses oreilles. « Quoi ? Raymond me place maintenant sous sa tutelle ! C'est une famille unie que je veux, pas un clan. Je dois mettre de l'ordre dans le bercail, instituer le dialogue, asseoir mon autorité. Les enfants sont inquiets, je suis perturbée jusqu'au plus profond de moi-même et mon désarroi se manifeste par un manque de fermeté, de détermination ; cette situation ne peut durer, larmoyer ne mène nulle part ! »

Elle se leva, marcha vers son bureau, y prit un châle, s'en couvrit les épaules, emprunta l'escalier et se dirigea vers la sortie. Les enfants étaient réunis au salon. Jacqueline surgit : « Tu sors, maman ? »

– Je vais marcher, chérie. Soyez sages.

Le soleil rayonnait. Pourtant la jeune femme frissonnait. Elle arpentait la route, s'éloignait des siens, assoiffée de solitude. Émue à la pensée qu'elle longeait cette grande propriété que lui avait léguée Télesphore, elle s'attendrit au souvenir de ce jour, béni entre tous, où elle y était venue pour la première fois. Cette fois-là, elle était aux prises avec un dilemme tout autre qui, aujourd'hui, la faisait sourire : sa vertu menacée par un homme, veuf, en manque de sexe, contre qui on l'avait mise en garde, mais qu'elle avait décidé d'affronter seule : « Télesphore, un agneau ! Un agneau à ses heures, un bélier quand ça s'imposait… Voilà ce qui faisait sa force, ce qui me manque aujourd'hui. Le dosage, disait-il, l'aiguille du fourneau qu'il fallait apprendre à contrôler. »

Elle se trouvait alors en face de la cabane délabrée de Jolicœur. Elle s'arrêta, promena son regard sur les lieux qui lui parurent d'une tristesse effarante. Cela ressemblait aux maisons lugubres qu'habitaient les mauvaises fées dans les livres illustrés de contes d'enfants. « C'est à démolir ! »

Poursuivant sa route, Gervaise longea la vieille clôture qui tombait presque en ruine. « Ça alors ! » Elle recula, avança, fouillant dans ses souvenirs. « Voyez, avait dit Télesphore, ici commence la terre familiale… » Où, précisément, avait-il prononcé ces mots ? Gervaise se souvenait seulement que c'était bien avant que ne leur apparaissent les bâtiments et la grande maison blanche qui lui avait paru si accueillante. Son mari n'était pas revenu sur le sujet, mais pouvait-il soupçonner que la mort viendrait le faucher si vite ! Voilà pourquoi elle découvrait petit à petit ces mille détails dont la vie est faite et auxquels on s'attarde peu pour s'arrêter aux besoins pressants.

« Un jour, vous aurez charge d'âmes… » De qui était cette juste prédiction ? Sœur Clara ? Sœur Herménégilde ? « Vous comprendrez alors… » Oui, elle comprenait ; elle en était là, tiraillée par ses sentiments personnels et les besoins des siens. « Où se situe le juste milieu ? Comment tout concilier ? » Elle ferma les yeux, le cœur battant, les yeux larmoyants. S'approchant de la vieille clôture, elle y posa la main. C'était trop lui demander : la travée au complet s'effondra et Gervaise perdit pied. Elle était maintenant assise au milieu d'herbes folles où des marguerites des champs perçaient çà et là. Elle fondit en larmes, écrasée sous le poids de ses responsabilités. Pour avoir trop longtemps refoulé ses chagrins, pour s'être montrée stoïque afin d'épargner les siens, pour avoir négligé de respecter ses sentiments personnels, elle perdait peu à peu l'emprise dont elle avait besoin pour diriger sa vie, répondre adéquatement à ses obligations, continuer de s'affermir. Elle sentait que le sol glissait sous ses pieds. « Raymond a agi sans malice, il a compris bien avant moi que je m'effondrais, comme cette clôture qui est là, mais qui ne joue plus son rôle. Voilà où j'en suis ! Comme en cette nuit maudite où je hurlais de désespoir dans la forêt, agrippée à un arbre pour me soutenir ! Si j'avais fléchi, alors, que serait-il advenu de moi et des miens ? Je n'ai pas le droit de sombrer dans le désespoir, ni aucune raison sérieuse de le faire. Je dois changer d'attitude, me prendre en main ! Et surtout ne pas transposer ma culpabilité sur les autres ! Mon père m'a pourtant donné des leçons de courage ! » La pensée de ses chevauchées couchée sur le vieux cheval la fit à nouveau éclater en sanglots.

Comme autrefois, sur la route, elle n'entendit pas la venue d'un camion qui passait à sa hauteur. Gilbert, sur le chemin du retour, vit cette forme humaine en bordure de la route, ralentit, reconnut la femme qu'il aimait. Il s'approcha, se tint à distance et l'observa. Par analogie, il se souvint qu'un jour, assis sur un rocher en bordure du fleuve, il laissait errer son regard sur l'immensité. L'onde déferlait, tantôt rageuse, tantôt langoureuse. Il comptait les vagues qui couraient vers la rive, tout en fouettant au passage l'amas de tufs où il se trouvait : une première très douce, presque caressante, à bordure d'écume, les autres grandissantes. La quatrième arrivait, gonflée, ardente, fougueuse, éclaboussant tout ; la nature, toujours fidèle sauf dans ses heures de rage, répétait inlassablement le mouvement rituel.

« Tu t'ennuies, hein, ma belle ? Moi aussi », lui avait-il confié. « Au moins, toi, tu as le loisir de caresser le sol, de sentir la chaleur du ciel qui se mire en toi, alors que moi, je suis si seul ! »

Il pensa à son fils envers qui la nature se faisait si cruelle, alourdissant ainsi sa solitude ; un fils qu'il avait vu naître et se détériorer jour après jour, le laissant impuissant devant un mal irrémédiable. Il ferma les yeux. Que d'espoirs, que de sacrifices, que de désillusions n'avait-il pas connus ! Après avoir enfin admis l'irréparable, il s'était surpris à rêver d'amour, à rêver de donner une autre fois un sens à sa vie. Il souhaitait trouver sur sa route une femme à aimer, une femme tendre, compatissante, amoureuse de la vie, joyeuse jusque dans son âme. « Je suis fou ! Je cherche l'impossible ! L'intensité du bonheur ne peut jamais égaler celle de nos peines ! Je dois accepter la vie telle qu'elle se présente avec ses hauts et ses bas. » C'est alors que de la mer avait jailli un filet d'eau qui était venu le frapper en plein visage ; le mordant du sel marin l'avait forcé à fermer les yeux. La morsure lui avait semblé être un heureux présage. Il se souvenait s'être exclamé : « Je deviens d'un sentimentalisme outré ! »

Pourtant, elle était là, à ses pieds, cette femme tendre, amoureuse de la vie, telle que souhaitée dans son rêve fou. Elle était là, en proie à un amer chagrin. Il ne savait quelle attitude prendre. Il mit la main dans sa poche, en sortit un mouchoir, mais il n'osait pas le lui offrir. À travers ses larmes, Gervaise vit deux pieds à faible distance ; elle sursauta, leva les yeux. Jamais Gilbert ne lui avait paru aussi grand. Chose étrange, elle ne ressentait pas le besoin de refouler sa peine, de cacher sa détresse. L'homme s'accroupit et lui tendit son mouchoir. Elle le prit, le porta à son visage et continua de pleurer, sans respect humain. Il connaissait la détresse, pour l'avoir sentie, avec tout ce qu'elle comporte d'amertume, et aussi rencontrée, trop souvent, dans le métier qu'il exerçait. Les larmes, il le savait aussi, libèrent l'esprit. Il attendit que Gervaise se calme. Alors seulement il lui tendit une main pour l'aider à se relever. Elle s'y agrippa, mais garda la position assise ; elle le regardait de ses grands yeux de petite fille ; un pâle sourire se dessina sur ses lèvres. Elle ouvrit la bouche, mais ne parvint pas à exprimer sa pensée.

– Chut ! Plus tard, Gervaise, plus tard. Pour le moment, détendez-vous. Vous ne vous êtes pas blessée ?

Elle fit signe que non, se laissa tomber sur le dos, fixant son regard sur la voûte céleste, résumant ses pensées. Assis auprès d'elle, Gilbert mâchouillait des brins d'herbe.

– J'ai fait ça dans mon enfance, jeta-t-elle d'une voix enrouée.

– Qui ne l'a pas fait ? répondit-il simplement.

Gilbert cueillit les marguerites qui se trouvaient à sa portée, en tressa les tiges, forma une couronne qu'il déposa sur ses cheveux. Elle lui sourit, elle appréciait son silence. Cet être fort, sans doute très viril, lui semblait plein de compréhension et savait se montrer respectueux. Malgré son désir d'en savoir plus long à son sujet, car les questions se bousculaient dans sa tête, elle respectait le calme qui l'envahissait pour la première fois depuis si longtemps, un calme si merveilleux qu'elle ne voulait pas briser le charme. Elle préférait continuer de s'engourdir dans sa rêverie, aller plus loin dans sa méditation.

Gilbert avait un désir fou de l'attirer à lui, de la caresser, de communier à sa peine, mais un sentiment de pudeur l'en empêchait. Gervaise n'était pas le genre de fille à se satisfaire de griseries passagères, elle était une femme à l'âme forte, aux sentiments profonds, une femme entière. Il lui fallait d'abord gagner sa confiance et son amour. Leur relation n'avait rien de frivole, elle devait reposer sur des bases solides, sinon elle se briserait, irrémédiablement. Les mêmes désirs assaillaient Gervaise. Elle aurait aimé s'approcher de Gilbert, mais elle n'était pas très fière de l'initiative prise dans le passé. « Refoule tes désirs et mets de l'ordre dans ta vie », lui conseillait sa conscience. Tout à coup elle pouffa de rire. Ce fut si subit que Gilbert sursauta. Maintenant assise, Gervaise riait aux larmes. Elle venait de penser à sœur Pauline prenant ses ébats dans un champ avec le fermier et aux mots de sœur Herménégilde concernant son cœur de feu, prêt à s'embraser… « Décidément, Gervaise Lamoureux, tu n'es pas la vertu incarnée ! Au fond, tu n'es qu'une puritaine qui essaie de camoufler ses faiblesses profondes sous un voile de dignité. Apprends à te connaître, ma fille, sois franche avec toi-même, cesse de te leurrer ! L'amour, qu'est-ce que c'est, l'amour, si ce n'est pas un cœur de feu prêt à s'embraser ? Les bonnes sœurs, sous leurs airs sereins, en connaissaient long sur le sujet. Je les croyais naïves… Elles avaient pourtant su déceler mes faiblesses, ma nature profonde, bien avant moi. J'ai à mon crédit un mariage, une naissance, un veuvage… et je joue les Catherine Tekakwita. J'ai un esprit d'orientation janséniste ! »

Gilbert observait Gervaise. Toute une gamme d'émotions se traduisait sur son visage. Il voyait presque son âme éclater comme un bourgeon sous l'effet du soleil. Ses yeux, un instant rieurs, devenaient tristes, pensifs, sérieux, selon ses pensées profondes. Dieu, qu'il l'aimait ! Comme elle était désirable ! Elle laissait transparaître tant de force intérieure que son visage était illuminé. Il ferma les yeux : « Comme il serait bon de la tenir dans mes bras en ce moment et de la sentir ainsi vibrer. »

Gervaise rompit le charme, en faisant un mouvement pour se lever. Gilbert sauta sur ses pieds, la saisit ; elle appuya sa tête contre sa poitrine, elle sentait la chaleur de la large main posée sur son dos, elle ferma les yeux. À peine une étreinte. Leur cœur battait au même rythme. Elle n'avait plus peur, ses inquiétudes fondaient, elle aimait cet homme.

Se dégageant doucement de ses bras, elle marcha vers la route jusqu'au camion. Il lui ouvrit la portière. Gilbert lui sourit, prit la couronne qu'elle tenait à la main et la plaça sur le tableau de bord.

– Raymond doit vous attendre, jeta-t-elle simplement.

*
* *

Angéline avait préparé le repas. Le parfum d'un plat cuisiné emplissait l'air.

– Où sont les enfants ? demanda Gervaise.

– Auprès de Raymond. Le jeune Télesphore dort encore.

– Je vais les rejoindre, nous aurons besoin du camion.

– Allez, Gilbert.

Angéline n'avait pas oublié que Gervaise était partie brusquement, sous le coup d'une émotion vive. Elle s'était inquiétée. Leur conversation avait troublé sa future belle-sœur, elle n'en doutait pas. La voir revenir avec Gilbert ajoutait à son désarroi. Aussi s'affairait-elle à ses casseroles.

Gervaise monta à la chambre de l'enfant ; il ne s'y trouvait pas. Il profitait de sa liberté pour faire des coups pendables. Le rouleau de papier hygiénique était déroulé, le tube de dentifrice vidé ; il y en avait partout, jusque dans ses cheveux.

– Méchant garnement !

Il s'élança vers sa mère, les bras tendus, un sourire irrésistible sur son beau visage. Comment lui en vouloir ? Elle le dévêtit, le déposa dans la baignoire et répara les dégâts.

Le bruit des portes qu'on ouvre et qu'on ferme lui parvenait. On préparait le nid d'amour… Gervaise n'en souffrait pas, cette fois. En catimini, elle avait fait des rideaux de dentelle pour en orner les fenêtres. Son intention était de les suspendre pendant l'absence du couple.

Elle décida de leur en faire cadeau dès aujourd'hui. Cela compenserait un peu la brusquerie dont elle avait fait preuve plus tôt, geste dont elle n'était pas fière. Rien ne devait assombrir la joie d'Angéline en ces jours qui avaient, pour elle, une importance capitale.

Elle prit son fils dans ses bras et descendit l'escalier. Ce qui se passait lui fit oublier sa résolution.

– Tiens, s'exclama-t-elle, ils ont fermé la porte ! Ne trouvez-vous pas, Angéline, que parfois les hommes se conduisent en enfants ?

– Oui, quand ils sont heureux.

– À bien y penser, vous avez raison. Dans les situations difficiles, ils sont plus circonspects.

– Je ne connais pas ce mot-là.

Il y avait une interrogation dans la voix de la jeune fille.

– Plus prudents, plus réfléchis, expliqua Gervaise. C'est sans doute pourquoi ils nous confient la tâche de la cuisine et de la couture : les détails les agacent.

– Certains d'entre eux sont pourtant tailleurs ou pâtissiers. Chose certaine, jamais ils ne nous enlèveront le privilège de l'enfantement. C'est le seul domaine qui les déroute et les effraie.

– Vous pensez à Raymond, le jour de la naissance de bébé Télesphore ? Pourtant il y a des gynécologues.

– Pour aider seulement. La sage-femme peut jouer le même rôle ; le gynécologue ne peut lui-même accoucher.

– C'est bien ainsi, Dieu a su asseoir ses volontés.

– Pensez-vous qu'Il a aussi voulu l'attrait des sexes ? Peut-être dans le but d'assurer le peuplement de la planète.

– Non, Angéline, je crois que Dieu, dans sa sagesse, avait des vues bien au-dessus de ces considérations par trop terre à terre. Il a créé l'homme et lui a donné une compagne ; ce faisant, Il complétait son œuvre, leur enseignait l'amour, leur permettait de poursuivre son travail de Créateur. L'enfant serait le fruit et la récompense. C'est le plus beau cadeau qu'Il nous ait fait. Tout passe, tout lasse, sauf l'amour qui survit.

– Selon vous, l'attraction sexuelle, c'est l'amour.

Gervaise pensa à la chaleur qui l'avait inondée tout entière parce que, bien simplement, Gilbert avait posé sa main dans son dos. « Je sentais une décharge électrique qui me parcourait en tous sens ! » Elle sourit et répondit sur un ton espiègle :

– Essayez donc de manger quand vous n'avez pas faim !

La conversation s'arrêta là. Une porte s'ouvrit et on cria « olé ». Gervaise se retourna ; les enfants les observaient, les yeux moqueurs.

– Voilà, vous pouvez venir, s'exclama Raymond. Mais à une condition : je veux voir la robe de ma future épouse.

– Alors, monsieur Lamoureux, fermez votre porte, car vous ne verrez pas ma robe !

Angéline fonça droit devant, se fraya un chemin à travers les intrus et pénétra dans la pièce.

– Oh ! s'exclama-t-elle.

– Raymond, clama Gervaise, tu as fait un miracle ! Où es-tu allé chercher cette idée-là ?

– Dans des revues. Je voulais de la lumière, beaucoup d'éclairage. J'en avais assez vu, des meubles foncés, qui me rappelaient le tabac, l'immensité de ces champs dans lesquels je passais des heures.

– Tu as choisi le blanc ; c'est formidable ! Le blanc contient toutes les couleurs et il emprunte ensuite des teintes à l'environnement. Quand le soleil pénétrera dans la pièce, tu auras des effets magnifiques de rose, de doré, d'ambre. C'est très, très joli. Vous serez très heureux dans cette ambiance gaie.

« Ainsi, songea Gilbert, elle n'a pas parlé à son frère de son espoir de le voir acheter la ferme voisine… »

– Maman, intervint Jacqueline, j'ai faim, moi.

Angéline sembla sortir de la lune, elle sursauta.

– Restez, Angéline, restez ici, savourez votre bonheur, je vais servir ces petits affamés.

On se dirigea vers la cuisine et les fillettes dressèrent le couvert. Bientôt, tous se retrouvèrent autour de la grande table. Seule la place de Télesphore restait vide. Gervaise réagit très vite. Elle y plaça la chaise haute de son bébé et invita Gilbert à prendre celle qu'elle venait de libérer. Il n'allait pas s'en plaindre ; il prit place près de Gervaise. Au moment du dessert, Raymond évoqua un sujet bien épineux.

– Gervaise, depuis la mort de Jolicœur, je m'occupe de ses bêtes et nous profitons des produits de sa ferme. Tu ne trouves pas bizarre que personne ne vienne réclamer ?

– Non, Raymond. Je dois t'avouer que j'avais complètement oublié la présence des bêtes. Tu as bien fait de les nourrir.

– C'est Léo qui l'a suggéré. Mais ça m'étonne qu'on ne réclame pas ses biens. La terre n'est pas grande, mais les semences sont faites et la récolte aura bientôt lieu.

– Attendez-moi un instant, je reviens.

Gervaise se dirigea vers le salon et, malgré l'heure tardive, elle téléphona au notaire. Celui-ci était présent. Elle expliqua la situation et il lui indiqua ses droits. Elle revint s'asseoir à table et, sans détour, leur relata l'histoire de la terre qui, de fait, lui appartenait.

– C'est incroyable, Gervaise. Plusieurs arpents s'ajoutent à la propriété. Léo serait-il au courant ?

– Je l'ignore. La seule explication que j'ai trouvée est que des liens très étroits devaient unir les ancêtres, qui ne manquaient pas d'être généreux. La terre était immense et, au dire de mon mari, les enfants peu nombreux ; il était probablement préférable de la louer que de la laisser en friche, car alors elle serait devenue inculte.

– Tu étais au courant de tout ça, toi ?

– Non, je l'ai appris récemment, de la bouche du notaire que j'ai consulté. Car j'ai des projets concernant l'endroit.

– C'était donc ça, ton absence.

– Parce que tu m'espionnes, jeta-t-elle sur un ton badin. La confiance règne, à ce que je vois ! Soyez rassurés, j'ai l'œil sur le bercail. Nous sommes tous liés, pour la vie. Les enfants m'ont aussi exprimé leurs craintes. J'ai tout expliqué.

– Oui, confirma Jacqueline, maman était allée consulter des gens qui ont des savoirs.

– Pas des savoirs, des connaissances et de l'expérience, corrigea Réjeanne, comme papa.

Lucien poussa bruyamment sa chaise qu'il dut rattraper pour ne pas qu'elle tombe à la renverse. Il semblait furieux.

– Depuis quand se lève-t-on de table sans s'excuser, Lucien ? Tu sembles bien pressé. Tu peux partir, si tu le préfères.

Lucien sortit précipitamment. « Il court chez Léo, pensa Gervaise. Quelle mouche le pique, celui-là ? C'est à peine s'il a mangé. Quelque chose ne tourne pas rond dans sa tête. C'est la deuxième fois que ça se produit ! »

Angéline venait de déposer la théière fumante sur la table.

– Allez, les enfants, vous êtes excusés.

Le brouhaha passé, Gervaise demanda à Gilbert :

– Vous n'avez pas desserré les dents, qu'y a-t-il ?

– Avouez que je n'avais pas droit au chapitre. Sans doute aussi parce que je suis, disons, émerveillé par ce que j'ai vu et entendu. C'est incroyable, l'intensité de vie qui règne ici, les liens étroits qui vous unissent, l'harmonie qui en découle ; il y a là matière à étonner. Vous ne vous en rendez pas compte, Gervaise, parce que vous êtes prise dans l'engrenage.

Mais pour qui assiste pour la première fois à une telle scène, il y a de quoi s'émouvoir.

Raymond prit la parole :

– J'ai eu la même réaction à ma première visite ici. Tant et si bien que j'y suis resté. Petite, douce, ma jeune sœur, Gilbert ! Croyez-moi, c'est un général d'armée en jupon. Quand elle entreprend une croisade, on n'a qu'à bien se tenir !

Gervaise baissa la tête, un sourire malicieux sur les lèvres.

– Voilà, observez-la, dès maintenant : elle projette quelque chose. Dieu seul sait quoi. Raconte.

– Grand fou ! jeta Gervaise, se sentant prise au piège.

Elle avait, de fait, songé à aborder le sujet du contrat d'exploitation. Elle n'eut pas le loisir de répondre ; la porte du salon s'ouvrit et Jacqueline se montra la tête :

– Maman, on te demande au téléphone.

Lucette Vadeboncœur voulait lui parler ; elle priait Gervaise de venir dès maintenant, désirant profiter de l'absence de Léo et des enfants.

Gervaise, surprise, ne se fit pas prier ; sa voisine avait sûrement une bonne raison, elle, habituellement si réservée, même distante, qui donnait parfois l'impression que le voisinage lui pesait. Intriguée, Gervaise réfléchit un instant et pensa que peut-être Lucien était la cause de cette invitation subite. Elle n'hésita pas ; revenant à la cuisine, elle s'excusa, dit qu'elle devait s'absenter en promettant de ne pas s'attarder.

– Je peux vous conduire quelque part, Gervaise, demanda Gilbert.

– Non, inutile, merci.

Elle pressait le pas, soucieuse. La lumière brillait au salon. « Ce doit être sérieux, pensa alors Gervaise, sinon elle m'accueillerait dans la cuisine. »

Lucette vint ouvrir et invita Gervaise à la suivre. Une fois la porte fermée, Lucette sembla mal à l'aise.

– Que se passe-t-il, Lucette ?

– Ce serait bien à moi de poser la question.

– Je ne comprends pas…

– Qu'est-ce qui ne tourne pas rond, chez vous, Gervaise ; que vous arrive-t-il ?

– À moi ?

– Oui, à vous, Gervaise Langevin ? Veuve de feu Télesphore Langevin. Pensez-vous que votre mari vous a laissé ses biens et la gouverne de sa maison pour qu'à la première occasiocn vous remettiez la charge du pouvoir entre les mains d'autres personnages ? Ne faites pas l'autruche, Gervaise. Télesphore avait vu en vous une femme déterminée, forte, qui lui avait inspiré une confiance absolue. Il vous a fait un enfant, pour cimenter la chaîne de votre union, un autre gage de fidélité et d'amour.

– Mais, Lucette…

– Mais quoi ? Savez-vous que votre frère a prié Léo de servir de père à sa fiancée ? N'était-ce pas là une prérogative qui vous revenait de droit ? Ne sommes-nous pas des amis ? Ne vous l'a-t-on pas prouvé ? Écoutez-moi bien, Gervaise, vous êtes sortie d'une cellule du couvent pour arriver ici, jeune, frêle ; vous avez conquis votre mari, puis ses enfants. Sous des dehors d'ange et de candeur, vous avez prouvé votre force intérieure. Mais voilà que vous vous dérobez à vos obligations ou que, pis encore, vous vous laissez usurper votre autorité. Qu'est-ce que vous attendez pour vous affirmer et ramener la barque dans le lit de la rivière ? Qu'il soit trop tard, que vous ayez perdu toute emprise, qu'on se soit substitué à vous ? Qu'est-ce qui vous arrive ? Que signifie ce ramollissement ? Votre veuvage vous pèse ? Alors, ma chère, trouvez un mari, pas un autre Télesphore, pas son modèle, pas un homme qui vous donnerait les mêmes garanties, mais un homme vaillant, n'avait-il que ça à vous offrir. Au moins, vous sauvegarderez la terre des Langevin et ce que son sol contient de richesse. Et vos nuits seront moins solitaires ! Ne me faites pas ce visage scandalisé, vos yeux brillent du feu intérieur qui vous dévore ; vous vous apitoyez sur votre petite personne. Sans malice peut-être, ni malhonnêteté, mais vous perdez votre emprise et ça, Télesphore ne vous le pardonnerait pas ! Il n'est sûrement pas fier de vous !

La bouche entrouverte, les bras appuyés sur les bras du fauteuil, Gervaise écoutait, éberluée. Debout devant elle, les poings sur les hanches, le visage reflétant une grande colère intérieure, Lucette laissait parler son cœur.

– Moi aussi, j'aurais aimé vivre votre beau roman, mais j'ai grandi dans la misère et, quand Léo s'est présenté sur ma route, j'ai choisi la sécurité, l'amour raisonnable, la vie de famille. Et Dieu ne m'a pas laissée tomber. Vous êtes jeune, remplie de capacité, bien instruite, jolie et bonne ; protégez tout ça, Gervaise. Vous auriez trop à perdre. Je ne condamne pas votre frère, ne doute pas de sa bonne foi, mais ça ne suffit pas pour vous assurer de ne pas sombrer dans l'oubli. Reprenez-vous, grand Dieu ! Gardez la main haute sur votre destinée et sur celle de vos enfants. L'homme auprès de qui une femme s'endort chaque soir est plus malléable par elle que par une autre femme, fût-elle sa sœur, et les intérêts de celle-ci…

Après une pause, Lucette reprit d'une voix adoucie :

– Le mariage a lieu samedi, Léo sera témoin, mais il a refusé de l'aider à emménager chez vous ses pénates ; si vous en aviez vous-même fait la requête, il se serait empressé d'accepter… Léo aimait votre mari comme un père, il a pour vous un grand respect. Chut ! Ne dites rien. Il fallait que je vous parle… Tiens, j'entends la camionnette qui entre dans la cour. Filez par-devant. Que tout ça reste bien entre nous.

Gervaise s'éloigna prestement mais entendit Lucette lui lancer un dernier avertissement : « Le mariage a lieu samedi, il vous reste cinq jours pour agir… »

L'air frais du jour finissant aida Gervaise à se contenir ; elle marchait sur la route, comme un automate. Elle ralentit, histoire de retrouver son souffle, et bientôt elle arriva à l'endroit où, précisément, il n'y avait pas si longtemps, elle cheminait avec Télesphore, en revenant de chez les Vadeboncœur. Elle s'arrêta. L'arbre gigantesque que l'orage avait foudroyé à cet endroit avait été coupé, la sève avait cicatrisé la blessure causée par la scie et une gale revêtait la plaie. Les yeux secs, elle poursuivait sa route... Ses enfants apeurés, cette nuit-là, s'étaient précipités à leur rencontre à la recherche de réconfort... Elle se souvenait avoir ressenti elle-même une grande joie en pénétrant dans son foyer si sécurisant. Ce soir, c'est seule qu'elle devrait assumer son rôle de protectrice pour le futur. Lucette avait raison, elle en convenait. En quelques minutes, elle avait su lui souligner ce qu'elle avait elle-même mijoté pendant plusieurs semaines : « Vous vous apitoyez sur votre petite personne... »

Elle entra chez elle, droite, la tête haute, et reprit la place qu'elle avait quittée. Tous les regards étaient dirigés vers elle. Elle posa les coudes sur la table et cacha son visage dans ses mains. On se taisait.

La porte d'entrée s'ouvrit et Lucien entra en trombe, passa près d'eux et s'engagea dans l'escalier.

– Lucien, avant de monter, dis à tes sœurs de fermer la télévision. Et, quand on s'éloigne, on salue les gens qui sont là.

Gervaise conclut que Lucien était sorti avec Léo et les enfants, mais aussi qu'elle avait oublié d'interroger Lucette au sujet de la conduite de Lucien.

– Angéline, préparez du thé et apportez-nous de vos bonnes galettes ; la soirée sera longue.

Gervaise monta à sa chambre et en descendit, tenant à la main une enveloppe brune et une plume qu'elle déposa sur la table.

– Bon, dit Gilbert, je crois que je devrais partir.

– Restez ici, répliqua la jeune femme en posant la main sur son bras.

Lucien, qui montait à ce moment, vit le geste de sa mère. Il s'arrêta, puis reprit sa course en martelant chaque marche de tout son poids. Gervaise, cette fois, eut la certitude que quelque chose n'allait vraiment pas ; elle accepta avec tendresse les baisers de ses enfants.

– Raymond, tu as parlé à Gilbert ?

– Euh, non, pas encore.

– Non ? Le mariage a lieu samedi ! Allez : après tout, c'est un grand honneur que tu lui ferais…

– J'avais pensé téléphoner… c'est plus facile.

Ce fut au tour d'Angéline à vouloir s'esquiver.

– Restez, vous aussi, ce dont nous discuterons ce soir vous concerne également.

– Si je peux vous être utile, de quelque façon que ce soit… échappa Gilbert.

Raymond lui demanda de lui servir de témoin. Celui-ci se leva et tendit la main au futur époux : « Comme l'a si bien dit Gervaise, ce sera pour moi un grand honneur. J'accepte avec joie. »

Angéline déposa le thé et les galettes sur la table. Subitement, Gervaise réalisa qu'Angéline ne serait plus la bonne de la maison, mais sa belle-sœur… Cela aussi devait être pris en considération. Que de détails qui peuvent dégénérer en malentendus si on ne s'y arrête pas ! « Peut-être que l'image de maman, si faible et résignée, est celle que Raymond se fait de toutes les femmes, dont je suis… »

– Posez le plateau près de moi, voulez-vous ? Je vais faire le service.

Le glouglou du breuvage blond meublait le silence ambiant. Le dernier avertissement de Lucette résonnait dans la tête de Gervaise : « Il vous reste cinq jours pour agir. »

– Raymond, j'ai consulté le notaire cette semaine. Je lui ai expliqué ma situation. Il m'a suggéré différentes façons de faire les choses. À son avis, un contrat entre nous serait la manière la plus équitable de traiter la question. Bientôt tu auras charge d'âmes et, qui sait, peut-être d'une famille. Voici ce qu'il a prévu, à cet effet. Il ne s'agit là que d'une ébauche sur laquelle il faut se pencher. Une clause suggère que le contrat soit renouvelable, annuellement, afin de parer à toute éventualité.

Gervaise étala le document sous le regard de Raymond.

– Voilà où votre expérience, Gilbert, pourrait nous être d'une grande utilité. J'ai peu de connaissances dans le domaine des affaires, et à quel ami plus sûr que vous pourrions-nous demander conseil ? Es-tu d'accord sur ce choix, Raymond ?

Et, sans attendre son approbation, elle fit l'exposé des clauses, une à une, qui suscitèrent des commentaires de part et d'autre. Angéline croquait nerveusement les galettes, ne comprenant rien à tout ce jargon.

Gervaise posa la main sur son avant-bras :

– Voici venu le moment de l'apprentissage, Angéline. Vous finirez par tout assimiler, croyez-moi.

Se tournant vers Raymond, elle demanda :

– À propos, est-ce que tu as pensé au contrat de mariage ? Et vous, Angéline, qu'en pensez-vous ?

– Ce que décidera Raymond sera bien.

– J'ai déjà eu l'occasion de vérifier ça. Se marier sans contrat de mariage signifie tomber sous le régime de la communauté de biens. Ce qui me convient. Nous ne nous marions pas dans le but de mettre un terme à notre union... La femme est mieux protégée ainsi.

– Il est question que ces lois changent, intervint Gilbert, c'est d'ailleurs à l'étude.

– Tout est donc si compliqué ? Je ne l'aurais pas pensé.

– Nous avons tous et chacun un bagage d'expériences. Ainsi, Angéline, vous devrez vous assurer que Raymond saura quoi faire au moment d'un accouchement...

Angéline pouffa de rire. « Deux vingt-cinq cents », ironisa-t-elle, en riant aux éclats.

La soirée, forte en émotions, se termina sur un ton gai. Gilbert s'était levé. Gervaise chemina à ses côtés en direction de la porte et le suivit sur la galerie.

L'homme lui mit le doigt sur le menton, l'obligeant à relever la tête.

– Quelle femme ! Quelle femme ! Vous avez été brillante, et avec quelle délicatesse ! Vous me rendez fou de désir.

– Prouvez-le…

– Hein ? Ai-je bien entendu ?

Elle s'avança jusqu'à le toucher ; il la prit contre lui, la serra sur son cœur. Dans un geste brusque, il la repoussa.

– Vous voulez me faire perdre la tête ?

Et, d'une enjambée, il se trouva en bas de la galerie.

– Gilbert…

Il s'immobilisa.

– Demain, n'est-ce pas votre jour de congé ?

– Oui.

– Revenez demain après-midi. J'aimerais que nous ayons une conversation en tête à tête.

Il la salua de la main et fila vers le côté de la maison où était stationnée sa camionnette.

Gervaise, étonnée d'avoir lancé cette invitation de façon si spontanée, se demandait à quelle pulsion intérieure elle avait obéi. Elle pensa à Lucette : il ne restait que cinq jours…

Elle monta à sa chambre, bouleversée. Tant de choses s'étaient passées qu'elle en était ébranlée. La dernière pensée qui lui vint à l'esprit fut qu'il serait indécent, oui, tout à fait indécent, qu'un jour, elle ose dormir dans ce lit avec Gilbert… L'étreinte des bras de Télesphore la bouleversait encore. Elle se glissa sous ses draps le cœur palpitant, l'âme heureuse. Elle s'endormit sans même éteindre sa lampe de chevet.

*
* *

Gervaise se réveilla, confuse. Assise dans son lit, elle essayait de se situer ; les événements se précipitaient à un rythme fou, la vie continuait, elle avait le sentiment de vivre l'avenir. Les mots cinglants de sa voisine Lucette l'avaient secouée. Ce matin, ils lui semblaient d'une justesse indéniable et si pleins de bon sens qu'elle s'étonnait de n'y avoir pas songé toute seule. « Mon manque de clairvoyance et de détermination a poussé les autres à agir, ils n'avaient pas le choix. J'étais enlisée dans une espèce de léthargie alors que les événements suivaient leur cours. Je suis la seule à blâmer. Léo et Lucette viennent encore, et au bon moment, de me prouver leur sincère amitié. Après avoir goûté tant de paix et de bonheur auprès de Télesphore, j'ai cru que le destin continuerait de m'être favorable, en toute témérité, alors que la lutte doit durer. “C'est toi, qui…” Ce sont les derniers mots que mon père avait écrits à mon intention, c'était son dernier message ! »

En arrivant dans la cuisine, elle vit sur la table un monceau de paquets et de courrier.

– Grand Dieu ! Qu'est-ce que c'est ?

– Raymond avait négligé d'aller à la poste, voilà ce qu'il en rapporte ce matin.

– Vous n'êtes pas curieuse d'ouvrir ?

– Je vous attendais.

– Et moi qui flânais. Allons-y.

– Mais votre déjeuner ?

– Le café suffira.

Gervaise fut étonnée de constater que son nom se trouvait sur de nombreuses lettres. L'une d'elles attira son attention ; il s'agissait d'un retour, car la destinataire avait déménagé sans laisser d'adresse. Elle l'ouvrit : elle contenait l'invitation au mariage, adressée à Mariette, son aînée. Ainsi, Gervaise pouvait le constater, le faire-part émanait d'elle, même si Raymond avait pris l'initiative de les préparer et de les expédier. Elle se sentit réconfortée. Tout n'était que malentendus causés par le manque de dialogue. « Qu'est-ce qui ne tourne pas rond, chez vous, Gervaise ? La peur ? »

– Angéline, demandez à Raymond de venir.

Gervaise se fit des rôties qu'elle enduisit de beurre et vint s'installer sur un coin de table. Lorsque Raymond parut, elle jeta simplement : « Mariette ne viendra pas, la poste a retourné le pli. Le voici. » Et Gervaise s'attarda à son déjeuner.

– Les paquets piquent ma curiosité.

– Alors, Angéline, qu'attendez-vous pour la satisfaire ? Vous avez sans doute assisté à de nombreux mariages ; moi, un seul, le mien ; je n'ai reçu qu'un cadeau : un gâteau.

Elle se tut un instant, puis ajouta dans un sourire :

– Mon peu d'expérience m'oblige à baisser pavillon.

Angéline s'exclamait, des objets disparates sortaient des cartons, accompagnés de cartes de bons vœux.

– Où vais-je pouvoir étaler tout ça ?

– Étaler ?

– Oui, c'est dans la coutume, pour le plaisir des invités.

– Mais, Angéline, dans votre nid d'amour… Il est libre, c'est l'endroit tout désigné.

Le plus gros paquet attendait là, intrigant. Angéline coupa les ficelles, l'ouvrit : c'était en provenance de sa famille, ceux qu'elle n'avait pas trouvé sage d'inviter ; il contenait une grande variété d'ustensiles de cuisine de toutes utilités dont le rouleau à pâte qui portait une inscription amusante : « Pour mater l'époux en cas de nécessité. » Et bien sûr, comme le veut la tradition, une salière et une poivrière, ces porte-bonheur.

La famille Lafrance avait choisi d'offrir de la lingerie de maison.

– Quant à moi, je suis la seule Lamoureux en lice, je vous fais présent de la noce et j'en couvrirai tous les frais, y compris ceux de l'église. De façon plus tangible, je vous ai préparé une surprise.

Elle s'éloigna et revint, tenant à la main un cintre où étaient suspendues les parures de dentelle pour habiller les fenêtres du nid d'amour.

– Soyez heureux, mes enfants. Toi, Raymond, tire une leçon de tout ceci : tu as maintenant l'obligation de relever la lignée des Lamoureux…

– Rien ne sera plus agréable… hein, Angéline ?

– Maintenant, à l'œuvre, nous avons du fer au feu !

Chez les cultivateurs, le rythme de vie est réglé par les obligations de chacun. Le déjeuner a beaucoup d'importance. On y décide souvent de l'occupation de la journée. Les animaux sont donc les premiers servis. C'est quand ils sont repus et qu'ils ont pris la direction des champs que leur maître peut enfin se repaître à son tour. Ce matin-là, Raymond dut attendre. Heureusement, l'arrivée des fillettes, émerveillées par les cadeaux et les rubans, permit de libérer la table ; aidées d'Angéline, elles firent un étalage de tous ces trésors, et pas toujours dans l'harmonie. Gervaise les écoutait, ravie.

– Ils en ont, de la veine, de pouvoir goûter l'innocence de leur jeunesse.

Lucien arrivait à son tour. Il descendit l'escalier, s'arrêta, regarda sa mère et se dirigea vers ses sœurs.

– Vous faites un bruit d'enfer ! On vous entend… Qu'est-ce que c'est, tout ça ?

– Les cadeaux de noces.

– À qui ?

– Mais à Angéline, voyons !

– C'est vrai, Angéline ?

– Oui, à qui d'autre voudrais-tu que ce soit ?

Il plissa les yeux et retourna dans la cuisine.

– Viens déjeuner, tu as dormi bien tard, ce matin. Étais-tu fatigué ?

Gervaise croyait que l'enfant lui parlerait de sa sortie de la veille avec Léo et les amis. Il regarda sa mère et marmonna de façon inaudible.

– Quelque chose ne va pas, Lucien ?

– On ne peut plus se fier à personne !

– Ah ! non ? Qui t'a déçu ?

Il se leva brusquement et sortit par la porte arrière.

– Quelle mouche le pique ? demanda Raymond.

– Les mêmes mots me sont venus à l'esprit, il y a quelques jours. L'expression doit être de chez nous. Je me demande ce qui le contrarie.

– Ça passera, tout est dans sa tête d'adolescent.

– Tant qu'il sera ami des enfants Vadeboncœur, il sera en bonne compagnie ; Léo a l'œil sur ses jeunes.

On oublia l'incident. Gervaise regarda l'heure, Gilbert ne tarderait plus à arriver. Elle se hâta de ranger la cuisine en ressassant dans son esprit les tâches à accomplir la veille du mariage ; il fallait penser aux invités de l'extérieur qu'elle logerait et à la table du festin qui devait être prête à accueillir les convives. Lucette avait offert de leur prêter main-forte avec une amie.

*

* *

Lucien courut chez les Vadeboncœur, il frappa à la porte de la cuisine et entra.

– Bonjour, madame, les garçons sont ici ?

– Oui, avec leur père, dans la grange. Va les rejoindre.

– Merci, madame.

Plus tard, elle vit les garçonnets réunis au milieu de la cour. Lucien gesticulait et Armand, les poings sur les hanches, incliné vers l'avant, semblait tenir tête à son ami. Un moment, il y eut pagaille, Robert s'en mêlait. Puis ils continuèrent leur argumentation, tous trois assis sur le sol.

Elle hocha la tête. « Leur amitié se cimente », songea-t-elle.

La sonnerie du téléphone se fit entendre. Gervaise remercia Lucette de lui avoir fait prendre conscience de ses obligations et, sans trop s'étendre sur le sujet, lui demanda si son fils était chez eux.

– Oui, assis dans l'herbe à argumenter avec mes deux fanfarons. Ils font plaisir à voir.

– Dites-moi, pourrais-je vous demander une faveur ? Pourrait-il dormir chez vous, vendredi soir ? Je suis à court de place pour loger les invités venant de l'extérieur.

Gervaise, rassurée au sujet de Lucien, sortit et alla s'asseoir sur la galerie. Elle ne vit pas arriver Gilbert. Celui-ci resta debout un moment, un pied posé sur la deuxième marche, l'avant-bras appuyé sur son genou. Il regardait Gervaise qui se berçait lentement, la tête appuyée au dossier de la chaise, les yeux fermés.

– On se repose ? demanda-t-il doucement.

Elle sursauta.

– Bonjour, Gilbert, je réfléchissais.

– Toujours le fameux contrat d'exploitation ?

– Oui et mille autres détails. Avec le temps qui passe, tout rentrera dans l'ordre. Aujourd'hui, je prends congé de toutes mes obligations. J'aimerais que l'on se rende à la ville voisine ; je rêve d'une jolie toilette pour le mariage de Raymond.

– J'ai pensé offrir le bouquet à la mariée. Je me suis occupé des fleurs à l'église. Sans oublier votre corsage, madame, que vous choisirez…

D'un grand geste cérémonieux, il porta la main à la poitrine et s'inclina. Gervaise sourit.

– Attendez-moi, je reviens.

Elle entra, croisa la future épouse, lui demanda : « Quelles fleurs préférez-vous, Angéline ? »

– Moi ? Les œillets blancs.

Elle pleurerait de bonheur lorsque Gilbert déposerait dans ses bras la jolie gerbe d'œillets immaculés parsemés de myosotis bleus. Gervaise avait choisi une robe rose cendrée. Elle aurait aimé acheter des talons hauts pour se hausser à côté de son géant de compagnon. Mais son infirmité ne le lui permettait pas.

– Allons au restaurant, Gervaise.

– Comme ça, au beau milieu de la journée ?

Elle se laissa entraîner. L'immense fenêtre laissait voir la mer. Le temps était superbe, le compagnon agréable, son âme en paix ; Gervaise rayonnait.

– Je ne peux m'empêcher de penser au jour où nous partagerons tout, comme aujourd'hui.

– Ne vous leurrez pas, tout n'est pas si simple. La tâche est parfois lourde, la ferme est exigeante, la famille demande beaucoup.

– Et vous affrontez seule cette lourde responsabilité.

– Gilbert, c'est à peine si nous nous connaissons…

– Vous pensez vraiment ce que vous dites ? J'ai le sentiment que, au contraire, nous nous connaissons depuis toujours. Dès les premières minutes, il y a eu entre nous une entente tacite, une douce complicité.

Sans parler de l'attraction mutuelle qui nous unit. Vous troublez mes nuits, Gervaise. Quand, à la naissance de mon fils, j'ai perdu ma femme, j'ai cessé de croire au bonheur. Tous mes rêves se sont effondrés en un jour : la morale voulait que l'on sacrifie la mère à l'enfant, au bébé à naître allait la priorité, afin qu'il ait, lui aussi, droit au cheminement terrestre qui lui permettrait de gagner son ciel. Pourtant j'ai hurlé : « Sauvez ma femme ! » Du ventre de sa mère, mon fils, atteint d'encéphalite, a été dirigé vers un hôpital qui lui assurerait la survie… Un cas parmi des milliers, m'a dit le docteur ; mais c'était le mien, mon cas ! Colombe n'a jamais été consciente de ce qui est arrivé. Le lendemain, ma belle-mère s'est levée en état de choc ; ses cheveux avaient blanchi en l'espace d'une nuit. Elle est morte une semaine plus tard. « Le chagrin l'a foudroyée », a dit le prêtre lors de l'homélie. Il a fait un sermon sur la résignation devant les vues de Dieu et l'espoir que tout bon chrétien doit avoir en Lui. Je me souviens m'être levé et être sorti de l'église. Je serrais les poings avec tant de force que mes jointures faisaient mal. Je suis rentré chez moi, plongé dans le désespoir. Je venais de perdre un dernier espoir : mon fils, hors de danger, aurait pu un jour venir vivre avec nous ; c'est ce que je croyais, alors. Mais, en plus de ces deux deuils, j'ai dû en accepter un autre plus terrible : mon fils était irrémédiablement marqué. J'ai vendu ma terre et je n'ai gardé que la maison ; derrière ses murs je me trouvais prisonnier et de plus en plus accablé, le temps n'apaisait pas ma souffrance. Puis, un jour, un ami est venu me tendre une main secourable. Je pense à lui comme à un rédempteur.

Et Gilbert lui relata cette nuit qui avait donné une orientation nouvelle à sa vie. Gervaise l'écoutait, elle voyait presque la scène se dérouler sous ses yeux. Il parlait de lui-même comme s'il s'agissait d'une autre personne : Gilbert Tremblay et sa taille herculéenne, à qui on s'en remettait souvent dans des circonstances particulières qui requéraient force et endurance physique.

Le visiteur, un instant ébranlé par l'abattement moral et physique de son ami, avait compris que, à son tour, Gilbert Tremblay nécessitait son aide. Après lui avoir témoigné sa sympathie, il avait fait bifurquer la conversation et lui avait parlé avec bienveillance.

– Gilbert, mon vieux, on aurait besoin d'un homme de ta trempe dans les forces policières.

– Quand un homme ne parvient pas à sauver la vie de sa femme et de son fils, comment pourrait-il prétendre pouvoir protéger la société ?

– Personne n'aurait rien pu faire dans la même situation. Mais il reste des milliers de personnes sans défense qui ont besoin d'aide, tous les jours, partout, à chaque heure. Pleurer sur son sort est bien permis, mais la vie doit continuer, elle est comme elle est et pas toujours conciliante. Raison de plus pour trouver au-dedans de soi la capacité de réagir. Parfois, se pencher sur le mal de l'autre rend moins pénibles ses propres misères.

– Pourquoi me parler de tout ça ? Ça ne fait que ranimer le désespoir !

– Un feu ranimé finit par s'éteindre, Gilbert. Tu étais brillant à l'école, tu as eu la chance que ton père t'y pousse longtemps. Rappelle-toi les équipes sportives que tu entraînais, le bonheur que tu répandais autour de toi. Reprends goût à la vie, sinon ton agonie menace d'être lente et longue. Tu as tout sacrifié, ta terre y a passé, tu es démuni. Tout ce qui te reste de potentiel est ton physique ; ne gaspille pas ça, mon vieux. Tu n'en as pas le droit. Le dévouement et la générosité atténueraient tes peines. Je sais, moi qui te connais bien, que tu excellerais, si seulement tu savais vouloir.

Gilbert, silencieux, avait gardé le regard fixé sur la pointe de son soulier, plongé dans une grande méditation. Son ami l'observait, sûr d'avoir touché une corde sensible dans le cœur de ce gaillard.

– Viens, suis-moi.

Gilbert s'était levé.

– Tu viens avec moi ?

– Non ! C'est à la taverne que je veux aller.

– Tu es fou !

– J'veux prendre une cuite.

– Pas question ! Je suis en uniforme. Prends ton camion, on va acheter ce qu'il te faut et reviens ici.

– Le camion ! C'est tout ce qui me reste. Je dois le garder pour aller visiter mon fils.

– Rien de changé de ce côté-là ?

– Il vit, je veux dire qu'il respire.

– Et c'est toi qui étouffes. Bon Dieu ! Secoue-toi, Tremblay ! Ce petit-là a droit à son père.

Gilbert n'avait pas répondu. Son ami comprenait qu'il veuille se saouler : une première réaction, peut-être un pas en direction de la guérison. Il secouerait bien son apathie un de ces jours. Devant l'épicerie, Gilbert était descendu de son véhicule et, quelques minutes après, il était revenu avec deux caisses de bière.

– Tu es sur la job ?

– Non, je serai en service à partir de 11 heures.

– Et tu vas me faire la morale en me regardant boire, c'est ça, non ? Sous prétexte que tu seras de faction, toi, tu resteras stoïque et tu me serviras le même sermon que le curé : résignation, la sainte résignation.

– Vas-y, gueule, défoule-toi. Ça fait du bien. Je te ferai remarquer que tu n'as pas le droit de boire au volant…

Gilbert avait ouvert la vitre de la portière et lancé la canette de bière au loin en hurlant :

– Après la justice divine, la justice humaine !

Le flic souriait : « Oui, pensait-il, il deviendra policier, et c'en sera un maudit bon. »

La soirée avait été à la fois amusante et amère. Gilbert fut tour à tour comique et rageur. Il criait sa colère, la bouche de plus en plus pâteuse, souillé par le liquide âcre qu'il détestait habituellement et qui avait fini par le faire balbutier. Lorsque son ami eut ingurgité plus que son quota, il s'était mis à ronfler.

Albert Rozon lui avait enlevé ses souliers, l'avait étendu sur le sol, l'avait couvert et avait pris soin de verrouiller la porte avant de le quitter. Un sourire l'illuminait : Gilbert lui téléphonerait pour s'excuser de sa conduite qui ne manquerait pas de lui faire horreur. Un nœud venait de se former entre eux.

– Tu es un beau salaud, s'entendit-il dire au téléphone le lendemain midi. Comment as-tu pu me laisser faire une telle connerie ? Et tu te dis mon ami ! J'ai dégobillé partout ! J'ai…

Albert avait ri aux éclats avant de raccrocher. Il avait gagné la partie.

Trois mois plus tard, Gilbert Tremblay prêtait serment et entrait dans les rangs des forces de l'ordre.

Gilbert continuait son récit, pendant que Gervaise écoutait en silence un épisode qu'elle connaissait bien :

– Tout ça s'est passé il y a dix ans… Puis, un jour, au bord de la route, émergeant à peine des herbes hautes, une tête de femme m'apparut. Ce n'était pas pour elle que je m'arrêtais, c'est qu'elle se trouvait nulle part, seule sur la grande route, en danger peut-être. C'était le policier, toujours l'œil à l'affût, qui faisait son devoir… Une halte, une portière qui s'ouvre : une jeune fille crottée, effrayée, qui s'avère être une voleuse, est là, tremblante, qui n'ose pas me regarder. « Une fillette, me disais-je, qui fuit l'autorité paternelle pour courir vers de plus grands malheurs. » Je ne devais pas l'effrayer davantage, plutôt gagner sa confiance. Je préparais déjà le sermon qui la ferait revenir à de meilleurs sentiments. J'étais loin de me douter que je venais de trouver l'amour, comme ça, sur la route. Elle m'a demandé une pièce de dix sous… a posé sa main sur la mienne. Ses yeux brillaient. Plus tard, elle m'a avoué avoir volé : une chemise, une pomme, et mon cœur du même coup… Elle m'a invité à dîner. Elle ne quittait plus mes pensées ; la chemise volée a fait le miracle… Je ne savais rien d'elle, j'avais vu sa maison, une ribambelle d'enfants… Les siens ? Non, c'était impossible. N'avait-elle pas dit : « C'est ma maison » ? Sa requête de reprendre le vêtement pour le remettre à son propriétaire m'a servi d'excuse… pour revenir et gagner son amitié. Pouvais-je espérer qu'elle partagerait un jour les vifs sentiments qui me dévoraient ?

Le café qu'on avait oublié de boire s'était refroidi. Assis l'un en face de l'autre, leurs mains se rejoignaient sur la table ; l'émotion se lisait sur leurs visages. Gervaise réagit la première.

– Gilbert, le soleil se couche à l'horizon, il faudrait rentrer.

Elle s'était exprimée d'une voix douce, troublée par les paroles qui la grisaient.

– J'attendrai, je vous l'ai promis, mais ne me laissez pas trop languir, je vous en supplie.

Gervaise quitta la table, se dirigea vers la porte, bouleversée. Dès qu'ils eurent quitté la ville et emprunté la grande route, la jeune femme se recroquevilla près de Gilbert et posa sa tête sur son épaule. Il leva le bras et l'encercla. « Hé, les deux mains sur le volant à

10 h 10 », faillit-elle dire. L'image de Télesphore s'imposa alors à son esprit. Elle ferma les yeux : « Il me comprendrait, pensait-elle, j'en suis sûre. »

En rentrant à la maison, elle conseilla à Angéline de déposer les fleurs au réfrigérateur. La future épouse exprima sa joie et remercia Gilbert avec effusion.

– Tout n'est qu'amour entre ces murs. Que le ciel protège tant de bonheur !

Gilbert la salua et quitta précipitamment. Gervaise se tourna vers Angéline et souligna : « Plus que quelques heures, qui passeront vite si l'on songe à ce qu'il reste à faire. »

II

LA VEILLE DU GRAND JOUR, les tantes Jeannine et Céline arrivèrent tôt, désireuses qu'elles étaient de prêter main-forte à Gervaise. Les enfants furent déçus qu'elles ne soient pas accompagnées des cousins et cousines. « C'est partie remise, Noël n'est pas très loin », dit Céline pour les consoler.

Madame Claveau, mère de la future mariée, venue seule, eut droit au charmant accueil de Gervaise.

– Si vous voulez monter, votre fille Angéline est là-haut, elle vous indiquera où placer vos choses.

– Elle est très réservée, cette dame, commenta Jeannine.

Gervaise ne releva pas la remarque, tout heureuse qu'elle était de ce que mère et fille aient l'occasion d'un tête-à-tête.

On dressa les tables après avoir déplacé tout le mobilier. Lorsque Angéline parut, Gervaise eut l'assurance que tout s'était bien passé entre la mère et la fille ; cette dernière était sereine.

– Allez retrouver votre mère. Montrez-lui votre

jolie robe. Je m'occupe de tout le reste. Faites-vous une beauté et reposez-vous. Nous souperons tôt. Il me faudra ne pas oublier de rappeler à Lucien qu'il couchera chez les Vadeboncœur, ce soir.

Gilbert téléphona, « sans raison autre que pour le plaisir d'entendre votre voix ». La conversation était sans consistance, pleine d'hésitations ; pourtant, ni l'un ni l'autre ne semblait pressé d'y mettre fin.

– Gervaise ! Vous me manquez !

– Encore une phrase aussi troublante et je…

– Vous quoi ? Vous voulez courir jusqu'à moi, vous blottir dans mes bras ?

– C'est de l'inceste !

Gilbert riait de bon cœur. « Ah ! si je pouvais seulement faire fuir le temps, ou encore vous faire oublier vos préjugés… »

– De quoi parlez-vous ? Cette fois, épargnez-moi vos allégories.

– Les convenances, vous me comprenez ? Vous savez de qui sont ces mots de malheur.

– Vous êtes incorrigible. À demain !

Gervaise raccrocha. Elle resta là, un instant rêveuse. « Je l'aime vraiment. L'attente me bouleverse plus qu'il ne saurait l'imaginer ! »

*

* *

La maisonnée s'était endormie. Gervaise fit une brève tournée des lieux, promenant un œil critique sur ce qui l'entourait. Elle redressait la ganse d'un rideau, replaçait une chaise, s'assurait que la table avait reçu toute l'attention voulue de la part d'une bonne hôtesse. L'air de fête l'enchantait, l'événement heureux qui se préparait semait la joie, laquelle s'était faite rare depuis le décès de Télesphore. C'est avec regret qu'elle éteignit et se retira pour dormir. Mais le sommeil ne venait pas. Elle se retournait dans son lit, cherchait une position confortable : en vain. L'horloge martela l'heure ; Gervaise comptait les sonneries. « Nous y sommes, les cinq jours pour mettre de l'ordre dans ma vie sont passés. »

Voilà qu'une pensée extravagante, folle, insensée, lui traversa l'esprit… « Et si j'adoptais l'attitude de Télesphore, si je forçais le destin… Pourquoi n'épouserais-je pas Gilbert demain ? Un mariage double, ça se fait, c'est bien permis. Non, mais je deviens maboule, ou quoi ? » Cette fois le sommeil l'avait fuie tout à fait. Sa tête éclatait, son être frémissait, le désir du mâle la hantait. Elle fermait les yeux en s'efforçant de chasser cette soif de caresses, d'une présence affectueuse. Son cœur battait à se rompre. Elle se leva, fila vers la salle de bains, s'aspergea le visage d'eau froide. Rien n'y faisait. Elle se regardait dans la glace qui lui révélait l'image d'un visage rosi par l'appétit sexuel ; ses yeux brillaient, ses lèvres charnues entrouvertes l'excitaient, sa poitrine se soulevait sous l'effet de sa respiration haletante. Elle baissa la tête, posa ses mains sur le bord du lavabo, le froid de la porcelaine lui fit du bien… « Je me consume du désir d'être aimée ! »

Elle retourna à sa chambre, marcha jusqu'à la fenêtre. Le front appuyé contre la vitre, elle regardait le jeu des ombres qui se projetaient sur le sol, créé par la lune qui trônait dans le ciel. « Quelle belle nuit pour aimer… Perdue, à se languir, lui là-bas, moi ici ! Pour des soi-disant convenances… Depuis quand le respect humain me dicte-t-il ma conduite ? Demain Raymond se devra entièrement à sa femme, je me retrouverai avec toutes les responsabilités : toutes les obligations reposeront sur mes seules épaules, l'aide précieuse d'Angéline ne me sera plus acquise… Les poules… Non ! Non ! Non ! »

Elle avait crié son indignation à haute voix, effrayée par cette autre réalité qu'elle n'avait pas envisagée. Gervaise marchait en rond dans sa chambre : un véritable lion en cage. Sa nature forte et tranchante se révoltait. « Lucette a raison, ce n'est pas seulement dans mon lit qu'il me faut un homme, mais là, dans les champs, auprès des enfants. Gilbert les aime et, surtout, il les respecte. Son fils, ce fils qu'il visite toujours depuis dix ans, sans espoir, prouve bien qu'il est capable d'aimer une famille. » Gervaise s'arrêta. Plus elle y pensait, plus l'idée loufoque prenait de l'importance dans son esprit. Tout à coup elle fonça. Elle fit le tour des chambres, réveilla ses enfants, ses belles-sœurs, Raymond ; elle leur commanda de descendre à la cuisine, d'un ton qui n'acceptait pas la réplique.

– Je m'endors, maugréa Jacqueline.

– Descends, toi aussi.

– Que se passe-t-il, Gervaise ? demanda Raymond en passant la main devant la bouche pour cacher un bâillement.

– Descends.

Elle entra dans la chambre occupée par Angéline et sa mère. Doucement, elle réveilla la jeune fille. Puis elle descendit. Elle arpentait la cuisine de long en large ; on la regardait.

– Maman, il est presque 2 heures du matin !

Gervaise n'entendait pas. Elle fouillait dans sa tête, ne savait pas comment attaquer le sujet. Un instant indécise, elle allait s'excuser et renvoyer tout ce beau monde au lit, mais les larmes lui montèrent aux yeux. Alors, à tout hasard, elle dit :

– Les poules, c'est à cause des poules.

– Hein ?

Raymond avait bondi sur ses pieds.

– Qu'est-ce qu'elles ont, les poules ?

– Les poules, les champs, les enfants…

– Les poules ? Les champs ? Les enfants ? Ça ne va pas, Gervaise ?

– Toi, tais-toi…

– Je crois, Gervaise, que je vais monter dormir, dit Jeannine, nous n'avons rien à faire dans vos affaires intimes. Suis-moi, Céline.

– Vous deux, restez !

Le silence se fit. L'horloge sonna. « Le deuil est fini… » Une fois encore, le souvenir d'une phrase de Télesphore lui revenait. Elle alla s'appuyer sur le rebord de la table et, s'adressant aux enfants, elle demanda :

– Gilbert, l'aimez-vous bien ?

On fit oui de la tête.

– Je n'ai rien entendu…

– Oui ! répondit-on enfin.

– Vous, Jeannine, vous êtes l'aînée. En toute sincérité, croyez-vous que ce serait… de mauvais goût que j'épouse un homme très bien, si tôt après le décès de mon mari ? Vous comprenez ? C'est à cause des poules, des champs. Les enfants ont besoin d'un père…

– Ce… Gilbert, Gervaise, l'aimez-vous aussi ?

Bang !

Gervaise baissa la tête, sa belle-sœur avait tout compris. Les poules… les champs… Elle se sentit ridicule. Raymond demanda alors :

– Pourquoi cette question, ce soir ?

S'ensuivit un long silence que Gervaise rompit enfin :

– Parce que nous pourrions faire un mariage double, demain.

– Gilbert est-il au courant de ton, de ta… ?

– Non, mais je peux lui téléphoner. S'il n'accepte pas, le problème sera réglé.

– C'est incroyable…

Gervaise marcha vers le salon. D'instinct, tous la suivirent. Gervaise composa un numéro, attendit. Enfin une voix brouillée par le sommeil lui répondit.

– Gilbert, ici Gervaise.

– Gervaise !

Il était assis, parfaitement réveillé. Elle ne lui laissa pas le loisir d'exprimer l'inquiétude qui l'envahissait. Elle lui demanda de but en blanc :

– Voulez-vous m'épouser, demain, nous ferons un mariage double… Voulez-vous, Gilbert ?

Les enfants, immobiles, regardaient en direction de leur mère. Céline poussait sa sœur de la main et chuchota : « Ils se vouvoient encore… »

– Quoi ! hurla Gervaise, je vous demande de m'épouser et…

Elle raccrocha, furieuse.

– Il a refusé ? questionna Réjeanne. Le salaud !

– Non, il n'a pas refusé, il a posé une condition.

– Laquelle ? s'enquit Raymond, incrédule.

– Que je prénomme notre premier fils Zacharie, comme son père…

Pendant ce temps, Gilbert riait aux larmes. Il dansait sur place, imaginait la tête de Gervaise. Quand il se fut ressaisi, il la rappela. Raymond dut répondre car Gervaise refusait le combiné.

– Elle est en furie ? Je n'ai pu résister à la tentation. Ce général d'infanterie a des caprices adorables. Dites-lui ceci : je serai là, avec mon témoin, à 10 h 30 pile, demain matin. Débrouillez-vous pour vous trouver un autre témoin. Dites-lui aussi d'être à l'heure, je ne tolère pas de retard.

Et il raccrocha.

– L'idiot, des conditions… Que le diable l'emporte !

Pince-sans-rire, Raymond répéta le message mot à mot.

– Grand Dieu ! Tu n'as plus de témoin…

– À moins de sept heures d'avis.

– J'en connais un qui accepterait à une demi-heure d'avis. Laisse-moi régler ce détail.

Gervaise pensait à Pierre Samson, le jour de son premier mariage, ce qui lui ramena le sourire sur les lèvres…

– Demain, faites-vous très beaux, mes enfants.

– Tu n'auras pas de belle robe, cette fois encore.

– Tu crois ?

– Pas une robe de mariée ?

– Ce n'est plus de mon âge.

Jeannine pouffa de rire.

– Décidément, Gervaise !

Elle se leva. Angéline n'avait encore rien dit. Elle vint embrasser Gervaise et murmura : « Notre bonheur sera… »

Le téléphone sonna. Gervaise sourit, Gilbert ne s'était donc pas rendormi. Raymond attendit au troisième coup et répondit.

– Dites à votre sœur qu'elle a fini de m'empêcher de dormir, qu'elle savoure sa victoire. Dites-lui aussi que je l'aime. Mais qu'il n'est pas question, pour le moment, de lune de miel.

– Alors ? demanda Gervaise.

– Il dit que pour le moment, il ne sera pas question de lune de miel.

– Il pense vraiment à tout, j'avais oublié ce détail.

– Vous, Gervaise, vous pensiez surtout aux poules…

– Bon, allons dormir. C'est assez d'émotions pour aujourd'hui. Venez, mes enfants, donnez-moi de gros bons becs d'amour.

Gervaise se glissa sous ses couvertures, à la fois heureuse et bouleversée. Tout à coup une pensée terrible lui traversa l'esprit : « S'il allait ne pas venir ? C'est idiot, il sera là. »

Et Gervaise s'endormit. Elle connut un sommeil sans rêve. C'est Angéline qui la réveilla, la ramenant à la réalité :

– N'oubliez pas le témoin de Raymond.

*
* *

Gervaise avait plié trois billets de cinq dollars qu'elle avait déposés dans son sac à main. Elle passerait au presbytère pour les remettre au curé à cause des bans non publiés et elle l'informerait de la double bénédiction qu'il aurait à donner.

Angéline avait préparé un bouquet à l'intention de Gervaise ; elle avait puisé à même celui que lui avait offert Gilbert. Pierre Samson attendait sur le parvis du temple. Il vint lui serrer la main, l'embrassa tendrement et lui dit à l'oreille : « Pas de bague "Cracker Jack", cette fois ? »

« Bon sang ! pensa-t-elle, si Gilbert oubliait ce détail ! Je ne peux tout de même pas utiliser l'alliance que m'a offerte Télesphore. » Elle porta la main à son cou. La chaîne qu'elle n'enlevait jamais était là, la bague de toc s'y trouvait. Elle la prit et alla rejoindre Angéline qui se faisait encore un point d'honneur de rester à l'écart afin de ne pas laisser Raymond voir sa robe blanche.

Les invités arrivèrent tandis que l'orgue s'activait. Lucette se présenta avec ses fils et Lucien. Gervaise eut une brève distraction en pensant que Lucien, ayant couché chez le voisin, ne savait pas ce qui s'était décidé la veille. Mais le temps ne lui permettait pas de combler cette lacune.

Ayant présenté son frère à Pierre Samson, dont le nom figurait déjà sur la liste des invités, Gervaise ne pensait plus qu'à l'arrivée de Gilbert… et de son témoin. Ce témoin, elle n'en connaissait pas le nom. « Et le vôtre, madame, est, je l'espère, un de mes paroissiens », avait souhaité le prêtre. Zut ! Elle avait pensé à tout, sauf à cet impératif. Elle n'avait pas de témoin. Le bedeau, pensa-t-elle, où le trouver ? Elle jeta un œil inquisiteur dans l'église ; il ne s'y trouvait pas. « Le sacristain doit se trouver à la sacristie… » Elle vit, à ce moment, un homme d'un âge avancé, vêtu de blanc, coiffé d'un panama, qui venait vers l'église. Elle l'aborda.

– Vous êtes de Saint-Pierre, monsieur ? s'enquit-elle.

– Depuis bien longtemps, madame, bien longtemps… Je porte même le nom du patron de mon village, Pierre, comme tant d'autres.

– Accepteriez-vous d'être témoin à mon mariage ?

Le vieux monsieur plissa les yeux.

– Mon mariage ne s'est décidé qu'hier. Je croyais avoir tout prévu… M. le curé est au courant, le temps presse, les invités sont déjà là !

– Tout doux, jolie dame, tout doux… J'accepte, avec plus de joie que vous ne le croiriez…

– Alors, suivez-moi.

Elle entraîna le bon Samaritain. Ils se dirigèrent vers Angéline et Léo. Celui-ci, qui venait d'apprendre la nouvelle de ce double mariage, lui tourna le dos. C'est à ce moment qu'une automobile s'arrêta devant l'église. Gilbert en descendit avec son témoin : tous deux portaient l'uniforme.

– La police ! Des policiers qui entrent à l'église, que se passe-t-il ici ? s'exclama le témoin nouvellement recruté.

– C'est mon futur mari, souffla Gervaise avec fierté.

Dieu ! Qu'il était beau dans son uniforme, avec sa haute stature et sa démarche officielle !

– Voilà, il nous appartient de former le cortège ; allez, Angéline et vous, Léo, suggéra Gervaise.

– Vadeboncœur…

Léo se retourna. Le vieillard, de sa voix fêlée, le regarda ; il semblait furieux.

– Je ne sais pas ce qui te trouble, mais ce n'est pas le jour choisi pour étaler tes rancœurs.

Léo maugréa, offrit le bras à Angéline. Ils avançaient maintenant, remontaient l'allée qui les conduisait à l'autel. Les têtes se retournaient. On admirait la fille en blanc qui, le cœur palpitant, le regard brouillé par la joie, vivait un instant d'émotions intenses qui la rendait si épanouie.

Les filles de Gervaise s'étaient levées pour mieux la voir. Une voix se fit entendre. Lucille s'exclamait : « Que tu es belle, Angéline ! »

Dès que celle-ci se trouva devant l'un des prie-Dieu, Gervaise entreprit le même parcours. Son témoin se pencha et lui dit à l'oreille : « Je souhaite, chère madame, que vous vous acheminiez vers un grand bonheur. »

Ce second mariage, non publié, en étonnait plusieurs. Gervaise, dans sa robe rose toute modeste, avait piqué dans ses cheveux les fleurs offertes par Gilbert qui auraient dû lui servir de bouquet de corsage. Angéline lui sourit puis, des yeux, elle chercha sa mère. Madame Claveau lui fit un signe affectueux de la main. L'épouse de Léo se mettait martel en tête : pourquoi Gervaise se rendait-elle aussi jusqu'à la sainte table ? Ne commettait-elle pas une erreur de protocole ?

L'officiant était là. L'orgue se tut, alors que le prêtre priait pour ces couples qui s'engageaient dans la voie du mariage.

Armand, l'aîné des Vadeboncœur, se pencha vers Lucien et s'exclama :

– Je te l'avais bien dit !

– Quoi ?

– Regarde, ta mère le marie.

– Ben non, c'est le témoin de Raymond.

– Non, grand fou, le témoin de Raymond, c'est celui de ton père, qui riait tant, chez nous, le jour de ses noces…

Lucette se pencha : « Silence, vous deux. » Elle comprenait enfin : il y avait double mariage, la présence de Samson le prouvait.

Lucien regardait maintenant le déroulement de la cérémonie avec une attention redoublée. L'échange des promesses du premier couple terminé, le prêtre s'adressa à Gervaise et à Gilbert. Lucien remonta les épaules, se cramponna à son banc. Il s'efforçait d'écouter, mais n'y parvenait pas ; ses oreilles bourdonnaient. Toutefois il vit sa mère se hisser, Gilbert se baisser et il subit, telle une brûlure cuisante, le baiser échangé.

La bénédiction des mariés débutait, le prêtre montait à l'autel. Un murmure s'était élevé dans l'assistance. Lucien se leva, tourna le dos et se dirigea vers la sortie. Il prit ses jambes à son cou et s'enfuit, horrifié.

Armand l'avait prédit : la grande police et sa mère étaient amoureux l'un de l'autre ; la grande police leur ravirait l'amour de leur mère, viendrait vivre avec eux, les dompterait, les mettrait à sa main. Ils n'avaient plus d'autres sujets de conversation ; le jeune Robert, ayant appris à aimer Gervaise qui ne l'avait pas trahi le jour où il s'était montré si grossier en imitant sa démarche de boiteuse, prenait parti en sa faveur, ce qui envenimait la discussion. Armand avait gagné le pari, plus tôt qu'espéré. Il donnait maintenant des coups de coude dans les côtes de Robert, qui s'éloigna et prit la place de Lucien restée vide.

Ce fut l'ami et témoin de Gilbert, Jean-François de Champlain qui, à la porte de l'église, figea sur pellicule ce jour mémorable. On échangeait des vœux de bonheur. Le cortège se mit en branle. Lorsqu'il fut arrivé à la grande maison qui avait abrité le bonheur de Télesphore et de Gervaise, on fit la présentation des nouveaux visages. Pierre Cloutier expliqua à Gervaise qu'il lui en avait voulu, le jour de son premier mariage. Cette cérémonie improvisée était la seule à laquelle il n'avait pas assisté de toutes celles célébrées en l'église de Saint-Pierre-du-Sud depuis plus de vingt ans. Aujourd'hui, il comprenait pourquoi, car Pierre Samson relatait, dans le plus petit détail, l'union la plus cocasse que le village eut connue. Gervaise enleva lentement la chaîne qui pendait à son cou, y replaça la bague qu'elle avait pris la précaution de glisser dans la poche de sa robe « en cas d'oubli de la part de Gilbert… ». On s'amusait ferme.

Gervaise, soucieuse comme toujours du bon déroulement des choses, alla jeter un coup d'œil à la table. Madame Claveau s'approcha pour l'en éloigner.

– Tout est sous contrôle, nous y arriverons seules, Lucette et moi. Retournez à votre mari et à vos invités. Si vous le permettez, ce sera moi, aujourd'hui, la maîtresse de maison ; et, merci, Gervaise, pour le bonheur que je lis sur le visage de ma fille…

– Cette dame a raison, madame Tremblay, dit Gilbert, taquin. Dites-moi, vous est-il difficile d'être soumise ? De toute façon, si entre nous les choses tournaient au vinaigre, vous seriez la seule responsable, car c'est vous qui m'avez demandé en mariage…

Gervaise ferma les yeux.

– Mme Tremblay est têtue, très têtue, mais si gentille qu'elle saura se faire pardonner…

Il lui sourit. On passa à table. Les enfants seraient servis au salon. Jeannine prit la relève de Lucette qui fut priée de prendre la place qui lui revenait auprès de son mari.

Cloutier proposa un toast. On but à la santé des couples. Voilà que les convives frappaient le bord de leur verre avec la pointe de leur couteau. Raymond embrassa Angéline, rouge de bonheur. Gilbert pria Gervaise de se lever et il l'embrassa ; on applaudit. Elle, ignorante de la tradition, parut surprise, puis gênée. Le tintamarre reprit bientôt. Sans se lever, cette fois, Gilbert embrassa Gervaise et, de sa main, il indiqua que ça suffisait : l'embarras de son épouse ne lui avait pas échappé.

Les assiettes bien garnies, distribuées à la ronde, émurent le cœur de Gervaise. Elle pensait à Télesphore. Tout ça se passait chez lui, à sa table. De tant de bonheur, il avait été la source. Elle baissa la tête et laissa un instant ses pensées voguer vers lui : « Merci, merci, Télesphore ! Jamais je ne t'oublierai, toujours je t'aimerai. »

Réjeanne s'approcha de sa mère et lui dit que Lucien n'était pas avec eux.

– Ah ! non ? Où peut-il bien être ?

– Ne vous en faites pas, Gervaise, mes fils brillent également par leur absence. Les garçons de cet âge ont d'autres soucis en tête que nos effusions d'adultes.

Réjeanne retourna au salon, téléphona chez les Vadeboncœur, prête à lui servir une semonce. Mais voilà, Lucien ne s'y trouvait pas. Pourtant, Armand et Robert y étaient et ils affirmaient ne pas l'avoir vu. Lucette apprit alors à Gervaise que Lucien avait quitté l'église au début de la cérémonie.

– Un autre de ses coups de tête, soupira Gervaise.

Moins de quinze minutes plus tard, Robert entra précipitamment, en hurlant que Lucien était en grand danger. Il allait pivoter sur ses talons mais Léo le retint et le pria de s'expliquer.

– Il a grimpé, grimpé...

Il parvenait à peine à parler tant il avait couru.

Léo le serra contre lui, pour le réconforter. L'enfant parvint alors à raconter :

– Il ne voulait pas que sa mère se remarie... Réjeanne a téléphoné... On l'a cherché partout... Il n'était pas dans notre cabane... C'est Armand qui y a pensé... Il est monté sur le rocher... jusqu'à la crête... ne pourra plus descendre...

Gilbert bondit. Il pria Gervaise de le suivre, de même que son ami, Jean-François de Champlain.

– Viens, fiston.

Saisissant Robert entre ses bras, il lui dit :

– Viens nous indiquer l'endroit où il se trouve.

Tous montèrent dans l'automobile du policier qui partit en trombe. Raymond et Léo les suivaient à distance. Gilbert se servit du téléphone qui se trouvait à bord et communiqua avec le poste de police de Montmagny. Il expliqua le danger et donna ses recommandations ; il voulait que l'on apporte un matelas gonflable ou tout au moins un treillis, utilisé dans de telles circonstances.

Gervaise crut que son cœur cesserait de battre. Le tragique de la situation lui apparut dans toute son horreur : Lucien aurait-il pensé mettre fin à ses jours à cause de la peine qu'elle lui avait imposée en épousant Gilbert ? C'était donc ce qui le bouleversait et le rendait si agressif depuis des semaines ! L'enfant n'avait tout de même pas pu être terrorisé par un événement qu'elle n'avait pas elle-même prévu ! Alors pourquoi ? Que s'était-il vraiment passé dans la tête de cet enfant ? Non, il ne pouvait être question que d'une toquade, il voulait attirer l'attention, la jalousie peut-être… ou la peur qu'elle le quitte, ses sœurs et lui… qui ont si souvent eu besoin d'être rassurés à ce sujet. La mort de Télesphore… le départ de leur frère Alphonse, la fuite et la froideur de Mariette ? Et les larmes inondaient son visage. Gilbert mit la main dans sa poche et remit son mouchoir à Gervaise, comme autrefois, sur la route… Là encore, les enfants avaient connu une expérience traumatisante !

La montagne maudite était là, comme si un mauvais esprit l'y avait jeté, au milieu de nulle part, abrupte, aux flancs épineux, froide et dure, comme un défi à la nature environnante. « L'œil de Caïn », ne put s'empêcher de penser Gervaise, en frissonnant.

– Viens, Gervaise. Ressaisis-toi, tu vas lui parler.

Le ton était tendre mais ferme. Gilbert ouvrit la valise de l'auto et en sortit un cornet qui servirait de porte-voix.

Robert expliquait ce qu'il savait de cette montagne qu'ils avaient souvent explorée dans sa partie la plus basse. « Parfois la roche se casse et tombe en miettes quand on s'y accroche. C'est plus facile de grimper par là », dit-il en pointant le doigt à l'arrière de l'endroit où se trouvait Lucien. Gilbert comprit, c'était par là que le garçon avait atteint le sommet et décidé de se rendre sur la face nord où le danger était réel. Il était assis, les jambes pendantes dans le vide. Plus bas, Armand tentait de grimper. Léo vit son fils, arrêté, les bras agrippés, le visage collé sur le flanc de la butte. Gilbert s'approcha.

– Écoutez-moi, les garçons, dit-il dans le cornet. Lucien, ne bouge pas, reste immobile. Armand, ton père est près de toi. Nous allons aider Lucien à descendre. Armand, toi, je vais compter jusqu'à cinq ; dès que je dirai cinq, tu tendras les bras, pousseras très fort sur le rocher puis tu te laisseras tomber ; ton père est là, prêt à t'attraper. Je compterai jusqu'à cinq, alors tu tends les bras, tu pousses et tu te laisses tomber. Un, deux, trois…

La tension était extrême, Léo gardait la tête levée, de Champlain à ses côtés. L'enfant n'était qu'à quelques mètres au-dessus du sol, mais Gilbert craignait que le tuf ne soit trop friable pour le poids d'un homme. L'enfant ne risquait rien de grave, mais on ne le savait pas.

« Trois, quatre, cinq. » Armand sauta, les hommes le saisirent au passage ; Gilbert hurla très fort pour couvrir la voix de ceux qui s'exclamaient.

– Ton ami est sauvé, Lucien, ne bouge pas. Ta maman veut te parler.

Il remit le cornet à Gervaise.

– Laisse parler ton cœur, capte son attention, je monte par l'arrière. N'écoute rien ni personne, parle à Lucien et sois courageuse.

– Lucien, c'est ta maman, nous venons te chercher, ne bouge pas, mon chéri, reste immobile, fais-moi confiance ; je t'aime, mon grand, tu seras bientôt descendu de ton perchoir et nous rentrerons chez nous. Ne regarde pas en bas, garde les yeux sur l'horizon, droit devant toi, aussi loin que possible.

– J'ai mal au cœur, cria l'enfant.

– Lève la tête plus haut, respire profondément, surtout ne bouge pas. Il ne faut pas regarder en bas.

De Champlain parlait à Gervaise, à voix basse, y allant de ses suggestions. Dans un moment de silence, on entendit des pierres qui dégringolaient en roulant sur le rocher. Gervaise s'empressa de couvrir ce bruit terrifiant qui lui martelait le cœur. Gilbert avait entrepris son escalade.

– C'est bien, mon chéri, reste immobile, détends-toi. Tes amis sont près de nous ; bientôt tu seras là, aussi.

Des curieux arrivaient de tous côtés ; ils assistaient à la scène dans un silence impressionnant. Là-haut, Lucien était immobile. Gervaise savait fort bien que c'était contre sa nature profonde de rester sage ; elle craignait qu'il fasse un faux geste ou que la fatigue le gagne et qu'il y succombe.

– Lucien, j'ai beaucoup de choses à te raconter, de beaux secrets à te dire. Demeure sage. Nous aurons beaucoup de temps à être ensemble et à nous dire des choses, à faire des choses. Nous avons besoin de toi, de ton aide, tu es un brave garçon et tu le prouves. Je suis fière de toi. Je t'aime, Lucien. Je t'aime, mon petit ; tes sœurs t'attendent, tous t'attendent.

Gervaise ne pleurait pas, elle gardait la tête haute, serrait le cornet de ses deux mains. Jamais encore elle n'avait eu à vivre des moments d'une aussi grande tension, d'une aussi cruelle réalité. Elle ne pensait pas, elle ne luttait pas, elle s'efforçait de toute son âme de communiquer sa force à cet enfant qu'elle aimait plus encore parce qu'il était menacé.

Voilà que tout à coup des gouttes d'eau se mirent à tomber. Horreur ! La pluie rendrait le roc encore plus glissant et menaçait d'aggraver le danger.

– Lucien, écoute-moi, continue de regarder le ciel, je vais te demander de faire quelque chose de difficile. Écoute-moi d'abord, écoute-moi et fais des mouvements très lentement. Ne bouge pas tes pieds ni tes jambes. Une à la fois, recule tes mains vers l'arrière, une à la fois, lentement, afin de pouvoir te coucher sur le dos. Recule tes mains, déplace-les derrière toi, une à une, mon fils, lentement, très lentement. Regarde le ciel, lève légèrement et doucement la tête, ton papa est au ciel. Il te voit, il te protège, il sait ta force et ton courage. Ta maman est là aussi, qui te regarde, pense à eux…

Lucien bougea une main, du moins Gervaise le crut-elle… Oui, il faisait les mouvements que la voix forte et chaude lui commandait. Gervaise poursuivait ses exhortations toujours dans les mêmes mots d'espérance et d'amour, sans fléchir, sans faiblir.

– Doucement, Lucien, comme ça ; ne bouge pas les pieds, Lucien, seulement tes mains… Quand tu pourras, appuie-toi sur tes coudes ; dès que tu seras couché, tu vas pouvoir te détendre. Respire profondément, Lucien, sois calme et bouge tes mains lentement, lentement.

Parmi les gens rassemblés, plusieurs pleuraient. Gilbert entendait la voix de sa femme et luttait pour atteindre le sommet de la montagne. La pluie fine et menaçante continuait de tomber, légère, mais pas moins dangereuse.

Voilà que Lucien se faisait de plus en plus petit. Seules ses jambes pendaient maintenant. Puis il s'immobilisa.

– Là, tu es en bonne position. Regarde le ciel, mon ange, repose-toi, respire doucement.

L'aide venait enfin, un camion arrivait : les pompiers, suivis d'une équipe de sauveteurs. Gervaise criait plus fort, martelait ses mots, soutenait le moral de l'enfant. Un câble lancé de derrière la montagne parut tout à coup. Virevoltant dans l'espace, il retomba ; on visait à l'accrocher à la crête où quelques arbres pointaient çà et là, sur le faîte.

Gervaise cligna des yeux et sa voix se fit plus douce.

– Nous y sommes, Lucien, on t'entoure maintenant, le danger est presque passé ; détends-toi, Lucien. Surtout ne bouge pas, mon ange. On va bientôt te ramener dans mes bras. Tu vas retrouver tes sœurs, nous allons rentrer chez nous, tous ensemble, et nous continuerons de nous aimer toujours. Je t'aime, mon grand.

Voilà que la silhouette de Gilbert se dessinait là-haut. Il avançait vers l'enfant, tenant à la main la corde qu'il traînait. En bas, outre les exhortations de Gervaise, on aurait pu entendre voler une mouche. La jeune femme ferma les yeux, l'émotion l'étranglait : s'il fallait qu'à la vue de Gilbert, dans un moment impétueux de révolte, Lucien fasse un mouvement brusque pour échapper à son emprise, et que le geste cause sa chute !

– Papa ! hurla l'enfant.

– Il est là, Lucien, là-haut, dans le ciel, qui te protège, qui te regarde ; fais-lui confiance, ferme les yeux, pense à ta maman, à tous ceux qui t'aiment ; détends-toi, sois calme, Lucien, sois calme.

La pluie avait cessé, le soleil perçait entre deux nuages, les curieux gardaient les yeux rivés là-haut, où se déroulait le drame.

Dès que Raymond eut l'assurance que Gilbert avait saisi la corde, il contourna la montagne et vint se placer près de Gervaise. Il encercla sa taille, espérant ainsi lui apporter du réconfort.

Le matelas soufflé avait été placé sur le sol, directement sous l'endroit où perchait Lucien. Huit hommes tenaient le filet, jambes écartées, prêts à l'effort qu'exigerait l'impact d'une chute éventuelle. L'émotion avait atteint son paroxysme.

Gervaise s'était tue. La silhouette de Gilbert, ayant atteint l'enfant, permettait tous les espoirs. Sans un mot, la poigne forte, il saisit l'enfant, l'attira vers lui, le lia à sa propre personne. Lentement, très lentement, les jambes disparurent de la vue des curieux, quelques fragments du rocher s'éparpillèrent, dans un bruit sourd ; on cria un ordre, le filet fut retiré. Les pierres roulèrent encore, forcèrent les curieux à s'éloigner. On eût dit que la montagne cruelle voulait crier sa déception d'avoir été vaincue.

Raymond dut raffermir son étreinte : dès que l'enfant disparut de son champ de vision, les jambes de Gervaise fléchirent, elle faiblit. Raymond la serra contre lui, la forçant à détourner son regard, convaincu que sa sœur n'aurait de repos tant que l'enfant n'aurait pas reparu. Mais ils tardaient. Gilbert gardait le garçonnet immobilisé sous lui. Des soubresauts secouaient l'enfant. Maintenant, la panique longtemps refoulée reprenait son emprise. Lucien tremblait de tous ses membres. Gilbert l'écrasait de tout son poids, espérant lui apporter chaleur et sécurité.

L'enfant n'était plus seul, soit, mais tout danger n'était pas écarté. Il fallait maintenant que s'opère la descente. L'état de Lucien n'était pas rassurant.

L'équipe de secours le savait : on avait transporté le matelas et le filet sur l'autre versant de la montagne. La foule de curieux se déplaça. Raymond et Gervaise restaient là, seuls, enlacés.

– Tout doux, Gervaise, tout doux, petite sœur, tout doux, Minotte. Il est sauvé, ton fils, il est sauvé. Bientôt il sera dans tes bras. Compose-toi un visage, retrouve ton courage et ta force, il aura besoin de toi…

Gervaise gémit. Tendrement il caressait ses cheveux. Une fleur qui y était encore accrochée s'en détacha et tomba sur le sol. Raymond tressaillit : par association d'idées, il pensa à la montagne qui crachait des pierres et à cette fleur qui tombait de la chevelure de sa sœur… « Chère Minotte, papa serait fier de toi ! »

Tout à coup, un tonnerre d'applaudissements s'éleva, Gilbert et Lucien mettraient bientôt les pieds sur le sol ferme, tout danger était passé.

Gervaise leva la tête, regarda là-haut. Elle s'échappa des bras de Raymond, contourna la montagne. Gilbert défaisait le lien qui l'unissait à l'enfant. Il coucha celui-ci sur le sol, Gervaise se laissa tomber près de lui et se mit à pleurer à chaudes larmes. Lucien s'endormit.

Les commentaires fusaient maintenant. On parlait d'héroïsme, de l'imprudence des enfants, de la nonclairvoyance des parents. Jean-François de Champlain éloigna les amateurs d'émotions fortes qui avaient la langue plus leste que le geste.

Gilbert, appuyé au rocher, fermait les yeux. Il constatait seulement à cette minute précise que, tout le temps qu'avait duré la pénible aventure, c'est l'image de son fils malade qui l'avait hanté. Le policier avait inconsciemment mis son expérience en pratique, mais c'était son cœur de père qui posait les gestes. Il regarda en direction de Lucien et de Gervaise, le tableau l'enchanta : pas un mot, pas un poème n'aurait mieux illustré leur joie, leur reconnaissance. Il s'approcha de Gervaise, lui toucha délicatement l'épaule, l'obligea à se lever. Il se pencha, saisit Lucien et se dirigea vers son véhicule.

– Viens, Gervaise.

Raymond guida sa sœur. Quand elle fut assise sur la banquette arrière, Gilbert déposa l'enfant près d'elle. Lucien se recroquevilla, mais ne se réveilla pas. On prit le chemin du retour.

Le dernier à quitter la maison avait été Pierre Cloutier. Il était en bordure de la route quand le camion-citerne passa. Il avait levé le bras, on avait ralenti, on avait reconnu le maire de Saint-Pierre. Malgré son grand âge, le témoin de Gervaise avait sauté sur le marchepied, s'était agrippé d'une main, retenant de l'autre son panama. Rien de ce qui se passait à Saint-Pierre ne le laissait passif, lui, ce descendant de la fière lignée des Cloutier de Saint-Pierre-du-Sud, maîtres d'œuvre, politiciens, marguilliers ou maires, de père en fils, depuis Jean, le premier arrivé en ce lieu.

*

* *

À la maison, les émotions les plus diverses s'étaient manifestées autour de la table du festin nuptial. Les fillettes en pleurs avaient demandé de se rendre sur les lieux de l'agitation.

– Suffit ! avait tranché tante Jeannine. Au lieu de larmoyer, priez pour votre frère, ça l'aidera.

Angéline avait suspendu son geste : elle tenait encore la fourchette à la bouche. Sa mère s'était approchée :

– Va enlever ta jolie robe, ma fille, reviens vite nous aider, il y aura beaucoup à faire.

Et la dame avait entrepris de desservir la table. Céline lui avait emboîté le pas. Les victuailles furent gardées au chaud, elles seraient servies plus tard, une fois le calme revenu. Pour le moment, l'air de fête lui semblait indécent. Elle avait placé les fleurs dans l'eau ; on n'entendait plus que la vaisselle s'entrechoquer. Chacun était en proie à ses tristes pensées qu'il n'osait exprimer. Les fillettes avaient replacé le mobilier.

– Angéline, insista Mme Claveau, va maintenant préparer ton départ.

– Mais, maman, je ne peux pas laisser Gervaise seule dans les circonstances, avec tout…

– Tut ! tut ! Mme Gervaise n'est plus seule, son colosse de mari est là. Si ça peut calmer ta conscience, je resterai quelques jours auprès d'elle.

– Vous feriez ça, maman ?

– Elle le mérite bien, elle a contribué à ton bonheur, m'a permis de retrouver la paix, d'oublier une mauvaise étape de mon passé.

– Alors, maman, tu savais…

– Oui, ma fille, ta lettre m'a d'abord étonnée. Je redoutais le pire quand je suis partie pour venir ici, bien déterminée à te protéger, à te ramener chez nous. Raymond, c'est du bon pain, sa sœur aussi ; crois-moi, Angéline, il faut oublier tout ce passé, laisser dormir en paix ceux qui nous ont quittés. Notre pardon rendra leur éternité plus douce.

– Tu savais !

– La seule question que je me suis posée bien souvent est pourquoi tu as spécifié dans ta lettre : « Mariette ne viendra pas. » Qui est Mariette ?

Angéline en avait déduit que sa mère ne connaissait pas l'étendue du drame. Elle avait baissé la tête et simplement répondu :

– C'est l'ex-fiancée de Raymond.

– C'est étrange…

– Qu'est-ce qui est étrange ?

– J'ai vu sa photo, ici dans cette maison… La petite Lucille m'a dit : « Elle est jolie, Mariette, n'est-ce pas ? » Tu ne trouves pas ça étrange que l'on garde sa photo ?

– Mais non, maman, les enfants ne comprennent rien à toutes ces histoires compliquées. Alors, maman, détends-toi et surtout ne t'arrête pas à des détails sans importance. Je suis heureuse, j'aime Raymond, il m'aime, le reste n'a pas d'importance.

Angéline marcha vers Papachou, seul à rester indifférent à tous ces événements, lui dont le jeune âge protégeait la candeur. Elle le prit dans ses bras et alla le déposer dans son lit pour sa sieste de l'après-midi. Angéline le serrait, le prenant à témoin de son grand bonheur. Une paix indescriptible s'était glissée dans son cœur.

Elle prépara le lit de Lucien pour l'accueillir quand on viendrait l'y déposer. Elle enleva sa jolie robe blanche et, non sans hésitation, revêtit sa toilette de voyage.

Une idée lui traversa l'esprit. Elle revint dans la cuisine et pria sa mère de venir l'aider : les deux femmes s'empressèrent de remettre les cadeaux de mariage dans leurs contenants. Elle les déposa dans la remise, faisant disparaître ainsi les dernières traces de l'événement du matin.

– Maman, tu diras à Mme Gervaise que je t'ai offert notre nid d'amour. Occupe-le tout le temps que tu seras ici.

La dame sourit : « L'endroit conviendrait mieux à l'autre couple », pensa-t-elle. Mais elle ne dit rien. Elle s'était étonnée de la décision subitement prise par Gervaise, la veille seulement, de se marier. Mais son expérience de la vie et la connaissance lentement et longuement acquise à observer les gens lui avaient appris à juger son monde : les êtres spontanés sont souvent sans calculs, sans arrière-pensées, plus ouverts, plus francs que ceux qui font du spectacle, manigancent pour arriver à leurs fins. Oui, sa fille entrait dans une belle grande famille. Elle y trouverait bonheur, amour et sécurité.

*

* *

Léo, après s'être saisi de l'enfant accroché au flanc de la montagne, lui avait pris la main et le forçait à le suivre, sans lui dire un seul mot. Presque un mille les séparait de leur demeure. L'enfant se taisait aussi, car il devinait la colère de son père. Il avait souvent défendu à ses enfants de s'éloigner de la maison sans prévenir, de se mettre dans des situations dangereuses, d'aller jouer au bord de la rivière du Sud. Il venait de surprendre son fils aîné en flagrant délit. Il était furieux.

Lucette, revenue chez elle, se morfondait. Elle arpentait la cuisine de long en large, regardait l'horloge, ne savait quelle décision prendre.

La porte s'ouvrit avec fracas. Léo parut d'abord, blanc de colère, puis Armand, terrorisé. Le père fit pivoter son fils, le coucha sur ses genoux et lui administra aux fesses une volée dont il se souviendrait toujours.

– Monte dans ta chambre, tête de mule, tu en descendras quand je te le permettrai. Où est Robert ? demanda-t-il à sa femme.

– Là-haut. Qu'est-il arrivé à Lucien ?

– Le diable les emporte tous !

– Léo !

– Toi avec les autres ! Famille de complices !

– Et Gervaise ?

– Elle ? Depuis qu'elle est arrivée à Saint-Pierre, la pagaille règne ! Elle a fait perdre la tête à notre meilleur voisin, l'a rendu fou au point de forcer la main du curé à la marier à la sacristie, à se ridiculiser ; il est mort de quoi ? Hein, de quoi ? Un colosse qui crève en pleine nuit, jamais malade…

– Léo… intervint Lucette.

– Léo ! Léo ! Arrête de m'interrompre, de prendre la défense de la sorcière, qui a été enlevée, sans doute séduite, a disparu deux mois pleins, a ameuté la paroisse, est devenue vedette, une vedette subitement disparue… Avec qui ? Où ?

– Léo !

Sa colère était si grande qu'il n'entendait pas. Il continuait de lancer son venin, d'une voix forte. Là-haut, les enfants tremblaient de peur. Jamais leur père n'avait autant hurlé.

– Et ce frère, qui est apparu tout à coup ? La fille sans famille, sans témoin pour la conduire à l'autel, qui a pris la relève sur la terre de Télesphore, s'est accaparée tous les pouvoirs, a pris sur elle de faire de moi le témoin de la belle blonde qui touche un salaire payé avec l'argent qui est celui du défunt… Tu trouves tout ça louable, toi ? Pense à Alphonse, un gars qui a tenté de reprendre ses droits. Même moi, Léo Vadeboncœur, je me suis laissé embobiner… Ah ! Je vois clair, aujourd'hui… Le futur prêtre a tout lâché, sa vocation est tombée à l'eau, l'héritage, la famille. Même sa sœur Mariette n'était pas à l'église. Elle, aujourd'hui, c'est la plus sage ! Elle désapprouve cette mascarade par son absence.

Léo, hors de lui-même, agrippa une chaise par le dossier et frappa le plancher. Deux pattes se cassèrent. Il lança la chaise contre le mur et continua de vociférer devant une Lucette sidérée.

– Ce matin, à l'église, ce matin, pas hier, ce matin, j'apprends que madame se marie de nouveau. La veuve de Télesphore Langevin épouse qui ? Un grand efflanqué qui l'a ramenée au foyer après l'avoir trouvée sur la route… La veuve éplorée et digne, Gervaise Lamoureux-Langevin, épouse son sauveteur. Et Télesphore Langevin est encore tout chaud au cimetière, ses ossements n'ont pas eu le temps de refroidir ! Le deuil ! Pouah ! Pas pour elle, la fille élevée par les sœurs, que le bonhomme Jolicœur, son voisin, avait eu l'audace, je ne le blâme plus, de venir demander en mariage, le premier…

– Quoi ? Tu es fou !

– En ma présence que je te dis ! J'étais là, je l'ai vue roucouler, rigoler…

– Léo !

– J'étais là, je l'ai vue de mes yeux, et le bonhomme a lui aussi crevé ! Tu as entendu Robert ? Lucien ne voulait pas que sa mère se remarie ! Eh bien, Lucien a grimpé sur la montagne, désespéré. Le petit avait sûrement l'intention de…

Lucette avait bondi, posé la main sur la bouche de son mari pour étouffer le mot fatal. Léo recula, se laissa tomber sur une chaise, accablé. D'une voix qui traduisait la profondeur de son angoisse, il ajouta :

– Quand je pense que j'aurais pu perdre mes deux enfants par la faute de cette garce. Écoute-moi bien : elle est morte, pour toi, pour moi, pour les enfants ; elle et les siens. Que je ne la revoie jamais ! Qu'on ne prononce plus jamais son nom dans cette maison.

Dès demain, je vais ériger un mur entre nos propriétés, délimiter les deux terres, lui faire comprendre de rester chez elle. Je nous protégerai contre la sorcière. Qu'elle parte en voyage de noces, avec son géant, son frère, sa belle-sœur, c'est pas toi qui iras t'occuper des enfants ni moi des bêtes, elles crèveront de soif et de faim ; elle devra baisser pavillon et la vendre, la terre de Télesphore Langevin ! Ça débarrassera le village de cette salope. Les enfants finiront à l'orphelinat, Alphonse s'en occupera, il a l'âme moins noire. Je lui ai parlé, à Télesphore, le jour avant qu'il la marie ; j'avais prévu qu'elle apportait avec elle le malheur. Il n'a rien voulu comprendre…

Il s'était tu. Les bras posés en cerceau sur la table, il y appuyait la tête. Lucette n'osait s'approcher, elle ressentait beaucoup de pitié, aurait aimé le réconforter, mais elle ne trouvait pas les mots à prononcer devant son désarroi. Par-dessus tout, elle craignait d'attiser sa colère, elle l'observait. Tout ce qu'avait dit Léo se révélait vrai, tout au moins dans les grandes lignes ; Gervaise lui avait toujours paru réservée, secrète peut-être. Lucette doutait cependant qu'elle ait tout manigancé, tramé ; sans doute Léo ne la connaissait-il pas bien… ne jugeait que sur les apparences, mais elle était certaine d'une chose : il était sincère et c'en était fait de leur amitié. « J'aurais pu perdre mes deux enfants… » Cette seule phrase résumait toute son amertume.

Tout à coup, on entendit passer une automobile en trombe. Léo leva la tête, Lucette courut à la fenêtre, reconnut la voiture de police, entrevit Gervaise assise à l'arrière. Lucette se signa. Léo hurla : « Baisse les stores. »

Le camion des pompiers suivait. Le drame était fini, de façon heureuse, souhaitait Lucette.

Léo se leva. « C'est à croire que le bon Dieu n'a de préoccupations que pour cette femme », tonna-t-il. Il traversa la cuisine et sortit par la porte arrière ; il irait à la grange, y cacherait sa peine, honteux de n'avoir pas su se contenir ! Lucette entendait les curieux qui rentraient chez eux, jasant avec véhémence. Parfois des rires fusaient, ce qui la réconforta un instant.

Au moment où elle baissa les stores, geste qu'elle ne posait jamais sauf quand le soleil d'été réchauffait trop la cuisine, elle n'avait qu'une pensée : démontrer à Léo qu'elle se rangeait de son côté ; il ne manquerait pas de le remarquer. Souvent, elle agissait ainsi, posait des gestes de soumission déguisée, afin de garder la paix dans le ménage, de laisser à son mari l'impression qu'il détenait l'autorité. Mais, ensuite, elle n'en faisait qu'à sa tête.

Aujourd'hui, toutefois, c'était la peur, le besoin de se savoir protégée : n'était-elle pas responsable de la décision irréfléchie de Gervaise qui aurait pris ses paroles au sens littéral des mots ? « Prenez mari… » Dans l'obscurité de sa cuisine, alors que ses enfants demeuraient silencieux là-haut, punis sévèrement par un père affolé, elle s'accusait, se culpabilisait. La tournure des événements donnait raison à son mari. Elle marchait en rond, se sentait inutile. Pas question de monter réconforter ses petits, ni même de penser leur offrir une collation ; ce serait contrarier Léo. Oh ! surtout pas ça ! Elle devait demeurer neutre dans toute cette affaire, attendre que la tempête se calme. Les confidences faites à Gervaise au sujet de son union à Léo lui revenaient à l'esprit... « Si elle devait me trahir ! » Elle ruminait, de plus en plus effrayée. Son homme prenait tout à coup beaucoup d'importance...

*
* *

Au passage, Gilbert avait jeté un coup d'œil chez les Vadeboncœur. Les stores qu'on baissait le surprirent, mais il ne s'arrêta pas à ce détail.

Lorsqu'ils atteignirent enfin la maison, il stationna son auto devant la porte d'entrée, prit Lucien dans ses bras et monta le déposer dans son lit. Angéline accourut et couvrit l'enfant, les yeux embués de larmes.

– Ne soyez pas inquiète, il dort seulement. Il a eu plus de peur que de mal. Il dort profondément. Allez retrouver Raymond.

Celui-ci tentait d'aider Gervaise à descendre de voiture. Elle fit un geste de la main, se leva, descendit et marcha vers la cour arrière, signifiant son désir d'être seule. Il hésita puis s'éloigna. Gervaise s'appuya contre le mur, les yeux fixés droit devant elle.

« Grand Dieu, qu'ai-je fait ? Quelle torture ai-je imposée à cet enfant ! Pourquoi ? Pourquoi redoutait-il ce mariage ? Si son âme a tant souffert, c'est qu'il redoutait les conséquences d'une telle décision. Je n'avais pas le droit… Je suis punie, je n'ai pas su freiner mes passions… »

« Ça vous perdra, un jour », avait prédit la religieuse. Mais voilà, c'était son fils, un enfant que Télesphore avait placé sous sa protection, qu'elle avait failli perdre ; un innocent, un être sans défense. Elle avait honte, une honte profonde, cuisante. Le sentiment d'avoir manqué à tous ses devoirs lui glaçait le sang dans les veines. Elle posa les mains ouvertes sur le mur. Elle poussa, poussa, jusqu'à avoir mal. Le bruit que faisait le roc en roulant de la montagne jusqu'au sol lui revenait à l'esprit. « Il ne voulait pas que sa mère se remarie… » Elle se sentait coincée, toutes chances de bonheur lui échappaient : jamais Lucien ne lui pardonnerait. Jamais elle ne réussirait à trouver une explication, voire même une excuse à sa conduite ! Comment avait-elle pu oublier de prévenir Lucien ? L'attitude de Léo à l'église lui revenait à la mémoire. Il semblait glacial. « J'ai radicalement perdu la tête, je me suis conduite comme une insensée. Me pardonnes-tu, Télesphore ? Là où tu es, dans ton ciel, m'aideras-tu à sortir de cette impasse ? » Elle leva la tête vers le firmament et, ô miracle, elle vit, là, accroché à la corde à linge, le chapelet que, dans sa simplicité, Angéline y avait suspendu. Elle y vit comme un symbole, comme une réponse de Télesphore à sa supplique. Elle se mit à pleurer, assise sur le sol, laissant éclater sa peine. Les sanglots la secouaient. Son inconscient lui rappela qu'elle avait enfoui le mouchoir de

Gilbert dans son corsage, au moment où elle s'était penchée sur son fils ; elle le prit, l'utilisa pour étouffer ses pleurs.

Lorsqu'elle se calma enfin, elle aperçut sa belle-sœur Jeannine, qui l'observait à distance par respect pour sa douleur. Elle s'approcha, posa son bras autour de sa taille, sans un mot. Peu à peu, la jeune femme s'apaisa, reprit contact avec la réalité. Elle se moucha bruyamment, se leva, secoua sa robe flétrie par les incidents malheureux de la journée. Les yeux fermés, elle respirait profondément, s'efforçait de surmonter sa peine, se composait un visage. Jeannine s'éloigna. Gervaise faisait les cent pas, la tête penchée, tout à ses réflexions.

*

* *

Lucien dormait profondément. À ses côtés, Lucille, roulée en boule, l'observait.

Gilbert attendait patiemment que Gervaise revienne ; il gardait les yeux sur la porte d'entrée. Madame Claveau avait convaincu son gendre qu'il leur fallait partir, que ça simplifierait les choses, que dans de telles situations, le silence et la paix valaient les meilleurs discours. Raymond réfléchissait. Gilbert était là pour protéger et aimer Gervaise. Léo avait promis de s'occuper du bétail. Oui, il devait partir, pour le bonheur de sa jeune épouse qui ne savait plus où elle en était. « Elle est effarouchée comme un oiselet inquiet », pensa Raymond.

Les invités avaient quitté sans venir saluer. Pierre Cloutier promit de transmettre plus tard leurs amitiés et bons vœux ; il était planté solennellement sur la galerie, suggérant adroitement à chacun la conduite à tenir, en bon politicien, en meneur d'hommes chevronné. Oui, pensait-il, une crise au sein d'une famille n'avait pas besoin de témoins, c'était leur affaire à eux seuls.

Les fillettes, au salon, regardaient les images de la télévision, sans le son. Lucien était là-haut, sain et sauf ; leur folle inquiétude s'était calmée. Lucille, la moins consciente de tous, s'était esquivée et était montée se blottir contre son frère. Angéline et Raymond n'avaient de pensées que pour Gervaise qui se devait de rentrer afin qu'ils puissent enfin se sentir tout à fait réconfortés.

Madame Claveau, qui s'était butée, demeurait la seule étrangère à la famille ; la sagesse lui avait dicté sa conduite. De plus, elle se sentait liée par la promesse faite à sa fille. Elle prépara un goûter et vint le poser sur la table du salon. Devant Gilbert, elle déposa un café brûlant et l'y laissa, malgré le refus exprimé.

Gervaise parut enfin. Elle rentra, promena son regard autour d'elle ; le silence lui fit un bien immense. Elle se rendit au salon, sourit aux enfants.

Madame Claveau s'approcha, elle tenait à la main un grand bol fumant :

– Buvez ceci lentement. C'est du lait chaud, aromatisé de miel. C'est le meilleur des fortifiants.

Gilbert se leva, l'attira près de la table ; elle s'assit et, gorgée par gorgée, elle vida le verre.

– Monte dormir, Gervaise, tu dois être exténuée. Je suis sûr que Lucien sera heureux de se réveiller et de trouver sa mère endormie auprès de lui. Chut ! Ne dis rien, ne pense à rien. Va, prends un bain très chaud pour te détendre.

Elle baissa les yeux. Était-ce l'émotion, le réconfort des mots prononcés d'une voix à la fois ferme et sécurisante ? Elle laissa échapper un profond soupir. Elle se leva, prit le verre, alla le déposer sur le comptoir. Madame Claveau lui sourit, posa affectueusement une main sur son bras et continua de la rassurer : « Allez, reposez-vous, je veille sur la maisonnée. »

Gilbert marcha vers la fenêtre donnant sur la clôture. Il vit le troupeau de vaches assemblé. Gervaise monta à sa chambre, se dévêtit. La lassitude l'envahit, lui faisant oublier tous ses tracas ; titubante, elle traversa le corridor en rasant les murs. Lorsqu'elle entra dans la chambre de Lucien, qu'elle vit son fils pâle, les traits tirés, et, près de lui, Lucille roulée en boule qui dormait, ses yeux s'embuèrent ; avec des gestes doux, elle les déplaça vers le centre du lit et se glissa sous les couvertures. Dès qu'elle eut posé la tête sur l'oreiller et un bras sur son fils, elle s'endormit. Le jour déclinait.

*

* *

Gilbert avait laissé sa valise dans son camion stationné dans la cour avant de se rendre à l'église. Il alla la quérir, revint vers la maison.

– Vous avez faim ?

– Les enfants ont-ils mangé ?

– Non, elles sont trop sages, ces fillettes, ce n'est pas de leur âge.

– Elles sont habituellement turbulentes. Ne vous en faites pas, c'est l'émotion, trop d'émotion ; ça passera vite. Je dois aller m'occuper du bétail. Je dois me changer.

– Suivez-moi.

Madame Claveau prit sur elle de lui indiquer la chambre de sa fille, qu'elle occupait depuis la veille.

– Installez-vous ici…

Les vaches… encore dans l'attente ; Léo devait faire le nécessaire… Les stores baissés chez les Vadeboncœur… Gilbert en déduisit que l'homme donnait priorité à ses enfants, que peut-être il était ébranlé par les événements. Sans attendre, il échangea l'uniforme contre des vêtements plus appropriés.

Gilbert ne s'attardait pas aux détails, il jugeait d'emblée. Ses décisions prises, il passait à l'exécution. Son expérience d'ancien fermier aidant, il alla vers la remise, certain d'y trouver les chaudières à lait. Puis il marcha vers les bâtiments.

L'odeur des animaux, le parfum du foin qui emplissait l'air, même le crottin des bêtes lui plaisaient : il fermait les yeux et humait. Un passé bien doux lui revenait en mémoire ; par ricochets, il pensa à son fils.

– Hé, là ! Doucement ma belle…

Les bestiaux flairaient en lui une main étrangère. Ils se montraient récalcitrants. Il dut d'abord les amadouer, calmer leurs craintes, pour ensuite s'émerveiller de leur rendement : « Le troupeau est sain, ce sont de bonnes bêtes ! »

L'accalmie du moment, ces gestes posés avec une certaine nonchalance parce que si familiers, l'harmonie de l'heure, tout charmait son âme ; ici on ne luttait pas, on ne jugeait pas, on ne déduisait pas ; on obéissait à la nature, on se soumettait à ses lois et elle donnait en retour.

C'est avec regret qu'il s'éloigna ; après avoir nourri les bêtes, il revint à la maison. Là encore, une image de la vie l'attendait. Dès qu'il entra, les fillettes s'approchèrent de la table. Lucille était du groupe. Gilbert attendit que l'une d'elles pose des questions sur ce qui s'était passé plus tôt.

Il expliqua que Lucien avait grimpé très haut sur la montagne et qu'il ne pouvait plus en redescendre sans aide. Et, gentiment, il leur narra les incitations de Gervaise, qui, à elle seule, avait guidé Lucien dans les gestes à poser. Il mit de l'emphase sur cette aide précieuse qui avait assuré le succès obtenu.

Madame Claveau comprenait que Gilbert s'efforçait d'attribuer à sa femme le succès de l'épopée, afin de la grandir à leurs yeux, d'asseoir leur confiance en cette femme qui, une fois de plus, et dans des circonstances presque inhumaines, s'était montrée non seulement stoïque, mais héroïque. « Oui, pensa-t-elle, c'est du bon pain, ce gars-là. »

– Papa défendait qu'on aille là, s'exclama Réjeanne. Lucien est puni. Ça lui montrera !

Les fillettes, enfin rassurées, se défoulaient ; le ton montait, les commentaires fusaient.

Madame Claveau s'approcha :

– Ne réveillez pas ceux qui dorment, dit-elle doucement.

– N'ayez aucune crainte. Lucien filera jusqu'à demain matin ; Gervaise aussi, probablement.

– Toi, Gilbert, tu as eu peur ? demanda Lucille.

– Après, oui. Quand tout a été fini.

– Alors ça ! s'exclama Jacqueline, la rouspéteuse, si toi tu as eu peur…

Gilbert sourit, content. Les fillettes ne lui vouaient pas de rancœur. Madame Claveau n'était pas sans l'avoir constaté. « Mais, pensait-elle, aura-t-il la même facilité pour gagner la confiance de Lucien ? »

Réjeanne avait repris son aplomb. Elle décrotta son filleul, commanda à ses sœurs de desservir la table et de faire la vaisselle.

Madame Claveau allait protester ; elle se ravisa et vint s'asseoir auprès de Gilbert. À voix basse, pour ne pas être entendue des enfants, elle jeta :

– Que de discipline, dans cette maison ! Tous ces gens sont admirables. Ma fille connaîtra un grand bonheur.

– Sans doute mérité. La beauté de l'âme ne se voit pas, mais elle rayonne. Ceux qui s'assemblent, même inconsciemment, le font sous l'effet d'une pulsion qui les y incite ; il suffit d'être franc avec soi-même et de savoir accepter les autres pour ce qu'ils sont.

– Vous reprenez les termes employés par mon confesseur.

Gilbert sourit. L'homme de peu de mots, non enclin aux confidences, tapi depuis si longtemps dans la solitude, aimait la comparaison ; le prêtre confesseur, il le savait, servait souvent de conseiller aux âmes. Il n'y croyait pas tellement à ces gardiens de la force morale, qui n'avaient su que l'inciter à la résignation dans les épreuves qui avaient bouleversé sa vie.

Depuis qu'il avait endossé l'uniforme du policier, Gilbert, que la maladie de son fils torturait, faisait partie d'une association qui se dévouait à la délinquance juvénile. Par le geste plutôt que par les paroles, il aidait les jeunes, s'attardant aux plus démunis, aux plus durs.

Il pensait à Gervaise qui, aujourd'hui, guidée par son cœur sans doute, avait d'abord et avant tout misé sur la logique, une logique ferme et éclairée, pour diriger, guider, convaincre Lucien. Pas une fois elle n'avait évoqué le nom de Dieu. C'est à la grâce de son père qu'elle le confiait, son père et sa mère, qui là-haut veillaient sur lui. La voix ferme, les mots fortement articulés, sans trémolos, sans reproche, avaient été, il en était sûr, la raison de la bonne tournure des événements. Il n'avait été que l'instrument secourable.

Le raisonnement qu'il avait plus tôt tenu à Mme Claveau n'avait cessé de le hanter depuis le jour où il avait rencontré Gervaise. Sa nature forte, sa détermination et sa franchise brutale l'avaient fasciné, attiré ; l'amour n'avait pas tardé à l'enflammer.

Elle dormait près de son fils ; déjà ils étaient séparés, déjà ils avaient affronté le destin ensemble ; en moins d'un jour, la compatibilité de leurs personnalités lui avait été démontrée.

– Nous montons dormir. Bonsoir, Gilbert !

Gilbert sursauta. Il émergeait de ses pensées. Les fillettes le regardaient.

– Venez.

Il ouvrit ses grands bras. Elles hésitèrent. Alors il se leva et se recroquevilla en petit bonhomme pour plonger son regard dans les paires d'yeux qui l'observaient. Il leur sourit et dit simplement :

– Bonsoir, les filles, vous êtes épatantes.

Elles s'éloignèrent, silencieuses. Un lien les unissait : il avait sauvé Lucien avec leur mère, elle ne partirait plus jamais…

– Salut, Gilbert.

– File !

Et il donna une tape amicale sur les fesses de l'espiègle Lucille.

– Si vous alliez dormir, monsieur Gilbert ?

– Oui, bien sûr. Bonne nuit, madame Claveau. Et merci, ce souper…

– Ah ! ce souper… Les casseroles débordent. Je n'ai aucun mérite.

– Pour moi, cependant, il avait une grande importance.

– Vous allez éteindre ?

III

Lucien ouvrit les yeux, regarda autour de lui. Il sentit le poids du bras de sa mère sur sa taille ; il se glissa lentement au bord du lit et se leva. Gervaise bougea, mais ne se réveilla pas. Il la regardait. Ce qui s'était passé la veille lui revenait à l'esprit. Il se vêtit et sortit sans bruit. Il jeta un coup d'œil dans la chambre de ses sœurs ; elles dormaient profondément. Il descendit à la cuisine. La table était prête à accueillir les convives, quelqu'un s'affairait dans l'angle où se trouvait le poêle. Le glouglou de la cafetière se faisait entendre. Il s'arrêta, indécis. Où était passé tout ce monde qui fêtait hier ? La maison était rangée, le calme régnait. Il risqua un œil dans le nid d'amour situé au bas de l'escalier : l'étalage des cadeaux s'était volatilisé. Il avança davantage. Madame Claveau se retourna juste au moment où il allait s'éloigner.

– Bonjour, Lucien, tu as bien dormi ?

La voix était sans reproche, ce qui le rassura.

– Tu dois avoir faim, hein ? Passe à table, il y a plein de bonnes choses. As-tu des préférences ?

Il fit non de la tête, prit sa place habituelle et attendit. La femme, avisée, voyait son embarras. Elle prit plus de temps que nécessaire pour préparer l'assiette, elle turlutait doucement.

Lucien, affamé, attaqua son déjeuner avec avidité. Dès qu'il eut avalé la dernière bouchée, il sortit et se dirigea vers les bâtiments, au fond de la cour. Tout à coup, il vit Gilbert, grimpé dans l'échelle, qui, à l'aide de la fourche, jetait du foin en bas. « Il ne peut monter là-haut, pensa-t-il, il est trop grand, sa tête défoncerait le plafond. » Il éternua, Gilbert se retourna. Lucien reculait lentement en direction de la porte. Aux aguets, Gilbert descendit en enjambant les barreaux deux par deux.

– Salut, Lucien, dis-moi où se cache le fanal ?

– Dans la remise, hurla Lucien tout en courant en direction de la maison.

L'homme sourit, il le savait. La question lui était venue, comme ça. La glace était rompue. « Je ne dois pas oublier de déplacer le satané fanal. Il est espiègle, ce marmot, je ne dois pas me laisser prendre avec mes ruses. »

Lucien s'approcha de la clôture des Vadeboncœur. Les garçons n'étaient pas en vue. Il revint vers la maison. Comme il se sentait seul, dépaysé ! Et sa mère qui dormait dans sa chambre ! Où aller ? Dans la chambre des filles ? C'était interdit !

Lorsqu'il rentra, Gervaise descendait l'escalier. Il n'avait pas le choix, il fallait l'affronter !

– Bonjour, Lucien. Tu as bien dormi ?

– Euh…
– Tu as bien dormi, Lucien ?
– Ouais !
– J'ai une faim de loup. Et toi ?
– J'ai déjeuné.
– Oui, madame Gervaise, votre fils a bien mangé. Bonjour ! Voilà votre café.
– Et Gilbert, il est levé, madame Claveau ?
– Je ne l'ai pas vu.
– Il… il est dans le fenil.
– Si tôt ?
– Je… l'ai vu.
– Tu n'as rien de brisé, tu n'as pas de douleur ?

Il fit non de la tête. Elle n'insista pas. Madame Claveau avoua avoir dormi dans le nid d'amour, avec la permission de sa fille et l'approbation de Raymond. Elle vanta les charmes de la pièce, jusque dans les menus détails. Gervaise se prêta au jeu. Elle observait Lucien du coin de l'œil. Il allait, d'une fenêtre à l'autre, l'âme en peine. Elle s'était levée, bien décidée à le raisonner, à lui reprocher de s'être ainsi exposé au danger, mais il affichait si piteuse mine qu'elle remit à plus tard la semonce. Il lui paraissait suffisamment puni pour l'instant.

Le téléphone sonnait. Gervaise se dirigea vers le salon, invita l'interlocuteur à attendre.

– Lucien, cours vite prévenir Gilbert qu'on le demande d'urgence au téléphone.

Lucien partit en trombe. Il revint au pas de course, suivi de Gilbert.

– Merci, Lucien, lui jeta l'homme au passage.

– Quelque chose de grave ? s'enquit Gervaise qui avait tout de suite pensé à son fils malade.

– Oui, je vais devoir partir. Je savais que nous n'aurions pas le loisir d'une lune de miel, Gervaise, mais je ne croyais pas avoir à te quitter si tôt. On m'avait accordé trois jours de congé, accepté ma démission, mais je devais retourner un mois au travail, histoire de classer mes dossiers, de les transférer aux autorités.

Il se tut, la regarda intensément ; il prenait conscience qu'ils n'avaient pas eu une minute de tête-à-tête, pas un instant d'intimité. Sa femme, la femme qu'il avait tant désirée était là, devant lui. Il l'avait embrassée furtivement, à l'église, sous l'œil du prêtre et de l'assistance, et voilà qu'il devait partir.

– Va, ne t'attarde pas, je comprends. Le devoir d'abord.

Il ouvrit la bouche, ne dit rien. Il pivota sur ses talons et monta les marches deux par deux. Gervaise pensa à le suivre, mais la pudeur l'en empêchait. Le plancher couinait sous ses pas hâtifs ; le gémissement du bois lui indiquait la direction prise. C'est ainsi qu'elle apprit qu'il avait dormi dans la chambre qu'occupait Mme Claveau, ce qui expliquait que cette dernière ait déménagé ses pénates dans le nid d'amour de sa fille. « Alors, pensa Gervaise, Gilbert a dormi dans le même lit que j'ai occupé, moi, à mon arrivée ici… » Elle se souvenait du trouble qui l'avait envahie ce jour-là, à l'idée d'avoir à dormir dans les bras de Télesphore, cet homme qu'elle connaissait à peine, qu'elle désirait pourtant... incertaine et surtout ignorante des raisons de ses hésitations d'alors. « J'étais une jeune fille, je ne connaissais rien des faits de la vie. Mes craintes se sont vite dissipées. Télesphore était si tendre... »

Elle se perdit dans ses souvenirs. Certains détails attendrissants, d'autres plutôt cocasses, affluaient à son esprit. « Que je l'aimais ! »

Gervaise n'avait pas entendu revenir Gilbert. Il s'approcha, lui posa un doigt sous le menton, l'obligeant à lever la tête.

– Tu es songeuse, Gervaise, je regrette d'avoir à te quitter. Ça ira ?

– Oui, bien sûr.

– Mais, j'y pense, qui fera le train ?

– Ne t'en fais pas, Léo n'est pas venu hier probablement parce que tu étais ici, mais nous avions pris entente ; il s'occupera des bêtes jusqu'au retour de Raymond, ou du tien. Je vais lui téléphoner et lui expliquer la situation.

– Je reviendrai au plus tôt. Entre-temps, je te téléphonerai.

Il prit un calepin et un crayon, traça un numéro de téléphone et le remit à sa femme.

– Tu pourras toujours me rejoindre à ce numéro. N'hésite pas à le faire.

– Va, sois sans inquiétude, je suis une grande fille.

Elle s'était levée, avait passé le bras autour de sa taille. Il la souleva, se mit à virevolter, couvrant ses cheveux et ses yeux de baisers. Puis, il la ramena à sa chaise et s'éloigna, rapidement, sans un mot. La porte se referma.

Gervaise détestait ce départ, celui-ci et tous les autres, ce silence qui régnait dans la maison, ce retour à la solitude. « Les départs causent des ruptures, créent des incertitudes, assombrissent la vie. » Celui-ci lui remémorait le grand vide ressenti le jour du décès de Télesphore ; le poids du joug retombait sur ses seules épaules. Elle appuya la tête sur le dossier de sa chaise et ferma les yeux.

Un bruit attira son attention. Elle regarda autour d'elle et, à la fenêtre, elle vit Papachou qui, grimpé sur les épaules de sa sœur, frappait de sa petite main dans la vitre. Elle marcha vers lui, se pencha et posa un baiser à la hauteur de ses lèvres ; il éclata de rire, d'un rire cristallin qui lui réchauffa le cœur. Alors elle écrasa son nez contre le carreau ; il l'imita ; le jeu enfantin les amusait.

Madame Claveau s'approcha ; à la main, elle tenait des friandises. Les enfants entrèrent en courant. Gervaise les écoutait, réunis autour de la table, se chamaillant. Elle s'émerveillait. En tout autre temps, elle les aurait ramenés à l'ordre.

Gervaise se dirigea vers le salon. Elle devait prévenir Léo de l'absence de Gilbert. Elle composa le numéro. C'est Lucette qui répondit. Dès que Gervaise eut parlé, son amie raccrocha. Croyant que l'appareil faisait défaut, elle composa de nouveau. Cette fois Léo répondit, avec le même résultat. « Qu'est-ce que ça signifie ? songea Gervaise. Que se passe-t-il chez les Vadeboncœur ? »

Elle décida de se rendre chez eux, de tirer la situation au clair. Elle marcha jusqu'à la maison de ses voisins, monta les marches du perron. La double porte était ouverte ; le bruit de ses pas dut les prévenir de son arrivée. Voilà qu'elle vit Léo lui fermer la porte au nez et, dans un geste exaspéré, baisser rageusement le store. Elle resta figée là un bon moment, incertaine de la décision à prendre. Il était bien clair que l'on ne voulait plus d'elle, dans cette maison. Elle recula, descendit les marches, releva la tête dans un mouvement de fierté et s'éloigna.

Lucette, derrière une fenêtre de l'étage, l'observait et souffrait. Elle venait de perdre son amie, la seule personne à qui elle avait pu ouvrir son cœur.

Gervaise ne comprenait pas. Elle fouillait dans sa tête, se creusait les méninges, repassait des événements récents, cherchait une explication à leur conduite, mais n'en trouvait pas !

Rentrée chez elle, assise dans la berceuse, elle continuait à se questionner. Tout à coup, elle sursauta. « Et les bêtes ? »

– Madame Claveau, vous êtes certaine que Léo n'est pas venu ici, hier ? Ni aucun de ses enfants ? Ils ne sont pas venus s'informer de Lucien ?

Devant les réponses négatives, elle ne pouvait plus douter. Il s'agissait d'une rupture radicale.

– C'est inexplicable ! Je n'y comprends rien. Que vais-je faire avec les animaux ? Je crois que je devrais téléphoner à Gilbert et…

– N'allez pas faire ça, madame Gervaise, ce ne sera pas nécessaire. Je vais m'en occuper moi-même.

– Vous ?

– Oui, moi.

– Mais, comment ? Vous pouvez traire une vache, vous ?

La dame éclata d'un grand rire joyeux.

– Oui, bien sûr, et tout le reste : préparer la bouette, enfourcher le foin, le faucher même. La terre pour moi n'a pas de secret.

– Dire que je ne connais que les manies des poules ! Je me souviens de la première fois que je les ai approchées. J'étais effrayée…

– Les animaux bien traités sont rarement agressifs, sauf les taureaux, peut-être, qui ont parfois bien mauvais caractère lorsqu'ils sont en rut.

– Tout de même, je ne peux accepter que vous…

– Vous préparerez le souper. C'est sans doute la dernière fois que vous serez seule à table avec vos enfants. Ils seront ravis de vous avoir toute bien à eux.

Madame Claveau mangea tôt, sur la « pantry », comme elle désignait en riant le comptoir de la cuisine. Après quoi elle disparut vers les bâtiments.

Gervaise, attendrie, constatait une fois de plus que sa vie auprès de Télesphore avait été douce et confortable. Elle entendait presque sa voix chaude et enveloppante quand il lui donnait le surnom de Bourgeon ; c'était dans des instants de passion, de grand désir amoureux. Elle frissonna.

C'est la tête dans les nuages qu'elle dressa le couvert, prépara le repas, servit les enfants. Elle leur prodiguait des caresses, écoutait leur discours, chaleureuse, attentive. Ils en étaient au dessert quand Lucille demanda tout à coup :

– Gilbert, est-ce qu'il va prendre la place de papa à la table ? C'est ton mari !

– Qu'en pensez-vous, les enfants ?

Tous se taisaient. Elle les regardait. À ça, elle n'y avait pas pensé. Les enfants, eux, si ! Jacqueline dit, d'une voix à peine audible :

– À table, je veux bien, mais dans mon cœur, jamais !

– J'espère bien, répondit doucement Gervaise ; Gilbert ne le voudrait pas non plus, pas plus que j'aurais voulu prendre la place de votre mère quand je suis venue la remplacer auprès de vous. Mais vos cœurs sont grands et généreux ; il y a beaucoup de place dans un cœur, il y en a pour tous ceux que l'on aime.

« Ces enfants étaient prêts à l'aimer, pensa Gervaise, ces enfants n'ont pas de raison de se méfier d'un nouveau venu, quel qu'il soit. Ils n'ont jamais été violentés, leur âme n'est pas marquée. » Elle se surprit à espérer que l'avenir de la maisonnée soit aussi ensoleillé que son passé. Elle pensa au revirement de Léo, avec inquiétude cette fois. « Pourquoi ? Que s'est-il vraiment passé pour expliquer la situation ? »

Les fillettes argumentaient : on ne leur avait pas imposé la tâche de la vaisselle depuis plusieurs jours ; qui devrait la faire ? Gervaise trancha :

– Allez, tous à la télévision, ce soir je rangerai le tout, seule ; vous avez congé.

On se précipitait.

– Eh ! Et vos mains ? Depuis quand ne lavez-vous pas vos mains après les repas ? Et vos dents !

– Tu as dit congé, maman.

– Ce n'est pas une raison pour laisser tomber les notions d'hygiène les plus élémentaires.

Elle réprimait un sourire. La phrase de Télesphore lui revenait en mémoire : « Vous n'allez pas briser en quelques minutes des règlements que j'ai mis des mois à faire respecter… »

Les règles disciplinaires de Télesphore étaient si doucement appliquées qu'elles se confondaient avec la normalité ; on s'y soumettait sans heurt. C'était différent de la discipline rigide connue au couvent qui, elle, s'appliquait à tous, sans discernement d'âge ou de personnalité. On matait surtout les caractères, on brisait les résistances.

Le soir, au souper, Lucien était demeuré silencieux. « Je devrai aller jusqu'au fond des choses, lui parler à cœur ouvert : une simple blessure de l'âme peut dégénérer en traumatisme. Ça, je ne le veux pas. »

Elle se félicitait de n'avoir pas précipité les choses, d'avoir laissé le temps faire son œuvre. Lucien connaissait le danger auquel il s'était exposé ; pourquoi s'arrêter à ce fait alors que les raisons de ses agissements n'étaient ni la désobéissance ni la bravade ? Il n'était pas question de sévir, mais d'aller au fond des choses, de découvrir ce qui l'avait poussé à agir. Elle s'approcha de la porte du salon ; à la télé, les dessins animés étaient sur le point de finir : un crocodile glissait sur l'eau bleue, un papillon multicolore venait se poser sur son dos, le rideau tomba. Gervaise attendit cette minute et demanda :

– Lucien, irais-tu aider Mme Claveau ?

Le garçon se leva d'un élan et fila vers la porte de sortie. Il semblait content de s'éloigner ; Gervaise pensa qu'il était temps qu'il soit initié aux travaux de la ferme. Après tout, il était fils de cultivateur. Le plus tôt il prêterait main-forte, le plus tôt il prendrait goût à ce métier.

Elle retourna à la cuisine préparer le repas de cette femme de qui elle ne savait rien jusqu'à il y a quelques jours, et qui se montrait si compréhensive, si dévouée.

Elle alla s'asseoir dans la berceuse. Papachou s'approcha. Elle l'attira et, les yeux fermés, l'enfant couché sur ses genoux, elle chanta doucement. Le bonheur goûté l'inondait tout entière. Le départ précipité de Gilbert, qui l'avait un instant ébranlée, lui paraissait maintenant bienveillant ; les enfants s'étaient retrempés dans l'atmosphère familiale en toute quiétude. « La poulette grise, qui a pondu dans l'église… » Papachou dormait. Le contact du corps chaud de l'enfant lui était très doux.

Madame Claveau sourit devant l'image qu'offraient la mère et son bébé.

– Vous permettez que j'aille le déposer dans son lit ? Il y a si longtemps que je n'ai pas goûté cette joie de tenir un bébé dans mes bras.

Gervaise servit l'assiette, versa le café. Elle en prit une tasse et prit place près de sa compagne.

– Je regrette d'avoir dû accepter votre offre de nourrir les bêtes, vous...

– Tut ! tut ! Je l'ai si souvent fait sans qu'on le remarque ; aujourd'hui c'était une occasion de vous rendre ce service pour vous remercier. C'est ma première sortie, loin de ma famille, seule. De vraies vacances ! Et que de joies ! Le bonheur d'Angéline, ses yeux brillants, cette famille merveilleuse qui lui a ouvert son cœur et sa porte : pour une mère, c'est rassurant ; elle ne sera jamais seule, elle a trouvé sécurité et amour. Tout ça est d'une valeur inestimable et nous vous le devons.

– Mangez, votre repas va refroidir...

Madame Claveau posa la main sur le bras de Gervaise et lança :

– J'aimerais ajouter quelque chose qui ne me regarde pas, mais qu'il vous faut entendre. Ce M. Gilbert, croyez-en mon expérience, c'est du bon pain. Je l'ai entendu et vu agir avec les enfants, ce matin, soyez confiante.

– Vous avez compris mes inquiétudes ; j'ai eu si peur quand le fils du voisin a exprimé les craintes de Lucien à propos de mon remariage.

– Selon vous, l'enfant avait-il des raisons précises de ne pas aimer M. Gilbert, y avait-il mésentente entre eux avant votre union ?

– Pas que je sache, au contraire. Gilbert a un fils malade, hospitalisé depuis nombre d'années. Il est très lié à Lucien, lui démontre plus d'affection qu'il n'en témoigne aux fillettes. C'était la même chose avec Papachou. C'est pourquoi je ne comprends pas. Tout a changé, subitement. Du jour au lendemain il est devenu agressif, je ne sais toujours pas pourquoi.

– Voulez-vous mon opinion ?

– Je vous en prie, oui.

– Ne dites rien, attendez un peu, laissez M. Gilbert prendre la situation en main. Plus tard, vous questionnerez l'enfant, quand il aura retrouvé la paix. Il est bon, Lucien, et très franc. Vous connaîtrez alors sa version des faits, tels que lui les a vécus.

Il y eut un long moment de silence que Mme Claveau rompit :

– Si vous me le permettez, j'aimerais rester avec vous jusqu'au retour de votre mari ; je donnerais un coup de téléphone à ma famille pour ne pas qu'on s'inquiète. Ainsi mes vacances se prolongeraient…

Gervaise remercia avec effusion. Elle pensait à Léo qui piquait présentement une crise psychologique. La présence de cette dame lui était précieuse, plus qu'elle n'aurait su l'exprimer.

Gilbert téléphona dans la soirée. Gervaise, tout à son bonheur, lui parut enjouée, heureuse. Il s'informa de Lucien, des enfants. Elle ne parla pas de Léo, lui affirma que tout allait bien.

– Je devrais rentrer d'ici deux jours ; je suis accaparé par un cas dont j'avais suivi la filière ; des éléments nouveaux sont survenus, je dois m'attarder ici.

– Si c'était plus de deux jours, je ne te le pardonnerais pas…

– Voilà qui me rassure. Tu ne m'as pas oublié, tu ne regrettes pas de m'avoir épousé… et surtout tu sembles bien te tirer d'affaire. Tu es bien la femme adorable que je croyais.

– Il te fallait cette longue absence pour te le prouver ?

Gervaise aurait préféré répondre plus affectueusement, lui exprimer la joie qu'elle aurait à le voir revenir, mais le timbre de sa voix, l'éloignement peut-être, la plongeaient dans un état béatifique qui ravivait en elle des désirs qu'il avait su éveiller ; elle se sentait langoureuse, désireuse d'être cajolée, aimée. Elle s'éloigna de l'appareil, marcha vers la berceuse, se perdit dans une rêverie mélancolique.

Madame Claveau était disparue discrètement. Gervaise resta là, grisée par ses pensées. Gilbert les occupait toutes. La nuit était avancée quand elle décida de monter dormir. Devant la porte de sa chambre, elle hésita un instant puis fila vers celle que Gilbert avait occupée. Elle se glissa dans les draps qui l'avaient couvert. Elle regarda les oreillers : l'un était froissé. Elle y plongea le nez.

*
* *

Le lendemain, le chant du coq réveilla Gervaise. Elle se leva, elle irait soigner les poules.

Elle déjeuna en compagnie de Mme Claveau. On parla recettes, enfants, semences, et surtout des prochaines récoltes qui promettaient beaucoup.

– J'ai pris la liberté d'arpenter votre potager ; le sol est riche, c'est de la bonne terre arable qui ne demande qu'à donner, une terre grasse et généreuse. Les pâturages sont verts. Sans doute qu'à eux deux Raymond et M. Gilbert auront vite fait de doubler la production actuelle ; ce n'est pas l'espace qui manque.

Gervaise enregistrait les commentaires de cette conseillère connaissante et expérimentée. L'arrivée des enfants mit fin à leur tête-à-tête.

*
* *

– Quelque chose vous préoccupe ? demanda Mme Claveau, sans préambule.

– Non, pourquoi ?

– Vous semblez loin, très loin.

– Je pensais… à ma chambre, que j'hésite à partager avec mon mari ; vous comprenez, c'est là que Télesphore est décédé, mon bébé y est né ; ce serait profaner les lieux que de…

– Je comprends. C'est une pensée délicate. Vous avez d'autres choix ?

– La chambre de mes filles est la seconde plus grande. Je pensais l'aménager pour nous deux.

– Profitez de l'absence de M. Gilbert : faisons ça ensemble, aujourd'hui.

– Ce n'est pas si facile, les meubles sont lourds.

– Les enfants se feraient un plaisir de nous seconder. Allons-y, jetons un coup d'œil là-haut, étudions les possibilités. Venez, ça ne nous oblige à rien.

Les deux femmes montèrent à l'étage, décidèrent des meubles à déménager. Dès que le jeune Télesphore se fut endormi, au salon cette fois, afin de le protéger contre lui-même dans le brouhaha qui suivrait, Mme Claveau plaça les pattes de la lourde commode en bois de chêne sur le tapis qui servait de descente de lit. Les enfants tiraient et les adultes poussaient : un-deux-trois-go ! Une halte et l'on recommençait.

Madame Claveau joua de ruse. Le sommier à lames de la chambre des filles avait subi les assauts des sauteries. Elle y substitua celui du lit du maître, un rire narquois illuminait ses traits.

– Votre maison est impeccable de propreté, jeta-t-elle.

– Le grand ménage est à peine terminé. Rien n'a été oublié. Votre fille Angéline, madame Claveau, semble avoir hérité de vos qualités ; elle a les yeux partout à la fois.

– Vous, dans tout ça, Gervaise ? Faites-moi plaisir, laissez tomber le madame ; mon prénom est Éva.

Elles se souriaient tout en étendant les draps frais qui couvriraient la couche. Gervaise transférait ses pénates, rangeait ses vêtements dans les tiroirs des bureaux. La commode de Télesphore, vidée de ses objets personnels, serait prête à recevoir ceux de Gilbert.

Les vêtements de Télesphore iraient à une œuvre de charité, mais sa montre, sa boussole, ses boutons de manchette, tous ces objets disparates auxquels il tenait seraient conservés et remis à Lucien, plus tard.

Au fond de la garde-robe, sur la plus haute tablette, Gervaise s'arrêta à un coffret déjà vu, mais qu'elle n'avait jamais ouvert. Il contenait les titres de la ferme. Le coffret était une boîte de thé en métal, vide, de l'Indochine. « Le passé et le présent qui se croisent », ne put s'empêcher de songer Gervaise. Ainsi va la vie !

Éva avait filé discrètement. Gervaise s'attardait à mettre la dernière main à la préparation de son propre nid d'amour.

En bas, les enfants se chamaillaient ; l'odeur du café vint lui caresser les narines.

Secouant sa rêverie, elle décida de descendre rejoindre ceux qu'elle aimait. La lampe de chevet, témoin de tant de bonheur, se trouvait là, oubliée dans un coin du corridor. Elle la prit, la regarda. Sa lumière tamisée lui avait souventes fois rappelé la lampe du sanctuaire du couvent, source de consolation dans la peine ou d'espoir dans l'avenir ! Elle la garderait, en ferait son talisman. Avec dévotion, elle l'installa à la tête du lit conjugal.

*

*   *

À sa grande surprise, Gervaise trouva Mme Claveau occupée à repasser la robe rose qu'elle portait le jour de son mariage et qu'elle avait souillée plus qu'il ne fallait au pied de la montagne.

– J'ai pensé que vous aimeriez vous en revêtir pour le retour de votre mari… Le café est chaud, il vous attend.

Gervaise pivota sur ses talons. Un tantinet d'angoisse l'envahit ; bien sûr elle désirait se blottir dans les bras de Gilbert, voulait en être aimée, goûter ses caresses, tout partager avec lui, corps et âme. Que de choses étaient survenues depuis ces heures pourtant pas si lointaines où elle avait pris cet engagement, vêtue de sa robe rose ! L'heure de l'exigibilité sonnerait bientôt, ce qui lui faisait un peu peur. « Scrupule ou pudeur ? » Elle n'aurait pu définir le sentiment qui la troublait et se prit à espérer que le retour de Gilbert, sa présence à ses côtés et l'attraction physique accompliraient le miracle.

– Voilà ! Cette robe a oublié les intempéries subies, elle est comme neuve. C'est ainsi que l'on connaît le bonheur, en passant l'éponge.

– Vous avez un sourire énigmatique, Éva. Que cache-t-il ?

– Je pensais à mon confesseur, le sacripant !

– Oh ! Le terme est fort.

– Résignez-vous, chère madame, prêchait-il. Il mettait la main de Dieu jusque dans mon lit, alors que mon mari mettait la sienne dans les petites culottes des autres femmes… Maquereau du plaisir !

Et la peur des maladies honteuses, parlons-en. Vous imaginez le désastre s'il avait fallu qu'il attrape les mauvais maux et apporte ça à la maison ! Les femmes et la boisson, deux calamités contre lesquelles j'ai dû me débattre, pour lesquelles je me suis sacrifiée au point de m'oublier. J'ai tout fait pour éviter la honte aux enfants, cacher leur père, l'excuser au besoin. Que de nuits sans sommeil ! Une vie d'enfer. Une seule fois, je lui ai tenu tête : c'est l'autre jour, lorsque j'ai reçu l'invitation au mariage de ma fille à Raymond. Monsieur était offusqué, scandalisé : on l'avait oublié, le pauvre petit papa ; l'ingratitude le faisait souffrir, déclamait-il en s'indignant. Je l'ai regardé, droit dans les yeux ; il a reculé, j'ai avancé. Nous nous sommes retrouvés nez à nez, acculés au mur. Point nécessaire que je vous explique pourquoi Angéline a agi ainsi, elle avait de bonnes raisons. Mais je cherche à vous expliquer que, dès cet instant, j'ai compris que si j'avais été plus ferme, plus déterminée, moins résignée, je me serais épargné bien des larmes. La maudite mollesse ! La maudite soumission qu'on nous prêchait, à nous, les mères porteuses qui accomplissions à nous seules la revanche des berceaux ! Et on gobait tout ! À chaque accouchement, épuisées de fatigue, résignées, nous acceptions ce nouveau-né que l'on déposait dans nos bras en le mouillant de larmes de joie à la pensée du devoir accompli : un autre payeur de taxes voyait le jour ! L'église faisait chanter ses cloches... Bonté suprême ! Cent fois je me suis résignée, quatorze fois j'ai accouché. Mille fois j'ai pleuré, autant de fois je me suis confessée de mon manque de résignation ! J'ai fait le bilan de ma vie, depuis que je suis chez vous ; pas rose, pas rose ! C'est la première fois que j'en parle hors du confessionnal. Le curé ne comprendra plus rien car j'irai dorénavant vers la table sainte sans passer par sa boîte à péchés. De toute façon, mon vénérable époux en est réduit aux plaisirs du désir : l'objet de sa concupiscence a perdu son ardeur et ne lui sert plus qu'à uriner ! Il est puni par où il a péché.

– Éva !

Celle-ci pouffa de rire.

– Je ne cherche pas à vous scandaliser, Gervaise, je m'épate devant votre bonheur tout neuf, je suis émerveillée du souvenir que vous gardez et du respect que vous témoignez à l'égard de cet homme que le ciel vous a ravi. Je comprends les sentiments qui vous animent à la pensée de ce premier contact avec votre nouvel époux : du bon pain, je vous le répète. Lancez-vous à corps perdu dans ce bonheur nouveau et prometteur. Soyez forte, ne fléchissez pas, dominez vos sentiments et votre vie ; en un mot : choisissez ! Si vous avez à pleurer, faites-le seule, jamais au confessionnal, et trouvez les solutions aux problèmes au fond de votre âme. Gardez la tête haute, demandez, exigez même, ne devenez jamais l'ombre de vous-même sous le faux prétexte de la supériorité du mâle. Vous êtes un être humain à part entière, vous avez les mêmes droits ; pas de concessions futiles. Une chose, toutefois, doit être prise en considération par une bonne épouse : ne vous endormez jamais, jamais sur un malentendu. Tout se pardonne sur l'oreiller. Là réside toute notre force d'épouse. Et votre bonheur durera.

Elle rit encore et conclut : « Amen. » Gervaise, les yeux démesurément ouverts par des confidences si soudaines et inattendues, ne trouvait rien à répliquer. Éva la regarda. Changeant de ton du tout au tout, elle ajouta, les yeux voilés de larmes :

– La solitude… Que je suis heureuse à la pensée que ma fille ne sera jamais seule, que vous serez là, qu'elle aura une âme sœur vers qui se tourner !

– Nous l'aimons bien.

– Je l'ai compris.

– Et si nous préparions le souper !

Le téléphone sonna, Gervaise traversa la cuisine au pas de course. Lorsqu'elle revint elle lança, joyeuse :

– Gilbert rentre demain.

Avant de s'endormir, elle résolut de cueillir des fleurs pour orner la chambre. Elle porterait sa robe rose. « Zut ! J'ai oublié de lui demander à quelle heure il arrivera. Et les poules ? Entendrai-je le coq chanter de ce côté-ci de la maison ? » Elle plaça le réveille-matin tout près et s'endormit en rêvassant.

*
* *

Gervaise sortit de bon matin. Ellc alla pieds nus, encore vêtue de sa robe de nuit. « Les poules, les poules. » Elle lançait le grain, les bestioles caquetaient. Elle imitait leurs gloussements, les taquinait en lançant trop loin leur pitance ; elles se ruaient, ailes ouvertes, au pas de course, se dandinaient sur leurs deux pattes ; l'image était belle en ce matin ensoleillé. Gilbert, debout sur le perron, l'observait. « Allez, je n'en ai plus, non, non, ne me "picochez" pas les orteils, mes vilaines. Allez, ouste ! »

D'abord Gilbert avait souri ; le panorama l'avait enchanté ; à l'entendre, si tendre et douce, témoigner de l'affection à ses volailles, il s'émut ; son cœur s'enflammait, le désir l'aiguillonnait.

Le panier à la main, elle reculait vers la maison. Puis elle se retourna et vit Gilbert, dans son uniforme, qui lui tendait les bras. Elle laissa tomber la corbeille, cria « Gilbert », et courut vers son homme. Il referma son étreinte, la garda un instant bien près de lui puis la souleva de terre, bécota ses cheveux. D'une main, il ouvrit la porte. Tenant toujours son fardeau, il prit la direction de l'escalier. « Au fond du couloir… » jeta-t-elle dans un souffle.

Pas de robe rose, pas de fleurs, un lit défait, les cheveux en broussaille. Elle le regardait se dévêtir les yeux brillants de passion.

De décor, point n'était nécessaire ; de prélude, pas davantage. Pas de baiser, pas de caresses, seul le désir les précipitait dans les bras d'un de l'autre.

Gervaise releva sa robe de nuit, tendit une cuisse invitante. Son colosse de mari l'écrasa de sa taille lourde ; surexcités, dans des mouvements convulsifs accompagnés de ronronnements, la naine et le géant cherchaient maladroitement la position qui les unirait. Gilbert posa une main sur les épaules de sa femme, l'obligea à courber la taille vers l'arrière. Il la pénétra enfin, ferma les yeux, émit un gémissement sourd. « Excuse-moi, murmura-t-il, je te désirais trop, depuis trop longtemps. » Elle sourit, se rapprocha. Sa tête vint s'appuyer contre ce thorax poilu, principal responsable de sa concupiscence.

– Rends-moi ma jambe.

Il souleva la taille, la tira vers lui, la hissa jusqu'à ce que leurs lèvres se rencontrent. C'était maintenant Gervaise qui se faisait aguichante, laissait sa passion déborder, faisait la conquête de son homme : « Lève les bras », susurrait-elle. De ses deux mains elle s'y agrippa. S'étendant sur lui, elle cueillit le fruit de son désir.

Ils étaient là, assouvis, soudés l'un à l'autre, émerveillés de l'harmonie de leur union.

La respiration de Gilbert devenait de plus en plus régulière. Gervaise leva la tête et le regarda ; il dormait. Elle se laissa doucement glisser à ses côtés, ramena la couverture et le regarda dormir.

*

* *

Madame Claveau s'était levée, avait dressé le couvert, puis s'était rendue à l'étable faire le train. Ce n'est qu'en revenant des bâtiments qu'elle aperçut le camion de Gilbert stationné près de la maison. Le temps de partir était venu. Elle emballa ses choses, descendit à la cuisine, prépara le café. À sa grande joie, elle vit les enfants descendre.

– Maman dort encore, la porte de sa chambre est fermée.

– C'est pourquoi vous êtes aussi silencieux ? C'est gentil.

– Toi, tu vas déjeuner avec nous ?

– Oui, ma poupée.

Le bruit répété de la chasse d'eau avait retenu l'attention de Gervaise. Elle se leva, se vêtit, descendit. « Je reviendrai mettre de l'ordre dans cette chambre… » Elle souriait à la vue de l'uniforme de son mari qui avait été lancé pêle-mêle dans toutes les directions.

– Maman, cria le jeune Télesphore dès qu'il vit apparaître les jambes de sa mère dans l'escalier.

– Bonjour, mes enfants. Vous vous êtes levés bien tôt ! Y a-t-il une raison spéciale à ça ?

– Nous allons en pique-nique, à midi, avec Mme Claveau.

– Ah oui ?

– J'ai préparé un grand panier, nous avons projeté d'aller dîner sous le grand chêne.

– Le grand chêne ? Mais c'est très loin !

– Je sais, à la limite des terres cultivées.

– Papachou viendra aussi, dans la voiturette.

Gervaise regarda Éva. Elle avait compris que celle-ci avait usé d'un stratagème pour laisser la jeune femme seule avec son mari. Mais, voilà ! Il avait dérangé les plans, il était arrivé plus tôt que prévu. Les deux femmes échangèrent un regard, plein de silencieuse complicité : l'un moqueur, l'autre reconnaissant.

– Et si Gilbert allait vous reconduire le plus près possible des limites, suggéra Gervaise, ça vous ferait plaisir ?

– Non, non, protestèrent les fillettes. Nous partons de la maison, à pied.

– De toute façon, Gilbert n'est pas levé, nous ne l'attendrons pas. Nous voulons jouer du ballon en équipe, contre Mme Claveau et Lucille.

Gervaise nota que Lucien avait un air plutôt embarrassé, mais elle n'y prêta pas attention.

– C'est peut-être mieux ainsi. Gilbert n'est arrivé que ce matin. Il a dû travailler toute la nuit et il doit être rompu de fatigue. Il dort profondément.

– J'espère qu'il ne ronfle pas ! s'exclama Jacqueline. Alphonse nous empêchait de dormir !

Gervaise avait ouvert la bouche pour dire : « Non, il ne ronfle pas », mais elle se tut. Elle n'en savait rien, encore…

On avait déjà oublié la présence de l'homme qui, là-haut, dormait du sommeil du juste. Gervaise se réjouissait à la pensée qu'ils seraient seuls pour les heures à venir.

On s'occupait à rassembler les objets requis pour la grande aventure : la corbeille de nourriture, la couverture à étendre au sol, les ballons, la voiturette couverte d'un oreiller pour amortir les chocs. Et, sous un soleil radieux, à travers les rires, on se mit en route vers l'aventure.

– Soyez prudents, la famille Citrouillard, jeta Gervaise du perron.

– N'aie pas peur, maman, répondit Réjeanne.

La réponse de sa fille ne l'atteignit pas : Gervaise s'étonnait d'avoir utilisé l'expression consacrée de Télesphore. Elle se trouvait à l'endroit même où, ce matin, se tenait Gilbert quand elle s'était précipitée dans ses bras.

Elle s'adossa au mur de la maison, perdue dans ses pensées : « Rien d'étonnant, Télesphore a fait de moi une femme, il m'a permis de cheminer, de m'épanouir, d'affermir ma personnalité ; en somme il a fait de moi ce que je suis devenue et ce, sans heurts, sans éclats. Merci, Télesphore, je te dois tout ! Continue de me guider, de m'aider à faire de cet homme un bon compagnon ; rends-moi attentive et alerte aux besoins de nos enfants, couvre-nous de ton aile protectrice. »

Elle rentra, débarrassa la table, lava la vaisselle, en continuant de rêvasser. Les événements du début de la journée lui revenaient en mémoire, la faisaient sourire : « Grand Dieu ! Quel tour de force ! Il n'est pas facile de trouver une position confortable pour s'accoupler. Je ne me savais pas si courte ; Télesphore s'était exclamé : "J'avais peur que vous soyez grande, étant moi-même courtaud." »

Elle monta à sa chambre. Sur la pointe des pieds, elle se rendit à sa garde-robe, prit ses vêtements ; elle se dirigeait vers la porte lorsqu'elle entendit son nom. Elle tourna la tête, il lui souriait.

– Je t'ai réveillé ?

– Viens.

La robe rose, une fois de plus, reçut un mauvais traitement, et alla choir sur le plancher avec l'uniforme et la robe de chambre.

– Et ce vêtement de nuit, si nuisible ! Le soleil est levé, à ce qu'il semble.

Gervaise hésita : jamais, auparavant, elle ne s'était offerte nue. Sa gêne fondit ; il l'avait saisie, forcée de se défaire de sa jaquette. Elle lui échappa, il courut après elle autour de la chambre en chantant son refrain du matin : « Les poules, les poules, le coq est arrivé. »

Assouvis une fois de plus, ils étaient couchés sur le dos. Tapie à côté de son homme, Gervaise, silencieuse, regardait le plafond.

– J'ai la fringale, tonna Gilbert. Je n'ai rien mangé depuis quinze heures, je voulais rentrer au plus tôt.

– Alors, content d'avoir faim ? La cuisine est fermée.

– C'est ce qu'on va voir.

Il marcha vers la porte, en costume d'Adam. Il croyait qu'elle le prierait d'enfiler un pantalon à cause des enfants, mais, devant son silence, il ouvrit. Narquoise, elle lui souriait.

– Je vais faire un scandale.

– Ça s'appelle de l'inceste. C'est interdit par la loi.

– Ça s'appelle de l'indécence, tu ne me laisseras pas faire ça.

Il mit un pied dans le passage. « Salaud », hurla-t-elle, si fort qu'il faillit fermer la porte sur son pied. Elle riait de plus belle ! C'est alors qu'il apprit qu'ils seraient seuls dans la maison pour les heures à venir.

– Toi, gourmand, tu as mangé ton dessert d'abord.

– Femme, lève-toi, descends à tes chaudrons.

Aguichante, elle enfila seulement sa robe de chambre et s'enfuit en riant. Le déjeuner fut joyeux, l'appétit féroce de son homme la charma.

– On dit que l'homme se gagne par l'estomac, je serai donc à jamais ton esclave…

– Qui a bien pu te mettre une pareille idée dans la tête ? Un homme se gagne par l'estomac, non mais… Par contre, j'en connais d'autres, des dictons, plusieurs, pour amadouer le mâle et l'obliger à se soumettre.

– Me voilà bien pris dans les filets d'une sorcière avertie.

Le repas terminé, ils restaient à table, parlaient de choses et d'autres, apprenant à se mieux connaître. Lui parlait de son travail, elle de ses enfants. Elle lui communiqua ses inquiétudes concernant Lucien, ses hésitations devant la semonce, l'embarras qu'il avait manifesté ce matin.

– Laisse-moi m'occuper de lui, Gervaise, j'irai au fond des choses, ça le mettra en confiance. Tu sais, le jour où j'ai escaladé cette montagne, je n'avais alors que mon fils en tête. Qu'est-ce que je ne donnerais pas pour grimper mille montagnes plus escarpées, si je pouvais en redescendre avec mon enfant revenu à la santé ! Envers Lucien, j'aurai la même considération, le même amour. Ils sont du même âge, tu comprends ? Ce sera pour moi une grande joie de le voir s'épanouir, grandir ; d'accomplir avec lui tout ce que j'ai rêvé de faire avec mon propre fils. Ce sera un baume pour la plus grande peine de ma vie.

Gilbert se tut et inclina la tête ; il semblait réfléchir. Gervaise posa la main sur son bras, geste de douceur désirant lui faire ressentir qu'elle compatissait à son chagrin. Il leva les yeux et, d'une voix triste, il ajouta :

– Ce qui m'invite à te dire autre chose qui nous concerne tous les deux, cette fois. Après une longue hésitation, il ajouta : toi et moi devons prendre la décision de ne pas avoir d'enfants ensemble. Tu as déjà deux fils à m'offrir et ces fillettes que j'adore…

Gervaise avait retiré sa main, s'était reculée, elle n'en croyait pas ses oreilles.

– Quoi ? Qu'es-tu en train de me dire ?

– J'essaie de te faire comprendre…

– Je sais ce que tu essaies de me faire comprendre, Gilbert Tremblay ; je sais pourquoi, je connais tes raisons profondes. Mais, écoute-moi bien une fois pour toutes : nous sommes époux et femme, notre mariage a été béni par l'Église, et par notre union physique il y a à peine quelques heures. De quel droit oses-tu maintenant faire marche arrière ?

Gervaise s'était levée. Les deux poings sur les hanches, elle hurlait.

– Qu'est-ce que tu veux, Gilbert Tremblay ? Devenir un meuble dans cette maison ? Pas d'enfant, pas de sexe. C'est aussi simple que ça ! Pourquoi ne pas m'avoir servi ta salade plus tôt ? Avant que je devienne amoureuse de toi, avant que je perde la tête pour tes beaux poils roux qui m'aguichaient, m'empêchaient de dormir, me gardaient éveillée la nuit parce que je te désirais avec passion et que je ne pouvais plus freiner ces désirs ! Pourquoi ?

Il tenta de s'approcher, elle le repoussa. La colère se lisait dans ses yeux. Son visage s'était empourpré, ses muscles étaient tendus.

– Non, Gilbert Tremblay, pas de mariage apparent, pas de conditions à l'amour. Je n'en veux pas de tes frayeurs, de tes inquiétudes. Ce qui est arrivé à ton fils est un accident de la nature. Un cas sur des milliers se produit, tu as été une rare victime ; je n'y puis rien, toi non plus. Mais pas d'échappatoire devant tes obligations, pas avec moi. Ça ne marche pas. Je ne vivrai pas dans l'hypocrisie, ne prenant que les plaisirs sans accepter les obligations qui s'y rattachent. Pas moi, Gervaise Lamoureux, la boiteuse qui a surmonté son infirmité, appris à marcher droit sur le sentier tortueux de la vie. Tu ne sais pas de quoi tu parles. De l'égoïsme pur et simple, de la lâcheté, voilà à quoi ça se résume. Nous allons trancher la question ici, tout de suite et pour toujours. De deux choses l'une : ou nous avons une vie de couple avec ce que ça comprend d'obligations, ou nous nous séparons et ne nous revoyons plus jamais, jamais au grand jamais !

Elle fondit en larmes, revint vers sa chaise et s'y laissa tomber. Gilbert n'osa pas s'approcher. Il la regardait, étonné par la force de sa réaction.

– Sapristi ! Que je t'aime, Gervaise Lamoureux, que je t'aime !

– Alors ? réussit-elle à articuler à travers ses larmes.

– Fasse le ciel qu'il ne nous soit jamais donné d'avoir des jumeaux ! Ce serait catastrophique, étant donné ton jeune âge…

Elle sauta sur ses pieds et alla se blottir dans ses bras. Il la couvrit de baisers.

*

* *

Ils se berçaient. Gilbert fumait la pipe. La tempête s'était calmée, la maison avait retrouvé sa quiétude.

– Où sont donc passés les enfants ? Chez Léo ?

– Léo, celui-là ! Non, ils sont allés pique-niquer avec Mme Claveau.

– Elle est toujours ici ?

Gervaise expliqua qu'elle s'était occupée de la ménagerie, que Léo n'était pas venu tel qu'entendu, qu'elle-même ne connaissait rien aux bêtes qui, de toute façon, lui faisaient peur.

– Enfin, je découvre que tu as un point faible. C'est rassurant…

– Tu es vilain !

– Vous étiez de grands amis, les Vadeboncœur et vous autres ?

– Je le croyais. Il nous fut d'un grand secours au décès de Télesphore et plus tard, en l'absence de Raymond. Je ne sais pas quelle mouche le pique, mais il me fait la tête depuis ce matin-là, à l'église.

– Ce matin-là, tu veux dire le jour de notre mariage ?

– Oui. Je leur ai téléphoné, je me suis rendue chez eux, on a refusé de me recevoir.

Gilbert se rappela le store qu'on avait baissé, au retour de l'escalade de Lucien. Normalement, Léo, inquiété, aurait dû se tenir à la fenêtre à surveiller les allées et venues des passants afin de juger du dénouement de l'affaire.

– Tu n'aurais pas pu me prévenir, Gervaise ?

– Mme Claveau a l'habitude, elle s'y est prêtée de bonne grâce. Te dire à quel point j'ai eu honte.

– C'est impardonnable de la part d'un homme. Oublie-le, ignore-le, tu n'as pas à t'incliner devant une telle stupidité.

La porte s'ouvrit avec fracas, Lucien en tête :

– On a gagné, les filles et moi on a gagné.

Lucille cria à l'injustice, aux passes malhonnêtes. Éva souriait.

– Tout ce beau monde est épuisé. Je me demande où ils prennent la force de continuer à gesticuler, je suis moi-même éreintée.

– Reposez-vous, Éva. Tout en jasant, j'ai préparé un riz en casserole qui est au four et prêt à être dégusté.

On passa à table. Le souper fut bruyant. La gaieté des enfants faisait plaisir à voir. Gilbert se fit discret. « L'aisance de ma femme avec les enfants n'est pas de son âge, songea-t-il. Elle est d'une maturité superdéveloppée. Pas étonnant qu'une grosse famille ne l'effraie pas. On dirait presque qu'elle joue à la grande sœur. »

– Maman ! Gilbert a mis son couteau sur la nappe, s'exclama Jacqueline scandalisée. Et moi qui croyais qu'il pouvait s'asseoir à la place de papa !

– J'ai honte et je m'excuse. Je ne le ferai plus jamais, je vous le promets. Lucien, toi et moi sommes les deux seuls hommes dans cette famille. Contre toutes ces dames, il nous faudra se soutenir, se protéger.

Lucien baissa la tête, en se dandinant sur sa chaise. Jacqueline quitta sa place, se dirigea vers Gilbert, saisit le couteau qu'il tenait à la main et le déposa sur le bord de l'assiette.

– Tiens, Gilbert, comme ça !

– Merci, mademoiselle Langevin. Je le saurai, à l'avenir.

La fillette regagna son siège, la tête haute, un air d'importance sur les traits.

– Ce riz est bon. Est-ce que j'en mérite encore malgré ma mauvaise conduite ? Qu'en pensez-vous, les enfants ?

– Passe pour cette fois. Donne-lui-en, maman.

Éva Claveau hochait la tête ; tant d'harmonie la dépassait. Elle insista pour faire la vaisselle. Gervaise permit une demi-heure supplémentaire de télévision. Papachou bâillait, frottait ses yeux de ses deux poings. Réjeanne monta le mettre au lit.

Gilbert, confortablement assis dans la berceuse, fumait sa pipe, en regardant la fumée qui s'en échappait. Il semblait perdu dans ses pensées. La journée avait été riche en révélations : Gervaise ne lui sacrifierait jamais rien, ni ses enfants actuels, ni ceux à naître, ni ses principes d'ordre moral ; elle l'avait prévenu, le verbe haut, le visage en colère. « Finies les frasques, mon Gilbert, tu n'as plus qu'à bien te tenir, même à la table. » Elle a entraîné sa meute : le couteau se place sur le bord de l'assiette, comme ça ! Le chef de police n'est pas plus réglementé ! « C'est une femme forte, franche, ouverte. Elle veut sa part de bonheur, a la sensualité à fleur de peau. » Il revivait mentalement les péripéties du matin : du poulailler à son lit, ardente sans fausse pudeur, de la confiance plein les yeux et plein le cœur. Il en oubliait sa pipe, gonflait la poitrine d'aise, son ego de mâle manifestement flatté.

Gervaise l'observait du coin de l'œil depuis de longues minutes. Elle n'en doutait pas : à l'expression de satisfaction que reflétait son visage, il était heureux. Les recommandations d'Éva Claveau lui revenaient à l'esprit : « Trouvez les réponses au fond de votre âme, exigez, demandez. » N'avait-elle pas toujours réagi ainsi ? Elle se souvenait : ses révoltes de couventine devant l'excessive sévérité ou l'injustice, son choix de ne pas courir à confesse alors que le doute s'emparait de son âme, le collet de chemise de Télesphore qui l'avait chatouillée. « Je crois que ça fait partie de ma nature profonde d'être tranchante. Cette dame a su exprimer tout haut, avec des mots, ce que je ressentais. Et si je dépassais les bornes ? Alphonse et Mariette n'étaient-ils pas victimes de mon autorité par trop altière ? La jeunesse est indécise, maladroite ; elle a besoin d'être dirigée mais pas trop sévèrement jugée. Peut-être était-il trop tard dans leur cas ; leur tempérament était déjà formé. Leur père était d'une justice à toute épreuve et il n'a jamais su les mater. Sans doute trop de discordance dans les personnalités. »

Les enfants montaient dormir, sans s'en être fait prier. Le grand air et l'exercice avaient eu raison de leur résistance. Madame Claveau leur emboîta le pas.

Gervaise vit Gilbert se rendre au salon. Elle se prit à espérer qu'il ne soit pas un fanatique de la télévision. La soirée était, de toutes les heures de la journée, celle qu'elle préférait. Ce devait être un moment de tête-à-tête, de réflexion, de détente. Mais Gilbert revint, le sourire aux lèvres.

– J'ai demandé au patron de me transférer au poste de Montmagny pour le temps qu'il me reste à faire. Ça réglerait tous mes problèmes ; je pourrais voyager soir et matin.

– Quand dois-tu retourner là-bas ?

– Après-demain.

– Raymond ne tardera plus.

Le couple passa la soirée à échanger des confidences sur leur passé respectif.

Gilbert, troublé, narra à nouveau le détail de la naissance de son fils, le décès de son épouse dans des circonstances atroces, si atroces que les cheveux de sa mère avaient blanchi en une nuit. « Ce n'est pas facile de devoir choisir entre la vie de l'enfant et celle de la maman… selon les lois de la morale. Je ne pouvais me résigner à sacrifier Colombe, j'ai hurlé : "Sauvez ma femme !" Mais ma révolte n'a rien changé. Colombe est décédée sans un mot d'adieu, sans voir son enfant. Cette nuit-là, j'ai appris ce qu'est l'impuissance, j'ai connu le désespoir. Sans le secours d'Albert Rozon, je crois que j'aurais sombré dans la folie. Il fut pour moi l'arme du salut ; il a changé non seulement ma vie, mais ma philosophie. Je n'ai plus pensé qu'à autrui, au besoin des autres, j'ai vu fondre mon ambition et mon orgueil. Comprends-tu, Gervaise, pourquoi j'ai peur ? Je tremble à l'idée que je pourrais te perdre. On a tant besoin de toi, ici. Ta mission est grande, ces enfants ont besoin de ta présence. »

Gervaise prit un moment de réflexion ; elle choisit des mots qu'elle voulait réconfortants.

– Tu oublies que la Providence règne, que les malheurs terrestres font partie des desseins de Dieu qui n'exige jamais de ses enfants plus qu'ils ne peuvent en supporter. Il donne en retour et sait se faire pardonner. Ces mots sont de mon père et j'ai vécu mille fois l'occasion de les vérifier. La révolte intérieure nuit à l'épanouissement.

Gilbert réfléchissait. Il la regarda enfin :

– Peut-être es-tu celle qu'Il a mise sur ma route pour se faire pardonner ! Toi, si petite et si frêle, mais si douce.

– Pas tant que tu le crois. Nous avons tous, qui que nous soyons, de par le seul fait que nous sommes des êtres humains, des défis de taille à relever. Nous ne pouvons pas toujours réussir à régler les situations selon notre bon vouloir. Je pense à Lucien, le cher enfant, qui a vécu la révolte, qui sait ?, le désespoir peut-être ; à Mariette et Alphonse, les aînés de Télesphore, qui ont fui, Dieu seul sait où, parce que ici, dans ce foyer, ils n'ont pu accepter ou s'adapter à certains bouleversements dans leur vie. Raymond, mon propre frère, a connu les mêmes tourments ; la paix a mis beaucoup de temps à se glisser dans son âme. Pourquoi ? Les raisons nous échappent. Observe les oiseaux, les animaux en général : la mère oiseau jette son oiselet en bas du nid quand il a atteint l'âge de se nourrir par lui-même. La bête fauve chasse, mais ne tue pas par plaisir ; elle le fait pour sa survie. Pourtant ils agissent par instinct, sans l'intelligence que les humains se flattent de posséder. Il y a des forces dans la nature, elles nous dépassent.

– Nous entends-tu philosopher ? On dirait deux ermites qui se rencontrent dans le désert après des mois de silence.

– Il faut bien apprendre à se connaître ; je vous prierais de remarquer, monsieur Tremblay, que vous avez bien de la chance, après tout ; ne suis-je pas une voleuse que vous avez ramassée sur le bord de la route, moi, un bandit de grand chemin ?

Elle s'était adossée, avait fermé les yeux et se berçait à toute vitesse. Il posa ses bras sur l'accoudoir, immobilisa la chaise, se pencha :

– Aguicheuse, provocatrice ! Tu ne te vois pas ? Pâmée de désir, les lèvres entrouvertes, les yeux langoureux.

Il la saisit par un bras, l'obligea à se lever, éteignit la lumière au passage et l'attira vers l'escalier.

*
* *

Lorsqu'elle revint du poulailler, Gervaise eut la surprise de humer la senteur du café qui se décantait. « Éva est déjà levée », pensa-t-elle. Plus tôt, elle avait entendu les vaches meugler. La vie reprenait son cours normal, les obligations quotidiennes se faisaient pressantes après une halte dans l'ordre établi.

Gervaise comptait les couverts, tranchait le pain en turlutant ; elle avait des ailes. Ses craintes estompées, la foi en l'avenir revenue, l'accord qui régnait entre le couple étaient autant de raisons de se réjouir. Seul Lucien faisait un ombrage au tableau ; il était trop sage au goût de Gervaise. Il n'était pas retourné chez les Vadeboncœur et ses amis ne donnaient pas signe de vie. Elle se promit d'en discuter avec Gilbert. « Il n'est pas bon qu'un enfant s'ennuie. »

Réjeanne descendit la première, tenant son filleul dans ses bras.

– Laisse-le descendre par ses propres moyens, ma fille, il devient lourd à porter.

– Quand il sera grand, il ne voudra plus de mes caresses. Laissez-moi le gâter.

Gervaise souriait. En tête à tête, Réjeanne vouvoyait sa mère ; autrement, il lui arrivait de la tutoyer.

– Mme Claveau n'est pas ici ?

– Non, elle doit être là-haut.

– Pas dans la salle de bains, en tout cas.

– Ah ! non ?

– La porte de la chambre est ouverte, elle ne s'y trouve pas. Regarde.

De fait, rassurée par le retour de Gilbert, la dame avait filé discrètement. Sur le bureau se trouvait une lettre destinée à sa fille Angéline. À Gervaise, elle avait griffonné des mots de remerciements pour ces belles vacances, les premières de sa vie. « Sans regret, ajoutait-elle, nous, les mères, nous ne vivons que pour nos enfants. » Elle souhaitait du bonheur au couple. Elle avait signé la missive « Éva ».

Gervaise eut une pensée pour sœur Clara, sa belle-sœur, qui avait également sacrifié sa vie au service de Dieu pour obtenir le bonheur des siens.

« Il n'y a pas que des êtres mauvais, en ce monde ; il y a de bonnes gens qui aiment, qui sont près de la nature, qui s'oublient. Si chacun d'eux était porteur d'une flamme, on mesurerait leur grand nombre et on comprendrait pourquoi la foi persiste, on comprendrait que l'espérance est permise. »

*

* *

À quelques reprises, Gilbert surprit Lucien qui regardait en direction de la maison des Vadeboncœur. Ce matin-là, il décida de l'occuper, de ramener son esprit ici, chez lui, tout en souhaitant que la réconciliation ait lieu entre les deux familles. Assis sur la galerie, le garçon roulait son ballon, le regard blasé.

– Viens donc m'aider, tit-gars.

– À faire quoi ? s'enquit l'enfant d'une voix qu'il voulait indifférente.

Gilbert marcha sous les arbres, lentement, la tête levée vers les cimes. Intrigué, Lucien s'approcha lentement.

– Qu'est-ce que tu cherches ?

– Une branche.

– Une branche ? Il y en a tout plein.

– Oui, mais je ne veux pas n'importe laquelle. Tiens là, j'ai trouvé. Mais elle est haute. Irais-tu me chercher l'échelle ?

Intrigué, Lucien se rendit à l'étable et revint, portant tant bien que mal le lourd fardeau. Gilbert l'appuya contre l'arbre, grimpa.

– Oui, ça ira.

– Qu'est-ce que tu fais ?

– Cet arbre est un merisier ; c'est du bois solide et cette branche a la flexibilité qu'il faut pour en faire un bon lance-pierres. Attends, tu vas voir. Je dois continuer à pratiquer le tir, pour ne pas perdre la main. Regarde bien.

Il sortit de sa poche un couteau à lame forte. En prêtant une attention exagérée à son travail, il mesura, puis tailla.

– Elle n'a aucun nœud, la longueur est bonne. J'en choisis une autre, plus courte, pour toi.

Il revint au sol, assuré d'avoir capté l'intérêt du garçonnet.

– Il y a une vieille chambre à air, dans la grange, ça fera l'affaire.

Les armes complétées, il mesura les pas qui les séparaient des objets à atteindre : une boîte de conserve placée sur un piquet de clôture, une autre, moins éloignée, sur le perron.

– Il ne manque plus que les boulets. La roche ne manque pas, ici.

Et la leçon commença.

– Écarte une jambe, regarde d'abord où tu vises, ne perds pas l'objectif de vue, bande bien la bande de caoutchouc du lance-pierres, place la roche bien au centre. Vas-y !

Et les projectiles fusèrent. Tour à tour, l'homme et l'enfant s'exécutaient avec une attention consommée. Gilbert eut la délicatesse de rater sa cible occasionnellement afin de ne pas décourager la bonne volonté de l'enfant.

– Attention aux vitres, garçon. Ta mère serait en beau fusil si on cassait un châssis !

– Si je plaçais une bûche près de la clôture ?

– Bonne idée.

Attirée par le bruit, Gervaise, cachée derrière le rideau d'une fenêtre, observait la scène. Enfin, Lucien avait retrouvé un peu de son entrain.

*
* *

Le souper terminé, Gervaise rangeait la cuisine. Gilbert donnait à Lucien une leçon de bras de fer. Les coudes appuyés contre la table, les mains bien campées, l'une dans celle de l'autre, il fallait renverser l'adversaire.

– Tout est dans la façon d'empoigner la main à renverser au tapis. Observe-moi.

Gilbert s'entêtait à gagner chaque tentative. L'enfant ne pouvait espérer réussir, il le savait bien.

– Viens, Réjeanne, mesure-toi à ton frère.

Et la leçon reprit. Les fillettes, agenouillées sur les chaises inclinées vers les lutteurs, observaient chaque geste, applaudissaient le vainqueur. Papachou riait aux éclats. On s'amusait ferme. Mais les choses se gâtèrent ; Réjeanne manifesta une certaine adresse qui lui valut des victoires répétées. Était-ce l'orgueil du mâle ? L'humiliation accentuée par l'excitation de ses jeunes sœurs poussée à son paroxysme ? Lucien fondit en larmes, se mit à crier à l'injustice.

Gervaise accourut. Gilbert la regarda fixement, la priant silencieusement de ne pas intervenir.

– Bon, le plaisir est fini, il est temps d'aller dormir.

Lucien se leva brusquement, renversa sa chaise, prit la direction de l'escalier.

– Une minute, Lucien, relève d'abord ta chaise et remets-la en place.

L'enfant ralentit, mais ne revint pas en arrière.

– Laisse tomber, Gervaise, il n'aura qu'à reprendre sa chaise là où elle est, demain, pour le déjeuner.

– Je n'ai pas triché, jeta Réjeanne, penaude.

– Je sais, répliqua Gilbert, tu t'es montrée très bonne sportive.

Une fois les enfants montés, seule avec son mari, Gervaise laissa percer son mécontentement.

– Que s'est-il passé, au juste ?

– Rien. Sauf que Réjeanne a gagné le combat et que son frère a mal digéré l'échec.

– Et ça te fait sourire !

– Eh ! Gervaise, où un enfant apprend-il à se battre et à se former un caractère si ce n'est pas au sein de sa famille ? Tu crois que les gangs de voyous sont mieux indiqués ? Là où ils apprennent la fanfaronnade, le vol, ce qui mène à la délinquance ? Crois-moi, rien ne vaut l'affrontement entre jeunes qui s'aiment ; ils se ressaisissent vite. À cet âge, les liens qui les unissent sont plus forts qu'on ne le croirait.

– Tu as peut-être raison.

– Te voilà toute bouleversée, une vraie mère poule

qui s'inquiète pour sa couvée. À propos de poules, comment parviens-tu à affronter cet affreux coq ?

– Mon coq ? Qu'est-ce qu'il a, mon coq ? Il est inoffensif, chante le réveil avec brio, sert ses vingt-cinq poules sans jamais faillir à son devoir…

Gilbert pouffa de rire, d'un rire éclatant, bruyant, qui lui secouait les épaules.

– Drôle de petite bonne femme ! Elle sort les ergots pour défendre jusqu'au mâle de son poulailler. C'est à se demander si autant de vertu ne serait pas un tantinet débonnaire… Par contre, chérie, si tu m'aimes avec la même passion, ce n'est pas moi qui m'en plaindrai.

Gervaise faisait la moue. Il se pencha, saisit dans sa bouche les lèvres boudeuses.

– Montons…

Gervaise avança, hésita un moment devant la chaise renversée, mais ne la redressa pas. Gilbert éteignit.

IV

Alphonse Langevin, le fils aîné de Télesphore, n'avait jamais digéré le remariage de son père avec Gervaise. Du vivant de sa mère, il caressait le rêve de devenir prêtre, mais peu à peu ses dignes intentions s'étaient émoussées. Il en était venu à considérer sa présence au séminaire comme une formidable occasion de se faire instruire à peu de frais, ce qui lui permettrait de gagner sa vie ailleurs que sur la ferme qu'il détestait.

Le décès subit de son père changeait tout. Il s'était vu propriétaire de la terre dont il disposerait. Mais les choses ne s'étaient pas passées ainsi qu'il l'avait pensé. Il lui avait fallu se rendre à l'évidence, il était déshérité. Il avait tenté, mais vainement, de ternir la réputation de Gervaise avant de quitter son patelin natal. Il avait finalement pris la direction de Montréal, là où, il le savait, il retrouverait sa sœur aînée, Mariette, avec laquelle il était toujours resté en communication à l'insu des siens. Il comptait beaucoup sur elle. Il aimait son esprit de décision, admirait la détermination dont elle avait fait preuve en rompant avec sa famille. Faible de nature, craintif, plus apte à étudier qu'à agir, il trouverait auprès de Mariette le point d'appui dont il avait besoin. Ne l'avait-elle pas souvent protégé dans ses accrochages avec son père ?

Il marchait de jour ; parfois, une voiture s'arrêtait et lui permettait de franchir de bonnes distances tout en se reposant. La route était longue. La brunante venue, sa parole facile aidant, il trouvait grâce auprès des fermiers qui lui permettaient de dormir dans une grange.

Parvenu à Drummondville, il eut la bonne fortune de rencontrer un voyageur qui se rendait à Montréal directement. Sur le pont qui traversait le fleuve devenu très étroit, épaté et à la fois effrayé par ce qu'il voyait, il demanda à son obligé s'il connaissait la rue Faubert. En émettant un sifflement, l'homme s'exclama : « Eh ! mon petit monsieur, on a de bonnes relations ! »

Alphonse se carrait, lui qui redoutait le pire, malheureux à l'idée de devoir travailler pour aider sa sœur à joindre les deux bouts. « La coquine ne m'a pas tout dit ! Ça expliquerait ses toilettes… »

Le bon Samaritain arrêta sa voiture. « Je tourne ici, continuez tout droit vers l'ouest. » Alphonse remercia à peine. En un instant, il avait atteint un nouveau sommet de dignité : sa sœur appartenait à la haute société. Il jetait un regard sur son minable complet, non sans honte, mais tout ça allait changer bientôt.

S'arrêtant à un restaurant, il commanda un café et téléphona à Mariette. Ravie, elle s'écria : « Reste là, j'arrive. » Il retourna au comptoir, content de la joyeuse réaction de sa sœur.

Celle-ci entra enfin, courut l'embrasser.

– Allons, viens.

– Attends, je dois payer mon café.

– Laisse tomber.

Elle ouvrit son sac à main, en sortit un billet de cinq dollars qu'elle déposa sur le comptoir et attira son frère vers la sortie.

– Eh ! Et le change ?

– Laisse tomber, que je te dis. On n'a pas le droit de stationner devant la porte.

– Parce que tu es en voiture ?

– Oui, grand mufle, viens rencontrer Richard, mon compagnon de vie.

– Quoi ? Tu vis en concubinage ?

– Zut ! Tu ne vas pas commencer à me faire la morale, à remplacer le père !

Une imposante Volvo brillant de tout son éclat les attendait. Derrière le volant se tenait un personnage grassouillet, à face rubiconde, aux narines évasées, qui mâchait du chewing-gum, tapotait sur le volant, battant les accords de la musique criarde qui s'échappait de la radio.

– Salut, Alphonse ; alors, c'est toi le jeune frère adoré ?

Se tournant vers Alphonse, il lui fit un clin d'œil.

– Tu m'assures qu'il est ton frère, Mariette ?

– Toi, recommence pas à me casser les oreilles avec tes crises de jalousie.

Alphonse serrait les poings. Il haïssait déjà cet énergumène d'une grossièreté répugnante. Sa sœur aurait-elle perdu la tête pour vivre auprès d'un si pitoyable sire ? Mais il se taisait ; il valait mieux se tenir coi, il n'était pas en position de rouspéter ; la déception le prenait aux tripes.

– Tu es silencieux, frérot, que t'arrive-t-il ?

– Je suis très fatigué.

– On a une bonne cuve, à la maison, de l'eau chaude au besoin. Quand tu te seras débarbouillé et que tu auras avalé un bon coup de rouge, tu vas retrouver la parole, prends la mienne !

Richard riait de son mot d'esprit, mâchait sans arrêt, pestait contre les feux rouges. Mariette chantonnait. Elle était en vue, la belle maison, cachée au fond d'une allée d'arbres, recouverte de lierre qui contournait les fenêtres. Alphonse allait de surprise en surprise.

« Peut-être que le chenapan n'est que domestique ici ! Et ma sœur, alors ? » Descendant de la voiture, il vit Richard sortir son trousseau de clés et entrer dans le domaine, en véritable propriétaire.

– C'est beau chez nous, hein ?

Lançant son sac à main sur un fauteuil, Mariette conduisit son frère à l'étage, le dirigea vers la salle de bains.

– Ah ! s'exclama Alphonse, c'est dans le chic, c'est presque gênant de souiller pareils lieux.

– Ne t'en fais pas, j'ai une femme de ménage.

– C'est Crésus en personne, le mec ?

– Je te raconterai ça plus tard. Il n'aime pas beaucoup que l'on discute de ses affaires. Fais comme moi, prends et tais-toi. Il fait bon te revoir. Richard ne me sort pas beaucoup, il est d'une jalousie morbide.

– Je le serais, moi aussi. Tu es un bien beau brin de fille et d'une élégance !

– L'argent, mon cher. Va, plonge là-dedans.

Elle ouvrit un flacon, vida une partie du contenu dans l'eau. Un parfum épicé remplit l'air. Mariette sortie, il se dévêtit, trempa les orteils d'abord, puis se laissa glisser dans l'énorme baignoire d'un rouge vif. Il se sourit dans les miroirs qui revêtaient les murs et le plafond.

« Si pareil imbécile peut réussir ainsi, qu'en sera-t-il de moi ? Prends et tais-toi : elle n'est pas bête, Mariette. C'est la recette. Ce serait habile de m'en faire une alliée, de lui soutirer les informations utiles, sans même la mettre dans le secret. »

Alphonse se voyait déjà au volant d'une beaucoup plus grosse bagnole, propriétaire d'un domaine, entouré de serviteurs. La ferme, les vaches, les cochons ! Pouah ! Il arrivait et, déjà, il possédait le monde.

En descendant l'escalier de bois précieux, il s'étonnait de ne pas sentir l'odeur de la bonne cuisine que son estomac réclamait à grands cris.

– Eh ! Alors, le beau-frère, en forme ?

– Oui, mais affamé, monsieur Richard.

– Tu as entendu ça ? Monsieur Richard ! Laisse tomber le monsieur, on est en famille, non ? La bouffe s'en vient, ne t'en fais pas. Viens prendre un apéro.

– Après vous, Richard.

– Dis donc, tu n'as pas compris ? J'aime bien tes bonnes manières, mais ça m'embête, tu comprends ? Je suis content que tu sois là, ta sœur se morfond seule dans cette grande cabane. Tu lui tiendras compagnie, je m'absente souvent, pour affaires. Tiens, prends ça, Mariette va t'accompagner chez le marchand de guenilles. Non, tu ne peux pas refuser, je me sentirais offensé. Prends.

– Vous êtes... excuse... tu es trop bon !

Le carillon de la porte d'entrée retentissait fortement, sur trois tons s'il vous plaît ! Alphonse avait bondi, Richard riait, Mariette accourait : au passage elle tendit la main ; le maître de céans y déposa quelques billets de banque. Le repas du soir arrivait enfin.

L'homme consulta sa montre en or ; des diamants remplaçaient les aiguilles ; Alphonse salivait de désir : à la main gauche, Richard portait une chevalière ornée d'armoiries gravées.

– J'ai une petite heure à vous offrir.

– Tu sors, même ce soir.

– Cesse de chialer, c'est tous les soirs la même histoire. Les femmes pensent que l'argent pousse dans les arbres ! Tâche de lui faire comprendre que je dois gagner tout ça.

D'un geste de la main, il désigna l'environnement. Mariette déballa toute une variété incroyable de mets chinois, qui fut étalée sur la table vernie, dans autant de contenants. D'un autre sac, elle sortit les assiettes de carton et les ustensiles de plastique.

– À la bonne franquette, beau-frère, bourre-toi.

Alphonse regardait les os sans viande, les boules de toutes couleurs assaisonnées de sauces, les lamelles de pâte crispées qui ressemblaient outrageusement à des vers de terre, les légumes baignant dans un liquide gluant ; il se réjouissait presque de reconnaître le chop suey qui lui répugnait tant au collège.

Richard se gavait. Il mangeait à grandes cuillerées et ne se gênait pas pour puiser directement dans les récipients.

– C'est une question d'habitude, Alphonse. C'est délicieux, goûte. Tu comprends, Richard, mon frère sort du collège. Il n'a pas l'habitude des bons petits plats rares.

– Tu sors du collège ?

Alphonse leva les yeux. La bouche dégoulinante de Richard lui donnait la nausée. Il soutenait le regard d'Alphonse.

– Instruit, alors ?

– Si on peut dire.

– Bien, très bien !

Alphonse fit un effort, souleva la fourchette, la porta à la bouche. Il lui fallait faire bonne figure. C'est alors qu'il vit la mâchée de gomme de Richard qui trônait, seule, au milieu d'une assiette.

– J'ai beaucoup marché sur la route, la poussière soulevée par le vent me…

Richard avait pouffé de rire.

– Ton frère est fragile, ma belle. On voit qu'il n'a pas connu la misère. Si t'avais passé ton enfance dans un taudis comme celui où j'ai grandi, tu trouverais tout très bon. Alors, tu es instruit... Ça me manque, ça, dans les affaires que je brasse.

Richard se penchait. « À grands coups de pelle », comme ne pouvait s'empêcher de penser Alphonse, il s'empiffrait. Pis encore, il rongeait autour des petits os, les suçait, puis les crachait sur la table. « Si je ne sors pas d'ici, je vais dégobiller », gémissait Alphonse tout bas.

– Bon, assez. Une serviette de table, s'il vous plaît, madame.

– Richard rit de moi, expliquait Mariette ; il ne connaissait que le mot *napkin*, qui est anglais.

– Votre sœur a tenté de m'enseigner les bonnes manières, mais elle a vite abandonné. Ce qu'elle ne sait pas, c'est que j'ai tiré profit de ses enseignements. Parfois, je mange avec du monde bien. Oui, madame, ne ris pas, des gens de classe ! Alors je mets tes leçons en pratique, ou bien j'observe ces messieurs et je les imite.

Les deux mains sur le bord de la table, il se donna un élan, se leva, échappa un rot retentissant, prit son chewing-gum, consulta sa montre et, avec le sérieux d'un pape, il sortit de la salle à manger.

– Ouf ! Il est parti !

Mariette s'adossa.

– Le pire, c'est qu'il m'oblige à assister à cet horrible spectacle, jour après jour, habillée, par surcroît. Il ne tolère pas les bigoudis ou la robe de chambre, même au déjeuner, s'il est là. Et il mange ! Comme un ogre.

« Le terme est bien doux », songea Alphonse.

– Ne sois pas si sévère, sœurette, c'est un naïf, un naturel. Tu l'as entendu ? Il a grandi sans manières, pauvre, la grande misère quoi. Sa fortune toute nouvelle… l'embarrasse si je peux m'exprimer ainsi.

– Quoi ? Il aurait réussi à t'amadouer, toi, Alphonse Langevin, le séminariste ! Ça alors. Moi qui craignais que tu hurles au scandale. Alors pourquoi n'as-tu pas mangé ? Moi qui croyais qu'il te dégoûtait.

– Tu exagères. Bien sûr, ses manières laissent à désirer, mais qui n'a pas ses faiblesses ?

– Ça alors ! Ce qu'il ne faut pas entendre.

– Tu ne l'aides pas dans son travail ; pourquoi ?

– Il répète que ce n'est pas une affaire de femme. La femme doit rester à la maison à attendre son mari, renote-t-il sans cesse.

– Je lui donne raison.

– Tu ris de moi ! Tu n'es pas sérieux ? On n'est plus en 1950 !

Alphonse devait faire des efforts pour ne pas s'esclaffer, il ne voulait surtout pas que sa sœur soupçonne ses intentions réelles. Il penchait la tête, jouait avec le bouton de son veston.

– Il a raison quand il s'indigne des vêtements que je porte.

– Nous irons t'habiller demain.

Le reste de la soirée se passa à regarder la télévision, ce qui donnait à Alphonse le loisir de réfléchir. Mariette croquait du maïs soufflé.

*
* *

Alphonse avait flâné au lit. Il goûtait pleinement le sentiment de grande liberté jamais connu jusque-là. Il s'en prévalait, souhaitait que ça dure toujours.

Mariette avait dû le tirer de sa couche ; puisque Richard lui permettait d'aller fureter dans les magasins, elle voulait en tirer profit au maximum.

Elle avait avancé l'automobile devant la porte et elle klaxonnait pour secouer la léthargie de son frère.

– Tiens, tu conduis sa voiture ?

– Non, monsieur ! Cette auto est à moi, à moi seule. Regarde le certificat d'enregistrement, il est à mon nom.

– Pourquoi alors l'adresse de Saint-Pierre plutôt que celle-ci ?

– Pour prouver qu'elle est à moi, à moi seule.

Une lueur d'admiration brilla dans l'œil de son frère ; décidément Mariette avait de la suite dans les idées.

La jeune fille s'était vite tracé un programme ; d'abord expédier au plus tôt l'obligation de garnir la garde-robe d'Alphonse.

Un tailleur sélect du centre-ville avait reçu des ordres de Richard. Les complets de laine et de soie, les meilleurs et plus luxueux tissus, aux teintes foncées, de coupe impeccable, les cravates, chemises, bas assortis et tous les compléments nécessaires remplirent quatre lourds cartons.

Alphonse se pavanait d'un miroir à l'autre, souriant à sa nouvelle silhouette, avec l'impression de devenir un autre homme. Même sa démarche prenait une allure princière ; son orgueil flatté, il se sentait grandir. Ah ! Le pouvoir de l'argent.

Mariette s'était approchée pour payer la note. « M. Richard viendra lui-même l'acquitter, ce sont ses propres paroles. J'espère que monsieur est satisfait ? »

– Viens, Alphonse, nous allons dans le Vieux-Montréal. Je vais te faire visiter des petits coins exotiques. Tôt ou tard tu devras te desserrer les fesses, perdre ton allure de séminariste, vivre ta vie. Je vais faire ton éducation. Un homme doit savoir avaler un petit coup de fort sans grimacer. Ah ! Non, merde !

– Qu'est-ce que tu as ?

– Rien.

Alphonse regardait autour de lui, mais ne voyait rien d'anormal. Pourtant la gaieté et l'enthousiasme de Mariette s'étaient envolés. Une automobile conduite par Cartouche venait de la doubler. Elle se savait filée. Il ne lui restait plus qu'à se satisfaire de faire du lèche-vitrine, d'aller savourer un soda, puis de reprendre la route en direction de la maison.

Alphonse, trop impressionné par ce qui lui arrivait, ne s'inquiétait nullement de la déception de sa sœur.

*

*   *

Alphonse se scandalisait de moins en moins de la vulgarité de Richard. Plus le temps passait, plus il appréciait le confort et le train de vie qu'il pouvait enfin goûter. Ses rêves devenaient réalité. Souventes fois, il avait visité la maison de fond en comble sous les prétextes les plus divers, cherchant à découvrir quelque indice qui le renseignerait sur les activités de son hôte. Tout était normal, même dans les habitudes de l'homme.

Un jour, Mariette lui raconta que son compagnon s'était absenté, mais qu'il s'était objecté à ce qu'elle reste seule à la maison. « Il m'a obligée à rester enfermée dans une chambre d'hôtel, sous la surveillance d'un de ses acolytes. Imagine-toi, trois jours enfermée, une vraie vie de prisonnière ! Je lui en ai voulu à mort. À son retour, j'ai piqué une de ces colères et il m'a frappée. C'était la première fois et ce fut la dernière. Tu ne me croiras pas, il pleurait comme un enfant, lui, le dur. Depuis, il n'arrête pas de me choyer. Je crois qu'il se sent très seul ; j'ai essayé de le convaincre de changer de travail, qu'il travaillait trop tard. Rien à faire. »

– Pourquoi dis-tu un de ses « acolytes » ? C'est péjoratif.

– J'en ai rencontré deux. Richard a un visage d'ange comparé à ces deux efflanqués, Cartouche et Squelette. Ce dernier n'a que la peau et les os !

– Ils sont venus le visiter ?

– À part toi, ils sont les seuls à savoir notre adresse qui est secrète. Tu es le seul à qui j'ai été autorisée à la donner, parce que tu es mon frère. J'avais joué sur la corde sensible de l'ennui.

– Joué, dis-tu ?

– Arrête tes questions, tu me fais penser à lui. Chercherais-tu à l'imiter ?

– Ne t'emporte pas, sœurette ! Jamais je ne pourrais bouffer comme il le fait, de toute façon. Tu ne m'as pas accueilli ici pour continuer à te murer dans le silence. Si j'ai bien compris, le dialogue n'est pas interdit.

– J'avais une peur noire que tu lui déplaises. Mais non, au contraire, il te trouve drôle et il a aimé le respect que tu lui as témoigné. Rusé, mon frère Alphonse ?

– Rusé, c'est un bien grand mot. J'ai compris, le jour de mon arrivée, que tu tenais à ce bonhomme-là. Alors, je me suis incliné et, pour utiliser tes mots, lui ai témoigné un certain respect.

– Elle te plaît, ta nouvelle garde-robe ?

– Oui, ma mignonne.

– Tiens, tu m'appelais ainsi autrefois…

– Toi et moi, nous avons eu du bien bon temps ensemble.

Et ils échangèrent des confidences. Mariette, par pudeur peut-être, n'osait pas dire à son frère qu'elle était sa demi-sœur. Craignait-elle qu'une telle confidence ne brise leur amitié ?

Un jour, Alphonse lui demanda pourquoi Richard laissait l'automobile dans le garage sous la maison plutôt que de l'utiliser pour se rendre au travail. « Elle ne sert que pour notre utilisation personnelle », avait été la réponse.

Adroitement, Alphonse ne s'attardait à rien de précis quand il questionnait sa sœur sur la vie de Richard. Il faisait vite bifurquer la conversation afin de ne pas l'alerter. Il notait mentalement les réponses obtenues, espérant pouvoir se faire une idée de ce travail qui rapportait tant. « Cartouche et Squelette, des noms à ne pas oublier. Complices, associés, gardes du corps ? Avec de tels noms, ça ne peut être qu'une affaire louche. Richard n'a pas le tonus pour occuper un poste très élevé. »

Alphonse ne connaissait que la vie des fermiers et celle plus rangée des religieux. La ville où il se trouvait ne cessait de l'épater : ces gratte-ciel, ces nombreux édifices, tous ces gens qui vont au pas de course, et surtout, oui surtout, le nombre d'automobiles qui se succédaient sur les rues ; ici, rien n'était impossible. Il se félicitait d'avoir compris très jeune que la grande vie, c'était en milieu urbain que ça se trouvait, pas sur des lisières de terrain toujours quémandeuses de bons soins pour donner des miettes en retour. Sa mère, modèle par excellence, y avait laissé sa peau. « Les habitants n'ont qu'un plaisir : faire des enfants, jouer aux fesses, sainte misère ! » Non, ce ne serait pas son lot, pas s'il avait le choix. Son idéal, il croyait l'avoir trouvé. Il ne reculerait pas !

Richard rentrait chaque soir ; parfois très tard, mais il dormait chez lui. Alphonse apprenait à lutter contre le sommeil, notait les heures de ses arrivées. Il constatait que tous les jours, sauf le dimanche, il s'absentait après le souper et passait une bonne partie de la soirée à l'extérieur.

Bientôt Alphonse adopta le mode de vie de la maisonnée. Rompant avec ses habitudes de collégien pensionnaire, il faisait la grasse matinée.

– Alors, le beau-frère, tu reprends des forces ? Tu es moins maigrichon, on dirait. Mets-toi du lard sur les côtes, il faut être en forme. Regarde-moi.

De ses poings, il se martelait le thorax.

– L'oisiveté finira peut-être par me peser.

– L'oi… quoi ?

– Le fait d'être sans occupations.

– On ne chôme pas dans mon voisinage. Pas qu'on se tue à l'ouvrage, mais il faut être solide dans ses souliers pour tenir le coup. Fais de l'exercice, prends de l'air, les tomates ne mûrissent pas à l'ombre.

– Et ont besoin de fumier, riposta Alphonse.

– On peut dire que tu as la réplique rapide ! Es-tu aussi doué pour savoir te taire ?

Alphonse leva la tête. Il regarda son interlocuteur droit dans les yeux et ne broncha pas ; après quelques secondes, il eut la satisfaction de voir qu'un des nerfs du visage de l'homme sautait sous l'effet de l'effort.

– Pas que je te mets en doute, le beau-frère. J'ai remarqué aussi que tu n'as pas de penchant pour le whisky.

– C'est avec toi que j'ai avalé la première goutte de cet affreux breuvage.

– De mieux en mieux…

Alphonse était fixé. Il s'efforçait de se contenir pour que sa joie ne se manifeste pas.

– Tu as faim ? La cloche va sonner d'ici trois minutes.

– La cloche ?

– Oui, à la porte d'entrée.

– Ah ! Tu veux dire le carillon.

– Je t'avertis, ne fais pas comme ta sœur. N'essaie pas de me civiliser.

– Rien n'empêche que ma sœur semble être une très bonne épouse.

– Épouse ! Ouais ! De toute façon, mon gars, tout ça, c'est pour elle.

Voilà que Mariette s'approchait et tendait la main ; le carillon tintait.

– Qu'est-ce que tu as, Richard ?

– Moi, pourquoi ? Je n'ai rien.

– Dis donc !

Elle s'éloigna et revint avec une pizza qui, ce soir-là, était au menu.

Richard regardait sa Mariette avec des yeux nouveaux. Alphonse avait su le flatter. Il savourait sa prouesse et il prisa le repas.

« Au fond, c'est vrai que c'est un grand naïf », pensait Alphonse qui se croyait le plus fort. Il aurait tout le loisir de méditer sur ses victoires…

*

* *

– Ce soir, ma belle, nous faisons une surprise à ton amoureux. Tu as une nappe ?

– Quelle question.

– Et des chandelles ?

– Dis donc ?

– Il rentre toujours à heure fixe ?

– Encore des questions ! Oui, sauf le samedi, tu le sais bien.

– Bon, nous accueillerons Richard en grande pompe. Commande une salade verte, une variété de viandes froides, des beignets, une macédoine et une tarte. Ah ! du café.

– Tu es tombé sur la tête ?

– J'ai faim ; ça nous changera de tes vers de terre et de ta tarte au fromage. Viens, nous allons dresser le couvert. Sors tes colifichets, tes serviettes de toile, tes verres à grandes pattes.

– Je n'ai pas droit à l'alcool.

– Jus de fruit, alors. Pour moi aussi. Ouste !

Ils se mirent à l'ouvrage. Mariette s'amusait comme une enfant. Elle fouillait dans les buffets de la salle à manger, mettant en pratique ce que sa mère lui enseignait autrefois.

– Attends de voir sa tête ! Des allumettes pour les bougies, j'en ai quelque part. Les assiettes à pain sont mal placées ; mets-les de l'autre côté. Oui, comme ça. C'est formidable. Pas mal, hein ?

– Tu as commandé tout ce que je t'ai demandé ?

– Oui, mais ce soir, je devrai tendre les deux mains…

– Quelle différence ?

– Alphonse…

– Oui, quoi ?

– Merci. Tu n'as pas changé : toujours d'aussi bonne compagnie. Tu mets du soleil dans ma vie.

*

* *

Alphonse retenait Richard au salon. Le carillon sonna. Mariette tendit la main et s'élança vers la porte.

– Qu'est-ce qu'elle a, ta sœur ?

Il lui répondit par un clin d'œil qu'il voulait complice. Ne comprenant pas trop, Richard plissa le front. Ce n'est que devant le décor soigné qui l'attendait qu'il comprit. Il toussota et alla prendre place au bout de la table. Mariette s'affairait à verser les contenants dans des bols ou des assiettes, selon le cas.

– Voilà, Richard, tu es servi.

À son grand étonnement, il prit la serviette qu'il déplia avant de la poser sur ses genoux.

Le langage ne respectait pas toujours la syntaxe, mais Richard manipulait les ustensiles avec un art consommé. Il allait même jusqu'à essuyer délicatement les commissures de ses lèvres avec le coin du carré de toile.

Alphonse riait sous cape, n'osant regarder sa sœur. Trop d'efforts soutenus ? Richard se mit à éternuer, une fois, deux fois, trois fois. Alphonse pensa : « C'est le temps de porter un grand coup. » Il marmonna et échappa le mot « cartouche ». Richard sursauta, avança la tête :

– Qu'est-ce que tu as dit ? Ai-je bien entendu ?

– Je rappelais à Mariette une aventure de jeunesse : nous avions jeté les cartouches de papa dans l'auge ; elles en sont sorties inutilisables ; ce jour-là j'ai reçu ma seule fessée.

– Crétin ! lança Mariette.

– Tu as raison : à cet âge, j'étais crétin.

Pendant que Richard reprenait son calme, Alphonse, dans son for intérieur, concluait qu'il connaissait enfin un secret qui pourrait bien un jour lui servir. Il ajouta :

– Ne prends pas le rhume, mon Richard, les rhumes d'été sont longs à guérir. J'espère qu'il ne s'agit pas d'une allergie.

Richard eut une réaction inattendue, comme s'il avait été piqué au vif. Il devint tout rouge et, serrant les poings et les mâchoires, il laissa tomber en martelant les syllabes :

– Qu'est-ce que tu vas me chercher là ? Un rhume, qu'il soit d'été ou d'hiver, c'est pas ça qui va me jeter sur le cul. Me prends-tu pour un vieillard ?

– Alphonse n'a pas voulu te blesser, il s'inquiète pour toi, intervint Mariette.

Le coupable baissa la tête : « Il est d'un orgueil maladif ! Je dois mesurer mes paroles, épargner sa sensiblerie. »

– Toi, un vieillard ? Avec l'appétit que tu as, tu ne manques sûrement pas de vitamines.

– Crois-moi, j'aime mieux manger ce que j'aime et autant que j'en veux pendant dix ans que de vivre cinquante ans de plus, affamé et maigrichon.

Alphonse eut une heureuse réaction à la bonne repartie de son hôte : il éclata de rire, secoua la tête en tous sens, le pointa du doigt, rit encore et s'exclama : « Tu as raison, il n'y a pas de beaux os. »

Le calme était revenu. Alphonse respirait enfin. Il se promettait, à l'avenir, de ménager davantage les susceptibilités de son hôte, et surtout de mieux prévoir ses réactions.

Après avoir jeté un coup d'œil à sa montre, Richard partit. Il riait encore en répétant : « Il n'y a pas de beaux os… Elle est bonne, celle-là ! »

– Tu perds la tête, Alphonse ? Qu'est-ce qui te prend ? Veux-tu éveiller ses soupçons ? Tu n'as pas la vie heureuse, ici ? Ne sème pas la discorde chez nous. Tu connais la consigne : le silence. Et si tu ne peux retenir ta langue, cherche logis ailleurs.

– J'ai compris, madame le préfet.

– Épargne-moi tes sornettes de collégien. Tu es assez vieux pour te conduire comme un homme.

– Comme lui, par exemple ? Malgré ses habits de soie, reconnais-le, il n'est qu'un arnaqueur.

– Tu te répètes, mais n'oublie pas que le triste sire détient le magot.

– Cesse de dramatiser. Un jour je t'offrirai la pareille.

– En grec ou en latin ?

– Bon ! madame la marquise boude !

Mariette se leva et marcha vers les rayons de livres.

– Il sait lire, ton chevalier ?

– Non, mais moi, si. Il aime que j'achète des livres ; ça fait chic.

La soirée se termina en silence.

*
* *

Les jours passaient ; Alphonse avait eu sa leçon. Il flattait l'ego de monsieur et jouait de douceur avec madame, mais, chaque fois que Mariette se laissait embrasser par son prince, Alphonse rageait. « C'est de l'avilissement. Il faut que ça finisse. »

Il aimait bien sa sœur. La seule pensée qu'elle acceptât les attentions de ce goujat jusque dans l'intimité de ses nuits l'horripilait. Son désir fervent de s'éloigner du couple était sincère. Toutefois, étant de nature molle, d'un égoïsme qui l'emportait sur tous les autres sentiments, il continuait de se complaire dans ce milieu qui servait bien ses intérêts et qui lui rendait la vie facile. Il trouvait mille excuses pour retarder l'échéance et calmer sa conscience.

Vint ce jour où une lueur d'espoir lui fut donnée ; avant de passer à table, Richard demanda à Mariette d'aller là-haut lui chercher du chewing-gum. C'était ainsi qu'il l'éloignait ordinairement quand il recevait un appel de ses hommes de confiance, Cartouche ou Squelette. Quand elle se fut éloignée, Richard lui demanda s'il accepterait, lui, Alphonse, de lui rendre un grand service.

– Tiens, mets ça dans la poche intérieure de ton veston. À 10 heures pile, demain, éloigne-toi, marche à quelques rues d'ici, histoire de brouiller les pistes ; de là, saute dans un taxi et rends-toi au 133, Saint-Valérien. Tu frappes trois coups à la porte. On va entrouvrir, tu dis : « Je suis Paul. » On va te répondre : « Je suis Pierre. » C'est le mot de passe. Tu glisses l'enveloppe, sans un mot, et tu reviens de la même façon. N'oublie surtout pas : ne donne jamais mon adresse au taxi, ni à personne. Tu as bien compris ? Tu veux que je répète ?

– Non, c'est là.

De son index, Alphonse se frappa le front.

– Tu comprends vite ou tu as de la mémoire ?

– Veux-tu que je te déclame les litanies de Dieu, de la Vierge ou des saints ?

– Vas-y, même si je ne sais pas de quoi il s'agit.

Les yeux fermés, les mains jointes, la tête inclinée, Alphonse, d'une voix grave, se mit à psalmodier les invocations. D'abord surpris, la bouche ouverte d'étonnement, admiratif de la mémoire de l'autre, Richard eut soudain une explosion de rire. Le tintamarre éveilla la curiosité de Mariette qui accourut et comprit que son frère n'en finissait plus de reprendre les versets. Mariette lui donna les répons. L'un et l'autre alternaient maintenant alors que Richard tapait sur la table, pâmé de plaisir. Quand enfin il se calma, il chanta les louanges de l'instruction, se félicita d'avoir une famille si savante dont il était fier : « Je ne me suis jamais autant amusé qu'avec vous deux. Enfin la vie vaut la peine d'être vécue. »

Il sortit son mouchoir, se moucha bruyamment et s'essuya les yeux.

– Oh ! s'exclama Mariette, tu ne vas pas pleurer !

Elle se leva, contourna la table et lui fit une caresse. Il se sauva à grands pas, gêné d'avoir étalé sa faiblesse. Cette fois, il n'avait pas consulté sa montre avant de sortir. C'est à peine s'il avait touché à son repas.

Alphonse dut s'avouer que, ce soir-là, il avait éprouvé de la sympathie pour Richard. Pour la première fois, il mangea sans dédain les mets mi-sucrés, mi-aigres qui, en d'autres temps, lui donnaient la nausée. Seul dans sa chambre, il fut tenté d'ouvrir l'enveloppe, curieux qu'il était d'en connaître le contenu. De nature méfiante, il hésita. Peut-être s'agissait-il là d'un traquenard. Il renonça au projet. « J'ai su gagner sa confiance, puis son cœur ; je dois lui prouver maintenant mon entier dévouement. »

Huit jours plus tard, il se félicitait d'avoir agi sagement ; Richard, avant de sortir, déposa sur la table, près de son assiette, toutes les enveloppes encore cachetées qu'il avait transportées assidûment. Sur la pile se trouvait un billet orangé, une coupure de 1 000 dollars.

« Ainsi, j'ai vu juste : ce n'était qu'un subterfuge, un traquenard : il me mettait à l'épreuve, me manipulait, voulait me surprendre en flagrant délit. Dans le moment, il me prend pour une poire, il se réjouit de mon aveugle fidélité. Tant mieux ! Ça servira ma cause. Il ne comprend pas que je cherche plus à savoir qu'à lui nuire. Il n'est qu'un parfait imbécile. »

Alphonse, le manipulateur, souffrait d'avoir été victime de la manœuvre adroite de cet idiot qui avait osé le mettre en doute. La soi-disant importante mission, la première qu'il lui avait confiée, apparaissait comme un piège pur et simple. Il lui ferait un jour regretter son arrogance !

Dans sa grande naïveté de néophyte, Alphonse ignorait tout du puissant rouage de l'organisation qui commandait l'entreprise de Richard ; un gang puissant, un milieu bien structuré, au sein duquel il fallait d'abord faire ses preuves avant d'être accepté. Plusieurs avaient payé de leur vie pour l'apprendre. S'il avait si vite gravi dans la hiérarchie, et il ne l'admettait pas encore, c'était dû au fait que Richard adorait sa sœur, Mariette, qui lui avait servi de chaînon.

Une plus grande expérience, un peu plus de clairvoyance et Alphonse aurait compris que Richard lui-même n'était qu'un pion qui jouait aussi un rôle bien minime, bien fragile, au sein d'une affaire gigantesque où l'on ne pardonne pas, où seule l'ambition domine et a force de loi.

« S'il me donne 1 000 dollars pour payer ma seule fidélité dans des circonstances aussi farfelues, quelle sera la recette pour les services véritables ? Oui, mon Richard, je serai humble et soumis... »

Des paquets de format modique succédèrent aux enveloppes. « Voilà, songea Alphonse, la vraie marchandise. » Il savait pertinemment bien qu'il ne transportait pas les annales de Sainte-Anne, que toutes les précautions prises n'étaient pas de la mise en scène ; il n'ignorait pas non plus qu'il courait certains dangers. Puisque ce cher Richard avait réussi les passes sans problèmes, au point d'avoir accumulé une fortune, lui, Alphonse, le pouvait aussi. Dans sa tête, il élaborait déjà des plans pour le jour où il lui serait enfin permis de s'échapper de ses griffes.

Un nouveau tourment s'ajouta aux inquiétudes de celui qui avançait lentement, mais sûrement, sur le chemin de la réussite : tout cet argent qu'il percevait quand il accomplissait sa mission, il ne fallait pas le perdre ou se le faire voler ; ç'aurait été trop bête. D'abord il le gardait sur lui, glissait le pécule sous son oreiller, la nuit venue ; aussi se réveillait-il parfois assailli par des sueurs froides : il rêvait qu'on le volait. Pensait-il éparpiller les billets çà et là, entre les pages d'un livre ? Et si Mariette le découvrait ? À la banque ? On lui demanderait de remplir une fiche qui porterait sa signature et l'adresse de Richard. « Jamais, au grand jamais, tu ne dois donner cette adresse. » L'interdiction formelle répétée l'inspira : il prendrait logis, dans un quartier moins huppé, assez éloigné, discret. Il continuerait d'habiter ici, entasserait là-bas.

À chacune de ses livraisons, il furetait dans les environs avant de revenir sur ses pas. Un jour, une pancarte affichant « Logis meublé à louer » capta son attention. Il marcha autour du pâté de maisons, étudia les environs et décida d'entrer. Une dame d'un certain âge l'accueillit, lui remit les clés et le pria d'aller seul, deux étages plus haut, visiter les lieux. Ravi, il grimpa. Ce n'était pas la porte du ciel. Le logement n'avait rien d'un paradis : ça sentait le renfermé et les vitres étaient si sales qu'il ne put voir à l'extérieur. Par contre, le silence lui permettait de croire que les lieux étaient paisibles ; c'est ce qui importait, surtout. « Une pareille mansarde deviendrait mon coffre-fort... Après tout, l'argent n'a pas d'odeur. Je ne vivrai pas ici ! »

Décidé d'accepter, il descendit les escaliers extérieurs, posant la main sur la rampe ; celle-ci menaça de lâcher. Il s'arrêta et regarda en bas. Sur le trottoir d'en face, il vit un homme qui, debout, regardait dans sa direction. Il fit précipitamment volte-face et rentra dans l'appartement. « Squelette ! » ne put s'empêcher de dire tout haut Alphonse ; ça ne pouvait être que lui, avec sa maigreur surprenante, sa grande taille, ses yeux noirs et perçants. « Ainsi, je suis espionné... Alphonse, mon cher, tu en as encore à apprendre. Fiche le camp et trouve-toi vite une explication avant de paraître devant le grand caïd. » Ses jambes flageolaient. Il cogna dans la vitre de la propriétaire avec la clé, laissa tomber celle-ci et fila en vitesse vers la maison. Le sang lui martelait les tempes. Rentré en lui-même, il allait en somnambule, à la fois rageur et inquiet. Il questionnerait Mariette pour obtenir d'elle une description détaillée de Squelette. « S'il me suit, s'il a le temps de le faire, c'est qu'il n'est qu'un homme de paille. Mais voilà, l'homme de paille parle ! » Il s'arrêta. « J'y pense : je ne le connais pas, moi, ce gars-là. Richard, tout au moins, le croit. C'est ça, c'est là ma planche de salut. Il me suffit de trouver une explication plausible. »

Content de son sage raisonnement, il marchait, alerte, libéré d'un lourd poids. Pourtant, sa joie se refroidissait quand il songeait à la seule conclusion possible, que son « cher beau-frère » se méfiait toujours de lui et le faisait filer.

Richard arriva plus tôt, ce soir-là, le visage courroucé, nerveux. Les appréhensions d'Alphonse se confirmaient. Mariette n'eut pas droit au baiser prolongé habituel ; elle n'insista pas. Il avait sa tête des mauvais jours, celle qu'il affichait lorsqu'il piquait ses crises de jalousie.

– Ton frère est sorti.

– Oui, comme tous les jours.

– Pas plus longtemps ?

– Je ne sais pas, je dormais.

– Où est-il ?

– Dans sa chambre, je suppose.

– Coucou ! C'est moi que l'on cherche ?

Alphonse dégringolait l'escalier, un livre à la main.

– Je suis en retard ; cette histoire est passionnante… plus que ce que j'ai vu aujourd'hui.

Il posa le livre sur un guéridon et s'approcha de Richard.

– Mon cher, j'ai une mauvaise nouvelle pour toi.

Les narines du beau-frère se gonflaient, ce qui lui faisait plisser le nez en un tic nerveux. Les poings fermés au fond de ses poches, prêt à regimber, il fixait Alphonse, le regard menaçant.

– Tu n'auras pas le plaisir de te débarrasser de moi très facilement, à ce que je vois. Je commençais à être gêné de rester ici, à abuser de ton hospitalité. Je m'étais mis en tête de trouver un logement, un meublé, afin de laisser les amoureux en paix dans leur château. J'en ai visité un cet après-midi : un trou ! Une vraie soue pour les pourceaux ! Pire encore, car le cochon se garde toujours un coin propre pour dormir. Tu ne me croiras pas, Mariette, les vitres étaient si sales qu'on ne voyait pas dehors.

Peu à peu les traits de Richard retrouvaient leur naturel, seul un coin de sa bouche sautait sous l'effet de spasmes nerveux.

– Tu pensais vraiment déménager ?

– Mets-toi à ma place, ça devient gênant.

– Au moment où je me réjouissais de ta présence ici. Tu ne penses pas à ta sœur ?

– C'est vrai, tu tiens vraiment à ce que je reste ici ?

– Je pensais te l'avoir prouvé !

– Alphonse a toujours été scrupuleux ; il a la tête pleine d'idées bizarres, susurra Mariette.

On passa à table. Richard jouait les spirituels, tentant, par des mots d'esprit, de faire oublier son comportement coupable. Alphonse adopta une attitude réservée : il visait à faire comprendre à Richard qu'il n'était pas dupe et qu'il était offusqué. Richard, inconfortable, s'en prit à Mariette :

– Varie donc le menu, ton frère a sans doute des préférences ; tu dois les connaître, alors gâte-le. Je veux qu'il se sente heureux ici.

Alphonse, flatté, leva les yeux au plafond ; cette attitude vaniteuse lui valut une inspiration : là, bien en vue, juste au-dessus de la table, il y avait un lustre qu'on n'allumait jamais, à cause des multiples chandeliers de cristal qui ornaient les murs et qui créaient une illusion de luxe et un éclairage plus original. Alphonse revint plus tard dans la soirée. Il repéra le commutateur qui alimentait l'énorme boule de couleur ambre et neutralisa le courant en défaisant un des fils. Se frottant les mains d'aise, il alla rejoindre Mariette et plongea la tête dans un livre qu'il ne lisait pas, tout à ses pensées. Il devrait éloigner sa sœur sous quelque prétexte afin d'avoir le loisir de mettre en sécurité, là-haut, son précieux butin.

Il s'endormit, satisfait de sa journée. Son réveil fut doux. Il avait rêvé à sa mère. Avec son habitude de toujours tout ramener à sa petite personne, il vit là une promesse de bonheur. Assis sur le bord de son lit, il faisait un retour en arrière.

« Pendant que je m'enrichis, là-bas, la veuve trime pour faire vivre la marmaille. Ne serait-ce que pour la punir de ses crâneries, j'achèterai la ferme et j'asservirai madame. Elle ne perd rien pour attendre ! Elle va voir de quel bois je me chauffe, la boiteuse, ainsi que son prétentieux de frère. J'y pense, mais c'est l'excuse toute trouvée, la famille… Si je réussis ce tour de passe-passe, le ciel est ma limite : je dois convaincre Richard de laisser Mariette faire une visite là-bas. » Couché sur le dos, les bras croisés derrière la tête, il préparait sa prochaine machination.

*

* *

Il parlait à Richard, sur un ton de confidence : il s'inquiétait, trouvait Mariette déprimée, nerveuse.

– Changer d'air lui ferait du bien.

– Tu crois qu'elle est malade ?

– Non, sûrement pas. Mais les femmes, tu sais, elles n'ont pas notre endurance ; il leur faut toujours une motivation, c'est dans leur tempérament. Ce doit être pour ça que le bon Dieu leur a donné le rôle d'enfanter.

– Hé ! Dis donc, elle ne serait pas, par hasard, dans une condition intéressante ?

– Qu'est-ce que tu entends par ça, Richard ?

– Tu sais bien, engrossée, comme ça, quoi !

– Pas que je sache ! Si c'est ça, elle ne m'en a rien dit. Tu as choisi en plein la bonne femme qu'il te fallait, elle est peu encline aux confidences.

– Toi, là, tu m'as donné une fausse joie. Si j'avais un gars, ah ! si j'avais un gars ! Je le comblerais, il aurait tout ce que je n'ai pas eu et dont j'ai tant rêvé ! Un bicycle à gaz, par exemple. J'y pense souvent.

Du bout du pouce, Richard taquinait son nez ; il semblait réfléchir.

– Qu'est-ce que tu suggères ?

– Tu veux que je te le dise ? Un voyage. Envoie-la dans la famille, à Saint-Pierre-de-Montmagny.

– Saint-Pierre ? Connais pas.

– C'est pas loin, tout près de Québec. Ce n'est pas là qu'elle va perdre son âme, on n'y trouve que du bon monde. Elle se réjouirait de revoir la ferme, ses jeunes frères et sœurs.

– Ça pourrait peut-être s'arranger ; laisse-moi y penser.

– Donne-moi ta réponse et je ferai ce qu'il faut pour la convaincre de partir. Parce que je sais qu'elle ne te quitterait pas de gaieté de cœur, même pour un jour ou deux.

– Un jour ou deux… je suppose que je n'en mourrais pas.

– Autre chose : quand elle sera là-bas, si je peux te demander une faveur, arrange-toi pour que je n'aie pas à quitter la maison. Un pareil château ne doit pas demeurer vide. Je demeurerai ici, bien sage.

– Tu penses à tout !

– C'est ça, une famille.

Mariette s'approcha :

– Qu'est-ce que vous manigancez dans mon dos ?

– Nous parlons affaires, voyons, ma beauté. Pourquoi es-tu si chatouilleuse, depuis quelque temps ?

Au menu se trouvaient des mets nouveaux : du poulet à la Kentucky. Alphonse se gava. La semaine qui suivit, Mariette se rendit à Saint-Pierre-de-Montmagny. L'idée de la randonnée l'avait épatée, mais elle déchanta vite quand elle fut placée devant l'évidence : Richard l'avait placée sous escorte ; elle dut voyager en compagnie de Squelette et Cartouche qui avaient reçu l'ordre de ne pas la quitter d'une semelle. Elle entra seule dans la demeure où elle avait vécu la plus grande partie de sa vie. Les deux escogriffes, pendant ce temps, passaient et repassaient devant la maison. C'est une fille aux prises avec une crise d'hilarité qui leur revint, moins d'une heure plus tard. Elle prit place sur la banquette arrière, claqua la portière et, du rire exalté, elle passa sans transition aux larmes du désespoir.

Cartouche plissa le nez de dédain, Squelette se fit sympathisant :

– Allons, allons, petite madame !

– Vous autres, vos gueules !

La femme du patron avait ordonné, ils se turent. Mariette pleurait de rage. Elle était déjà en furie du fait que Richard lui avait imposé la présence de ces compagnons de route. Mais là où le désespoir l'envahit, ce fut à la vue de Raymond, auprès de qui elle avait connu une vie paisible et normale. La nouvelle de son prochain mariage, l'indifférence qu'il lui témoignait, le bonheur qu'affichait cette blonde rieuse, la fille de l'amant de sa mère, la joie de ces enfants qui éclatait, la fermeté des propos de Gervaise avaient fait qu'elle avait perdu le contrôle de ses paroles et piqué une crise d'hystérie. C'en était trop : humiliée, bafouée, chassée, perdant tout d'un coup le seul endroit au monde auquel elle pensait parfois avec une bouffée de bonheur et de douceur, elle se sentait liée à jamais à ce Richard pour qui elle n'avait aucun sentiment tendre ou respectueux. Pas un instant, la pensée du mal qu'elle avait pu faire à ces êtres chers ne l'effleura.

Alphonse avait eu le temps de dissimuler son trésor. Il lui serait facile d'en vérifier quotidiennement la présence : il n'aurait qu'à lever la tête. Il repassa dans les autres pièces, cherchant un endroit aussi sûr car, malgré son fort volume, le lustre ne pouvait en contenir plus. Il sursauta quand il vit entrer Mariette si tôt, le visage défait, les cheveux épars.

– Alors, quel nouveau, là-bas ?

– Elle a du front tout le tour de la tête, la boiteuse. Elle m'a flanquée à la porte.

– Non !

– Le pire, écoute ça : Raymond, mon ancien, mariera la servante…

Elle n'en dit pas plus, même si elle avait le goût de cracher tout son dépit.

– Arrête, une minute ; ainsi, c'était vrai que tu vivais avec le frère de la boiteuse ? Je ne l'ai jamais cru.

– Ben, oui, c'était vrai.

– Et celui-ci, où l'as-tu déniché ?

– J'ai quitté Raymond pour un de ses patrons. À peine arrivés à Montréal, monsieur m'a laissée tomber ; il était marié, l'animal, un fieffé menteur !

– Incroyable ! Il y en a eu aussi un autre ! Et Richard, alors ?

– Tu veux tout savoir ? Il m'a ramassée dans le bas de la ville, à racoler. Je n'avais pas d'argent, j'étais réduite à ça. Il s'est approché de moi, m'a parlé gentiment, m'a traitée comme une… femme. Il m'a prise sous sa protection.

– Tu es une garce, rien qu'une garce. Je ne sais pas ce qui me retient de…

Mariette recula. Son frère avait levé la main ; il était blanc de colère.

– Attends que je dise ça à Richard, tu perdras vite le goût de me frapper !

– Je n'ai pas peur de ton Richard.

– Ce n'est pas à Richard que tu auras affaire. Cartouche se chargera de te casser les os.

– Tu n'es qu'une sale prostituée.

– Et toi ? Tu te fais vivre par lui, est-ce mieux ?

– Moi, je travaille pour lui.

– Fais-moi rire, tu travailles ; tu n'es ici que par mon bon plaisir. Richard vivait sans toi.

– Garce !

– Écoute-moi bien, Alphonse Langevin…

La phrase mourut sur les lèvres de la jeune fille. Les pas de Richard retentissaient sur les dalles de l'entrée. Il marcha vers elle alors qu'elle lui ouvrait grand les bras.

– Ma pauvre chatte, on t'a fait de la peine ! Ne pleure pas. Heureusement que tu étais ici pour l'accueillir, toi, Alphonse. Tu trembles, mon petit oiseau ! Viens, viens que je te fasse oublier tout ça.

Il l'attira vers l'escalier. Cette fois, elle pleurait follement. Elle jeta un regard mauvais à son frère et se laissa diriger vers leur chambre. Pour la première fois depuis leur union, Richard connut une joie immense ; Mariette se fit douce, caressante. Enfin ! Elle lui appartenait vraiment. L'éloignement de quelques heures aurait donc suffi à faire comprendre à sa douce amie que le bonheur se trouvait auprès de lui ? Le rapport de Squelette l'avait bouleversé : madame avait pleuré tout le long du trajet. Richard avait tout laissé tomber et s'était empressé de rentrer chez lui. Alphonse, une fois de plus, s'était donc révélé bon conseiller, puisque Mariette lui était revenue affectueuse et empressée.

Cet épisode finit d'endormir la méfiance que Cartouche et Squelette s'efforçaient de jeter dans son esprit envers ce gars trop maniéré, trop pédant, à qui il laissait trop de liberté : « Il te trahira, un jour », l'avaient-ils prévenu. Il en conclut qu'ils étaient jaloux.

De ce jour, Alphonse put aller et venir sans être épié ; mais il l'ignorait, et la vue de tout homme élancé et maigre lui donnait la frousse. De Cartouche, il ne savait rien, mais tout visage balafré qu'il croisait réveillait en lui la frayeur.

Hélas ! Il ne pouvait tirer les vers du nez à sa sœur ; elle le boudait, mangeait dans sa chambre, ne voulait plus descendre. Alphonse pestait. Richard était de mauvaise humeur.

– Je crois, Richard, qu'il vaut mieux que je parte, annonça-t-il négligemment un matin au moment de recevoir le colis à transporter.

– Pas question, j'ai besoin de toi ici.

Il remonta à sa chambre, parla à Mariette, lui fit mille promesses.

– Si ton frère part, je devrai confier ta protection à quelqu'un d'autre qui te plairait peut-être moins... Ton frère a une bonne tête, il est franc, c'est important ; surtout dans le moment. Mes affaires sont bonnes ; ne fais pas l'enfant. Tout ça c'est pour toi, la belle maison et tout.

Il venait de toucher la corde sensible du cœur de la jeune fille ; elle baissait la tête, adoptait une attitude songeuse. Il savait qu'il avait gagné la partie.

– Tu fais tout ça pour moi, jeta-t-elle, c'est vrai ?

– Parce que je t'aime, mon agneau.

Il regardait sa montre en faisant les cent pas. Son chewing-gum, relayé dans un coin de la bouche, formait une boule dans une de ses joues, signe évident de grande nervosité.

– Tu m'énerves, cesse de marcher comme ça !

– Massacre ! Mais qu'est-ce que tu as contre ton frère ?

Il s'était planté devant elle, se tapotait le haut du nez. Il n'avait pas le goût de rire. Elle baissait la tête, sentant qu'il lui fallait s'expliquer. Elle connaissait les limites de la patience de son homme. Il répéta :

– Qu'est-ce que tu as contre ton frère ? Me fais-tu des cachotteries ? Tu le sais, je n'endure pas ça !

– Il... prend parti pour maman, marmonna Mariette.

– Je ne comprends pas, parle plus fort.

– Je... je me suis disputée avec ma mère. Alphonse prend pour elle !

Richard pouffa de rire et il se remit à mâcher sa gomme avec entrain.

– C'est ça ? Des histoires d'enfants, une chicane de famille ! Et j'étais prêt à lui casser les deux jambes.

Il descendit et s'arrêta devant Alphonse, qui, l'entendant revenir, s'était laissé tomber vivement dans un fauteuil, la tête cachée entre les mains.

– Les femmes me surprendront toujours ! Elle t'en veut parce que tu prends le parti de votre mère ; ça te montre à quel point elle est enfant. Et elle se plaint que je ne la laisse pas traîner dans la ville. Tu parles ! Faites la paix. Un homme travaille mieux quand il a la tête reposée.

Richard restait là, mâchait de plus belle, se pinçait nerveusement le bout du nez. « Il a autre chose à me dire et ce doit être grave. Je me tais et j'attends, ou bien je le questionne ? Que peut-il bien ruminer ainsi ? » pensait Alphonse.

Richard, pendant un moment, arpenta la pièce de long en large. Puis il s'arrêta, jeta un coup d'œil en direction de l'escalier. Mariette n'était pas en vue. Intrigué, Alphonse crevait de curiosité.

– Tu peux me parler, le beau-frère, je sais garder des secrets ; n'oublie pas que j'ai appris à confesser, au séminaire. Quand tu apprends cet art, tu connais du coup tous les secrets de l'âme humaine. Ainsi, on ne confesse pas l'homme et la femme de la même façon, la maîtresse d'école comme la mère de famille, car la maîtresse est plus rusée, la mère de famille est plus malléable.

– C'est pas bête, ton jargon de curé. Ça peut être utile, même en affaires… Avec ton savoir et mes relations, toi et moi, on peut faire des miracles. J'ai pensé ouvrir un bar-restaurant que tu dirigerais. Tu serais là pour veiller sur mes affaires, en vrai beau-frère. Du chic, mon vieux, du grand chic : la meilleure clientèle, les gros pourboires, le meilleur whisky, un « gros » orchestre. Toi, le manager, le caissier, le boss. Tu vois ce que je veux dire ?

– Mais, ça prend du foin tout ça !

– Du foin !

Richard éclatait de rire, tapait sur l'épaule de son protégé d'un geste amical et tendre.

– Religieux d'une part, campagnard de l'autre ; ces deux vertus feront de toi l'associé le plus honnête que je pouvais dénicher ; j'en rêvais, mais je n'y croyais pas.

Il recula, se mit à mâcher avec ardeur. Il s'exclama enfin : « Oui, tu es mon homme ! »

Avant que ce cher Alphonse, extasié, ait réagi, Richard avait filé. « Finies, les petites missions ! La vie m'ouvre tout grands ses bras, à moi maintenant de relever le défi. L'avenir m'appartient ! »

V

À SAINT-PIERRE-DU-SUD, c'était fête. Raymond revenait avec sa jeune épouse. Gervaise s'affairait à faire briller la maison. En même temps, elle cuisinait car, elle n'en doutait pas, Angéline se serait ennuyée de la bonne popote de son chez-elle. Elle prépara, entre autres, une casserole de gibelotte et mit un soin tout particulier à son pouding-chômeur.

C'était la saison des légumes frais. Bientôt il faudrait faire les conserves pour l'hiver, vider les champs de leurs trésors. Ce serait un mois plein de labeur. Il fallait également penser aux bêtes ; le troupeau s'était enrichi de celles laissées par Jolicœur. La famille aussi avait grandi, ce qui ramenait Gervaise à son beau rêve, celui de voir Raymond et Angéline s'installer en permanence sur le lopin de terre attenant au sien. « Télesphore aurait été d'accord. » À cette pensée, elle s'immobilisa, surprise. Au fond de son cœur, elle sentait toujours la présence de son défunt mari ; il demeurait l'image du parfait conseiller, l'ange protecteur. Elle soupira. Sa tendresse lui manquait ; il lui fallait s'ajuster à la personnalité de Gilbert, autoritaire et discipliné, mais également humain et dévoué à ses enfants : « Télesphore était un bon papa, Gilbert est un bon père... » L'attention toute spéciale qu'il donnait à Lucien pour l'aider à traverser le pénible bouleversement qu'il avait vécu était attendrissante. « L'homme comprend mieux ses fils et aime bien ses filles. Je me dois d'être le trait d'union qui nous gardera tous unis. »

Ayant consulté l'horloge, Gervaise décida de sortir prendre une bouffée d'air frais ; elle marcha en direction de la cour arrière. C'est alors qu'elle vit Lucien et Gilbert qui faisaient des exercices de boxe. L'homme parait les coups, pendant que le garçon, en sueur, le visage rougi par l'effort, attaquait Gilbert qui se dandinait d'un pied sur l'autre, invitant l'adversaire à le frapper. Elle s'appuya contre la maison et observa le jeu qui lui semblait cruel. Tout à coup Lucien perdit pied et tomba face contre terre. Elle allait s'élancer lorsqu'elle entendit Gilbert s'exclamer :

– Assez, fiston, assez pour aujourd'hui, tu les as bien mérités, ces gants de boxe promis. Je te les rapporterai à ma prochaine sortie.

Lucien se roula sur le dos, croisa les bras derrière la tête, cherchant à reprendre son souffle.

– Encore quelque temps et tu pourras tout enseigner à ton jeune frère.

– Toi, qui t'a montré les trucs ?

– Des compagnons de travail.

– C'est bon alors d'être un policier ?

– Oui, mais je préfère le travail de la ferme. Viens.

Il tendit une main à l'enfant et Gervaise les vit s'éloigner vers la propriété de Jolicœur. « Comme ce jour-là, sur la montagne, il voit en lui son fils et il transpose sur lui tout son amour ; les liens qui les unissent sont plus forts que je ne le croyais. »

Au repas du soir, le garçon avait dans le regard une étincelle qui brillait. Ses yeux allaient de Gervaise à Gilbert, mais il n'osait pas aborder le sujet qui lui tenait à cœur. La mère s'étonnait du fait que Gilbert ne parle pas pour aider l'enfant à s'épancher. Ce fut Lucille qui l'obligea à se confier.

– Tu boudes, Lucien ?

– Non.

– Alors pourquoi tu ne parles pas ?

Le garçon regarda en direction de Gilbert, un Gilbert apparemment trop occupé à manger pour lever les yeux.

– Tu as fait un mauvais coup ou quoi ?

– Ça ne regarde pas les filles.

– Moi non plus, alors ! s'exclama Gervaise.

– Toi, c'est pas pareil, tu es la mère.

– Ah bon !

Gilbert leva son assiette et, le regard rieur, la tendit à Gervaise.

– J'en veux encore, moi, de ce bon poulet.

Définitivement, il n'avait pas l'intention de secourir Lucien et l'enfant le sentait bien. Coincé, embarrassé, Lucien repoussa son assiette. Les filles l'observaient ; seul le jeune Télesphore jargonnait. Gervaise revint, servit son mari et reprit sa place.

– Tu réfléchis toujours, Lucien ?

– Je t'en parlerai plus tard, à toi toute seule.

– Bon.

– C'est pas juste, nous aussi nous voulons savoir. Les garçons en ont toujours contre les filles, c'est pareil à l'école !

– Parfois, Réjeanne, c'est comme ça, mais regardez votre mère, elle est une femme et elle commande ici.

– Une mère, c'est comme un père, riposta Jacqueline.

Gervaise ne comprenait rien de rien à tous ces discours. Elle fut bien davantage confuse lorsque Gilbert lui glissa à l'oreille : « Sois prête, l'abcès va crever. » La vaisselle confiée aux soins de ses filles, elle invita Lucien à la suivre au salon.

L'enfant regardait le sol, bougeait nerveusement le bout du pied.

– Allons, mon grand, raconte.

Après une longue hésitation, il jeta simplement :

– C'est au sujet de l'orme.

– L'orme ?

– Oui, sur le coin du terrain de M. Jolicœur.

Il était lancé. D'un enthousiasme débordant, il raconta à Gervaise que Gilbert avait promis que, s'il obtenait la permission de sa mère, ils bâtiraient, à eux deux, une maison dans l'arbre, où il pourrait grimper à loisir, étudier, observer les oiseaux… Il ne tarissait plus. Il apprendrait à manipuler le marteau ; Gilbert ferait les plans et couperait le bois.

– Je vois. Bien sûr, tes sœurs et tes amis pourraient y aller aussi ?

– Mes amis, c'est moins certain, on ne se parle plus.

– Un jour, peut-être…

– Non, jamais !

La réponse prononcée d'un ton péremptoire incita Gervaise à ne pas insister. Aussi aborda-t-elle le sujet autrement.

– Et tu voulais ma permission, doutais-tu de ma réponse ?

– Oui.

– Pourquoi ?

– Parce que j'ai été méchant, que je ne le mérite pas.

– Tu veux parler de ton aventure sur la montagne ?

– Oui, et de Gilbert.

Étonnée, Gervaise regarda Lucien. Sa nervosité allait croissante.

– Gilbert, dis-tu ?

– Oui, je ne l'aimais pas. Armand et Robert m'ont dit que tu le marierais et que vous ne nous aimeriez plus, qu'il me dompterait, moi et mes sœurs.

Gervaise résista à son envie de le prendre dans ses bras et de le serrer sur son cœur. La phrase jetée plus tôt par Gilbert l'en empêcha : l'abcès était-il crevé ?

– Et maintenant, l'aimes-tu Gilbert ?

Lucien fondit en larmes, en faisant de la tête un oui répété. « Voilà, songea Gervaise, le drame provenait de ces discours tenus entre enfants qui ont toujours une peur bleue de perdre l'amour de leurs parents ; mais depuis quand durait l'épreuve ? »

– Tout le monde savait que vous alliez vous marier, sauf moi.

– C'est vrai. Parce que tu as couché chez les Vadeboncœur. Même moi, le jour avant, je ne le savais pas.

– Ah ! non ? Armand, lui ?

– Non plus. Même Gilbert. Je voulais votre bonheur, je ne cherchais pas à me cacher.

– J'ai eu si peur que tu partes avec lui.

– Tu vois, mon grand, je suis toujours là. Es-tu confiant maintenant ?

– Oui.

– Passons l'éponge sur toute cette histoire. Soyons heureux, tous ensemble. Tu l'auras ta maison, dans l'orme.

Lucien sauta sur ses pieds, ouvrit la porte, se mit à hurler : « Hourra ! Hourra ! Ça y est, j'aurai ma maison ! Tu as compris, Gilbert ? Elle a dit oui, maman a dit oui. » Il traversa la cuisine, grimpa l'escalier, s'arrêta en plein centre, se pencha sur la rampe et cria presque : « Je vous inviterai, les filles. Gilbert, merci. »

La détermination de Gilbert à aider Lucien avait produit le miracle : la nature franche de l'enfant, sa confiance dans les siens, ses sentiments intimes étaient préservés ; son adolescence risquait moins, maintenant, d'être perturbée.

Gervaise continuait son apprentissage, supportée par celui qu'elle apprenait à apprécier et à aimer à travers ses enfants. « Vous comprendrez les difficultés de l'autorité car, un jour, vous aurez charge d'âmes. » Le souvenir de cette phrase formulée par une religieuse lui revenait toujours en mémoire. Voilà que, une fois de plus, elle s'avérait fondée.

Ce soir-là, ce fut l'épouse qui invita l'homme à monter dormir tôt. Ce fut Gervaise qui se fit empressée et douce, qui murmura des mots tendres, faisant perdre à l'acte sexuel son rythme rigide et habituel, lui conférant une douceur profonde et sentie. Dérangé par tant d'effusions douces, Gilbert ne s'endormit pas aussitôt après avoir goûté son plaisir. Gervaise, plongée dans ses pensées, se recroquevilla près de lui, s'efforçant de demeurer immobile. Elle apprenait que la sexualité s'exprimait individuellement, qu'elle variait selon les personnes, autant que les caractères. Elle prit la ferme résolution de cheminer dans cette voie, comme dans tant d'autres, en toute sincérité et confiance.

Gilbert, toujours réveillé, appréciait la chaleur de cet être blotti contre lui ; il restait étonné de sa fougue explosive qui la rendait encore plus désirable.

*
* *

– Regarde, maman, j'ai une brouette.

Le jeune Télesphore riait aux larmes ; docilement il avançait sur ses deux mains alors que, les jambes en l'air, tenues par Lucien, il se laissait diriger.

– J'en ferai un garçon fort, mon frérot.

– Pour l'amour du ciel ! Où es-tu allé chercher cette idée ?

– Je le fais tous les jours avec Gilbert.

– Alors, fais-moi le plaisir de ne le faire que dehors, dans l'herbe. Sur le plancher, c'est trop dangereux, il pourrait se frapper le menton sur le sol.

– Allons, Papachou, les pattes contre le mur, tiens-toi sur tes deux mains.

La porte s'ouvrit et Raymond parut. Il laissa tomber la valise qu'il tenait et accourut vers le jeune enfant.

– Eh ! que fais-tu là ? Tu veux l'étriper, ce petit ?

– Zut ! tonna Lucien.

Raymond saisit l'enfant et le remit sur ses pieds ; Gervaise n'avait pas eu le temps d'intervenir.

– Tu laisses faire ça, Gervaise ?

– Nous en discutions justement.

L'entrée de la jeune épouse fit diversion. On s'embrassait, tout à la gaieté des retrouvailles. L'incident de la maladroite intervention de Raymond resta sans conséquence. Lucien ne laissa paraître aucune trace de mécontentement, à la joie de sa mère qui avait craint un instant qu'il ne fasse une colère ou se remette à bouder. Son fils avait donc repris son assurance et il acceptait mieux la contradiction. Gervaise n'oublierait pas l'incident : maintenant qu'elle avait pris mari, l'éducation des enfants et l'administration du foyer relevaient du couple et du couple seulement.

Dans les jours qui suivirent, ce fut Angéline qui afficha le plus de malaises. Gervaise ayant repris les rênes, sa belle-sœur devenait hésitante devant la conduite à tenir. Elle ne savait plus ce qu'on attendait d'elle et n'osait aborder le sujet. Heureusement, la période des récoltes prenait le temps de tous et l'ampleur de la tâche servait de tampon ; c'est dans l'harmonie que le travail s'accomplissait.

Gervaise ne pouvait s'empêcher de penser à Alphonse qui, en cette période de l'année, devenait le bras droit de son père. Elle s'inquiétait pour ce garçon vindicatif et malicieux, qui ne trouvait pas le bonheur, mais qui prenait un plaisir fou à manigancer et à broyer du noir. Il n'avait jamais donné de nouvelles depuis son départ, pas plus que Mariette qui, hautaine et dédaigneuse, avait agi avec tant de méchanceté et de cruauté, qui avait renoncé à son passé et, enfin, avait renié son père. Gervaise les plaignait de toute son âme et elle souffrait. « La liberté est le droit de tous… Tout dépend de l'usage que chacun choisit d'en faire ; des mots sages, mais qu'on reconnaît toujours trop tard. »

*

*   *

Septembre se pointait avec ses soirées douces, amenant aussi la rentrée scolaire, ce qui changeait le rythme de vie des familles. Lucien, très attaché à Gilbert, prêtait main-forte aux travaux de la ferme ; plus vite on se libérerait, plus tôt on se consacrerait à la construction de cette cabane déjà née sur papier. L'apprenti charpentier apprenait à mesurer le bois, à tailler les angles. Il en rêvait même la nuit. Les gants de boxe accrochés à la tête de son lit avec ses lance-pierres constituaient sa richesse. Bientôt, il aurait son arbre, à l'ombre duquel se cacherait sa maison ; son bonheur était parfait.

– Il a de la chance, lâcha Raymond devant l'enthousiasme de l'enfant.

– D'avoir une maison ? demanda Gervaise.

– C'est le rêve de tout homme.

– Et vous, Angéline, pensez-vous ainsi ?

Elle ne répondit pas, mais son expression en disait long.

– J'en ai une à vous offrir, il suffirait de trouver une entente…

Le repas terminé, les adultes quittèrent la table et prirent la direction de « chez Jolicœur ». La maison était délabrée, inutilisable. Seule la base de pierre des champs, solide comme le roc qui la constituait, valait considération. Le reste était à démolir, à brûler. Les bâtiments attenants tiendraient le coup temporairement, moyennant certaines réparations. La terre, cependant, était riche et prometteuse. Le champ de maïs laissait voir ses gros épis dodus qui continuaient leur mûrissement. Gervaise souriait. Elle retrouvait dans les yeux de son frère le même éblouissement qui faisait briller ceux de Lucien.

Si l'on réussissait à ériger le carré de la maison, à le doter d'une couverture, on pourrait consacrer les longs mois d'hiver à en compléter l'intérieur ; le nid serait prêt au printemps pour accueillir les nouveaux propriétaires.

Gilbert, debout, appuyé contre le mur, discourait avec Raymond. Gervaise les écoutait ; ils traitaient d'un sujet dont elle ignorait tous les éléments. « La logique semble être à la base de leurs énoncés ; ils sont moins enclins à mêler les sentiments à leurs décisions que nous le faisons, nous les femmes. Leur sentimentalité différerait-elle de la nôtre ? Pourtant, le comportement de Gilbert vis-à-vis de Lucien manifeste un profond humanisme, respecte la délicatesse de l'âme de l'enfant, tout comme l'aurait fait Télesphore. J'ai une chance inouïe d'avoir trouvé sur ma route deux hommes très bons ; je n'ai qu'à les suivre dans leur sillon respectif, mon cheminement sera heureux, les enfants bien protégés. »

Auprès de Télesphore, elle avait repris confiance ; elle, si souvent rabrouée par la vie, déplacée d'un lieu à un autre, confiée à diverses autorités, elle avait appris à redouter l'inconnu, à développer une façade pour se protéger. Il lui était naturel de se méfier, de s'inquiéter, et parfois elle doutait de son jugement. La droiture de Gilbert la rassurait, une fois de plus. Elle le constatait : sa virilité n'étouffait pas sa grande douceur, il agissait autant par sentiment que par réflexion.

C'était Lucette qui, par ses mises en garde, avait précipité sa décision d'épouser Gilbert. « Et si je m'étais trompée ? S'il n'avait pas été l'homme bon que je voyais en lui ? » Elle frissonna. « J'ai été impulsive à outrance. Dieu est bon, il m'a protégée. »

– Qu'est-ce que tu penses de tout ça, Gervaise ?

Elle sursauta.

– Hein ?

– Je croyais que tu nous écoutais. Quelque chose te tracasse ?

– Non, j'étais perdue dans mes rêveries.

Et aguichante, elle alla se coller à son mari.

– Méfie-toi, Raymond, quand une femme prend une allure de chatte et se fait mielleuse, c'est qu'elle a la conscience troublée.

– Angéline, crois-moi, ces surdoués, ces durs à cuire, ils adorent nos faiblesses, surtout celles qu'on ose leur démontrer…

Gilbert sourit. Gervaise faisait-elle allusion à ses démonstrations amoureuses de la veille ?

Les pourparlers se prolongèrent tard dans la soirée, mais on était encore loin d'une entente. Les directives du notaire Gaboury revenaient à l'esprit de Gervaise ; elle en discuterait avec son mari, dans l'intimité.

Les femmes firent le tour de la masure, s'attardant aux divers objets qui s'y trouvaient. En dehors de la malpropreté des lieux, elles étaient étonnées de l'état de pauvreté dans lequel avait vécu cet ermite qui, pourtant, avait une certaine source de revenus. Dans la cuisine qui, avec la dépense, occupait tout le premier étage, Gervaise ne parvenait pas à détacher son regard d'une chaise aux montants de bois, dont le fond et le dossier étaient faits de corde tressée. Cela lui rappelait un lointain souvenir, mais lequel ? Crottée, mais toujours solide, la vieille chaise portait les traces d'un travail manuel évident.

– Les vieux de chez nous en faisaient leur passe-temps préféré, à l'instar des artistes qui ont beaucoup contribué à l'embellissement des églises et à l'ornementation des édifices. Oui, cette chaise mérite d'échapper à la destruction à laquelle la maison est vouée.

Angéline souriait ; les propos tenus par Gervaise l'étonnaient. Elle en avait tant vu, de ces vieilleries que l'on remplaçait volontiers par des objets manufacturés en série dont regorgeait le commerce d'aujourd'hui.

– Modernes et sans personnalité, qui finissent par tous se ressembler, objectait Gervaise. Voyez cette chaise : si seulement elle pouvait parler... Qui est celui qui s'est appliqué à lui donner son allure ? Quand, pour qui fut-elle imaginée puis taillée ? Combien de mains s'y sont-elles posées ?

– Peut-être que, si vous réussissiez à la nettoyer, elle vous répondrait, tant elle serait heureuse. Tenez, si vous aimez ces choses démodées, regardez ce porte-cuillères : ma grand-mère en avait un semblable.

Gervaise tendit le bras en s'exclamant :

– Que c'est joli ! Le verre n'est ni bleu ni vert, plein de reflets dans les teintes ; il brillera sûrement lorsqu'il sera lavé. Y a-t-il d'autres trésors enfouis là ?

– Que de la vieille vaisselle craquelée et des assiettes de granit dégueulasses ! Les toiles d'araignées sont désertées, même les bestioles n'en veulent pas !

– Le pauvre cher homme ! Peut-on imaginer vivre aussi démuni et mourir seul ? Personne ne semble connaître son passé. Je m'étonne encore que son nom n'ait jamais été prononcé par Télesphore qui le connaissait sûrement, lui et son histoire.

– Il serait mort comme il a vécu, trancha Angéline. Qui sait, peut-être était-il avare et mesquin de sentiments.

Gervaise eut une pensée pour son père, si généreux et si vaillant, qui avait tout sacrifié pour les siens ; et pourtant, avec lui avaient été ensevelis des secrets qui n'avaient jamais percé. Le jugement d'Angéline lui semblait bien sévère, mais elle ne le releva pas. « L'histoire se répète, seuls les noms changent » : le vieux dicton s'avérait exact, une fois de plus.

Alors qu'elles continuaient à scruter les environs, les hommes se trouvaient dans les dépendances et furetaient dans tous les coins. Ils revinrent, tenant à la main des plants de géranium qu'ils avaient dénichés, minables mais encore vivants.

– Il semble qu'il ait voué beaucoup d'amour à ces plantes, sa seule fantaisie, sans doute. Peut-être pourraient-elles survivre si on les arrosait.

– Prenons-les avec nous, suggéra Gervaise au moment de partir.

Les enfants étaient au lit, le silence régnait dans la maison. Gilbert, incrédule, se dirigea vers le salon et en revint en riant.

– Le poste de télévision est encore chaud. Le contraire m'aurait surpris : à leur âge, j'en aurais fait autant.

Heureuse complicité dosée d'affection, qui aide à établir la fermeté entre parents et enfants.

– Avoue que c'est ton museau de policier qui t'a incité à faire enquête.

– Ils n'en sauront rien, puisque c'est notre secret.

– Les pauvres enfants… Je n'ai qu'à bien me tenir !

– Toi, ma jolie, je te pardonnerais beaucoup !

Gervaise avait placé les géraniums sur la fenêtre de la cuisine et les avait arrosés. Dès qu'elle aurait du temps libre, elle les transplanterait dans des pots plus grands et les doterait d'une terre plus riche.

*
* *

Robert et Armand informèrent leur père que, au retour de l'école, ils avaient vu le géant et Raymond qui démolissaient la vieille maison de Jolicœur.

Lucette s'inquiétait. Ce n'étaient pas là des propos qui plairaient à son mari. Elle craignait une autre crise de fureur. Mais Léo, curieux, laissa parler les enfants. Sa rancœur s'était-elle amenuisée ?

Il n'était pas sans avoir entendu le vrombissement des scies mécaniques ni la fumée qui montait droit dans le ciel à cause des abattis : on brûlait les déchets.

– Ça pue ! s'exclamait Armand.

– Saloperie ! tonna Léo, vous n'avez pas de propos plus intéressants à tenir à table ?

Armand pouffa de rire.

– Si ce que tu as à raconter est drôle, vas-y.

Robert regarda son frère ; Armand avait cette tendance à bavasser, ce qui leur valait souvent des semonces.

– Allons, raconte.

– C'est au sujet du père Jolicœur…

– Ta gueule, Armand.

L'autre riait à s'en tenir les côtes. Le père insista : il voulait rire, lui aussi. Et l'histoire éclata, dans toute sa nudité, agrémentée de l'emphase que le garçon donnait aux faits. Ils étaient dans le champ de maïs de Jolicœur, cachés, quand le bonhomme leur était subitement apparu avant même qu'ils aient eu le temps de déguerpir. Le vieux avait baissé sa culotte et s'était mis à chier…

– Armand ! tonna Lucette.

– Continue, petit, insista Léo.

– Robert et Lucien se sont mis à gémir, imitant le cri des bêtes ; Jolicœur a pris peur. Sans prendre le temps de remonter sa culotte, il s'est levé, a perdu pied et est tombé, le cul dans sa marde. Tu aurais dû le voir, papa, il sacrait comme un déchaîné. Les pattes en l'air, il se cramponnait aux cotons des épis pour se relever. Mais les cotons lui échappaient et il retombait dans son tas, le zizi à l'air. Nous, on riait comme des fous ; il a compris que les bêtes, c'était nous autres. On est partis en riant encore plus et on est allés se cacher chez le père de Lucien qui ne permettait jamais au bonhomme de traverser sa clôture.

À son tour, Léo y allait de son hilarité.

– Ce n'est pas comme ça qu'on vous a élevés, tonna Lucette qui parvenait mal à dissimuler sa gaieté.

Le sérieux revenu, Léo, assis dans la berceuse, se prit à réfléchir à ce qui se passait là-bas. « De quel droit ce maudit gars-là se prévaut-il pour jeter la cabane par terre ? Aurait-il acheté la terre du vieux ? Pis encore, le sacripant l'aurait-il léguée à Gervaise ? » La rage le reprenait ! « Voilà que madame étend ses tentacules, s'approprie des biens ; après la câlinerie, c'est l'ambition ; elle va nous avaler, tous, l'un après l'autre. »

– La maudite sorcière ! s'écria-t-il tout haut.

Il avait hurlé, Lucette sursauta. Son faible espoir de voir la réconciliation se faire avec ses voisins s'évanouissait. Non, Léo ne pardonnait pas. Les enfants, incapables de comprendre la raison profonde de la rage de leur père, étaient disparus dans leur chambre. Lui gardait son air sombre et fulminait intérieurement. Il regrettait maintenant de n'avoir pas mis à exécution son projet d'ériger une muraille entre les deux propriétés.

– Qu'un seul membre de cette famille mette un pied chez moi et je sors mon douze.

– Tu deviens fou, ou quoi, Léo ?

– Toi, occupe-toi de tes chaudrons et mêle-toi pas de mes affaires.

À son tour, elle prit la direction de l'escalier ; la colère de Léo était un phénomène nouveau qui la laissait parfaitement démunie. Elle ne savait plus que croire : Gervaise serait-elle vraiment responsable de tout ce que Léo lui reprochait ou serait-ce que son mari avait perdu en Télesphore un ami très précieux ? Lucette était confondue, sa peine était grande ; l'amitié de Gervaise, bien que parfois elle la trouvât pleine de retenue, lui manquait. Pour ses fils aussi, elle s'inquiétait. Depuis leur plus tendre enfance, ces enfants étaient étroitement liés à Lucien. Elle priait Dieu en espérant qu'un jour l'harmonie règne de nouveau entre les deux familles. Si elle avait pu prévoir de quelle façon sa prière serait exaucée, elle aurait été effrayée.

*
*   *

L'activité sur la ferme battait son plein. Angéline, habile sertisseuse, assurait aux légumes et aux fruits leur bonne conservation. Les bocaux de confitures s'entassaient au sous-sol, le caveau était rempli à pleine capacité. Encore quelques mois et on ferait boucherie.

Entre-temps, les enfants avaient repris le chemin de l'école. Au début de la saison, Lucien partait très tôt le matin, sans doute pour éviter la rencontre sur la route des enfants Vadeboncœur. Un jour pourtant, l'inévitable se produisit : ils se croisèrent. Robert se contenta de dire : « Salut, Lucien. » Armand fit de même. « Salut, les gars », répondit le garçonnet. Lui qui avait tant redouté cette minute ressentait un immense soulagement. On ne lui en voulait peut-être pas, après tout ; alors pourquoi ne venait-on pas jouer avec lui, comme autrefois ? Il aurait tant aimé partager avec eux les jeux nouveaux que lui enseignait Gilbert. Peut-être qu'un jour ils grimperaient dans sa maison là-haut, dans l'arbre, qu'on achevait de construire et dont il était si fier. Dès lors il se mit à pratiquer avec plus d'entrain les tours de force, le tir précis. Il rêvait de s'avérer le plus fort quand il se mesurerait avec cet Armand prétentieux qui misait toujours sur la supériorité que lui donnait son âge.

Les murs de la future résidence du couple Lamoureux grimpaient lentement. Bientôt on les couvrirait. « Avant les pluies d'automne, avec la permission de Dieu », priait Gervaise. Angéline rayonnait et son bonheur était complet. Elle se croyait enceinte, mais, pour le moment, seul son mari était dans le secret ; on n'annoncerait la bonne nouvelle que lorsque l'espoir deviendrait certitude. Aussi, était-ce dans la joie qu'ils préparaient l'avenir. Les arpents de la terre Jolicœur, comme on continuait de les désigner, étaient devenus leur propriété moyennant hypothèque garantie par Gervaise. Celle-ci avait eu la délicatesse et la prudence de réserver un coin de terre de cinq cents pieds carrés sur lequel se trouvait l'orme qui abritait la cabane de Lucien. Cette attention réjouit son fils et émut Gilbert qui, une fois de plus, admira la sagacité de sa femme.

Peu à peu, Gervaise s'adaptait au caractère résolu de son mari. Sa fermeté l'effrayait de moins en moins, car il lui devenait de plus en plus évident qu'il n'agissait pas par malice, que c'était vraiment sa nature profonde, faite d'une discipline personnelle que la vie lui avait imposée. La douceur manifestée aux enfants suffisait à la rassurer.

Bien sûr, il lui était difficile de s'endormir sans les caresses, l'humour et les longues conversations goûtées, autrefois, auprès de Télesphore. Ces heures de merveilleuse tendresse, autrefois partagée, étaient maintenant consacrées à de profondes méditations auprès d'un Gilbert endormi. Ce n'était que dans la soirée, alors que les enfants étaient au lit, que le couple discutait en profondeur des événements du jour et de ce que l'on projetait pour le lendemain. L'échange se passait agréablement ; Gilbert voyait loin et savait contourner les difficultés.

Gervaise perdait progressivement cette manie de s'inquiéter et de redouter les épreuves. Inconsciemment, elle s'en remettait au bon jugement de son mari et y trouvait un sentiment de grande sécurité. Elle apprenait à l'aimer pour ce qu'il était.

Le dimanche après-midi, Gilbert s'absentait ; il allait visiter ce fils toujours hospitalisé, mais jamais il n'avait accepté que Gervaise l'accompagne. « Ça n'a rien de réjouissant, Gervaise, ni toi ni moi n'y pouvons rien. » Elle avait un jour suggéré de prendre l'enfant chez eux. « C'est trop tard ! » s'était-il contenté de répondre. Il refusait de partager la plus cruelle expérience de sa vie ; parfois, Gervaise surprenait son regard triste alors qu'il observait Papachou qui grandissait et multipliait les prouesses. Elle comprenait sa souffrance.

*
* *

C'était un samedi morne et gris. La saison froide imposait ses lois. Du sol se dégageait la chaleur emmagasinée durant la belle saison. L'automne, à sa manière, s'installait. Gervaise décida de transplanter les géraniums qui s'étaient ragaillardis depuis qu'on les avait arrosés. Dans la remise, elle avait découvert une variété de pots qui lui laissaient l'embarras du choix. S'y connaissant peu dans l'art de cultiver les fleurs, elle invita Angéline à la seconder. Lucien avait apporté bonne quantité de terreaux, prélevés du jardin où l'on cultivait les légumes. Le contact de la terre douce et chaude plut à Gervaise qui ne s'était jamais attardée aux semences, mais s'était toujours émerveillée des résultats.

Ces fleurs aux riches coloris orneraient bien les fenêtres en saison froide ; leur parfum embaumerait l'air. Avec délicatesse, elle sortit les pélargoniums et, sur un fond de roches destiné à laisser égoutter le surplus d'eau, elle déposa les plants. « Ne tassez pas trop la terre, Gervaise, elle doit respirer. » Gervaise recula, admira son œuvre.

– Angéline, choisissez l'endroit le plus conforme à leurs besoins, proposa Gervaise. Le jour où vous emménagerez, vous les prendrez chez vous. Ainsi un peu de cet homme lui survivra.

Les filles réunies au salon commentaient l'émission en cours à la télévision. Leurs propos, pas toujours harmonieux, enchantaient Gervaise qui aimait les entendre discuter. Elle adorait les voir ainsi réunies et s'émerveillait des liens qui unissent les membres d'une famille avec tout ce que cela comporte de frictions et d'amour. « Ces jeunes s'éduquent entre eux, apprennent ce qu'est la vie, se forment une personnalité propre. Ils ont besoin de modèles, ils se créent des chimères, ils s'aiguisent les griffes sans malice. »

Elle regarda l'horloge. Son bébé dormait encore. Ce serait bientôt l'heure du repas.

Dehors, Lucien accumulait des roches qu'il ramassait afin de pouvoir continuer de pratiquer le tir au lance-pierres quand la neige serait là. Il avait découvert que les pierres lisses étaient plus efficaces et suivaient mieux la trajectoire. Aussi, choisissait-il les plus adéquates.

Il entendit tout à coup un cri déchirant. Il leva la tête. De l'autre côté de la clôture, il vit son ami, Robert, qui était poursuivi par le taureau. Horrifié, il hurla à son tour : « Gilbert, Gilbert ! » Celui-ci sortit de la grange, fourche à la main et, au pas de course, s'approcha.

– Ton lance-pierres, Lucien, ton lance-pierres !

Gilbert sauta la clôture et courut en direction de l'enfant. De là-haut, derrière une fenêtre, Réjeanne vit ce qui se passait. Elle descendit en courant, faillit renverser sa mère qui passait, sortit et se dirigea vers la maison des Vadeboncœur où elle entra en coup de vent. Léo, qui affûtait une faux, n'avait rien entendu du grabuge. Il regarda la fillette qui, incapable de parler, s'était appuyée contre la table, courbée, le visage blême. De l'index, elle pointait l'arrière de la maison. Léo, d'abord étonné, puis choqué à la vue de la fille de cette maudite voisine qui avait osé s'introduire chez lui, finit par comprendre que quelque chose de grave se passait. Il marcha vers le lieu indiqué et la situation lui apparut dans toute son horreur.

À distance, Gilbert avait lancé la fourche qu'il tenait à la main. Malheureusement, trop loin du but, il avait à peine blessé le taureau qui, surpris, s'était un instant immobilisé. Ayant baissé la tête, il gratta le sol de ses vigoureux sabots et, mugissant, il reprit sa course.

Lucien, bravement, tentait d'atteindre la bête de ses projectiles. Gilbert finit par saisir l'enfant, pendant que la course se poursuivait. Léo venait parderrière, impuissant. Gilbert dévia de sa trajectoire, ce qui étonna l'animal tout en suscitant davantage sa rage. Cet écart permit toutefois à Lucien d'atteindre le taureau qui écumait.

Gervaise, debout sur le perron arrière avec ses enfants, priait le ciel de toute son âme ; les filles pleuraient. Lucien, grimpé sur la clôture, continuait son tir qu'il voulait meurtrier.

Enfin arrivé à la clôture, Gilbert laissa tomber le fils Vadeboncœur, posa la main sur un piquet et sauta par-dessus l'obstacle. Lucien n'eut que le temps de se jeter sur le sol. Le taureau fonçait, tête première, dans le treillis de broche. Les cornes empêtrées, il se mit à rugir.

« Saute de ce côté, Léo, saute vite », hurla Gilbert.

Dans la maison d'à côté, Réjeanne et Lucette pleuraient dans les bras l'une de l'autre. Dès que Robert eut atteint le sol, Lucien s'en approcha ; l'enfant était blanc de frayeur ; il avait peine à reprendre haleine. Lucien, incapable de le soulever, l'avait tiré par les bras en direction du poulailler, puis il s'était jeté dessus en un geste de protection. Il sentait son ami trembler de tous ses membres. « O.K., c'est O.K., Robert, c'est fini, le taureau est coincé dans la broche, c'est O.K. Il n'y a plus de danger. »

L'enfant parlait à voix basse, serrait son ami contre lui ; il pleurait, revivait ces instants où, il n'y avait pas si longtemps, Gilbert, puis sa mère, l'avaient ainsi réconforté là-bas, à la montagne.

Ce qui suivit menaça de dégénérer en drame ; Gervaise s'était approchée des garçons, suivie de ses enfants. Léo, pâle comme la mort, regardait la bête qui se calmait, toujours empêtrée dans la clôture qu'elle avait arrachée. La bête et son maître reprenaient haleine, aussi désemparés l'un que l'autre : c'était le calme qui suit le drame, que chacun essayait d'évaluer. La tête devait d'abord assimiler.

Robert laissait échapper des gémissements ; son cœur battait à se rompre : la peur, la course effrénée, le choc émotionnel, c'était trop à surmonter. Pendant que Gilbert s'épongeait le front de son mouchoir, que tous ceux qui étaient là se taisaient sous l'émotion qui les étreignait, Léo, avec son tempérament de feu, reprit, le premier, contact avec la réalité.

Il s'approcha de Lucien qu'il empoigna, le fit pivoter. Il saisit Robert et, fou de rage, il se mit à frapper les enfants l'un contre l'autre en hurlant :

– Vous deux, mes maudites pestes, vous avez fini de m'en faire baver.

Gervaise bondit. Avant même que Gilbert ait le temps d'intervenir, elle s'agrippa à Léo et lui descendit les ongles en plein visage :

– Sauvage ! s'exclama la femme. Lâche ces enfants.

– Toi, la sorcière du rang, déguerpis.

Et de sa main, il la repoussa ; elle perdit pied et tomba. Gilbert ramassa Léo par le fond de culotte, lui fit faire quelques pirouettes au-dessus de sa tête et le laissa tomber sur le sol comme un vulgaire sac de blé. Il releva Gervaise, la pria de rentrer à la maison avec ses filles, puis il saisit Robert dans ses bras.

– Gilbert, amène cet enfant chez nous, tonna Gervaise, viens l'étendre dans le salon. Toi, Lucien, suis-nous.

Léo, étourdi, leva la tête, toujours allongé sur le sol. Il promena son regard perdu autour de lui et tout ce qu'il vit, ce fut les jambes de Gilbert qui s'éloignaient, puis Lucette penchée sur lui.

La femme était présente quand il avait brutalement secoué les garçons. Elle avait vu son mari agir cruellement, elle avait été témoin de la réaction de Gervaise et de Gilbert. Son cri s'était perdu dans le tumulte, mais sa peur demeurait, là, au plus profond de son être, cuisante. Léo était violent, il lui fallait l'admettre.

– Écoute-moi bien, Léo Vadeboncœur, j'en ai soupé de tes sautes d'humeur, de tes crises d'hystérie, de tes caprices. Tu es malade, mon vieux : ta manie de frapper les plus faibles, d'écraser ceux qui dépendent de toi et finissent toujours forcément par te pardonner, c'est de la démence, et je ne la tolérerai plus. Tu t'es fait serrer les ouïes et je suis contente, très contente ; je t'en ai déjà trop pardonné. Maintenant je te connais tel que tu es, et ceux qui t'ont vu agir aussi. Tu es plus bête que ton taureau qui, comme excuse, n'a pas de cervelle. Tu te venges, tu frappes les enfants, tu es minable, Léo Vadeboncœur. Relève-toi avant que le géant, comme tu l'appelles, vienne te casser les os pour avoir rudoyé sa femme. La prochaine fois que tu penseras à sortir ton douze, tourne-le donc vers toi-même et qu'on en finisse, une fois pour toutes !

Lucette n'avait pas vu Gilbert qui, en s'approchant, avait entendu les propos de l'épouse, puis s'était éloigné. Ça se terminerait en histoire de famille ; il ne lui appartenait pas d'intervenir, mais, dès que l'occasion se présenterait, Léo serait prévenu de ne plus jamais toucher à un seul cheveu de l'un des siens.

Lucette, rouge de colère, entra dans la cuisine où Gervaise, encore bouleversée, préparait un breuvage chaud pour Robert, couché au salon.

Les deux femmes se regardèrent.

– Prenez, Lucette, portez ceci à votre fils, dites à Lucien de venir.

Elle versa un bol au garçon, le lui servit et alla fermer délicatement la porte du salon.

– Tu as été brave, Lucien, très brave.

– Plus encore, renchérit Gilbert, tu as sauvé la vie de ton ami. Ça, c'est certain.

Lucette se déplaça vers Gervaise pour lui demander une couverture.

– Permettriez-vous qu'il dorme ici, ce soir ?

– Bien sûr !

– Avec moi, ajouta Lucien, j'ai un grand lit.

– Bon, puisque c'est ainsi, je vais le transporter là-haut tout de suite.

Gilbert passa, l'enfant dans ses bras. Lucien lui emboîta le pas. Lucette hésita un instant ; elle semblait chercher ses mots.

– J'aurais aimé que les choses finissent autrement, Gervaise.

Elle n'avait que balbutié. Incapable d'en dire davantage, elle quitta la maison précipitamment.

– Elle a beaucoup pleuré, maman, elle a eu si peur !

– Je sais, cela a dû être affreux pour elle.

Réjeanne tenait son filleul bien serré contre elle. Était-ce sa façon de le préserver de tout danger futur ? Les enfants, chose étrange, semblaient n'avoir gardé de toute cette épopée que le souvenir de la grosse bête furieuse qui fonçait sur Robert et des cris perçants de Lucien qui les avaient ameutés. Le reste leur échappait. Les misères de l'âme ne les marquaient pas encore. « Dieu a préservé leur candeur », souhaitait Gervaise.

*
* *

Rentrée chez elle, Lucette, très calme, arracha des fenêtres les stores que Léo l'avait obligée à baisser le jour de l'escapade de Lucien. Elle se dirigea ensuite vers sa chambre. Avec des gestes rageurs, elle prit les vêtements de son mari et les déposa dans le couloir. Elle prenait les grands moyens, les seuls que Léo comprendrait, la punition ultime.

Elle revint vers la cuisine, se planta devant son mari, les poings sur les hanches.

– Monte transférer tes pénates dans la chambre d'amis que personne ne vient jamais occuper à cause de ton noir caractère. Seul Télesphore y a dormi. Peut-être a-t-il laissé quelques marques de douceur sur le matelas, ça te ferait du bien d'attraper cette maladie. Avant de clore le sujet, laisse-moi ajouter ceci : un mot cruel, une autre crise de jalousie, une injustice nouvelle et, avec mes enfants, je retourne dans ma famille au Nouveau-Brunswick et ce, en permanence. Tu auras alors toute liberté de te conduire comme un âne quand bon te semble !

La porte s'ouvrit, Armand revenait d'une randonnée avec les scouts de sa classe. Il déposa son havresac sur le sol, les yeux brillants, la tête pleine de choses à raconter.

La mine piteuse de son père, le visage fermé des mauvais jours qu'affichait sa mère l'inquiétèrent : quelque chose de grave s'était passé.

– Où est Robert ?

– Il dort dans la chambre de son ami Lucien chez Mme Gervaise, articula fermement Lucette. Si tu veux en savoir plus, demande le reste à ton père.

– Robert est chez le géant ?

– Chez Gilbert Tremblay, le géant, oui. À l'avenir, tu l'appelleras par son nom : M. Tremblay.

Et Lucette s'affaira à préparer le souper. Armand, estomaqué, promenait son regard de sa mère à son père : « Robert dort chez Lucien ! » répétait-il, incrédule.

– On a eu des problèmes ; le maudit taureau a défoncé la clôture des voisins. Demain, tu devras m'aider, j'aurai deux travées de broches à remplacer.

– Le taureau ? Le taureau ! Robert est-il blessé ?

– Non, fiston, il a seulement eu peur…

« De son père plus que de la bête », allait rétorquer Lucette, mais elle se retint : ce serait méchant et ne ferait que jeter de l'huile sur le feu. Non, elle ne jouerait pas le jeu lamentable de Léo qui s'improvisait toujours la victime des événements et donnait des tournures dramatiques aux situations.

Léo prit place à la table, affirmant qu'il était affamé. Mais, devant le silence qui pesait, l'allure farouche de sa femme et le visage troublé de son fils, il n'avala que quelques bouchées, se leva et se dirigea vers l'escalier.

– Fais tes devoirs, Armand.

Lucette mit un temps fou à nettoyer la cuisine. Elle prit une revue et, cachée derrière, elle intériorisa ses réactions, réfléchit sur la situation et la conduite future à adopter. Elle parvenait enfin à faire la part des choses, à discerner le répréhensible des jugements de Léo vis-à-vis de Gervaise. Il lui paraissait évident que tout ce que Télesphore réussissait avait rendu Léo malade de jalousie. Il en avait fait son idole, osait à peine le contredire par crainte qu'il le repousse. Sa mort l'avait atteint profondément. Sur Gervaise, il avait transposé sa peine et il la rendait responsable de tous ses déboires. Gervaise avait trop d'ascendant sur son Télesphore. Il avait, dès le début, vu en elle une compétitrice, une ennemie. Il lui avait témoigné une certaine condescendance lors du décès de son mari, se faisant ainsi le protecteur de Gervaise, ce dont il tirait gloire. Mais celle-ci avait déjoué ses plans en épousant cet homme fort, qui lui était dévoué et qui portait un grand amour à ses enfants, lui enlevant, à lui, Léo, l'occasion de se montrer généreux.

Leur vie intime était, depuis, perturbée. Il était devenu amer, s'en prenait aux jeunes, trouvait toujours à redire. Aujourd'hui, il avait dépassé les limites ; le taureau en rut avait été le déclencheur innocent d'incidents qui avaient permis à Lucette d'analyser en profondeur le tempérament fougueux de son mari. Elle n'était pas rassurée, loin de là. De plus, elle perdait tout espoir de réconciliation avec Gervaise ; comment pourrait-elle s'expliquer sans trahir son mari ? Elle ne travestirait pas la vérité, éviterait même le sujet. Une chose, cependant, une seule chose lui importait : l'amitié des enfants devrait être respectée envers et contre tous. Léo serait prévenu ; pour ce qui était de ses sentiments personnels, elle pardonnerait, mais n'oublierait pas.

*
* *

Léo répara la clôture. Tout le temps que durèrent les travaux, il dut subir la présence de Gilbert qui s'affairait dans les environs sous mille prétextes différents. Il voulait que ce voisin de malheur sente bien qu'il l'avait à l'œil, qu'il lui faudrait filer doux.

Léo avait la tête dure, il ne baissait pas facilement pavillon. Il avait l'orgueil chatouilleux. Aussi, songea-t-il à un moyen de provoquer son adversaire. Tôt, le lendemain, il entreprit de poser du barbelé sur toute la longueur de la clôture existante. Il voulait signifier ainsi à son voisin que cet obstacle les séparerait encore plus cruellement. Petite vengeance mal exercée, mais, dans sa tête, il visait à sauvegarder son amour-propre blessé.

L'initiative malheureuse n'échappa pas à Gervaise, qui, de sa chambre, l'observait.

« L'exécrable », tonna-t-elle. Elle se vêtit et descendit dans la cour, fulminante. La pensée de Lucette l'incita à calmer sa colère. Elle s'approcha de Léo.

– Je regrette, mais je ne peux accepter de fil barbelé sur la clôture ; c'est trop dangereux. Les lieux doivent rester tels qu'ils étaient avant que le taureau ait causé des bris. Ce qui est déjà posé doit être enlevé, et tout de suite.

Elle s'éloigna de son pas lent et rentra chez elle. Le ton ferme ne prêtait pas à la réplique. Elle retourna à sa fenêtre et vit Léo, qui, furieusement, arrachait les crampons qui retenaient le barbelé. « Si les épines de fer peuvent le piquer. Il va comprendre mon intervention. » Sa méchante pensée la fit sourire.

– Qu'est-ce qui te fait sourire, Gervaise ?

Elle raconta l'anecdote à son mari.

– Tu n'as pas fait ça, Gervaise ?

– Je t'assure !

– Tu aurais dû me prévenir !

– Une femme seule a plus de pouvoir sur l'homme seul que si elle se présente avec une armée…

– C'est incroyable ! Si tu savais à quel point les chicanes de clôtures peuvent engendrer de problèmes entre voisins, les tribunaux doivent souvent intervenir.

– Ma cause était juste.

– Je peux imaginer ce que l'autre voisin a dû susciter de controverses avec ton mari pour qu'il soit, lui aussi, acculé à rester dans ses limites.

– Pourtant, il n'était pas si méchant. Auprès de lui aussi j'ai gagné une cause…

– Quand ça ? Du vivant de ton mari ?

– Non, plus tard. Je te connaissais déjà quand il est venu me visiter…

– Qu'est-ce que tu racontes ?

– Ben oui, mon cher ! J'ai écouté sa douce requête ; il voulait m'épouser.

– Quoi ?

– Même que c'est ton ami, Léo Vadeboncœur, qui s'est mis en travers de son beau rêve.

Gilbert ouvrait de grands yeux, il n'en croyait pas ses oreilles. Gervaise pouffa de rire. L'étonnement de Gilbert l'amusait. Aussi raconta-t-elle la visite impromptue du père Jolicœur et de sa demande en mariage maladroite.

– Léo est donc moins bête que je ne le croyais.

– Tu lui dois ton bonheur, mon cher !

Les enfants descendaient ; Gilbert, menaçant Gervaise de l'index à travers ses rires, s'exclama :

– Nous reprendrons cette conversation ce soir, entre quat'z-yeux, ma jolie.

– Brrr ! Que j'ai peur !

VI

Le paysage vallonné se faisait une beauté. Les premières nuits froides d'automne crispèrent d'abord les feuilles des érables qui rosirent. Les bouleaux jaunes ou dorés secouaient leur feuillage qui prenait la couleur du miel. Les peupliers de Lombardie semblaient malheureux ; ils perdaient leur imposante parure. Les arbres fruitiers, plus riches en sève, gardaient encore leur coloris vert qui contrastait avec les autres feuillus. La nature était à son plus beau. À perte de vue, le miracle s'étendait, ravissant l'œil et rappelant aux habitants que Dame Nature poursuivait son œuvre génératrice et les invitait à être vigilants.

Le calme se faisait complice de ces réalités physiques, de ces phénomènes naturels : regardez-moi, admirez-moi, soyez courageux ; à tant de beauté succédera la nudité, puis ce sera le renouveau. L'été des Indiens offrait généreusement ses dix jours de grâce, d'un temps chaud et caressant.

Gervaise tenait la main de son mari et, ensemble, ils se promenaient en bordure de la route, faisant chanter les feuilles mortes qui craquaient sous leurs pas. Parfois, ils s'arrêtaient devant une feuille au coloris et à la forme invitants, pour l'admirer. Sur leur parcours, Gervaise cueillait des rameaux qu'elle ferait sécher ; elle en ferait un bouquet qui ornerait le salon durant la saison froide.

Leur balade en était une de recueillement. Tout était si grandiose qu'ils ne ressentaient pas le besoin de parler. Il est de ces heures délicieuses où l'homme s'oublie, s'abandonne à la paix extérieure, se laisse griser. Ces moments heureux donnent un sens à la vie, font oublier les misères humaines et le joug de l'existence pas toujours léger. Lorsque son cœur est tranquille et, surtout, s'il aime, celui qui s'adonne à la réflexion se sent enivré et envahi par des joies pures et régénératrices.

Gervaise et Gilbert savouraient pleinement ce bonheur intense.

Constatant qu'ils s'étaient beaucoup éloignés de la maison, Gilbert suggéra de revenir sur leurs pas.

– Tu n'es pas trop lasse, Gervaise ?

– Non, et si heureuse !

Il serra davantage la main qu'il tenait. Un nuage de poussière s'élevait sur la route.

– Qui roule ainsi ? C'est idiot ! clama Gilbert.

Ils s'arrêtèrent en bordure du chemin, redoutant le chauffard qui fonçait. Celui-ci ralentit en les voyant. Il faisait maintenant marche arrière.

– Mais, c'est Raymond ! s'exclama Gervaise. Qu'est-ce qu'il lui arrive ?

– Je vous ai cherchés partout ! Montez, il faut rentrer.

– Quelque chose de grave s'est passé ?

– Oui, Gilbert. Tu as un message important à la maison. Je n'ai pas osé ouvrir le télégramme qui t'est adressé.

On se taisait. Gervaise voyait l'inquiétude qui troublait son mari. « J'ai bien peur que, cette fois, ce soit la tempête qui suit le calme ! » Rapidement, ils revinrent à la maison.

Une fois à l'intérieur, Gilbert saisit le pli, l'ouvrit, s'assit et prit son visage à deux mains, les coudes appuyés sur les genoux. Il demeurait immobile, silencieux, accablé.

Gervaise vint poser une main sur sa nuque et murmura : « Ton fils ? »

Il se voûta davantage, mais ne répondit pas.

– Gilbert…

Souvent, elle avait pensé à cette minute fatale que son mari aurait à affronter, aux mots qu'elle devrait alors prononcer, mais, aujourd'hui, ils lui échappaient.

– Gilbert, va là-bas, ramène ton fils ici. Il sera tout près, tu pourras… le visiter.

Elle n'osait prononcer les mots « cimetière » ou « lot de famille ». Ce seraient des énormités dans les circonstances. Gilbert pressa la main de sa femme et il se leva pour se diriger vers l'escalier. Elle ne le suivit pas. Un homme de cette trempe veut surtout cacher sa peine. Il parut enfin, la taille cambrée, le visage impassible.

– Je t'accompagne.

– Non, Gervaise. Je serai absent quelques jours. Préviens Raymond, il fera le nécessaire pour…

– Bien sûr, ne t'inquiète surtout pas.

– Vous devez manger, Gilbert, suggéra Angéline.

– Non, merci. Je ne pourrais pas. Tu sais, Gervaise, je m'étais juré de rendre mon fils à sa mère, j'irai là-bas…

– Va, mon grand. Que Dieu t'accompagne ! Je penserai à toi, je t'aime. Nous t'aimons, Gilbert.

Le hasard ou la Providence voulut que Papachou arrive à cet instant et se précipite dans les bras de Gilbert. Il saisit l'enfant, le serra dans ses bras puissants pendant qu'une larme perlait à ses cils. Il remit le garçonnet dans les bras de sa mère et sortit précipitamment.

Gervaise essayait d'imaginer ce que c'était que de perdre un enfant. Elle pensait au sentiment d'impuissance ressenti. Gilbert lui donnait parfois l'impression d'entretenir au fond de son cœur un sentiment de culpabilité à cause de la maladie de son fils. Ce qu'il avait eu à surmonter durant ces quelques années avait dû être atroce, d'autant plus qu'aucun espoir n'était permis.

Elle ne s'éloignait pas de la maison, craignant ne pas être là si le téléphone devait sonner. L'absence de Gilbert lui pesait lourd ; une fois de plus, l'occasion lui était donnée de goûter à l'amertume de la solitude, de remercier le ciel de la présence de ses enfants, de son frère et de son épouse qui filaient le vrai bonheur. C'étaient autant de raisons pour garder confiance en l'avenir. L'amour continuait de s'imposer à son esprit comme la plus belle et la plus précieuse de toutes les joies.

– Regarde, maman.

Gervaise, distraite de sa rêverie, sourit à son fils. Il lui montrait une planche de bois sur laquelle il avait gravé à l'aide d'un couteau tranchant les mots « ma maison ».

– C'est joli, Lucien. Deviendrais-tu artiste ?

– Un peu, je pense. J'ai hâte de montrer ça à Gilbert. Reviendra-t-il bientôt ?

– Oui, bien sûr. Il faudra se montrer tendre envers lui ; il traverse une bien lourde épreuve. À propos, regarde dans la remise : j'y ai mis une chaise vieille et sale, mais qui, une fois nettoyée, fera merveille dans ta maison. Elle a été, elle aussi, taillée et fabriquée par les mains d'un artisan. As-tu une fenêtre, là-haut ?

– Trois, afin de pouvoir observer à la ronde.

– Aimerais-tu que je taille des rideaux de dentelle pour les orner ?

Le tête-à-tête se prolongeait, moussait la fierté et flattait l'ego de cet enfant qui réalisait un rêve. « Qui sait, songeait Gervaise, peut-être que ses réalisations auront autant d'impact sur sa vie future qu'en eurent pour moi mes promenades à dos de cheval, protégée par mon père. Cela m'a toujours inspiré la confiance… »

– Dis-moi, Raymond est-il déjà monté là-haut ?

– Non. S'il veut me parler, il le fait du bas de l'échelle. Tu seras avec les filles ma première visite.

– Tu m'en vois flattée.

D'une voix basse qu'elle voulait mystérieuse, Gervaise ajouta en lui faisant un clin d'œil : « Tu me préviendras, je préparerai un panier de bonnes choses, on fera un vrai pique-nique. »

– Mais, maman, c'est trop petit, c'est une toute petite maison dans un arbre.

– Je sais, mais cet arbre est immense, il nous servira de parasol. Et tes amis, tu leur en as parlé ?

– À Robert seulement. Il viendra, sa mère le lui a promis. Attends de voir la tête du grand Armand, il va crever de jalousie.

– Oh ! que c'est pas beau, ça !

– Parce qu'il est le plus fort, il pense nous mener par le bout du nez !

– Pourtant, Gilbert…

– C'est pas pareil, Gilbert c'est pas pareil…

Avec des mots tendres, Gervaise s'efforçait de faire comprendre à son fils que la compétition faisait partie de la vie, qu'elle n'avait rien de malsain si on l'utilisait à de bonnes fins.

– Qui t'a expliqué ça, à toi ?

– C'est Gilbert, le jour où tu as perdu au jeu de bras fort et que Réjeanne avait gagné.

– J'étais jeune, alors.

– Cher enfant !

Gervaise, un sourire narquois sur les lèvres, attira son fils, lui déposa un baiser sur le front. Gêné, il s'éloigna, mais sa joie se reflétait sur son visage.

Ces instants attendrissants valaient à la mère une joie indescriptible, ensoleillaient sa vie, l'aidaient à soutenir sa dévotion aux êtres chers qui l'entouraient. Savoir donner, savoir recevoir : merveilleux échanges qui constituent les chaînons d'une continuité.

Chaque individu a un rêve, l'ensemble de ces rêves forme un mode de vie. Voilà pourquoi la jeunesse a besoin d'un modèle afin de pouvoir s'orienter sainement vers l'avenir.

– À quoi penses-tu, maman ?

Réjeanne dut répéter la question, car Gervaise était perdue dans ses pensées.

– À l'amour. Toi, ma fille, tu es heureuse ?

– Bah ! oui. Je le pense. En tout cas, je n'ai pas de peine. Toi, tu t'ennuies de Gilbert, ton visage est triste.

– Triste, non. Sérieux, peut-être. Je pensais à tous les enfants de la Terre.

– Parce que le fils de Gilbert est mort ?

– Toi et la logique, ta façon de toujours faire des rapprochements avec les événements...

– Dis-moi que ce n'est pas vrai.

– Peut-être as-tu raison. Je n'aime pas voir souffrir ceux que j'aime.

– J'ai vu ça, l'autre jour. Je pense que le voisin le sait, lui aussi.

– J'ai eu un mouvement dicté par la colère. Ce n'était pas vraiment joli.

– Pas joli, mais bien mérité. Je ne sais pas si tu le sais, mais tu ressembles beaucoup à ton Gilbert.

– Mon Gilbert ! Entendez-vous ça !

– Oui, ton Gilbert. Avec papa, tu riais toujours ; avec Gilbert, tu raisonnes.

– Où vas-tu chercher ça ?

– Je vois, j'entends.

– Ton papa te manque beaucoup, n'est-ce pas ? À moi aussi. Nous nous aimions tant.

Gervaise ressentait une grande joie mêlée de tristesse à parler ouvertement avec cette enfant qui, hier encore, lui semblait un bébé, de souvenirs respectifs que leur avait laissés Télesphore. Elle devait en convenir, les enfants avaient été marqués par le grand changement que ce décès avait apporté dans leur vie. Le papa rieur, au verbe coloré d'humour, qui d'un seul regard savait imposer sa volonté, toujours enclin à la condescendance, gardait une place privilégiée dans les cœurs de ceux qui l'avaient connu et aimé. Les noms d'Alphonse et de Mariette furent mentionnés, « eux qui ont choisi de courir ailleurs chercher le bonheur », comme le disait maintenant leur jeune sœur.

– Tu ressembles beaucoup à ton papa. Tu as une belle âme, pure et juste. Ne change jamais, ma fille.

On parla aussi de Gilbert. On l'aimait, bien sûr. Il avait sauvé Lucien, défendu Gervaise, et il leur démontrait beaucoup d'amour, mais « il est comme gêné de le faire. Il parle fort et il est sévère. J'en vois, des policiers, à la télévision. Ils font la loi. Gilbert est pareil. »

Gervaise riait, espérant cacher l'émotion que lui causaient ces observations si justes. Voilà sans doute pourquoi les enfants détiennent la vérité : ils savent observer et tirent leurs propres conclusions, sans artifices, sans malice.

Le soir venu, seule dans son grand lit, Gervaise regrettait que Gilbert ne soit pas là. Comme elle l'aurait aimé ! Mais elle se sentait réconfortée ; ses enfants s'adaptaient bien à ce papa qu'elle avait choisi pour remplacer l'autre qu'ils adoraient.

Pendant ce temps, ailleurs, Gilbert pleurait sur son fils qu'il avait aimé sans rien attendre en retour ; il pleurait aussi sur ce lopin de terre où reposait son épouse. Ici, aujourd'hui, se tournait une page de sa vie qui continuait ; son nouveau bonheur était entre les mains de cette Gervaise qu'il avait appris à aimer et de toute cette marmaille qui remplissait ses jours.

*

* *

Gilbert avait retardé son retour d'une journée, pour liquider le reste de ses biens, fermer son compte en banque, saluer quelques amis. Prévenue par téléphone, Gervaise prépara les plats favoris de son mari et fit une réserve de desserts. Elle lui consacrerait plus de son temps, se ferait tendre. Elle voulait l'aider à oublier sa peine.

Gilbert surprit sa femme le toupet en désordre, les mains enfarinées, qui courait du fourneau aux assiettes à tarte. Appuyé contre l'embrasure de la porte, il l'observait, les yeux pétillants d'amour. Elle l'aperçut enfin et s'élança vers lui.

– Tu es là !

– Oui, dans mon meilleur complet qui subit présentement un mauvais sort.

– Ah ! Gilbert, que tu m'as manqué !

– Lave tes mains, viens t'asseoir, j'ai tant de choses à te dire. La théière est chaude, je nous verse du thé.

Assis l'un en face de l'autre, ils se regardaient, silencieux. Les plus beaux discours sont parfois muets ; Gervaise hochait la tête, Gilbert lui souriait.

Tout à coup, simultanément, ils lancèrent leurs premiers mots, ils éclatèrent de rire.

– Qu'est-ce qu'on fait ici devant une vulgaire tasse de thé ? s'exclama Gervaise.

Elle se leva, courut vers l'escalier, se retourna. Il fit un geste brusque qui renversa sa chaise et lui emboîta le pas.

– Gilbert Tremblay ! Ramasse cette chaise si tu ne veux pas avoir la fessée.

– Attends, toi !

Et il la poursuivit jusque là-haut, ferma la porte de leur chambre, la saisit dans ses bras et la dévêtit tout en la couvrant de baisers.

– Tu devrais partir plus souvent, dit la femme : l'absence attise tes passions…

Leurs discours se métamorphosèrent bientôt en murmures. Encore une fois, Gilbert s'endormit. Gervaise se leva, se vêtit, ramassa les vêtements épars de son mari et retourna à la cuisine. Bientôt, les enfants seraient là. Toujours envoûtée et heureuse, elle se jura qu'elle n'aurait de repos que le jour où elle réussirait à le garder réveillé. « Quelle pensée prosaïque, songea Gervaise. Il n'y a pas si longtemps, je me jurais de l'accepter tel qu'il est. Peut-on changer quelqu'un ? Ne vaut-il pas mieux s'adapter à l'autre ? »

Elle pensa aux recommandations d'Éva : « Prenez, demandez, exigez… » Elle sourit. « Je manœuvrerai doucement, avec charme et beaucoup d'amour ; non, je fais fausse route, c'est le contraire. Je le repousserai jusqu'à ce qu'il explose et je poserai alors mes conditions. Je veux bien, mais tu ne dois pas dormir avant, disons… trente minutes, entre deux performances. »

Elle avait redressé la chaise, s'y était assise et riait aux larmes. La senteur de ses tartes brûlées la ramena à la raison.

– Grand Dieu ! Trois tartes, aux fraises par-dessus le marché ! Mes meilleures.

*

* *

Gilbert avait repris son travail sur la ferme avec tant d'empressement que Gervaise ne put résister à la tentation de le questionner. Elle qui s'attendait à le voir revenir sombre et triste se surprenait de le voir si enjoué. Même les enfants lui en avaient fait la remarque.

– Hier, tu m'as affirmé avoir des tas de choses à me raconter, est-ce que je me trompe ?

– Oui et non. J'étais si content de te revoir, Gervaise. Ces journées m'ont paru éternelles. Dès que j'ai franchi le seuil de cette porte, tout a subitement changé. Comment t'expliquer ? Depuis longtemps, j'avais là, au fond du cœur, une plaie qui faisait mal, qui me hantait jour et nuit. Mon fils en terre, la certitude que ses souffrances étaient terminées, que pour lui l'éternité serait heureuse, a fait que je me suis senti libéré. Que l'épreuve, que j'acceptais mal, se soit tout à coup volatilisée, j'en ai ressenti un soulagement si intense que j'avais le goût de crier mon bonheur. Mais pourrais-tu le comprendre ? Comment expliquer ma joie devant un événement si tragique sans paraître égoïste ?

– Ta joie ne relève pas de l'égoïsme, bien au contraire. La délivrance de ton fils, maintenant affranchi de ses souffrances, explique ton acceptation. Tu ne dramatises pas, tu acceptes purement et simplement, ce qui t'honore.

*

* *

La saison froide favorisait le rapprochement des êtres qui vivaient sous le même toit. Elle se faisait complice de leurs jeux et échanges sociaux.

Gervaise s'émerveillait du bonheur sans nuages qui les regroupait ; Gilbert, manifestement heureux, faisait partie de cette fusion. Il avait appris à se connaître, à s'apprécier.

Lucien avait repris confiance. Sa maison connaissait une grande popularité ; on se rencontrait là-bas, lieu de confidences par excellence. On bravait le froid ; le sentier battu dans la neige qui y menait en disait long. Les frères Vadeboncœur y venaient souvent. Lucien se donnait l'importance d'un capitaine de navire : maître à bord.

Papachou gagnait le cœur et l'attention de Gilbert avec ses câlineries enfantines. Les filles s'épanouissaient et prenaient de plus en plus leurs distances ; elles entretenaient souvent des discours cachottiers. Gervaise veillait sur le bonheur de tous.

La grossesse d'Angéline ajoutait à la joie. Le bonheur semblait s'être installé en permanence et favorisait ces êtres qui s'aimaient.

Alors que le feu brûlait dans l'âtre, les longues journées d'hiver resserraient les liens entre eux. On jouait à des jeux de société, les parents récompensaient les gagnants ; on apprenait à partager, à soutenir des luttes saines.

Au printemps, Angéline mit au monde un fils superbe qui épata son père dès la naissance : « Onze livres et deux onces », répétait-il inlassablement. Éva dodichait le poupon, Gervaise se réjouissait. Comme le voulait la tradition, le bébé étant de sexe masculin, c'est du côté du mari que l'on choisit le parrain et la marraine. Gervaise et Gilbert raffermiraient une fois de plus les liens qui les unissaient en remplissant ce rôle. Avec fierté, grand-maman Éva porterait l'enfant sur les fonts baptismaux.

– Apportez-moi quelques balles de laine bleue, Raymond. Les chaussons que j'ai tricotés seront vite trop petits.

Réjeanne apprit à manipuler le crochet. Les fillettes étaient, du jour au lendemain, devenues des « ma tante », rôle qu'elles prenaient à cœur. Bébé deviendrait bientôt une poupée vivante.

La tâche s'était alourdie. Tout le temps libre était consacré à parachever les travaux de cette maison qui deviendrait un nouveau nid d'amour.

Un si grand bonheur partagé, assis sur des bases si solides, qu'on les eût crues volontiers indestructibles, était pourtant menacé : quelque part, sous un ciel moins clément, s'accumulaient des nébulosités qui troubleraient cruellement cette sérénité ; l'amour de Gervaise serait une fois de plus mis à rude épreuve.

VII

MARIETTE SAVAIT-ELLE qu'à la suite de la scission qu'elle avait provoquée lors de sa dernière visite à sa famille, elle ne pourrait plus jamais franchir le seuil de cette porte, qu'elle avait ouverte et fermée à son gré pendant si longtemps ? Avait-elle compris que Gervaise ne badinait pas et qu'elle ne serait plus acceptée dans cette maison familiale à laquelle elle pensait souvent ? L'oasis de paix n'existait plus pour elle. Finis les retours de l'enfant prodigue qui persistait à étaler ses rancœurs et sa mesquinerie. Elle avait éloigné tous ceux qui lui avaient témoigné quelque sympathie. Alphonse, qu'elle croyait différent des autres, lui prouvait chaque jour un peu plus qu'il l'utilisait à des fins personnelles. Sa présence ne lui donnait pas le bonheur anticipé. Ils se ressemblaient trop, savaient lire dans le jeu l'un de l'autre ; ils n'avaient pas l'âme généreuse, incapables qu'ils étaient d'abnégation.

Aussi Mariette se rangeait-elle du côté de Richard, son seul et dernier refuge. Elle demeurait distante avec Alphonse lorsqu'elle se trouvait seule avec lui ; elle était charmante et affectueuse avec son concubin. Richard était ravi. Il gâtait Mariette à sa façon ; fleurs et bijoux exprimaient sa gratitude et son amour.

Ce semblant de bonheur seyait bien à Mariette. Elle se prenait à son propre jeu, devenait coquette et, sans qu'elle puisse se l'expliquer, elle prit subitement goût à la cuisine. Elle préparait les repas, assidûment, sauf le samedi puisque, ce soir-là, Richard s'absentait. Elle grignotait alors devant la télévision, ignorant jusqu'à la présence de son frère.

Elle prenait de l'embonpoint, au grand ravissement de Richard qui voyait là un signe de bonne santé. Un matin qui ressemblait pourtant à tous les autres amena un grand bouleversement dans leur vie, jusque-là confortable, mais artificielle et monotone. Mariette s'était levée précipitamment et n'avait pas eu le temps d'atteindre la salle de bains attenante à la chambre ; elle vomit en s'y rendant, effrayée de ce malaise soudain.

Richard, qui s'était habitué à vivre constamment sur ses gardes, se réveilla en sursaut et sauta du lit. Il s'inquiéta d'abord de la pâleur de Mariette, qui le regardait de ses grands yeux de biche effrayée. « Ah ! Richard. » Elle se précipita dans ses bras, il la conduisit vers le lit. Elle s'y jeta en travers et s'endormit.

Un souvenir d'enfance lui revint en mémoire : sa mère avait toujours ce malaise, le matin, signe évident de grossesse.

– Non ! ce n'est pas possible, ça ne peut pas être vrai ! Elle serait engrossée ? Mariette serait « comme ça » ! C'est le bout du bout ! Le couronnement de tout ! Le bonheur parfait.

Il regardait la femme dormir, pâle mais sereine ; la joie ressentie donnait à son visage une expression de douceur infinie. Celle qu'il aimait lui donnerait un fils, un héritier, une raison de vivre, un but ultime. Il couvrit sa belle, tira une chaise, s'y laissa tomber et, conscient qu'un miracle s'accomplissait sous ses yeux, il entreprit de passer en revue les dispositions à prendre pour consolider l'avenir de sa famille. Il répétait les mots tout bas, les mots magiques, qui l'exaltaient : « Ma famille ».

« Ce satané Alphonse me porte bonheur. Depuis qu'il est là, le commerce va bien, Mariette m'aime de plus en plus ; je peux enfin m'absenter sans inquiétude, il protège la maison. Mariette a cessé de vouloir aller se pavaner et, le sorcier, il m'a même prédit cette maternité. Autant je le redoutais, autant il m'a bien servi ; je lui dois une fière chandelle. Le gars va s'occuper du club. Il a l'œil vif et je n'aurai pas à craindre de me faire voler. Je me demande toutefois pourquoi Cartouche le hait tant ? La jalousie, peut-être, parce que la rivalité du petit lui fait peur.

« Le temps est venu d'investir. Je dois choisir une façon sûre de placer mon capital pour assurer l'avenir de ma famille. Mon petit ne grandira pas dans la misère, j'en ferai un prince. »

Le soleil était déjà haut dans le ciel et Richard continuait de rêver. Les pas d'Alphonse dégringolant l'escalier à toute vitesse le ramenèrent à la réalité. Il se pencha sur Mariette et rajusta la couverture ; il déplaça une mèche de ses cheveux, lui baisa délicatement le front et s'éloigna à reculons.

– Alphonse, j'ai à te parler.

La femme de ménage sursauta en voyant le patron : un fait rare, car il sortait tôt.

– Je déjeune ici, ce matin. Ma femme dort, évitez le bruit. Il faudra bien veiller sur elle.

– Ma sœur n'est pas malade ?

– Non, mon vieux. Au contraire, elle est pleine de vie. Elle te racontera ; moi j'ai bien de l'espoir. Pour passer aux choses sérieuses, les livraisons sont finies pour toi.

– Je ne comprends pas. Maintenant que j'ai réussi à tout mémoriser, à faire ma tournée sans accroc, tu m'enlèves ma besogne !

– Oui, des occupations plus importantes t'attendent. Bientôt, tu en auras plein les bras. Le club sera bientôt prêt à ouvrir. Tu dois te reposer, te faire une réserve d'énergie. Là les heures seront longues, la tâche ardue, tes responsabilités seront très lourdes. Congé, mon vieux, prends congé. J'ai la tête pleine de projets nouveaux ; tu seras mon conseiller, mon bras droit. En ce qui concerne le club, tu seras ton propre patron, tu mèneras la barque à ton goût.

– Merci, Richard, merci de la confiance que tu mets en moi. Je ferai plus que mon possible.

– Peut-être qu'un jour… tu sais, pour tout te dire… Je suis un petit gars de la rue ; j'ai rampé et nagé dans la misère longtemps ; c'est pas par chance que j'ai réussi, c'est grâce à un gars, un dur, qui m'a un jour protégé. J'avais à peine quinze ans. Il m'a initié, m'a dressé. Grâce à lui, je n'ai jamais perdu le nord. Tu es en avance sur ce que j'étais, tu as l'éducation. Non, je ne me trompe pas, je te fais confiance. Ne me trahis jamais. Dans le milieu, on ne pardonne pas aux traîtres. Tu n'as jamais posé de questions, ça, c'est à mon goût. Tu comprends sans qu'on te fasse de dessin. Non, je ne me trompe pas…

– Quelque chose ne va pas, Richard ? Tu me parais bien troublé, ce matin.

– Tu as devant toi un homme heureux.

– C'est pour ça que tu me disqualifies ?

– Disqua… quoi ?

– Que tu m'ôtes mon boulot ?

Éclatant d'un rire sonore, Richard se mit à se gratter le bout du nez. Il était bien tenté d'annoncer la grande nouvelle de la maternité de Mariette mais, superstitieux de nature, il craignait que des réjouissances trop hâtives ne lui portent malheur.

« Non, je dois me taire, attendre la suite des événements ; il ne faut jamais rien précipiter. »

Alphonse avait des interrogations plein les yeux ; jamais encore Richard ne s'était ainsi épanché. Que pouvait bien lui avoir raconté Mariette ? Pourquoi ce changement subit ? Devait-il s'inquiéter ? Ses questions demeuraient sans réponse. Richard gardait le regard rivé sur un point fixe. L'expression de son visage changeait au rythme de ses pensées, passant du sérieux à l'incrédulité, au sourire.

« Si seulement il partait, je pourrais questionner Mariette ! » La femme de ménage intervint auprès de monsieur, se disant inquiète que madame ne descende pas. La réplique de Richard, « Laissez ce cher ange dormir », inquiéta davantage Alphonse.

– Mais je dois partir.

– Allez ! Allez, je suis là moi.

La vie des trois personnages renfermés entre les mêmes murs était étouffante. Les courbettes de Richard devant Mariette qui s'impatientait de ce surcroît d'attention, l'humeur aigre d'Alphonse qui assistait à ce spectacle qu'il qualifiait de vulgaire, l'impression cuisante d'être sans cesse observés de part et d'autre enlevaient aux charmes de ce château qui devenait une cage au grillage doré.

Puis, un bon matin, la rutilante Volvo sortit du garage. De sa fenêtre, Alphonse vit le couple qui s'éloignait. Il ne tenait plus en place. Mille fois, dans l'heure qui suivit, il eut l'envie folle d'empiler son magot, de prendre ses hardes, de fuir ces lieux de malheur. La pensée du club le retenait pourtant ; dès qu'il serait là-bas, en charge des lieux, il lui serait possible d'expliquer un départ définitif sous prétexte qu'il se rapprochait de son travail.

Il sursauta ; l'automobile revenait. Mariette pleurait, Richard exultait ; on le lui avait confirmé, il serait papa.

– Tu entends ça ? Moi, à cinquante ans, je deviens l'homme le plus heureux de l'univers. Félicite-moi, je dois trouver les meilleurs cigares du monde, crier ma joie.

Mariette pleurait à chaudes larmes, pendant qu'Alphonse avait la rage au cœur. « L'idiote, la triple idiote ! » Il avait le goût de la saisir par les ouïes, de la secouer, de lui faire comprendre l'horreur de la situation. Elle, sa sœur ! Comment avait-elle pu descendre aussi bas ?

– Eh ! Alphonse, il faut fêter ça. Tu es surpris, hein ? Pourtant tu m'avais prévenu, mais je n'osais pas le croire. La chère petite, elle pleure de bonheur. Si elle savait jusqu'où ira ma reconnaissance !

Magie des mots ? Éveil de l'ambition de l'âme mesquine ? Sursaut de complicité intéressée ? Alphonse s'attendrit et jeta d'une voix candide : « Je suppose que je serai le parrain. »

Richard s'approcha, donna une tape dans le dos d'Alphonse qu'il faillit renverser, laissant éclater son hilarité. Il répétait à travers ses rires sonores :

« Le parrain, le parrain ! » Il finit par rectifier : « Mieux que le parrain, le caïd, le grand caïd ! » Et, se tournant vers Mariette :

– Cesse de pleurer, allons, ma belle, pense au petit !

– Maman pleurait, elle aussi, chaque fois qu'elle était enceinte. C'est la joie. Ne cherche pas, c'est la joie.

Une fois de plus, Alphonse avait menti pour servir ses ambitions.

*
* *

À partir de ce jour mémorable entre tous, Richard changea de mode de vie. Il s'absentait de moins en moins, empestait la vie de Mariette qu'il obligeait à garder le lit, passait de longues heures à expliquer à Alphonse dans le détail ce qu'il attendait de lui. Il préparait l'avenir.

Un jour, il attira Mariette vers la fenêtre de leur chambre et lui indiqua la maison qui se trouvait derrière la leur.

– Je l'ai achetée, à ton nom. Elle est à toi seule. J'en achèterai d'autres, tu seras riche. Tiens, prends cette clé, garde-la précieusement, cache-la avec tes bijoux ; ce n'est que la première. Je vais convertir ma fortune en propriétés. Alphonse sera mon guide.

– Alphonse, Alphonse ! Pourquoi pas moi ? Toujours Alphonse.

– Tiens, tiens, on croirait que tu as la maladie de Cartouche ! Tu te méfierais d'Alphonse, toi aussi ? Pourtant il n'y a pas de gars plus fidèle ; il ne ferait pas de mal à une mouche.

Enfant de la misère, Richard cachait sous une écorce dure une âme sensible qui avait un besoin inouï de tendresse. Implacable devant l'ennemi, impitoyable envers la société qu'il rendait responsable de tous ses déboires passés, Richard avait tout à coup une raison de mettre de l'ordre dans sa vie : son fils. Ce fils qui l'aimerait et le respecterait, qui serait sa fierté.

Mariette n'avait jamais compris pourquoi son compagnon se montrait aussi sévère à son endroit et ne lui laissait jamais de liberté. Il connaissait les milieux crasseux où il l'avait rencontrée et il voulait la protéger. Il en avait connu de ces filles subjuguées par des corrupteurs qui échangeaient le sexe pour de l'argent, puis reprenaient l'argent versé en entraînant la fille dans le carrousel étourdissant et prometteur de la drogue. Il aimait et protégeait Mariette. Pour la première fois de sa lamentable vie, il ressentait des sentiments humains et tendres pour une femme. Cette femme portait en elle un enfant, le sien.

Il misait beaucoup sur Alphonse ; le club rapporterait beaucoup et assurerait leurs lendemains, à tous. Richard avait une famille, il en serait le vaillant protecteur.

Il avait donné à Cartouche et à Squelette des ordres d'une grande précision sans en donner la raison : il leur avait fait jurer de protéger Mariette, quoi qu'il arrive. « Sa vie m'est plus précieuse que la mienne et que la vôtre… » Le patron ne rigolait pas et ses deux comparses sentirent le poids de la menace suspendue au-dessus de leur tête. Cartouche demeurait impassible. Pour la première fois. Il n'osait prononcer le nom d'Alphonse, ni faire de commentaires sur celui-ci. Richard était satisfait.

Le patron cracha sa gomme, fouilla dans sa poche, en sortit une fraîche et, tout en mâchant allègrement, il remit à chacun des hommes un bon cigare havanais. Squelette comprit le premier et tendit la main.

– Félicitations, patron.

Richard releva la tête, sourit, mâcha encore et s'éloigna. « S'il n'était pas aussi laid, l'animal, j'aurais pu lui assigner la protection du petit quand il ira à l'école, mais, une face pareille, il ferait peur à l'enfant ! »

À l'intérieur du bar, un inconnu tambourinait sur la table ; en sirotant une chope de bière, il observait la scène. Lorsqu'il vit Richard échanger sa gomme pour une nouvelle, il baissa les yeux pour cacher une certaine satisfaction. C'était un policier qui effectuait une filature, à la suite d'une information anonyme obtenue de la mère d'un enfant de onze ans qui en était venu à voler l'argent de ses parents pour se procurer de la drogue. Elle avait mentionné le nom de cette taverne et le nom de Chewing-gum « qui cassait les jambes des enfants qui trahissaient ». On commençait à croire qu'il s'agissait d'une fausse piste ; encore rien de précis n'avait transpiré.

Le jeune policier se leva et, titubant, il emprunta la sortie. Il regarda dans toutes les directions : Chewing-gum s'était envolé. Il revint sur ses pas, s'arrêta près des amis de Richard, et, d'une bouche pâteuse, il demanda :

– Hé ! les gars, où est le petit coin ?

Squelette indiqua l'endroit d'un geste de la main.

– Ça sent bon, vos machins ; ton chien a chié dur, l'ami !

Squelette leva le bras, mais Cartouche s'interposa.

– File, l'intrus, si tu ne veux pas qu'on te ramasse en charpie.

– O.K., O.K., j'ai compris, pas besoin de tout casser.

Le policier s'éloigna. Les têtes de ces gars-là ne lui revenaient pas.

Richard avait commis sa première erreur en s'adressant à ses acolytes dans un endroit public. Sa vigilance habituelle se relâchait. Le policier revint des toilettes, commanda une autre bière et reprit son poste d'observation. Les deux fripouilles avaient déguerpi, mais les traits des visages étaient gravés dans sa mémoire. Le barman lorgnait du côté du policier. Celui-ci, en homme du métier, commanda bière sur bière avant de quitter, les facultés affaiblies.

– Tu veux qu'on t'appelle un taxi ?

– Non, j'habite à côté.

– Nouveau dans le quartier ?

– On te cache rien.

Le lendemain, Cartouche, soupçonneux, revint et questionna le serveur.

– Faut pas t'en faire, il est parti rond ; il habite les environs.

– Trop propre pour le quartier, je n'aime pas ça. S'il rapplique, informe-moi.

Cartouche était nerveux car sa conscience n'était pas tranquille ; pour arrondir ses payes, il s'adonnait occasionnellement à la vente de petites quantités de drogue aux jeunes des environs. Si le patron l'apprenait, sa vie ne vaudrait pas cher. Aussi, cette visite de

Richard l'avait-elle rendu irritable. Il dormit mal, ce soir-là.

D'autre part, Squelette, moins cocasse et plus subtil, se sentait en dette envers Richard qui était le seul à ne lui avoir jamais souligné sa laideur repoussante. Il le vénérait pour lui avoir taillé une place à ses côtés, pour lui avoir confié des missions secrètes et lui avoir permis de gagner sa vie. Toujours grâce à Richard, il n'était plus le vagabond qui cherche un refuge, la nuit venue. Richard l'avait compris. Aussi attachait-il beaucoup d'importance au jugement de Squelette tout en évitant de le laisser paraître.

Ce jour-là, Squelette tenta, mais en vain, de rencontrer le patron. Contrairement à la consigne habituelle, il se rendit chez son maître sans y avoir été convoqué. Richard était absent et Mariette ne pouvait le renseigner sur ses allées et venues.

Au moment où il s'apprêtait à sortir, Squelette vit sur le trottoir d'en face le jeune policier Renaud, le gars de la taverne, qui regardait en direction de la maison. Faisant volte-face, il grimpa l'escalier qu'avait emprunté Mariette au moment de son départ.

– Petite madame, écoutez-moi bien. Vous êtes en danger, vous et le patron. La maison est sous surveillance. Connaissez-vous un endroit sûr pour vous cacher le temps que je retrouve le patron ? C'est tout de suite ou jamais. L'heure n'est pas aux longs discours, mais j'ai juré au patron de vous protéger. Alors, écoutez-moi, pensez très fort.

Devant la réaction passive de Mariette, il jeta le seul mot qui pouvait la convaincre : « La police est devant la maison. » Mariette s'avança prudemment, regarda, pâlit ; elle courut à sa chambre et jeta un coup d'œil dehors. C'est alors qu'elle eut une inspiration : « Cette maison derrière… »

Elle prit son coffret à bijoux, son sac à main, l'argent que Richard laissait dans un tiroir. Ayant saisi un manteau au passage, elle dégringola l'escalier. Une fois à l'extérieur, elle traversa le carré de pelouse et se faufila entre les haies. De là-haut, Squelette l'observait. Lorsqu'elle eut disparu de sa vue, il lui emboîta le pas, traversa l'autre cour et partit sans avoir été vu.

Mariette, affolée, fouilla dans sa trousse et prit la clé qu'elle avait peine à manipuler tant elle était terrorisée. Une fois à l'intérieur, elle s'appuya contre la porte en attendant que son cœur cesse de battre à ses oreilles. Le silence ambiant l'aida à se calmer ; la vaste maison était vide : pas une mouche, pas même une chaise. Seule la moquette était invitante. Assise sur le sol, elle tentait de réfléchir.

Pouvait-elle compter sur Squelette pour prévenir Richard ? Et si celui-ci devait tomber dans le guet-apens ? Toutes ces vieilles peurs refoulées lui revenaient à l'esprit : depuis qu'elle vivait avec Richard, leur situation était dangereuse. Elle n'était pas dupe, le danger existait réellement, bien qu'elle n'en sût ni l'étendue ni la profondeur. Que ferait-elle, ici, dans cette maison abandonnée, sans nourriture, sans lit pour dormir ? Et enceinte ! Un cri lui échappa ; c'était trop cruel ! Elle pleurait maintenant, roulée en boule sur le tapis avec, à ses côtés, sa fortune qui se résumait à bien peu de chose.

Elle attendrait la nuit, s'éloignerait, avec ou sans Richard. Et Alphonse ? Le désespoir la reprit ; si son frère entrait chez eux, le vaurien, elle le craignait, vendrait la mèche. Il n'hésiterait pas à trahir Richard ; cet égoïste ne penserait qu'à sa peau, à ses intérêts personnels. Richard était le seul sur qui elle pouvait compter !

Lorsque la pièce commença à s'obscurcir, elle se leva et se rendit à la fenêtre. En retrait, pour ne pas être repérée, elle observait ce qui se passait dehors. Leur maison était entourée, des ombrages se mouvaient, çà et là. Une à une, les fenêtres d'en face s'éclairaient ; on fouillait sûrement la maison dans tous ses recoins. L'automobile ! Pourquoi n'y avait-elle pas pensé ? Elle songea à Squelette, à son visage terrifiant, à l'horreur qui se lisait sur son visage. Elle frissonna. Pourtant, en cet instant même, il était son seul espoir. Il indiquerait à Richard la direction qu'elle avait prise et celui-ci comprendrait. Il viendrait bientôt la libérer.

Elle marcha lentement vers le devant de la maison. Un réverbère jetait sa lumière sur cette rue qu'elle aurait aimé suivre pour fuir. « Où irai-je ? Vers qui me tourner ? » Elle pensa à la boiteuse, bien au chaud avec ses enfants, ignorante de ce qu'elle souffrait, de la peur qui l'obsédait. « Maman ! » cria-t-elle dans un souffle. « Oh ! maman. » Elle pleurait, ne parvenant pas à réfléchir, à prendre une décision.

Tassée dans un coin, les yeux démesurément ouverts pour tenter de percer l'opacité des lieux, Mariette s'abandonnait au désespoir. Elle s'endormit et se réveilla en sursaut au milieu de la nuit. Son cauchemar se poursuivait, Richard n'était toujours pas là. Elle repoussa le désir d'allumer, craignant d'être vue. La fraîcheur de la pièce, ajoutée à son état d'âme lamentable, lui donnait le frisson. Elle tira les pans de son manteau, essaya de se rendormir. Rien n'y faisait. Alors, elle fit les cent pas, allant d'une fenêtre à l'autre. Chez elle, il y avait toujours de la lumière. « Je meurs de faim, je dois sortir d'ici. » Et voilà qu'elle eut encore ces maudits haut-le-cœur. À tâtons, elle se dirigea vers la salle de bains repérée la veille. L'eau froide lui fit du bien : elle tamponna son visage, craignant d'avoir souillé ses seuls vêtements. « Dès qu'il fera jour, je filerai. Mais où irai-je ? »

Elle passa en revue les gens de ses connaissances qui seraient en mesure de l'aider. « Raymond, peut-être, en souvenir des amours d'autrefois… » Non, il était sans doute marié à sa demi-sœur. « Ah ! Pourquoi n'y ai-je pas pensé plus tôt ? Mon père, mon père biologique, Damas Claveau… il ne pourrait me refuser ça ; je suis sa fille, après tout… »

Et dans sa tête, elle commença à élaborer tout un plan. Elle fouillait dans ses souvenirs, cherchant à retrouver les détails que lui avait racontés sa mère à son sujet. Il vivait toujours à Saint-François, oui, c'était bien à Saint-François. « Il avait les yeux bleus, pleins d'étoiles, qui brillaient quand il me regardait. Il ne pouvait pas me marier car il l'était déjà. Oui, il savait que j'étais enceinte… que tu étais née, je l'ai revu. Il était tendre. » « Il était tendre, l'est-il encore ? Et cette tante, cachée dans un monastère ? Pourquoi n'ai-je pas été plus curieuse, plus attentive à ses confidences ? Je lui en voulais, je me suis mise à détester ce Télesphore toujours parfait, qui me gardait sous son toit, qui me préférait Alphonse, son saint fils, qui ignore tout de mes origines, en qui j'avais une confiance aveugle, mais qui n'est pas là pour me protéger, comme le voulait Richard. C'est Squelette qui m'a sauvée. Mais où est-il, celui-là ? Que fait Richard ? »

Incapable de penser clairement, Mariette restait tapie dans un coin, les bras en cerceau autour des genoux, courbée par la peur, effrayée de ce qui surviendrait le lendemain. Jamais elle ne s'était sentie aussi dénuée, aussi vulnérable. Son seul espoir, son idée fixe était de sortir de cette maison, de s'éloigner le plus possible, de se refaire une vie.

La lumière du jour continuait de se faufiler à travers les fenêtres, Mariette luttait pour ne pas dormir. Si Richard ne se pointait pas bientôt, elle filerait. « Et si je lui laissais ici un signe de ma présence sur les lieux ? » Elle fouilla dans sa bourse. Elle y gardait toujours des paquets de sa gomme préférée. Elle en plaça un près du mur, bien en vue. Oui, Richard comprendrait.

Le geste rassurant lui fit du bien. Elle se leva et fit le tour des fenêtres : l'activité régnait toujours vers l'arrière, mais, sur la rue, en face, c'était d'un calme plat. Elle profiterait de l'accalmie. Mariette descendit l'escalier lentement, rampant le long du mur. Elle ouvrit la porte, lorgna l'extérieur. Elle releva la tête, prit une attitude déterminée et, à pas lents, elle descendit les marches de la large galerie. Elle n'en doutait pas, les environs étaient sous surveillance, mais elle agirait le plus naturellement du monde, comme si elle ignorait tout. Elle luttait de tout son être pour ne pas se mettre à courir, par crainte d'attirer l'attention. Ce n'est que lorsqu'elle eut atteint le coin de la rue opposée à la rue Faubert qu'elle respira enfin un peu plus librement. Elle tenait fermement contre elle ses objets, ce qui lui donnait une certaine contenance. Elle gardait le regard fixé devant elle, les jambes flageolantes et le cœur battant. Jamais liberté ne lui avait semblé plus précieuse ni plus précaire.

Quand elle eut enfin l'assurance qu'on ne la suivait pas, elle commença à espérer être passée inaperçue. Elle entra dans un restaurant et commanda le petit-déjeuner. Affamée, étourdie, elle se mit à craindre que son estomac ne lui joue des tours. Elle se fit une provision de serviettes de table et sortit aspirer l'air pur du matin. Puis, elle héla un taxi et se fit conduire au terminus d'autobus. Elle était décidée à aller à Saint-François. Perdue dans la foule d'inconnus, elle se sentait ragaillardie ; son insouciance habituelle et l'importance qu'elle attachait à sa petite personne lui faisaient oublier le danger qu'elle avait fui et tous les êtres menacés, dont Richard et Alphonse. Elle se réjouissait de ne pas s'être confiée à son frère en ce qui avait trait à son père biologique, car, ainsi, nul ne pourrait deviner la direction qu'elle prenait.

Assise dans le banc le plus éloigné du car, elle ferma les yeux et se perdit dans un sommeil sans rêve.

*
* *

Renaud s'était présenté devant son patron, lui avait fait part de ce qui s'était passé et des conclusions qu'il en avait tirées.

Le sergent l'avait prié de consulter les dossiers pour tâcher d'identifier, si possible, les visages des trois comparses, qui avaient probablement des dossiers judiciaires. On avait retrouvé le dossier de Cartouche, de son vrai nom Charles Latouche, qui avait trempé dans une affaire de meurtre, avait fait son temps derrière les barreaux et s'était vu élargir six ans plus tôt.

Renaud avait redoublé de zèle ; l'importance de l'affaire servirait à son avancement. La justice s'inquiétait de plus en plus des ravages que causait la drogue chez les enfants. L'occasion était belle.

Lorsque Cartouche sortit de la taverne, le jour de sa visite au barman, il eut la surprise de se faire aborder par Renaud qui lui demanda de but en blanc s'il s'ennuyait de son séjour à Bordeaux. « Tu n'as rien à craindre, tu as déjà payé ta dette envers la société ; un peu de ta collaboration nous aiderait à épingler les gros qui s'enrichissent vite sur le dos des autres. Tu sais ce que je veux dire, les gros cigares parfumés… »

Cartouche se rongeait les ongles, plus mort que vif. Et ce Richard, l'imbécile, qui défendait le port d'armes à ses hommes ! Donc, aucun moyen de défense.

Renaud observait sa nervosité, sa lutte intérieure. Il attendit puis jeta négligemment : « Bon ! Toi ou l'autre ! Peut-être que pendant qu'on se parle, ton comparse s'est déjà mis à table… Je te ferais confiance plus qu'aux mouchards qui ne se gênent pas pour trahir un chum et se cacher derrière, parce qu'ils savent qu'il est déjà allé en tôle et pensent que la police va aimer mieux les croire, eux autres ! »

Après quelques minutes d'une intense réflexion pour assimiler ces propos jetés nonchalamment, Cartouche demanda :

– Qu'est-ce que tu veux savoir ?

– L'identité du patron de Chewing-gum.

– L'identité du patron de Chewing-gum ! Chewing-gum aurait un patron ?

« Touché, pensa Renaud, le nom mentionné ne l'a pas surpris. J'avais misé juste. »

– Qui n'a pas de patron, Cartouche ? Il est le client de quelqu'un, lui aussi. Si tu n'as pas à l'idée le nom du patron, tu pourrais me trouver ça. Dans le moment, ce qui presse, c'est de connaître l'adresse de

Chewing-gum ici en ville. J'ai comme le sentiment que son boss se tient par là. C'est ce qu'on dit.

Cartouche avait ouvert de grands yeux incrédules : « Quoi ? Ce petit sacrement de curé serait le chef de l'affaire ? » Le visage du voyou avait pris une teinte grise. Rien qu'à la pensée d'Alphonse, il trépignait de rage. Renaud laissait le doute et la colère ronger l'âme du sacripant. Que n'aurait-il pas donné pour lire dans ses pensées ! Il avait jeté l'idée à tout hasard et voilà qu'un autre complice s'ajoutait à sa liste. Son flair de policier le ravissait. De plus, à sa boutonnière, un micro saisissait chacun des mots de Cartouche, chacune de ses intonations, de ses hésitations. Ce n'était pas d'hier que Cartouche redoutait Alphonse, mais, présentement, il se creusait la cervelle pour découvrir ce que ce policier voulait, pourquoi il était venu à lui plutôt qu'à Squelette. « Ton comparse s'est peut-être mis à table… » En silence, Cartouche pesait le pour et le contre. Ils étaient maintenant assis l'un en face de l'autre, au poste de police. Renaud faisait des efforts inouïs pour ne pas brusquer Cartouche. Il cherchait plutôt à lui faire comprendre que sa coopération serait appréciée. Quand il clama bien haut son innocence dans toute cette histoire de drogue, Renaud lui coupa la parole.

– Qui te parle de drogue ? Que racontes-tu, Latouche ? Chewing-gum serait-il embarqué dans ça ? Depuis quand ? Allons, parle, tu en as trop dit. Je vais me fâcher, Cartouche. N'essaie pas de me niaiser. Tonnerre ! Réponds-moi. Tu veux que j'appelle le chef de la brigade des stupéfiants ? Tu préfères répondre devant témoins ou derrière les barreaux ? Je te pensais raisonnable. Donne-moi cette adresse, histoire de vérifier si rien n'est suspect là-bas. S'il n'y a rien, on lui fichera la paix, à ton boss. Il n'avait qu'à les payer, ses dettes, il n'en serait pas là !

Cartouche allait céder, Renaud le pressentait. Voilà qu'il avait recommencé à s'énerver ; il rongeait de nouveau ses ongles. « C'est une question de dettes, alors ? »

– L'adresse, c'est tout ? demanda-t-il enfin.

– C'est tout ce que je te demande, non ?

– O.K., mais moi, je veux votre protection, je veux dormir ici deux soirs.

– Ça, c'est bien pensé. Accordé.

Ainsi, Cartouche avait peur. Il ne voulait pas se trouver dans le trafic pendant la descente. L'adresse secrète de Chewing-gum fut mentionnée sur un ton confidentiel.

Le filon était neuf, basé seulement sur des hypothèses. Renaud se réjouissait. Il comptait beaucoup sur l'effet de surprise de son intervention. Nanti d'un mandat de perquisition, dès le petit jour, il était au poste d'observation.

Alphonse était sorti, tenant à la main une valise noire de petite dimension. On le prit en filature ; il fit les détours habituels puis sauta dans un taxi. Il fut arrêté dans l'est de Montréal devant le club, son club, cet endroit de rêve qu'il verrait enfin pour la première fois et où Chewing-gum l'avait convoqué pour 9 h 30. Il était à peine 7 heures. Chewing-gum n'y était pas encore, l'endroit était désert. Sautant du taxi, il prit le trousseau de clés que Richard lui avait remis la veille, choisit la clé maîtresse, mais; hélas !, n'eut pas le loisir de s'en servir. Deux officiers de police le cernèrent et on le pria de les suivre au poste.

Alphonse voulut riposter, on lui fit choisir de les suivre librement et sans bruit ou officiellement, les mains ornées de bracelets. Alphonse pâlit : on ne badinait pas.

Dans l'établissement d'en face, derrière une fenêtre du deuxième étage, Richard assistait, impuissant, à l'arrestation de son beau-frère. Il n'eut qu'une pensée : Mariette. Il ignorait que Squelette avait, d'instinct, prévu le gâchis possible lors de l'incident de la taverne et qu'il avait respecté la promesse solennelle faite à son protecteur. Mariette était déjà en lieu sûr.

*
* *

Squelette avait cent fois fait le trajet derrière le volant de l'automobile lorsqu'il conduisait Richard dans ses allées et venues, mais, en ce moment, il se sentait affreusement dépaysé. Ces énormes cours, ces parcs, ces pelouses dont semblent friands les bien nantis, lui paraissaient menaçants. Il se sentait plus confortable dans l'environnement des chemins de fer, des mansardes sans couleur, aux abords du port de la ville. Parfois il saisissait le regard de certaines personnes qui se détournaient sur son passage à la vue de son visage affreusement ravagé à la suite d'une maladie non soignée de son enfance, vécue dans la misère noire. On est sans pitié pour celui qui est laid ou infirme. Il le savait.

Aussi descendait-il les rues qui menaient vers le sud, pressé qu'il était de se retrouver dans son élément. Le collet relevé, les deux mains cramponnées au fond des poches, la casquette descendue sur les yeux, il filait presque au pas de course. Il n'avait de pensée que pour Richard, qu'il voulait informer de la cachette où se trouvait Mariette. Le patron, il le savait, lui vouerait une éternelle reconnaissance pour ce geste gratuit. Des sueurs froides perlèrent sur sa nuque à la pensée que Richard pourrait être lui-même dans de mauvais draps. Qu'adviendrait-il de lui, l'ange gardien du patron, si celui-ci venait à disparaître ? Il ne redoutait pas tellement la police ; son dossier n'était pas entaché de délits graves. Il y avait bien une dizaine d'années qu'il n'avait pas été arrêté pour vagabondage. Cartouche, c'était autre chose ; c'était un dur qui ne reculait devant rien et n'hésitait pas à zigouiller sur mandat rémunéré. Il s'en méfiait ; aussi s'expliquait-il mal que le patron le mêle à ses activités. Il avait cent fois été tenté d'en parler avec Richard, mais il n'avait jamais osé : on ne discutait pas ses ordres, on lui obéissait avec une soumission aveugle.

Ayant enfin atteint son repaire, il se laissa tomber sur sa misérable couche et se mit à réfléchir. Était-il prudent de tenter d'entrer en communication avec Chewing-gum dans le brouhaha actuel ? Ne serait-il pas plus sage de se terrer dans le silence et d'attendre que la situation se calme ? Mariette, cette cervelle d'oiseau qui avait embobiné le patron au point de lui faire perdre la tête, pouvait-elle s'en tirer toute seule ? Ne devrait-il pas l'aider à sortir de son terrier ? Non, elle avait réagi si spontanément que Squelette n'en doutait plus : le patron avait prévu même l'imprévisible. Il lui vint à l'esprit que Richard irait là-bas la rejoindre. « Non, je ne bougerai pas, ce serait exposer les autres que de me mêler de leurs histoires. » Il dormirait et, le soir venu, il irait acheter un journal, espérant de toute son âme que rien de fatal ne se soit produit. Les ronflements du fidèle serviteur remplirent bientôt la minable pièce.

*
* *

Chewing-gum ignorait tout de l'incident qui s'était passé à la taverne. C'était dans le but de le renseigner que Squelette s'était rendu chez lui. Il avait reconnu Renaud et pris la subite décision d'éloigner Mariette.

Furieux de voir Alphonse cerné par deux officiers de police à une heure où il devait normalement se trouver à la maison, Richard se creusait la tête pour comprendre ce qui se passait. Pis encore, il se morfondait d'inquiétude à cause de cette mallette que tenait Alphonse. Que pouvait-elle bien contenir ? « Il te perdra », avait prédit Cartouche. Le séminariste l'avait-il dupé ? Aurait-il eu l'audace de prélever une part sur la marchandise qu'il lui donnait à livrer ? Tenait-il la preuve du trafic de drogue ? Pis encore, un client l'aurait-il dénoncé, lui, le chef du réseau, à cause des quantités livrées moindres que celles attendues ? Et tout ça le jour précis où il se retirait du maudit commerce qui l'empêchait de vivre heureux, au grand jour !

« Je le tuerai ! Je n'aurai de paix que quand je l'entendrai râler à mes pieds. » L'infâme, il avait du coup brisé la vie de sa sœur et de son enfant ! Son enfant ! Il asséna un coup de poing sur la table qui se trouvait devant lui, elle s'écrasa.

L'endroit où il se trouvait devait lui servir de point d'observation sur les activités du club. Lui seul connaissait son existence. Pour le moment, il s'y trouvait en sécurité. Cette pensée le calma. Peu à peu, son cerveau se remit à opérer plus calmement. Le club était « propre », comme l'était sa maison. Il n'avait jamais eu de réserve cachée dans un endroit ou dans l'autre : la poudre sortait de sa poche pour se retrouver dans celle du beau-frère, rien de plus. On pouvait fouiller à volonté. « Sauf si cet énergumène en a fait provision pour en tirer profit. » Et il répéta : « Je le tuerai ! »

Dans la rue, en face, tout était calme. Il passa des heures les yeux rivés sur le club. Rien ne bougeait. Ce calme l'exaspérait.

Cette journée si prometteuse en serait une de cauchemar. Ce soir, il aurait normalement dû ouvrir les portes toutes grandes, respirer librement, entreprendre une vie réglée, vivre dans la paix avec sa femme et son enfant.

VIII

GERVAISE CHANTAIT UNE BERCEUSE à Papachou ; il était toujours agité quand les enfants partaient pour l'école ; aussi lui accordait-elle plus d'attention. Elle le berçait et il s'endormait paisiblement. Le téléphone sonna. Elle transporta son fils et l'étendit sur le divan du salon.

C'était Éva. À mesure qu'elle parlait, l'inquiétude de Gervaise grandissait.

– Gervaise, comment va ma fille, Angéline ?

– Très bien, elle est radieuse. Elle est présentement avec Raymond. Ils étaient ici il n'y a pas cinq minutes.

– Vous en êtes sûre ? Et sa santé ?

– Florissante, sauf qu'elle perd peu à peu sa taille de jeune fille.

Il y eut un silence puis Éva s'exclama :

– Alors pourquoi est-elle chez nous ? Que veut-elle ?

– De qui parlez-vous, Éva ?

– De Mariette, l'ex-fiancée de votre frère.

– Que racontez-vous ?

– Elle est chez moi et elle veut parler à mon mari, une urgence dit-elle. Je lui ai demandé son nom et ce n'est qu'après coup que je me suis souvenue de la photo que votre fille m'a montrée.

Et Éva relata la conversation qu'elle avait eue avec sa fille, le jour du mariage.

– Dites-moi, Gervaise, est-ce que, par vengeance, elle chercherait à briser la vie de ma fille et celle de votre frère ? Que peut-elle vouloir raconter à mon mari ? Le savez-vous ?

Gervaise en avait le souffle coupé. Que pouvait-elle répliquer devant une telle assertion, qu'elle soit vraie ou fausse ? Mariette était capable de tout, elle le savait. Incapable de répondre de façon sensée sans craindre d'impliquer son frère, sa belle-sœur et, qui plus est, cette pauvre mère éplorée, Gervaise voulait d'abord réfléchir à la situation.

– Écoutez, Éva, je suis aussi étonnée que vous. Pour vous rassurer, je vais demander à votre fille de vous téléphoner. Donnez-moi quelques minutes, le temps de me rendre chez eux.

– Non, je rappellerai ; je ne suis pas chez moi, présentement.

Le déclic se fit entendre, Éva avait raccroché. Gervaise restait sur place, essayant de faire des rapprochements entre ce qu'elle avait entendu et la situation confuse qui liait ces personnages. Éva savait-elle que Mariette était la fille de son mari et de Lucienne, la première épouse de Télesphore ? Si oui, pourquoi Angéline l'avait-elle désignée à sa mère comme étant l'ex-fiancée de Raymond ? Et que faisait-elle chez les Claveau, cette fille de malheur qui ne cessait de tourmenter tous ceux qu'elle croisait sur sa route ?

Pourquoi se tournait-elle maintenant vers son père biologique ? Que tramait-elle ?

Plus Gervaise réfléchissait, moins elle trouvait de solutions au problème. Elle en vint à la conclusion qu'elle ne devait pas s'impliquer dans une histoire qui, en somme, ne la concernait pas. Elle laisserait les événements suivre leur cours. De quel droit troublerait-elle l'existence de Raymond et d'Angéline qui filaient le parfait bonheur ? Le silence ambiant la rassurait.

Gervaise vaquait à ses occupations coutumières, priant Dieu de préserver ceux qu'elle aimait.

Le soir, à l'heure du souper, le téléphone sonna.

– Répondez, Angéline, vous voulez bien ?

Gervaise avait prononcé ces mots avec appréhension. La jeune femme revint aussitôt :

– L'appel est pour vous, Gilbert.

Gervaise respira. Par contre, la voix de son mari laissait maintenant place à de longs silences, puis Gervaise eut la surprise d'entendre la porte du salon se refermer.

« Je suis vraiment trop émotive, j'ai tendance à tout dramatiser, il ne saurait y avoir de lien entre ces deux appels. » Il s'écoula plus de vingt minutes avant que Gilbert revienne prendre place à table en s'excusant : « Mon ancien métier me suivra donc toujours ? »

Contrairement à son habitude, il mangeait sans appétit et on sentait que ses pensées étaient ailleurs. Un confrère cantonné à Montréal avait téléphoné au bureau de Montmagny qui, à cause du nom de Langevin, avait fait le rapprochement avec le cas d'Alphonse, détenu en cellule pour interrogatoire. On avait aussi mentionné le nom de Mariette, propriétaire d'une Volvo immatriculée à une adresse de Saint-Pierre-de-Montmagny. Tout ça semblait bien confus. Il savait bien peu de chose concernant les aînés de Gervaise, sauf qu'ils existaient.

Il décida d'aborder le sujet avec elle, mais de ne pas l'informer tout de suite des problèmes qu'affrontaient ses enfants. Ce fut Lucien qui sauva la situation.

– Dis, maman, est-ce que je peux prendre la grammaire d'Alphonse dans sa chambre ?

– Tu en as besoin ?

– Oui, et de son dictionnaire.

– Pourquoi pas ? Je doute qu'il vienne reprendre les livres qu'il a laissés ici.

– Il étudie toujours, ton aîné ?

– Je ne le sais pas, il est parti sans jamais donner de ses nouvelles.

– Qu'étudiait-il ?

Gervaise hésita, eut un certain sourire, puis lança, avec une pointe d'ironie, que son rêve d'enfance était de devenir prêtre, ce qui l'avait mené au séminaire qu'il avait ensuite quitté, nourrissant alors le désir de devenir médecin. Peut-être étudiait-il sérieusement, quelque part, ce qui prenait tout son temps…

– Et ta fille, tu as de ses nouvelles ?

– Heureusement, non ; moi, je n'en ai pas et je t'avoue que je préfère ça. Mariette est… Pourquoi devrais-je te raconter ces choses que je préfère oublier ? Ils ont tous deux choisi leur mode de vie ; ils sont adultes, ils ont reçu tout le bagage nécessaire pour réussir ; le reste dépend d'eux et d'eux seuls.

Gilbert se leva pour remplir sa tasse de thé qu'il but d'un trait.

– Dis-moi, Gervaise, ça ne t'ennuierait pas que je m'absente une heure ou deux ? J'avais promis à Raymond de finir de peindre la cuisine, mais je vais le prévenir en passant. Je vais au bureau.

– Ne tarde pas, surtout aujourd'hui.

– Pourquoi, surtout aujourd'hui ? Ça ne va pas, Gervaise ?

– Pas nécessairement, j'avais le goût de jaser. J'ai hâte que les travaux soient terminés et que notre vie reprenne un rythme normal.

Gervaise avait-elle le pressentiment du malheur suspendu sur la tête des siens ? Ce soir, elle avait besoin de la présence de son homme, de se blottir dans ses bras, de jouir du réconfort et de la sécurité qu'elle goûtait à ses côtés.

Elle ferma les yeux et appuya la tête contre le dossier de la chaise. Elle pensa à Éva, à l'enfant que portait Angéline, à Télesphore et, plus près d'elle encore, à ses enfants qu'elle chérissait.

Gilbert rentra tôt. On ne lui avait fourni aucune information supplémentaire ; il avait plaidé la cause d'Alphonse, souligné l'éducation reçue, confirmé l'adresse donnée par Mariette.

Sa démarche lui avait paru cruelle ; l'attitude de ses anciens confrères l'avait déçu et il lui fallait admettre qu'il ne faisait plus partie du corps policier, qu'il était retraité.

Gervaise dormait déjà. Il l'attira à lui et l'embrassa. Elle murmura quelques mots indistincts et se rendormit.

*
* *

Renaud avait perdu le sommeil ; il était furieux. Son enquête ne menait nulle part. La fouille de la maison de Chewing-gum s'était avérée inutile. On eut beau tout remuer, du sous-sol à l'entretoit, on ne trouva pas trace de drogue, pas même la plus infime quantité.

La présence d'une bibliothèque dans la maison d'un rustre comme Richard l'intriguait. On s'y était acharné, mais en vain.

La présence d'une femme sur les lieux était évidente : ses nombreux vêtements haut de gamme, ses parfums de renom, ses cosmétiques étaient là ; rien n'indiquait qu'elle ait fui. Peut-être que le couple s'était absenté, justement ce jour-là, comme par hasard, ce qui expliquerait la présence de la Volvo demeurée au garage. Dans la boîte à gants, sur le certificat d'immatriculation, on avait retracé un nom, Mariette Langevin, une adresse, Saint-Pierre-de-Montmagny.

La Volvo subit le sort de la maison ; on tailla dans le cuir des banquettes, on démantela sans pitié les portières, toujours rien.

Au matin, l'arrivée de la domestique suscita toute une commotion : elle se mit à hurler à la vue des policiers qui lui barraient le passage. Sa peur était telle qu'on ne put la questionner. On obtint son nom et ses coordonnées de peine et de misère. Renaud la laissa partir, mais il ordonna qu'on la prenne en filature.

Lorsque l'information lui fut transmise au sujet de l'arrestation faite au club, Renaud se réjouit de ce nouveau filon. Il irait lui-même procéder à l'interrogatoire.

Alphonse était détenu dans une cellule, toujours sous le choc. Il se tenait assis sur l'unique chaise qui s'y trouvait et se morfondait à la pensée de ce qui l'attendait. Il tenait sur ses genoux la mallette qui l'incriminerait : comment pourrait-il expliquer la somme d'argent fabuleuse qu'elle contenait ? Il avait manqué de clairvoyance en croyant qu'il aurait tout loisir, avant l'arrivée de Richard, de mettre en lieu sûr le fruit de son travail passé. Ce transfert faisait partie de son plan : cacher l'argent, mettre sa fortune sous clé, ne plus avoir à craindre de la perdre ou de se faire voler. Il déposerait ensuite son avoir par tranches, en augmentant d'autant ses salaires, et, ainsi, il ne resterait plus trace de sa participation à un commerce illégal.

Le policier qui faisait les cent pas devant la cellule lui donnait des sueurs froides. Pour la première fois, il souhaitait de tout cœur que Squelette ou Cartouche aient été de faction devant le club pour surveiller ; ainsi Richard serait informé et viendrait le secourir ! Mais il était seul et il tenait une petite fortune à la main. Quelle explication plausible trouverait-il si on lui posait d'angoissantes questions ? Simpliste comme il était, il répondrait que l'argent est fait pour payer… « Ça y est ! J'ai trouvé : ce montant devait servir à payer le stock de boisson du bar… »

Alphonse respira profondément. Il préparait sa stratégie afin de parler sur un ton désinvolte et convaincu. Il fallait qu'on le croie. Il en avait berné d'autres que la police… Son père, les curés… Il formulait des questions, donnait des réponses, repassait mentalement les mots à employer. « Je ne dois surtout pas me contredire. Je dois m'en tenir à des réponses brèves. »

Maintenant, il s'impatientait ; il voulait qu'elle finisse, cette attente contrariante. Il regarda vers le guichet, vit le policier, s'exclama de façon à être entendu :

– On m'a oublié ici, ou quoi ?

Le surveillant haussa les épaules. Alphonse finissait de se convaincre qu'il n'y avait pas réellement de danger, la preuve étant qu'on ne lui avait pas enlevé sa mallette. Sans doute, l'imbécile de Richard avait-il négligé d'enregistrer son club et sa présence matinale devant un établissement commercial avait paru suspecte aux policiers. On n'avait rien contre lui, routine de simple surveillance. Il s'identifierait, lui, le bon garçon qui avait rêvé de devenir prêtre... et que la mort subite de son père avait obligé à se tourner vers le marché du travail pour compléter ses études... Il donnerait l'adresse de la boiteuse. Si besoin était, il lui téléphonerait devant eux, lui ferait confirmer ses dires.

Les minutes passaient, il ne les comptait plus. Il révisait son boniment : « Le patron est le mari de ma sœur... Je ne suis qu'un simple employé. Mon seul crime est de m'être présenté trop tôt au boulot. Richard doit être maintenant sur les lieux, il leur ferait un exposé de la situation et, bientôt, on le relâcherait... Richard, oui, mais quel est son nom de famille ? Bah ! Je peux dire n'importe quoi, ils ne le connaissent pas. Hé ! Alphonse, attention : s'ils l'ont croisé là-bas, il a dû être sommé de s'identifier... » Et les tourments recommençaient. Il fouillait dans ses souvenirs : Richard... rien de plus ; il ignorait son nom de famille. « Sapristi ! À moins que je lui donne le nom du préfet de discipline du collège, quitte à expliquer plus tard la méprise par l'énervement du moment... » Cette idée l'amusait : la tête du préfet et celle de Richard, des têtes comparables...

Renaud l'observait. Il surprit le sourire malicieux sur les lèvres d'Alphonse, ce qu'il prit pour de l'arrogance.

– Ouvrez votre porte-documents.

– Vous serez déçu, il ne contient que de l'argent.

Alphonse s'exécuta sans l'ombre d'une hésitation. Il expliqua la raison de cet avoir, sans prétentions, en employé fidèle. Il habitait présentement chez sa sœur Mariette. Il évoqua les motifs imaginés plus tôt. Sa mère pouvait tout confirmer, elle habitait Saint-Pierre-de-Montmagny, où il vivait pendant ses vacances saisonnières du séminaire.

Renaud rageait. Les liasses de billets étaient là, bien alignées. Le montant déclaré était exact. Pas de came, pas même un joint. Alphonse montrait patte blanche. Si Renaud mettait sa parole en doute, il n'en fit rien voir.

– Attendez-moi deux minutes, monsieur…

– Langevin, Alphonse.

– Oui, bien sûr. Je reviens.

Renaud sortit, alla vers Cartouche.

– Fausse alarme, mon vieux, tu peux partir en toute tranquillité d'esprit.

– Quand cesserez-vous de casser les pieds des honnêtes gens ?

– Ne joue pas les braves, mon Cartouche. Demeure honnête ; tu présenteras ce coupon vert à la sortie.

Renaud fit en sorte qu'on prenne Alphonse en filature, jour et nuit, et il revint vers celui-ci.

– Tout concorde. Vous pouvez partir, monsieur Langevin.

Et Renaud, habile, escorta Alphonse jusqu'à la sortie. Voyant venir Cartouche, il lui tourna le dos, tendit la main à Langevin, le remercia de sa compréhension et alla jusqu'à s'excuser du contretemps. Il lorgna Cartouche qui s'était arrêté une fraction de seconde en reconnaissant Alphonse.

Renaud exultait. Il se frottait les mains de satisfaction : Mariette et Alphonse, Cartouche et Chewing-gum, le club est le trait d'union. Il se rendit chez son patron exposer les grandes lignes de sa découverte et il travailla à l'ébauche de ses plans futurs dans cette affaire.

Cartouche sortit furieux. Il releva le collet de son manteau et, au pas de course, se dirigea vers le repaire de Squelette. Celui-ci buvait une bière, il ne tenait plus en place ; le téléphone ne sonnait pas et Cartouche ne se manifestait pas !

Cartouche allait droit devant lui. S'il s'était retourné, il n'aurait pas manqué de s'inquiéter, car il était pris en filature. Il était si furieux qu'il en oubliait la plus élémentaire des règles de prudence. Alphonse était un traître, il n'en doutait plus. Richard devait être prévenu de ce qu'il venait d'entrevoir.

Cartouche cogna dans la fenêtre avant de frapper à la porte, comme convenu. Squelette s'élança, ouvrit.

– Où étais-tu passé ?

– En tôle, mon vieux, en tôle. Donne-moi une bière, j'ai soif. Je vais le tuer, je vais le tuer.

– Qui vas-tu tuer ? Tu es mieux de te calmer : reprends tes sens, avec tout ce qui se passe !

– Je le sais, ce qui se passe. Tu en as de la chance : j'ai pensé que c'était toi, le coq ; le hasard a voulu que je le voie de mes deux yeux, le traître. Sinon, je t'aurais déjà réduit en charpie.

– Calme-toi, Cartouche, tu divagues. Que faisais-tu en tôle ?

– Où est le patron ?

– Es-tu sérieux ? Tu n'as pas vu le patron ? Qui astu vu, alors ?

– Si je savais où est le patron, je ne serais pas ici à te tenir compagnie.

– Calme-toi, Cartouche. Commence par le commencement, ce n'est pas le moment de perdre la tête.

– Toi, le mollusque, boucle-la ! Laisse-moi penser.

– Eh ! Papillon. N'aiguise pas tes griffes sur moi !

Cartouche, le dur, le bras armé de l'organisation, celui que rien ni personne ne rebutait, ne manquait jamais une occasion d'humilier Squelette, souvent réduit au simple rôle de tampon. Aujourd'hui, cet état de choses allait changer.

*

* *

Alphonse sortit du poste, la tête haute, fier de sa performance. Grâce à son intellect supérieur, il avait réussi un coup de maître : il avait berné le policier. La vie continuait de lui sourire. Fortune en main, sa liberté reconquise, il n'en finissait plus de se glorifier. Il pensait à Richard qui devait pester, lui qui ne tolérait pas de retard. « Qu'il patiente, je serai là bientôt. Je suis le grand et l'unique patron du club ? Alors, qu'il prenne son mal en patience. J'irai d'abord manger, je crève de faim. » Il commanda un café et se souvint : « La mallette… je devrai être en mesure de la faire disparaître à son insu. Je ne dois pas m'attarder. »

Alphonse sauta dans un taxi, donna l'adresse du club. Une fois là, il sortit ses clés, ouvrit, jeta un coup d'œil à la ronde et entra.

Richard, médusé, le regardait de son poste d'observation. Ainsi il était revenu, sans anicroche à ce qu'il semblait. Que diable se passait-il ? Il se mit à marcher en rond, se frappant le front, se grattant le nez. Il lui fallait savoir. Un instant il eut l'idée folle de traverser la rue, d'affronter Alphonse. Mais son instinct de conservation le retint. « C'est du boulot pour Cartouche. » N'obtenant pas de réponse chez lui, il téléphona à Squelette.

– Oui, patron, il est ici, mais il faut que je vous parle !

Richard hurla avec une telle force que l'autre sursauta et tendit le combiné à Cartouche.

– Tu te rends au club ; prends n'importe quel moyen mais mets la main sur une mallette…

– Je sais, je sais, je l'ai vue.

– Tu l'as vue, quoi ?

– Vot' faux curé de protégé la tenait, la mallette, quand il a donné la main au policier en le quittant.

– Tonnerre de Dieu d'enfer ! Si tu tiens à vivre, mets la main dessus et ramène-la-moi ! Avec ce qu'elle contient ! Prends les moyens nécessaires… Tonnerre de Dieu d'enfer.

– Compris, patron.

Squelette saisit le combiné et hurla :

– Patron, il faut que je vous parle : votre femme…

– Quoi, ma femme ! Parle, chenapan, parle donc !

Squelette raconta tout : l'escarmouche à la taverne, la présence de Renaud devant sa maison, la fuite de Mariette cachée dans la maison arrière, sa propre fuite, les policiers qui fouillaient là-bas, rue Faubert, qu'il avait entrevus depuis la haie où il s'était dissimulé un instant, l'aveu de Cartouche qui avait été lui aussi arrêté…

– Quoi ? Tu es maboul, Squelette ? Tu es tombé sur la tête ?

Squelette jurait par tous les saints qu'il disait la vérité. Pendant que Richard hoquetait de rage, Squelette regardait par la fenêtre. À travers les vitres crasseuses, il vit une camionnette qui s'avançait doucement. Au volant se trouvait un homme qui tenait un téléphone : Cartouche était repéré, on le filait, Squelette en avait la conviction ; on l'avait probablement suivi jusqu'ici.

– Patron… Ce n'est pas le temps d'avoir une attaque. J'ai sauvé votre femme mais elle ne doit pas mourir de faim.

Rusé, Squelette choisissait les mots capables d'amadouer le Richard furieux qui continuait de pester. Richard réfléchissait à toute vitesse pour chercher une solution rapide à l'impasse à laquelle il était confronté.

En face, Cartouche faisait son apparition. Il s'arrêta, regarda dans toutes les directions et entra au club.

Renaud avait indiqué à ses hommes dissimulés çà et là de le laisser passer. « Voilà, et de deux, ils ont sûrement communiqué ensemble ; l'autre ne tardera pas. » Tout se passait comme il l'avait souhaité.

Richard redoutait maintenant une double trahison ; Cartouche, en principe, ignorait le rendez-vous qu'il avait donné à Alphonse. Aurait-il délibérément vendu celui-ci à la police pour se couvrir ? Mais de quoi ? Que tramait-il ?

– Patron…

– Ouais, Squelette, laisse-moi réfléchir, tonnerre de Dieu !

– Patron, la police suit Cartouche.

– Tu en es sûr ?

– Comme je vous parle.

– Tu as un *gun* ?

Un ricanement lui répondit.

– Te penses-tu capable de t'introduire en sourdine dans la place et de leur fermer la gueule pour l'éternité à ces deux enfants de chienne ? Ramène-moi la mallette, tu n'auras plus jamais à travailler pour le reste…

Squelette avait raccroché. Il regarda par la fenêtre, un autre véhicule avait pris la place du premier. Il rigola. Il déplaça une planche sous son lit, sortit le revolver. Après avoir vérifié la présence des balles, il glissa l'arme dans la poche intérieure de son veston. Il enfila une salopette de travail sous un long manteau noir usé à la corde qu'il portait pour dissimuler la maigreur qui lui avait valu son sobriquet.

S'il pouvait atteindre la porte de service à l'arrière du club, ce serait pour lui un jeu d'enfant que de s'introduire à l'intérieur. Il connaissait la mécanique de la serrure qu'il avait lui-même installée ; que sa bonne étoile lui soit favorable et la porte qui menait à l'étroit corridor serait ouverte. Le reste serait facile.

Squelette était d'un calme souverain. Le patron avait ordonné, il obéirait. C'était sa première mission d'importance majeure, il l'accomplirait au risque même de sa vie.

Il jeta un coup d'œil circulaire dans son pauvre réduit ; rien ici ne l'incriminait ; il prit la seule chose qui avait pour lui une certaine importance, une médaille qu'il gardait depuis son enfance. Il la glissa dans sa poche. La hâte qu'il mettait à accomplir ses gestes calculés et précis était dictée par la lucidité qui le favorisait dans les situations difficiles.

La mallette, il lui faudrait la transporter. Il prit un sac en plastique vert, le plia, le glissa sous son veston. Il tâta une dernière fois le revolver pour s'assurer de sa présence. Il prit des gants de travail, les enfila.

Cette fois encore, il emprunterait sa sortie secrète. Il grimpa deux étages par l'échelle de secours arrière, arpenta les passerelles, de manière à redescendre à cent pieds d'où on l'espionnait.

Il se rendit au club en longeant les ruelles, avec la souplesse d'un chat. Il s'arrêtait occasionnellement, ramassait des bouteilles et les jetait avec bruit dans son sac. Ce faisant, il épiait les alentours. Remarquant la présence de quelques flâneurs qu'il était en droit de redouter, il fouilla les poubelles, détournant ainsi l'attention. Tout bruit environnant lui était révélateur. Il avançait lentement sans essayer de passer inaperçu, sans poser de gestes suspects. C'est ainsi qu'il pénétra dans le club, l'arme au poing, et qu'il fit irruption dans le bar. Alphonse gisait sur le plancher. Cartouche était penché sur la mallette et Squelette voyait des liasses d'argent qui allumèrent sa convoitise. Cartouche se retourna, Squelette tenait le silencieux dans sa direction. Il tira. L'autre pivota et tomba sur son ennemi. Ayant fermé la valise, Squelette eut un regard pour Alphonse. « Les deux », avait dit le patron. Alors il visa l'autre avant de prendre le chemin du retour. « Vite et proprement » était la consigne habituelle : il avait la satisfaction d'avoir bien rempli sa mission. Il revint vers le corridor, en verrouilla la porte. Ôtant son manteau, puis la salopette, il vida le sac de bouteilles qu'il avait laissé à l'entrée. Il y plaça la mallette et l'arme, et revêtit de nouveau son manteau. Ses gestes précis, posés avec le calme désarmant de celui qui accomplit un travail de routine, lui donnaient la sensation forte qu'il éprouvait devant tout danger et qui aiguisait sa dextérité.

Le plus difficile restait à faire. Il s'appuyait à la porte de sortie, tendant l'oreille pour percevoir les bruits extérieurs. Un chat miaulait. Il entrebâilla la porte et l'animal se faufila à l'intérieur. Squelette l'attrapa et le plaça sur son paquet avant de sortir et de refermer. Après s'être éloigné de quelques pas, il donna une tape légère à la bête qui se sauva en courant. L'homme s'éloigna, d'un pas nonchalant d'abord, puis d'une démarche plus pressée.

En quittant son repaire, il était conscient qu'il n'y remettrait plus les pieds. Il ne savait même pas où il dormirait ce soir-là. Le jour commençait à tomber, ce qui le réconfortait un peu. Les refuges pour itinérants lui avaient servi d'abri dans le passé, mais, ce soir, il n'en était pas question. « J'y pense, Richard m'a bien dit de le rejoindre, mais il ne m'a pas indiqué l'endroit ! » Voilà que dans sa cervelle se mirent à trotter mille idées loufoques dont la plus alléchante était de disparaître à tout jamais ; avec le magot recueilli, il serait à l'abri de la misère pour longtemps. Il marchait toujours en direction nord, s'éloignant de plus en plus de son quartier où on aurait pu le reconnaître comme étant un ami de Cartouche. « Bientôt les journaux ébruiteront la chose, mais seul le patron détient la clé de l'énigme. Lui, il a tout avantage à se taire ! »

*
* *

Renaud s'impatientait. En libérant Alphonse, il avait espéré voir apparaître Chewing-gum, mais seul Cartouche était entré au club et n'en ressortait pas. À quoi besognaient-ils là-dedans ? Le jour tombait, rien ne bougeait. Les fenêtres étaient toujours plongées dans l'obscurité. Ses hommes postés tout autour n'avaient rien entendu, rien vu, sauf un pauvre gueux qui fouillait les poubelles et se battait avec les chats. Renaud avait pris les dispositions pour qu'on enquête à l'adresse qui figurait sur le certificat d'immatriculation de Mariette, à Saint-Pierre-de-Montmagny, histoire de vérifier si elle ne se trouvait pas dans sa famille avec son ami de cœur.

La réponse lui était revenue, négative. Renaud était furieux ; ce chenapan de Langevin ne s'était sûrement pas volatilisé. L'histoire inventée par Alphonse pour expliquer la valise pleine d'argent ne l'avait pas convaincu : il craignait maintenant qu'elle ne soit plus récupérable. Alors, toute cette histoire ne se tiendrait plus. Renaud décida de forcer l'entrée de l'établissement.

Pendant ce temps, Richard, toujours à son poste d'observation, s'était endormi. Le bruit des sirènes le fit sursauter. Trois ambulances se trouvaient devant le club. Les lumières clignotantes dansaient, attisant son angoisse. Debout devant la fenêtre, sous ses yeux impuissants, il vit apparaître puis disparaître deux corps recouverts de linceuls. La place fourmillait de policiers, les éclairs de magnésium éblouissaient.

« Où est passé Squelette ? gémissait l'homme. Pourquoi n'a-t-il pas fait disparaître ces salauds au congélateur avant de filer ? M'aurait-il vendu, le paquet d'os ? Pourquoi et comment les poulets sont-ils déjà là ? Qui les a informés ? »

Voilà qu'il se souvenait que, quelques jours plus tôt, il avait déposé tout son argent liquide dans un coffre-fort de l'établissement, que jamais plus il ne pourrait le récupérer, qu'il était ruiné. Il pensa à Mariette, à son enfant.

Il étouffait, cherchait à défaire le nœud de sa cravate. Il se leva, hurlant de douleur, puis s'affaissa de tout son long, sur le parquet.

*
* *

Trois semaines plus tard, le concierge du building vint frapper à la porte, pour collecter le loyer. N'obtenant pas de réponse, il ouvrit. C'est alors qu'il trouva le cadavre de Richard, qui tenait à la main un paquet de gomme à mâcher.

*
* *

Squelette avait passé la nuit blotti dans l'angle d'un édifice commercial, il n'avait pas fermé l'œil ; la peur d'être surpris ou dévalisé lui donnait la trouille. Il pensait à Richard, à Cartouche, et il se torturait. Dès que le jour se pointa, il se leva et continua d'errer. À la première occasion, il entra dans un restaurant, commanda à déjeuner et se dirigea vers les toilettes. Il ouvrit la mallette, prit une liasse de billets qu'il fourra dans sa poche. À la première occasion, il se départirait de l'arme et des gants. « Dans une rivière, du haut d'un pont. »

Au moment de payer sa facture, il vit une pile de journaux. Un gros titre éloquent figurait à la une : « Règlement de compte au niveau de la pègre ». À la jeune fille, il dit simplement :

– Ajoutez donc le prix d'un journal.

– On continue de s'entretuer dans le milieu, dit-elle en poinçonnant, sans même le regarder.

Squelette sortit. Il lui semblait que tous le dévisageaient. Sa longue vie de solitude et de peur commençait. Il ne pouvait même pas s'offrir le plaisir de prendre une bière ; il en avait connu des gars à qui la boisson avait délié la langue et qui l'avaient payé de leur vie.

Il entra dans un magasin, choisit un sac de jute pour y dissimuler son paquet encombrant, et il alla se perdre dans la foule à la gare centrale. Après avoir consulté les tableaux qui indiquaient les départs imminents, il acheta un billet.

– Aller-retour ?

– Aller, mes enfants vont me ramener.

Il aimait sa réponse. Se sentant fier, il relevait la tête. Lui, Squelette, il partait en vacances.

De la fenêtre, il regardait le paysage sans le voir. Le temps était venu de se départir de l'arme et des gants. Lorsqu'une courbe lui indiqua que le train s'engagerait bientôt sur un pont qui enjambait une large étendue d'eau, il marcha vers l'arrière du wagon et sortit sur la passerelle. Le bruit sonore lui indiqua qu'on roulait au-dessus de l'espace vide. Il laissa tomber les objets incriminants. Appuyé au mur, il respirait maintenant d'aise, le cœur content, l'esprit allégé. Un employé passa :

– Il est interdit de rester ici, monsieur ! Entrez dans le wagon.

Squelette sourit et, docile, il rentra. Enfin ! Il pourrait dormir. La tête appuyée sur sa fortune, il sombra dans un sommeil profond.

– Monsieur, monsieur.

Squelette sursauta : un jeune enfant se tenait devant lui et lui offrait un bonbon rose.

– Richard ! cria une voix de femme. Reviens ici.

L'enfant sourit. Squelette prit le bonbon, en regardant le bambin ; le geste de l'enfant l'émouvait, le troublait. Le regard limpide du marmot, sa gentillesse, sa candeur, cette attention toute personnelle, c'étaient des gestes qu'il goûtait pour la première fois de sa vie. Le prénom de Richard était-il une simple coïncidence, la récompense promise pour avoir sauvé la femme du patron ? Le petit n'avait donc pas eu peur de sa face hideuse, alors que tous les enfants de cette terre l'avaient jusqu'à ce jour repoussé !

Longtemps, dans la vie d'ermite qu'il s'imposerait, cantonné dans une cabane dissimulée aux abords d'un bois, Squelette penserait à cet instant de douceur. Il était si heureux qu'il en était presque beau !

À Montréal, un portrait-robot de Squelette circulait. Mais il ne le sut jamais. Renaud avait fait le rapprochement entre le pauvre hère, « l'homme aux poubelles qui se battait avec les chats » et l'homme au cigare rencontré dans la taverne avec Cartouche et Chewing-gum.

*

* *

Ailleurs, dans une municipalité située non loin de Québec, Mariette se morfondait. Damas Claveau n'avait que faire des propos fantasques de cette belle fille qui se disait être le fruit de son amour pour cette Lucienne qui avait troublé sa vie. Il était devenu un vieux monsieur qui voulait la paix. Il coupa court à son exubérance qui le fatiguait. Allongeant le bras, il ouvrit un tiroir, en sortit quelques billets de banque qu'il lui remit.

Mariette compta : cent quatre-vingts dollars.

– Où voulez-vous que j'aille avec ça ? questionna-t-elle, amère.

– Chez le diable si tu veux, mais sors de cette maison sans bruit et n'y remets jamais les pieds. Sinon, je te dénonce à la police pour chantage effronté. Allez, ouste, dehors, et préviens ton frère de ne jamais tenter la même démarche. Je vous ai à l'œil.

Sous le regard menaçant de Damas, Mariette comprit qu'elle était mieux de déguerpir sans insister. Le mot police avait eu un effet magique sur la femme déconcertée. Elle s'éloigna, la mort dans l'âme.

Lorsque Éva revint de chez la voisine d'où elle avait téléphoné à Gervaise, Mariette n'était plus là. Son mari, Damas, irrité, contrarié, ne fit aucun commentaire. Il n'était pas d'humeur à répondre aux questions. Éva plia l'échine. Après tout, peut-être s'était-elle mis martel en tête inutilement ! Aussi, elle ne crut pas nécessaire de retéléphoner à sa fille Angéline ; elle la laisserait tout à sa joie, et éviterait de troubler sa vie avec ces vieilles histoires.

Mariette, tapie sur la banquette de l'autobus, se rendit dans une banlieue au nord de la ville de Québec. Elle avait besoin de réfléchir, de penser au moyen de retracer Richard. Elle regrettait d'avoir fui cette maison qui l'avait hébergée une nuit. Et Alphonse, où se trouvait-il, l'infâme, au moment précis où elle avait besoin de lui ? C'est à ce moment que les mots prononcés par Damas la frappèrent : ton frère… Qu'avait-il voulu dire ? Était-il possible que… Elle étouffa un cri qui allait lui échapper. Pendant ce temps, à Montréal, le drame de sa vie se poursuivait.

C'est à la lecture des journaux que Mariette trouva matière à comprendre qu'elle ne devrait plus compter que sur ses propres ressources pour poursuivre sa vie : la justice recherchait Richard.

Elle allait de l'écœurement à la rage, de la rage aux larmes impuissantes. Mariette faisait face aux réalités de la vie dans laquelle elle s'était engagée !

IX

Édith Piaf chantait « Rien, non, je ne regrette rien ». Gervaise souriait en promenant le coupe-beignes sur la pâte roulée qui se métamorphosait en biscuits aux formes diverses dont les enfants raffolaient. Elle piquait ici et là une noix ou un raisin qui ajoutait à la saveur.

Papachou se gavait des retailles laissées entre les galettes et lui tenait des discours sans suite.

– Tu es déjà un petit homme, mon bébé, et tu me donnes beaucoup de bonheur.

On frappait à la porte. Gervaise jeta un coup d'œil par la fenêtre et vit une voiture de police stationnée devant la maison. Pensant qu'il s'agissait de visiteurs pour Gilbert, elle s'empressa d'aller ouvrir. « Termine vite tes devoirs, Lucien, nous allons bientôt souper », dit-elle à son fils qui étudiait près de la table.

– C'est bien ici qu'habite Mariette Langevin ?

– Elle n'est pas ici, présentement.

– Pourrions-nous parler à votre mère ?

– Ma mère ? Je suis madame Langevin.

– Les informations que nous avons démontrent bien qu'il ne peut s'agir de votre fille.

– Que lui voulez-vous ?

– Pourriez-vous vous identifier, à l'aide de papiers, madame ?

Lucien sortit brusquement, alla informer Gilbert de ce qui se passait à la maison. Celui-ci accourut. Lorsqu'il entra, l'un des agents le reconnut.

– Tremblay !

– Bonjour, Jean-Paul.

Et se tournant vers Gervaise, il demanda :

– Qu'est-ce qui se passe ?

– Je l'ignore, mais on me demande des papiers d'identification.

– C'est pas sérieux ?

Le policier expliqua, sur un ton subitement devenu courtois. Gervaise plissa les yeux. On venait constater si Mariette Langevin était là, on voulait l'interroger.

– Encore un peu, trancha Gervaise, et on m'accuserait d'utiliser un nom d'emprunt !

Gilbert invita les policiers à passer au salon.

– Non, protesta Gervaise. Ici et maintenant. Lucien, prends Télesphore avec toi et montez dans votre chambre.

Gilbert reconnaissait bien là sa femme et son franc-parler. Les enquêteurs expliquaient que les ordres venaient de plus haut. On cherchait à localiser Mariette pour interrogatoire.

– Elle a quitté cette maison depuis longtemps ; au moins onze mois.

– Elle n'est jamais revenue ?

– Si, une heure environ, mais il y a quelque temps déjà.

– Dites-nous où nous pourrions la rejoindre.

– Si je comprends bien, il ne s'agit pas d'une accusation. Donc elle n'a pas commis de délit ? J'ignore où elle est. Le saurais-je que j'hésiterais à vous répondre.

Gilbert expliqua que, à la suite d'un premier mariage, sa femme était devenue la mère des enfants de Télesphore Langevin.

– Voilà ce qui explique tout, cette femme a à peu près votre âge.

Gervaise gardait son air buté. Gilbert n'osait avouer qu'on l'avait questionné sur le sujet, que les réponses avaient été fournies aux policiers de la ville de Montmagny.

– Écoute, Jean-Paul, passe au poste de Montmagny, la ville voisine. Renseigne-toi. Mais je vis ici depuis des mois, je suis à la retraite et je peux t'assurer que Mariette Langevin n'est jamais venue ici depuis notre mariage.

On inscrivait les informations sur un calepin noir, ce qui faisait rager Gervaise. Les officiers s'excusèrent et sortirent enfin.

– Gervaise…

– Je t'en prie, pas maintenant. Ne dis rien. La police, moi, tu sais, je n'en connais que l'uniforme. Ces deux-là sont de grossiers personnages, pressés d'en finir, qui ne se gênent pas pour intimider.

Elle marcha vers le bas de l'escalier.

– Lucien, viens ici, mon garçon. Va demander à Angéline de venir s'occuper du repas.

– Maman, qu'est-ce qu'elle a, Mariette, pourquoi la police vient-elle la chercher ici ?

– On ne voulait que la questionner, elle n'a rien fait.

– Ah !

Gervaise monta à sa chambre, ferma doucement la porte. Assise sur le bord de son lit, elle cacha son visage dans ses mains. D'abord cet appel d'Éva, puis cette visite. Elle se sentait tout à fait désemparée. Que pouvait-il bien se passer ? Qu'avait fait cette fille de malheur ? Que des êtres se laissent entraîner dans des sentiers boueux, qu'ils sacrifient tout et tous pour servir leurs ambitions personnelles cadrait bien mal avec ses principes.

D'abord déconcertée, puis amère, elle sombra bientôt dans une colère effrayante. Son esprit de droiture se révoltait. Elle était confrontée, sans préparation, au doute, à la méfiance, à la lâcheté, à la trahison, à l'abus de confiance.

La déchéance ne figurait pas au nombre de ses expériences personnelles ; elle avait vécu sa jeunesse sous tutelle, protégée des vicissitudes de la vie, alors que la plupart des jeunes étaient mêlés bien souvent à des événements malheureux qui les atteignaient, les rendaient conscients du danger, les obligeaient à lutter, à faire des choix. Elle savait que ces misères existaient, mais dans son esprit, elles appartenaient à un monde à part qui n'était pas le sien, créé pour alimenter les films et les romans.

Devrait-elle maintenant y faire face par le truchement de ses enfants ? Elle ne connaissait rien à ce sujet, elle cherchait à comprendre.

Brutalisée par sa mère alors qu'elle n'était qu'une enfant, elle avait dû surmonter sa misère, accepter son handicap.

La boiteuse était une amoureuse de la vie ; elle l'affrontait avec une clairvoyance peu commune ; la justice était son bouclier.

Son âme façonnée dans la souffrance avait su reconnaître l'amour quand elle l'avait croisé sur son chemin. À son contact, elle avait grandi et s'était épanouie. Ce soir, elle fouillait dans son âme, cherchant à y découvrir des motifs d'acceptation, de résignation.

Pourquoi Mariette compliquait-elle tout ? Pourquoi reniait-elle tout sentiment pur et simple, cherchant continuellement la pagaille ? Où se trouvait présentement la pauvre fille ? Elle se réjouissait presque que Télesphore n'ait pas été là aujourd'hui pour subir la terrible humiliation morale. « Où es-tu, Mariette ? Qu'as-tu fait ? »

Et si la pauvre fille venait se jeter dans ses bras pour réclamer aide et assistance, que ferait-elle ? Gervaise pleurait. À travers ses larmes, elle s'exclama : « Viens, ma grande ! Je serai là, je te protégerai ! »

Elle pensa téléphoner à Éva ; peut-être que son amie pourrait la mettre sur sa piste… Mais cette fille butée accepterait-elle l'aide offerte ? Avait-elle assez souffert pour avoir atteint le fond du gouffre et vouloir sérieusement en sortir ?

Gilbert frappa délicatement à sa porte. Il tenait un plateau qui contenait une collation.

– Bois ce thé et savoure tes délicieux biscuits. Le souper est prêt si tu préfères descendre.

– Que dit Lucien ?

– Rien ; je lui ai parlé, je crois qu'il a compris.

– Merci, Gilbert. Je m'excuse.

– Surtout pas ! Surtout pas. Tu n'as rien à voir dans toute cette affaire.

– Quand il s'agit des enfants, on n'a jamais le droit de s'en laver les mains ; il y a toujours une part de responsabilité qui est la nôtre. J'ai dû manquer quelque part.

– Tu es la plus grande petite bonne femme qui soit au monde ! Et si belle quand, comme maintenant, tu souris. Poudre ton nez, je t'attends. Un bon repas chaud te fera du bien.

Ils descendirent, main dans la main. Gervaise sourit à Lucien ; ce soir encore, elle ferait contre mauvaise fortune bon cœur.

Raymond observait sa sœur ; il devinait à son attitude qu'elle traversait une autre épreuve. Il lui semblait même qu'elle fuyait son regard. Heureusement les filles discutaient avec véhémence, ce qui meublait le silence.

– Ce soir, les enfants, nous réservons le poste de télévision pour nous seuls, votre mère et moi.

– C'est pas juste, commenta Lucille.

– Mais ça fera plaisir à maman. On vous laisse aussi la satisfaction de laver la vaisselle.

– Tu ne dis rien, maman ?

– N'ai-je pas le droit de me laisser gâter ?

Tous, au même instant, levèrent les yeux vers leur mère. Sa voix pleine de trémolos les surprit.

– Tu es malade ?

Elle fit non de la tête. Le repas se termina très vite ; les filles desservirent. Gilbert attira sa femme au salon, l'invita à s'asseoir, prit place près d'elle et l'obligea à coucher sa tête sur son épaule. Elle ferma les yeux, reconnaissante pour ces marques de réconfort.

Ils montèrent tôt. Gervaise, épuisée, se glissa sous les couvertures.

– Ne t'endors pas, je reviens.

– Où vas-tu ?

– Là où le roi va à pied...

Gilbert s'allongea, l'attira à lui.

– J'ai pris une douche glacée pour me tenir réveillé. Dans ce fichu métier de policier, on n'a pas toujours le loisir de dormir des nuits complètes ; on est constamment dérangés, en tout temps, à toute heure. Alors je m'étais imposé une discipline bien personnelle : dormir en mettant la tête sur l'oreiller afin d'être le plus reposé possible. Mais ce soir, je veux veiller sur toi, te garder bien près de moi, te donner le plus de réconfort possible. Je t'aime, ma belle brune, oui, je t'aime. Je t'aimerais même si tu avais l'audace de pleurer dans mes bras.

Gervaise ne pleura pas ce soir-là.

*
* *

Gervaise se sentait nerveuse, inquiète, irritable. Elle jetait régulièrement un regard par les fenêtres, elle avait l'impression troublante que quelque chose se tramait. Mariette occupait le centre de ses pensées, mais elle redoutait pire encore. Elle s'inquiétait des enfants absents. À deux reprises, elle se rendit aux bâtiments où Gilbert s'occupait. Elle visita Angéline qui finissait d'emménager dans la maison voisine. Vers 4 heures, ne tenant plus en place, elle téléphona à Éva pour s'informer si tout allait bien chez elle.

– Et Mariette ?

– Rien, soyez rassurée, elle était déjà partie quand je suis rentrée.

– Elle n'a rien raconté de désagréable ?

– Pas que je sache. Je crois que Damas ne lui a pas porté l'attention désirée. Il était maussade, sans plus, ce qui est dans sa nature !

Gervaise contourna le sujet, parla d'Angéline qui mettait la dernière main à orner son intérieur, qui bientôt s'affairerait à broder.

Elle coupa court à cette conversation qui lui pesait. Elle se réjouissait du fait que Mariette ne soit plus là-bas, mais elle s'inquiétait du sort qui lui était réservé. Éva, c'était évident, n'avait rien appris de sa véritable identité.

Au moindre bruit, Gervaise sursautait. Elle avait froid, remuait les cendres, attisait le feu. Elle ne réussissait pas à entreprendre un travail quelconque car elle ne parvenait pas à se concentrer. L'obsession durait, cuisante, pénible. C'est avec une joie manifeste qu'elle accueillit les enfants rentrés de l'école ; leur présence la rassurait. Ils étaient penchés sur leur travail de classe, les cahiers épars sur la table. Elle répondait à leurs questions, donnait même les solutions aux problèmes d'arithmétique alors qu'habituellement elle les obligeait à raisonner et à calculer.

– Grand Dieu ! C'est l'heure de manger et je suis là à jaser.

« Cassez des œufs, mademoiselle Gervaise, faites-en une omelette, les enfants aiment ça. » Cette phrase jetée par Télesphore dans les jours qui avaient suivi son arrivée dans cette maison, alors qu'elle le connaissait si peu, lui revenait à la mémoire. Elle restait là, songeuse, le tablier à la main.

– Quelque chose ne va pas, Gervaise ?

Elle sursauta. Gilbert l'observait. Elle hocha la tête négativement, sortit la plus grande poêle, la casserole qui contenait les restes d'un rôti. Elle éplucha des pommes de terre, pela des oignons, lava les carottes ; elle fricasserait un plat vite fait.

Gervaise, le dos tourné, s'attardait à la viande qui rissolait dans les oignons dorés. Elle entendit un bruit, puis, presque immédiatement, un autre : sourds mais particuliers. Elle tourna la tête et vit, là, sur le plancher, deux œufs cassés, l'un près de l'autre. Elle échappa un cri perçant, un cri d'effroi. Gilbert accourut, suivi des enfants.

Gervaise restait là, spatule à la main, le regard fixé sur le dégât.

– Ce ne sont que deux œufs, Gervaise, je vais les ramasser.

– Non, Télesphore, n'y touche pas !

Pour la première fois, Gervaise venait de confondre le nom de Gilbert avec celui de son premier mari.

– Maman ! Maman, qu'est-ce que tu as ?

Réjeanne prit un chiffon et nettoya le gâchis. Gilbert enleva la poêle de sur le feu, prit sa femme dans ses bras.

– Que se passe-t-il, ma belle brune ?

Celle-ci ressentait une grande fatigue, un abattement qui la laissait sans réaction. Les œufs retenaient sa pensée. Comment se trouvaient-ils sur le comptoir ? Elle ne se souvenait même pas les y avoir placés. L'avait-elle fait inconsciemment ? Était-ce un réflexe naturel posé à la suite du souvenir d'autrefois ? Elle frissonna. La peur lancinante qui la tenaillait se faisait plus cuisante. Elle ferma les yeux. Une autre image lui vint à l'esprit : un cheval ailé dans un champ.

– Serre-moi bien fort contre toi, Gilbert, bien fort !

L'homme la souleva de ses bras puissants, la transporta au salon, l'obligea à rester étendue. Le bruit sourd des œufs qui se brisent, l'image de leur présence sur le sol, bien réelle, quoique inexplicable, lui confirmaient que sa frayeur était plus qu'un pressentiment ; c'était un signe évident, un mauvais présage.

– Parle-moi, Gervaise, dis quelque chose.

Il était penché sur elle et caressait ses cheveux. Il murmura encore :

– Dis-moi quelque chose.

– Pas maintenant, Gilbert. Merci, merci d'être là. Aide-moi à me relever, c'est l'heure de manger.

Elle marcha vers la cuisine d'un pas lent. Elle sourit à la vue de ses enfants qui dressaient le couvert et de Réjeanne qui se débrouillait de son mieux avec les casseroles.

– Bravo, ma fille, tu seras un jour un grand chef cuisinier.

– Tu nous as fait peur ! Tu es malade ?

– Non, c'est autre chose, je ne saurais préciser.

– Tu es toute pâle !

– Ça va passer. Ajoute à tout ceci une cuillerée de thym, du poivre et une demi-cuillerée à thé de moutarde.

Gilbert assistait silencieusement à la scène ; ce petit bout de femme ne cessait pas de le surprendre. Serviable et douce, autoritaire et déterminée, pleine de contradictions et pourtant d'une logique désarmante, elle était d'une perspicacité qui le troublait. Son comportement actuel, il en était persuadé, avait une raison. « Cette femme ne serait pas capable de comédie, de faux-fuyants, de dramatisation. Ce serait contre sa nature. »

– Ça sent bon, Gervaise, cette bouillie-là.

– Et ce sera délicieux.

Elle prit une cuillère, la plongea dans le ragoût, la porta à sa bouche, souffla dessus à quelques reprises et la présenta à Gilbert.

– Ouvre ton bec. Attention ! C'est très chaud.

– Yum ! Yum !

– Assez cuit ?

– À mon goût. Et bien aromatisé.

– Allons, passons à table.

Elle prit la louche, lui le plat chaud, et on se dirigea vers la grande table. Gervaise regarda l'horloge. Il était six heures moins quart.

– Tu vas manquer les nouvelles, Gilbert.

– Il y en aura d'autres, toujours d'autres.

Au milieu du repas, Réjeanne demanda à sa mère :

– Maman, est-ce que la recette demandait des œufs ?

– Non.

– C'est bien ce que je pensais. Alors, pourquoi en avais-tu mis deux avec les autres ingrédients ?

– Ça, ma fille, c'est toute la question. Que faisaient ces œufs sur ce comptoir ? J'aimerais bien le savoir !

*
* *

Les enfants étaient au lit. Gilbert lisait le journal, pendant que Gervaise se berçait, les yeux fermés, toujours aux prises avec ses prémonitions. Elle ramenait constamment son châle sur ses épaules, malgré la température confortable de la pièce. « Mon imagination me jouerait-elle des tours ? » Tout était si calme, si enveloppant. Gilbert lui souriait à chaque page qu'il tournait ; sans doute était-il intrigué par ce qui s'était passé plus tôt, mais il ne posait pas de questions. Elle lui en était reconnaissante car elle n'aurait su que répondre. « C'est insensé, tout ça, je prends des chimères pour des réalités. »

– Ça va, ma belle brune ?

– Tiens, tu en es aux mots croisés. C'est alors seulement que tu penses à moi.

– Touché !

– Dis-moi, Gilbert, t'arrive-t-il parfois d'avoir des pressentiments ?

– Non, je ne crois pas, sauf si des éléments concordants surviennent à la suite d'un incident quelconque. Alors, je fais le rapprochement, mais ce n'est pas ce qu'on peut appeler un pressentiment. Le mot coïncidence serait plus juste.

– Je vois. Tu as peut-être raison.

– On assure, cependant, que les femmes sont douées d'intuition.

– Ce qui signifie ?

– Que vous saisissez vite la réalité, sans l'aide du raisonnement. Ce serait une qualité formidable pour les policiers.

– Ces très chers policiers qui se doivent de prendre une douche pour ne pas s'endormir auprès de la femme qu'ils aiment…

– Je savais ! J'aurais mis ma main au feu que tu reviendrais sur le sujet !

– Tu le savais… par intuition ? Je m'étais juré que je n'aurais de satisfaction que le jour où tu resterais réveillé après m'avoir aimée. Ça me frustrait. J'ai échoué là où l'eau froide a réussi.

Gilbert riait à gorge déployée. Gervaise sursauta ; une voiture ralentissait puis s'immobilisait devant la maison. Elle regarda l'horloge. Qui pouvait venir à une heure aussi tardive ?

Le moment fatidique était venu ! Elle renvoya les épaules en arrière, releva la tête et alla ouvrir.

– Tu attends quelqu'un, Gervaise ?

– Le malheur, la fatalité.

Elle ouvrit la porte avant même qu'on ait sonné. Gilbert se leva. Deux policiers étaient là, en mission officielle, ça se sentait.

– Monsieur Langevin ?

– Tremblay, ma femme, ex-madame Langevin.

– La mère de Mariette Langevin, si c'est ce que vous cherchez à savoir.

– Non, madame, il n'est pas question de votre fille.

– Alors ?

Les deux hommes se taisaient. Ils regardaient Gervaise qui les scrutait de ses grands yeux noirs. Puis l'un d'eux hasarda :

– Il s'agit de votre fils, Alphonse, le séminariste.

Gervaise inclina la tête de côté, fronça les sourcils. L'hésitation des policiers ne la rassurait pas. Gilbert s'approcha de Gervaise et mit son bras autour de sa taille.

– Je vous écoute, messieurs.

– Il a été assassiné.

Elle se raidit, ferma un instant les yeux.

– Dans quelles circonstances ?

– Tout porte à croire qu'il s'agit d'un règlement de compte. Une enquête serrée est en cours. Nous devons prévenir les familles, ce qui n'est pas très agréable.

– Les familles, dites-vous ?

– Il s'agit d'un double assassinat.

– Où est-il présentement ?

– Pardon ?

– Où est-il : à Québec ? à Montréal ?

– À Montréal, madame. Malheureusement, nous n'avons pas d'autres détails.

– Est-ce à vous que je dois demander de faire en sorte que sa dépouille mortelle soit… ? Je veux qu'il soit enseveli ici, dans son village natal. Je te confie, Gilbert, la tâche de prendre les arrangements nécessaires avec ces messieurs.

Elle s'éloigna lentement, se tenait avec peine sur ses jambes. Elle se dirigea vers le salon et ferma doucement la porte. Le bruit sourd des œufs qui s'écrasaient un à un sur le sol quelques heures plus tôt résonnait à ses oreilles ; Télesphore était venu lui donner le courage dont elle aurait besoin ; comme, autrefois, le cheval de son père qui la promenait dans ses rêves…

Elle irait vers le prêtre. L'Église devrait accepter cet enfant que lui avait promis son père. On refusait la terre bénite aux pendus, elle le savait, mais Alphonse, lui, avait été assassiné…

Le reste, tout le reste, le pourquoi, le comment, le par qui ne l'intéressaient pas. Alphonse était son enfant, au même titre que les autres. Il recevrait toute son attention et il avait son pardon.

Gilbert la retrouva, les yeux secs, le visage serein. Gervaise avait recouvré la paix intérieure.

– Je m'excuse. Toutes ces épreuves que je t'impose !

– Quand un homme a la chance inouïe d'aimer et d'être aimé d'une femme telle que toi, il la suivrait au bout du monde.

– Le pire reste à venir. Les assassinats ne manquent jamais de faire les manchettes et ça risque de durer fort longtemps. Je pense aux enfants qu'il faut protéger. Demain, j'irai au presbytère rencontrer le curé. Les enfants n'iront pas à l'école. Notre deuil s'arrêtera avec la dernière pelletée de terre jetée sur son cercueil. Nous devons accepter cette mort tragique avec courage et humilité ; nous éviterons le drame, les émotions inutiles et souvent hypocrites. Je sais que son père m'approuverait…

– Tu es plus qu'une femme forte, Gervaise, tu es une grande dame. Je t'admire.

– En quelques mois seulement, nous avons tous deux perdu un fils !

– Tu devrais aller te reposer. Demain sera un jour pénible à vivre.

– Mon sacrifice est accepté. Le reste relève de l'indulgence de Dieu.

– Gervaise !

– J'aurais besoin de me recueillir. Monte dormir.

– Je te prépare un café.

Gilbert se rendit à la cuisine, presque heureux de ne plus avoir à soutenir ce regard voilé par la souffrance intérieure. Il savait sa femme capable de traverser l'épreuve terrible, mais il s'inquiétait des stigmates qui marqueraient son âme. Elle lui donnait une leçon de courage et de détermination. C'était elle, l'éprouvée ; aux autres elle pensait, aux autres elle insufflerait le courage.

Il revint avec un café fumant. Gervaise dormait recroquevillée dans un fauteuil. Il monta chercher une couverture et l'en couvrit. Elle ne bougea pas.

Gilbert sortit le plus doucement possible. Il allait prévenir Raymond, son beau-frère.

Celui-ci lui ouvrit, les yeux pleins d'interrogations. Les deux hommes parlaient à voix basse, Angéline dormait.

– Ça devait mal finir !

– Pourquoi dis-tu ça, Raymond ? Était-il vraiment un être mauvais ?

– Disons drôlement disposé, sans morale, malgré ses études classiques. Une enfance heureuse, une intelligence prouvée, ça ne lui a pas suffi à trouver un certain équilibre.

– Tu es du même avis que ma femme. Il a fait de mauvais choix.

– Il s'est sans doute laissé entraîner dans la mauvaise voie, par manque de caractère.

– Demain, ce sera raide. Maintenant que les familles

sont prévenues, les journalistes vont faire éclater le drame dans toute son horreur, crois-moi !

– Télesphore, son père, était l'homme droit et juste par excellence. Un tel drame n'était pas à prévoir !

X

GILBERT SE LEVA AVANT LE CHANT DU COQ. Il descendit au salon où Gervaise dormait toujours, sur le divan cette fois. Elle s'était donc réveillée pendant la nuit !

Il sortit s'occuper des animaux, puis revint préparer le déjeuner.

Papachou se manifesta le premier, réclamant sa mère.

– Elle fait dodo. Viens déjeuner avec Gilbert, viens, mon ourson.

Le bambin pataugeait dans ses céréales, en offrait à Gilbert, en échappait durant le trajet du bol à la bouche de son père. Celui-ci ne s'offusquait pas, pas ce matin. Réjeanne arrivait, les traits encore bouffis par le sommeil.

– Où est maman ?

– Elle dort. Reste ici, j'ai à te parler, c'est sérieux. Sérieux et grave. Il s'agit de ton frère Alphonse.

Il s'arrêta. Comment apprend-on un tel drame à une enfant ? Il ne trouvait pas le mot approprié et il fut étonné de l'entendre s'exclamer :

– Qu'a-t-il fait encore, celui-là ?
– Rien de joli, je le crains.
– Où est-il ?
– Décédé.

Le mot morgue avait failli échapper à Gilbert. La fillette poussa un cri horrifié.

– Il est mort ?

Gervaise sursauta. Elle regarda un instant autour d'elle, dépaysée, puis la réalité lui apparut dans toute sa cruauté. Elle se leva et se dirigea vers l'endroit d'où était venu l'éclat de voix. Réjeanne, l'apercevant, courut vers sa mère.

– Maman, maman, Alphonse…
– Oui, ma fille. Ton frère n'est plus. Va, réveille Lucien et tes sœurs ; descendez, nous avons à parler.

« Mon Dieu, pria la mère, aidez-moi. » Les enfants descendaient à la queue leu leu, précédés de Réjeanne qui regardait sa mère, les yeux suppliants.

– Mes petits, vous n'irez pas à l'école aujourd'hui. Un deuil, un grand deuil nous afflige. Votre frère, Alphonse, est décédé de façon dramatique.
– Comment, maman ?
– Nous n'avons pas les informations concernant cette pénible histoire. Une enquête est en cours. Il faudra quelque temps avant que l'on sache tout. En attendant, vous aurez à supporter l'épreuve avec courage. Vous entendrez des commentaires désagréables, des faussetés de toutes sortes peut-être.

À l'étonnement succédèrent les larmes, un torrent de larmes. Chacun de ces enfants vivait sa peine à sa mesure. Gervaise refoulait ses pleurs, s'efforçait de garder un visage aussi stoïque que possible. Gilbert gardait bien collé contre lui le jeune Télesphore bouleversé par le chagrin des grands.

Le plus pénible restait à dire ; Gervaise laissa tomber le mot terrible : assassiné.

– C'est pas vrai, c'est pas vrai !

Lucille protestait en frappant sur la table.

– Si, ma fille, c'est vrai. Voilà pourquoi il vous faudra être doublement courageux. J'ignore ce qui s'est passé, mais ce n'est pas ce qui nous importe. Votre frère sera ramené dans son village, ici, à Saint-Pierre. Aujourd'hui sera le jour de votre grande peine, mais pas le seul ; nous devons apprendre à accepter : c'est à ce prix que nous pourrons continuer de l'aimer, tel que le voudrait votre père. C'est dans l'amour que l'on doit vivre une telle angoisse. Priez Dieu qu'Il accueille son âme dans son ciel. Sur cette terre, nous ne sommes que de passage : le pèlerinage de votre frère est terminé. Remontez à vos chambres méditer sur ce que je viens de vous dire. N'oubliez pas, n'oubliez jamais que je suis là, que Gilbert est là, que vous pourrez toujours venir vers nous. Je devrai m'absenter pour aller à l'église. Gilbert sera là, Raymond aussi. Vous ne serez jamais seuls.

– Tu ne peux pas aller à l'église à pied, maman, c'est trop loin.

– Alors, j'irai avec Raymond. Voulez-vous manger maintenant ou plus tard ?

On ne répondit pas, mais aucun des jeunes ne resta à la table.

– Le café est chaud, Gervaise.

Et elle mangea. Elle beurrait ses rôties avec une lenteur et une précision déconcertantes, d'un geste distrait qui retardait l'échéance ; elle craignait de ne pouvoir avaler.

– Gilbert, à quelle heure arrive habituellement le journal ?

– Je le lirai d'abord.

– Crois-tu que ça nous apprendra quelque chose ?

– Le plus mauvais côté de l'affaire, ça, c'est certain. As-tu pensé à Mariette ?

– Et comment ! Dire que j'ai tant souffert lorsqu'on est venu ici la rechercher. Je ne savais pas alors ce que c'était, de perdre un enfant. Je crois que j'étais surtout humiliée ! Crois-tu, Gilbert, qu'il y ait une relation entre ces deux faits ?

– Qui sait ? Mais je crois que oui. Ce serait une trop grande coïncidence.

– Alors, elle sait... Peut-être reviendra-t-elle.

– Et tu lui ouvrirais ta porte.

Gilbert lui sourit. Sous sa carapace, Gervaise cachait un cœur d'or. Il prit ses deux mains dans les siennes, les pressa et lui redit son amour. Gervaise ignorait que Gilbert avait déjà prévenu Raymond. Celui-ci semblait l'attendre. Il avait déjeuné et arpentait la maison en allant d'une fenêtre à une autre. Lorsqu'il vit arriver sa sœur, il sortit immédiatement.

– Tu sais ? demanda-t-elle.

– Gilbert est venu me prévenir. Tu dormais.

– Bon, tu veux bien m'accompagner à l'église ?

Ils partirent en silence. Raymond donna soudain un coup de poing sur le volant et s'exclama :

– Le petit maudit bandit, il n'a que ce qu'il cherchait.

– Tais-toi, tais-toi, Raymond ! Tu parles d'un mort.

– Toi, tu es trop indulgente !

– Si je l'avais été davantage, nous n'en serions peut-être pas là.

– Bon, prends les blâmes, joue les martyres.

– Ton sale caractère t'égare. Contrôle tes émotions. Es-tu toi-même d'une pureté limpide ?

– Quand cette histoire va éclater au grand jour, ça fera un beau scandale.

– C'est bien toi ! C'est bien toi ! Un drame monstrueux me ravit un enfant et toi, mon frère, tu redoutes surtout les on-dit. S'il n'y avait pas menace de scandale, je me demande si tu ressentirais la moindre peine pour ce pauvre garçon.

– Je pense à toi. Il t'en a fait assez baver.

– Raymond, je te préviens, je ne te permettrai pas de continuer sur ce ton. Alphonse était mon fils, que tu le veuilles ou pas ; le respect ici s'impose.

Après quelques minutes de silence, Raymond s'excusa.

– La colère me rend fou ; je rage, là-dedans.

Et de la main, il se frappait la poitrine. Gervaise tourna la tête et refoula ses larmes.

– Angéline sait ?

– Pas encore. Je la préviendrai au retour. Je suppose que tu vas là-bas prendre les arrangements ?

– Et prévenir le curé de ce qui se passe.

– Ce qui signifie que tu veux des funérailles ici.

– Non, mais dis donc, as-tu un cœur ou pas ? Ta mère repose près de ton père, non ?

Raymond baissa la tête. Il sentait l'amertume du reproche jamais exprimé auparavant.

– J'étais seule, là-bas. Si seule ! Mais ne le sommes-nous pas toujours ? Je te croyais humanisé. Je m'inquiète pour toi ; la vie se charge toujours, tôt ou tard, de nous exposer à des souffrances profondes ; il faut plus que le dépit pour surmonter certains drames.

Ils entrèrent à l'église. C'était l'heure de la dernière messe. Gervaise ne priait pas ; telle une somnambule, elle suivait le mouvement des gens qui assistaient au saint sacrifice. Les yeux rivés sur la croix, elle cherchait la paix de l'âme, le courage de traverser l'épreuve, souhaitant que Dieu lui donne la force morale nécessaire pour protéger ses enfants.

Raymond la regardait ; elle semblait en extase. Elle quitta la dernière. Raymond l'attendait déjà à l'extérieur.

– Je ne serai pas là-bas longtemps.

– Je t'attendrai.

Raymond lui fit une brève accolade. Gervaise le retint un instant. Elle lui parut calme, sereine. « Où puise-t-elle tant de générosité ? »

Elle se rendit au presbytère et eut un long entretien avec le curé. Pas de fleurs, pas d'éclats, pas d'homélie, pas d'excuses surtout, pas de faux-fuyants pour détourner ou amoindrir la culpabilité.

– Je sais, chère madame, votre franchise est toujours brutale ; c'est le terme que vous avez choisi lors d'une de nos rencontres. Vous m'aviez aussi demandé : « Où est le Jésus tout amour ? » Vous le portez dans votre cœur, Il ne vous a jamais quittée. Votre démarche me touche. Je suis certain que le Dieu miséricordieux pardonnerait, comme vous le faites si généreusement, à cette brebis qui s'est éloignée de son troupeau.

Gervaise rentra chez elle rassérénée. Le pardon de l'Église jetait un baume sur son âme ulcérée. En arrivant à la maison, elle comprit que Gilbert avait déjà lu le journal ; l'expression de son visage l'indiquait.

– J'ai faim, dit-elle simplement.

Elle se servit un café et mangea quelques galettes.

– Les enfants ne sont pas redescendus ?

– Non, je crois qu'ils se sont rendormis.

– Alors ?

– Ce n'est pas gai.

– Raconte.

– Règlement de comptes, réseau de drogue, le meurtrier est recherché mais apparemment connu de la police. L'autre type avait un dossier criminel. Le chef de la bande leur a échappé. Voilà un triste résumé de la chose. On dit que les lieux étaient déjà cernés par la police au moment du double meurtre.

– Et l'arme utilisée ?

– Un revolver avec silencieux.

– Qu'est-ce que c'est ?

– Un revolver qui ne fait pas de bruit.

– Alors, ç'a été vite fait, il n'aurait pas souffert ?

– Non, sans doute n'a-t-il même pas su ce qui lui arrivait.

– Cet enfant avait choisi un sentier boueux.

Elle repoussa l'assiette à laquelle elle avait à peine touché. Le côté laid de la faiblesse humaine lui apparaissait dans toute sa nudité. Après un silence, elle demanda :

– Ont-ils été tués simultanément ?

– Il semble que oui, à bout portant. Pourquoi ?

Elle cacha sa tête dans ses mains.

– Pourquoi, Gervaise, cette question ? Dis-le-moi, ça t'aidera à surmonter ta peine.

– Le bruit… le bruit de ces deux œufs… Peut-être précisément au moment même où…

Gilbert se leva précipitamment. Il prit sa femme dans ses bras, incapable de parler. Il se contentait de la serrer très fort.

Il avait tu le côté le plus terrible de l'affaire : la drogue était vendue dans les écoles à de jeunes enfants. Le plus longtemps possible, il lui épargnerait cette monstruosité. De tout cœur, il souhaitait que le fils de sa femme ne soit pas descendu aussi bas.

– Dis-moi, Gilbert, peut-on tuer sans raison valable ?

– L'argent, le dieu de l'argent est souvent le grand responsable.

– On tue pour… de l'argent !

– Ou par jalousie, par peur, pour un intérêt quelconque, par haine, pour trahison…

– Toi, chaque jour, tu affrontais ces criminels, tu étais mêlé à ce milieu d'enfer ; comment pouvais-tu tenir le coup ? Tu n'avais pas peur ?

– Ce n'est là qu'un côté du métier.

Gilbert se réjouissait intérieurement. Il était sain que sa femme ne se mure pas dans un silence têtu à ruminer sa peine.

C'était un matin gris. Le soleil voilé par des nébulosités éclairait la terre sans la réchauffer. Un jour morne, qui disposait à la tristesse. Dans la grande maison du rang, on se taisait. Gervaise se couvrit de son châle et sortit marcher sur la galerie. Se faisait-elle des illusions ? Le va-et-vient lui paraissait inhabituel. Puis elle comprit ; les curieux venaient lorgner du côté de la demeure du gars assassiné.

Gervaise, dans sa grande naïveté, croyait que tous lisaient le journal, le soir après souper, comme le faisait Gilbert et, avant lui, Télesphore. Elle espérait ne pas avoir à affronter la meute des curieux avant les funérailles. Devait-elle se barricader derrière sa porte ou continuer sa marche ? Elle remarqua que certains passants pointaient vers les fenêtres supérieures de la maison. Intriguée, elle rentra et monta voir sur place ce qui s'y passait. Les enfants étaient là, l'un contre l'autre, malheureux.

– Venez, mes chéris, ne restons pas là. Préparons nos vêtements pour le moment d'aller à l'église.

– Tu as vu les curieux ?

– Bien sûr. Les gens veulent savoir. Ils ne se rendent pas compte de la peine qu'ils causent ainsi. C'est un manque de civisme. Toi, Lucien, tu porteras la croix, tu marcheras devant le cercueil de ton frère, à l'église, puis jusqu'au cimetière. Il aurait aimé que ce soit toi. Vous, les filles, vous garderez le front haut, les yeux secs. On n'affiche pas sa douleur publiquement.

– Écoutez, maman, il y a quelqu'un à la porte.

Gervaise descendit. Pierre Cloutier se tenait sur la galerie. Gervaise alla le rejoindre et prit la main qu'il lui tendait.

– Vous avez, chère madame, toute ma sympathie et, si je peux parler au nom des gens d'ici, celle de toute la population. L'épreuve que vous traversez est cruelle. Auriez-vous besoin de mes services ? N'hésitez pas. Monsieur le curé est très affligé. Je l'ai vu plus tôt, il m'a informé de votre visite.

– Votre présence ici est le meilleur réconfort que je pouvais espérer en dehors du soutien de ma famille, de mon mari.

– Votre foi est grande, Dieu vous supportera. Venez, faisons quelques pas ensemble. Le temps est frisquet mais le grand air vous fera du bien.

Il lui offrit son bras ; elle s'y accrocha fermement. En silence, ils arpentaient le long perron. Cette présence eut un effet magique. Les badauds n'étaient pas sans avoir reconnu l'automobile du maire et comprirent que la mère, Gervaise, avait son appui moral.

– Je comprends maintenant clairement comment vous avez pu garder si longtemps votre siège à la mairie… Nous vous serons toujours reconnaissants pour cette attention. Vous m'avez apporté ce réconfort que je demandais à Dieu de me donner, ce matin, à la messe. Vous êtes son envoyé… à un moment crucial !

– Ma chère enfant !

Cloutier s'éloigna ; ses cheveux blancs flottaient dans le vent, Gervaise y voyait une aura de bonté.

*

* *

Ce jour fut long et pénible. Certaines décisions étaient difficiles à prendre, les circonstances étant inhabituelles. Aussi la présence de Gilbert aux côtés de Gervaise lui était-elle d'un grand secours.

Des parents éloignés téléphonaient pour s'enquérir des nouvelles ; on voulait s'entendre confirmer qu'il s'agissait bien d'Alphonse, ce même jeune homme timide et rangé, plein d'idéal et de respect pour l'autorité en place, en qui son père avait tant confiance et à qui il avait tout sacrifié.

Cent fois elle écouta les mêmes éloges, souffrit des hésitations, des silences difficiles à rompre, du malaise que causait cette mort tragique.

Elle gardait son habituelle franchise et ne cherchait pas à dissimuler. Mais elle évitait de se laisser prendre dans les filets de la mièvrerie de certaines gens peu sincères.

Le service religieux aurait lieu demain, à 9 heures ; le cercueil serait fermé, la dépouille mortelle serait inhumée dans le lot de famille, au cimetière de Saint-Pierre.

XI

MARIETTE RESSENTAIT une grande lassitude, tant physique que morale. Cette nuit affreuse passée dans une maison inconnue, la peur qui ajoutait à ses tourments, le manque de sommeil, l'attitude de son père qui s'était montré impitoyable et, maintenant, cette randonnée sans but précis. Elle avait repris l'autobus, choisi une place tout à fait à l'arrière ; désemparée, elle laissait les larmes couler sur son visage sans les essuyer ; elle pleurait sur elle-même.

Mariette était un beau brin de fille, qui avait toujours misé sur ses charmes pour faire sa vie. Fringante à souhait, on la remarquait, on l'aimait. Aussi minaudait-elle, afin d'amadouer son entourage, sans malice, sans méchanceté, mais toujours en fonction de sa petite personne, de ses intérêts personnels. Incapable d'amour désintéressé, dépendante de l'appui des autres à cause de sa faiblesse morale, Mariette pouvait aussi se montrer cruelle.

Aujourd'hui, voyant son univers s'écrouler, incertaine de son avenir, ne trouvant personne vers qui se tourner, elle s'apitoyait sur son sort et souffrait atrocement.

Mariette connaissait Loretteville, en banlieue nord de Québec. Elle y avait séjourné quelques années plus tôt, invitée par une amie qu'elle adorait. Ce n'est qu'en arrivant au terminus de Sainte-Foy qu'elle se souvint de cette camarade aussi amoureuse de la vie qu'elle l'était alors. Fouillant dans ses souvenirs, elle mit enfin un nom sur la frimousse riante et gaie de Béatrice, qu'on surnommait Béa.

La petite maison grise d'alors était débraillée ; elle craignait même qu'elle ne soit abandonnée. Elle se risquerait à frapper à la porte, en espérant qu'on l'accueille. Mariette cherchait un refuge afin de gagner un peu de temps, puis elle retournerait à Montréal, reprendrait son train de vie aisé auprès de Richard. Elle se sentait lasse, nerveuse, accablée et seule !

Elle frappa à deux reprises. Elle vit enfin le vieux rideau bouger à la fenêtre. Elle soupira d'aise et se composa un visage.

– Mademoiselle ?

– Madame Trottier, bonjour. Vous vous souvenez de moi ? Mariette, l'amie de Béatrice.

– Oui ! Oui, je me souviens. Entrez, ma fille. Soyez la bienvenue.

– Béa est-elle ici ?

– Béatrice… non. Mais entrez, je vous en prie.

La dame lissa sa vieille robe de cotonnade, fit quelques pas en observant Mariette.

– Vous êtes devenue une bien belle jeune fille ! Et élégante ! Venez vous asseoir, je vous en prie.

– Et Béatrice ?

– Vous ne savez pas ?

La mère baissa la tête. Elle aspira profondément, refoulant manifestement ses larmes. Elle expliqua que sa fille était décédée ; un accident de voyage, en pays étranger. Elle avait travaillé et économisé pour réaliser le rêve de sa vie ! Elle n'était jamais revenue.

Dans les mois qui suivraient, Mariette apprendrait en détail ce drame qui avait bouleversé la vie de cette femme, restée seule au monde, sans joie et sans raison de vivre.

Mariette se fit compréhensive, attentive et sympathisante. La dame était intarissable, revenant sans cesse sur ce qu'avait été sa Béatrice, enfant, puis jeune fille, jusqu'à ce jour maudit qui avait mis un terme à sa vie heureuse jusque-là.

Quand elle se taisait, elle égrenait son chapelet, les yeux mi-clos, se berçant en traînant un pied qui donnait l'élan à la chose. Mariette aurait crié de désespoir. Elle ne trouvait pas d'issue à son tourment.

Le lendemain de son arrivée, elle était sortie acheter des victuailles ; cette dame ne faisait que grignoter, alors que son appétit à elle était féroce. Machinalement, elle avait pris un journal qu'elle lirait le soir venu.

C'est dans le journal qu'elle apprit le drame, le terrible drame. Elle lisait et relisait le reportage maudit : Alphonse et Cartouche, les noms liés l'un à l'autre, avaient été assassinés ensemble ! Elle apprenait, sans ménagement, que son frère avait des accointances avec cet infâme Cartouche, l'être qu'elle haïssait plus que tout au monde ! Ils étaient morts, l'un près de l'autre, Alphonse et Cartouche. Alphonse et Cartouche ! Les caractères sautaient devant ses yeux. Il lui semblait qu'un cerceau de fer lui cernait la tête et se resserrait.

La voix de Squelette retentissait à ses oreilles : « La police est ici, il faut filer vite… » Sa course folle, cette nuit affreuse, la peur qui la tenaillait, tous ces gens qui, tels des fantômes, passaient et repassaient devant les fenêtres illuminées où elle avait joui d'une vie si paisible ! Elle reprenait le texte, le relisait. On connaissait le meurtrier. Chewing-gum avait filé… Richard avait été épargné, Richard vivait ; où s'était-il terré ? Richard faisait le trafic de la drogue ! Toutes ces précautions, ces interdictions de sortir, ce grand luxe : la drogue ? Pourtant il n'en consommait pas, il ne fumait pas. Mariette ne comprenait plus. Elle ne connaissait sur le sujet que ce qu'elle avait vu et entendu dans les films, mais ça se passait ailleurs, loin, pas dans sa maison ! Le club où elle avait rencontré Richard… Elle se creusait les méninges pour se souvenir si certaines de ses amies, parfois, agissaient étrangement.

Et Mariette pleurait. Elle pleura toute la nuit, sur Alphonse, sur Richard, sur elle-même. Que lui réservait l'avenir ? Et cet enfant qui grandissait en elle ? Grand Dieu ! Le désespoir la torturait.

Elle pensait à ce père qui l'avait repoussée si cavalièrement ! « Comment maman a-t-elle pu aimer ce monstre ? »

Mariette s'était endormie, la tête posée sur le journal. Mme Trottier la réveilla, la pressa d'aller dormir dans la chambre de Béatrice qu'elle avait gentiment mise à sa disposition la veille, avant d'aller se coucher.

– Tenez, buvez ce verre de lait. Allez dormir, nous parlerons à votre lever.

Mariette prit le journal, le plia et alla se glisser sous les couvertures. Elle se réveilla quelques heures plus tard, en sueur. L'image morbide des cadavres de son frère et de Cartouche lui revenait à l'esprit.

Mariette se leva pour aller aux toilettes. Le miroir lui renvoya un visage défait, des vêtements fripés ; elle se badigeonna les tempes et la nuque d'eau froide pour tâcher de se calmer. Elle voulait à tout prix sortir. Peut-être que les journaux du jour lui apporteraient d'autres détails.

Madame Trottier était dans sa chambre ; elle avait préparé un plateau sur lequel elle avait posé un bol fumant de gruau, des rôties et de la confiture.

– Mangez, ma petite. Puis, faites-vous une beauté. Regardez.

Elle avait ouvert la porte de la garde-robe de sa fille. Elle ouvrit ensuite un tiroir de la commode.

– Il y a ici tout ce qu'il faut, vous êtes de la même taille que Béatrice. Ça lui ferait plaisir. Et moi, ça me donnera une raison valable de les laver…

– Je…

– Chut ! Plus tard, plus tard. Mangez, ma petite.

Elle sortit en fermant la porte derrière elle. La vue de la nourriture donnait à Mariette des haut-le-cœur qu'elle s'efforçait de contenir.

« Je n'ai pas le choix, il faut que je mange. Richard tient à cet enfant. Grâce à ma grossesse, il continuera de s'occuper de moi. » Mariette n'avait pas compris la générosité du geste de Mme Trottier qui venait de lui ouvrir son cœur et son hospitalité en mettant à sa disposition les vêtements de sa fille.

La dame était heureuse ; Mariette resterait, elle le pressentait. À son arrivée, elle avait cru qu'elle ne faisait que passer car elle était sans bagage, mais à la vue de son désespoir, elle avait compris que Mariette était dans une impasse. Elle pensait avoir deviné son secret. Pendant quelques mois, sa solitude serait meublée de la présence d'une amie de sa Béatrice ; cela lui faisait chaud au cœur.

Mariette étala son journal et refit la lecture du reportage. Du club, Richard en avait vaguement parlé, elle s'en souvenait. Rivalité de la part de Cartouche, pensait-elle. De la mallette et de l'argent, il n'était pas question dans l'article. L'enquête se poursuivait. Puis un détail la frappa : « Alphonse Langevin, jeune homme qui avait fréquenté le séminaire… se destinait à la prêtrise… » Elle asséna un coup de poing sur la commode. Qui leur a fourni ce détail ? Alors, qui ? Mariette pâlit : une seule personne, oui, une seule personne, la boiteuse ! Elle crispa les poings. Elle voulut se lever mais ne put rester debout, elle avait le vertige et elle dut se rasseoir.

Elle se traîna vers le lit, se roula en boule et se mit à pleurer.

Madame Trottier arrêta de se bercer, cessa de prier, tendit l'oreille. Elle s'approcha, frappa et entra.

– Ça ne va pas, mon petit ?

Elle retourna à la cuisine, prépara une tasse de camomille et obligea Mariette à boire l'affreux breuvage. Elle avait pris soin de l'aromatiser d'un peu de vanille ; elle se souvenait qu'à cet âge elle détestait toutes les potions qu'on lui administrait pour des raisons de santé. Les paroles et les gestes affectueux de la dame eurent l'effet d'un calmant sur la pauvre fille surexcitée. Elle s'apaisa peu à peu.

– Il ne faut pas rester renfermée comme ça. Il faut sortir, aller au grand air, respirer à pleins poumons. Oubliez vos chagrins, souriez un peu, hein ? Un tout petit peu, pour moi… Oui, comme ça. Vous n'êtes pas seule, je suis là, je vous garde près de moi ; vous serez mon rayon de soleil. Béa, j'en suis sûre, de là où elle est, vous protège. Demain, oui demain, vous devrez aller marcher et tous les jours. Procurez-vous un bon livre, une lecture joyeuse, qui parle d'amour… Pour le moment, restez étendue.

Mariette se tourna sur le lit et recommença à sangloter. La pauvre femme se mordit les lèvres. Mais la réaction de Mariette lui confirmait ce qu'elle avait deviné : un drame entre amoureux. Elle espérait que la mésentente soit temporaire. « Ce doit être terrible d'être abandonnée pendant une grossesse. La pauvre fille doit se sentir bien seule. »

Mariette passa la journée à ruminer. La colère grondait en elle. Et ces étourdissements qui ne cessaient pas ! Elle devait garder la tête sur l'oreiller et rester immobile.

Elle regrettait de n'avoir pas porté plus d'attention à Richard, le jour où il lui avait désigné cette maison, là, derrière, et exprimé le désir d'abandonner son travail pour se consacrer à sa famille. Elle cherchait à comprendre. Tout s'était passé si vite ! Y avait-il une relation entre le drame et cette décision ?

Ses pensées allaient aussi vers Alphonse, son jeune frère qui l'amusait beaucoup, partageait ses jeux. Les remarques de Damas, son père, lui faisaient mal. Alphonse savait-il ? Sa mère lui en avait-elle parlé, comme elle l'avait fait, ce jour-là, où elle lui avait confié le secret qui entourait sa naissance ? « Parle-moi de lui, maman. » « Il m'aimait, comme il savait m'aimer ! Ses yeux étaient bleus, bleus comme l'azur ; quand il me faisait l'amour, ils se remplissaient d'étoiles qui brillaient. »

Par ricochet, Mariette pensait à Raymond, le seul homme qui lui ait témoigné respect et tendresse, et ce, jusqu'au jour où sa sœur, la boiteuse, était entrée dans leur vie. « Cette fille, qu'il a sans doute épousée, a les cheveux couleur de miel et les yeux bleus. Raymond doit, lui aussi, y reconnaître le ciel ! »

En ces heures affligeantes, tous les personnages que le destin avait réunis vivaient une même angoisse, mais avec des variantes selon la personnalité et l'état d'âme de chacun.

Les émotions allaient du chagrin au désespoir ; le sentiment de culpabilité ne manquait pas d'amplifier d'autant les remords et les doutes de ceux qui connaissaient intimement la victime.

*

* *

Une pluie automnale, fine et froide, tombait inlassablement depuis le lever du jour. « La grisaille emprunte à mon état d'âme », songeait Gervaise.

Gilbert rentrerait bientôt. Les enfants, ses enfants, feraient face à une peine infamante, ce qui quintuplait leur raison de souffrir. Bien encadrés et n'ayant pas eu à affronter les réactions d'étrangers, ils avaient jusqu'à maintenant réagi assez simplement ; bouleversés par le mystère qui entourait la mort de leur frère, ils s'étaient tournés, confiants, vers leurs parents. Gervaise redoutait les lendemains.

Papachou, descendu le premier, courut vers sa mère. Elle le prit dans ses bras, le couvrit de sa tendresse. Réjeanne suivit bientôt.

– Maman, si tu le permets, je voudrais rester ci, à garder Papachou.

– Tante Angéline le fera, elle ne peut aller à l'église. Je lui ai demandé de s'occuper de lui. Raymond viendra bientôt le chercher, il tiendra compagnie à son jeune cousin.

– Ah !

– Tu sembles déçue ?

– J'aimerais mieux ne pas aller à l'église.

– Pourquoi, Réjeanne ?

– J'ai… honte. Le monde, mes compagnes de classe…

– Et demain ? La situation restera la même ! Tu n'as pas à avoir honte : tu n'as pas posé, toi, de gestes honteux. Seul Dieu est le juge. Lui seul peut lire dans les cœurs. Crois-moi, ma grande, il faut savoir faire face aux situations, même les plus pénibles. Ça permet de faire la paix avec soi-même. Celui qui se tient vaillamment debout, la tête haute, qui sait se dominer et faire la part des choses, en plus de grandir, mérite le respect des autres. Ça demande évidemment beaucoup de courage et de force d'âme. Je comprends ce que tu ressens, je connais les mêmes souffrances, les mêmes craintes. Et pourtant ! Pourrais-je me permettre d'abandonner ton frère parce qu'il a trouvé la mort, victime d'un assassinat ?

– Qu'on trouve le coupable et qu'on le pende, le lâche !

– Viens, viens ici.

Réjeanne, blottie contre sa mère, se mit à sangloter.

– Ta peine t'honore, ma fille.

Gervaise leva les yeux ; les enfants, depuis l'escalier, avaient assisté à la scène. Leur attitude était touchante. Des larmes inondaient leurs visages.

– Voilà comment se vit son chagrin, avec le cœur, avec son âme. La peine véritable n'a pas besoin d'être exhibée ni d'être bruyante. C'est là que ça se passe, à l'intérieur. Allez, les enfants, pressons-nous.

– Maman…

– Oui ?

– On ne verra pas Alphonse ? Comme autrefois on a vu papa…

– Nous en reparlerons, un peu plus tard.

Gervaise se remémorait ce que Pierre Samson lui avait raconté le jour du décès de Télesphore : sa mère n'avait jamais pu rompre avec le passé pour avoir refusé de vivre pleinement la dernière étape du pèlerinage terrestre de son époux ; aussi avait-elle attendu son retour toute sa vie !

Gervaise en discuta avec Gilbert. Les enfants avaient exprimé le désir de voir Alphonse une dernière fois ; était-ce possible ?

– Je vais aux informations et je reviens.

Gervaise espérait une réponse positive car elle craignait que, s'ils ne le voyaient pas, ils s'imaginent que leur frère avait été atrocement mutilé et que leur imagination n'invente des cauchemars.

– Oui, Gervaise, il est en condition d'être…

Gilbert allait gaffer ! Il reprit sa phrase.

– Oui, Gervaise, à condition que nous arrivions dix minutes plus tôt. J'ai prévenu que seule la famille serait présente.

– Merci. Ça sera mieux ainsi. Ça éliminera les pensées morbides qu'ils pourraient avoir.

*

* *

Gervaise regardait son fils. Les enfants se tenaient serrés l'un contre l'autre. Seule Lucille tourna la tête en prenant la main de Gilbert.

La mère récita trois fois le *Pater noster* puis, en silence, ils s'éloignèrent.

Très peu de gens se tenaient sur le parvis de l'église. L'attitude de chacun était des plus respectueuses. Gervaise eut un battement de cils quand elle vit Léo, Lucette et leur famille.

Elle avançait au bras de son mari. Son pas se faisait hésitant, sa hanche la faisait souffrir. Elle avait prévenu ses enfants. « Quoi que vous entendiez, quelles que soient les réflexions qu'on puisse passer, ne vous retournez pas, ne prêtez aucune attention, gardez votre dignité. »

Elle était fière de leur conduite : ils suivaient le cercueil de leur grand frère, humbles, malheureux, mais comme il le fallait.

À sa grande surprise, l'église était déjà remplie. « Bien des curieux, eut-elle la faiblesse de penser : combien sont sincères ? » Une voix d'enfant perça dans le silence.

– Regarde, maman, c'est elle.

– Chut ! On ne désigne pas les gens du bout du doigt.

Gervaise se souvint de la directive qu'elle avait donnée plus tôt aux enfants : « Demeurez impassibles. »

Elle croyait qu'on la désignait, mais elle se trompait. La fillette indiquait la présence de Lucille, sa compagne de classe et amie.

La mère de l'enfant regarda Gervaise qui la frôlait presque ; elle plissa le front. Sa démarche venait d'ajouter du poids à son étonnement. « Mais oui, c'est elle… » La certitude d'avoir autrefois connu cette femme, et maintenant sa démarche : ce ne pouvait être qu'elle, Gervaise Lamoureux !

Julie Lamont avait accepté d'accompagner sa fille à l'église. Elle ne se doutait pas que, ce faisant, elle retrouverait là cette fillette devenue femme qu'elle avait tant aimée, autrefois à Saint-Claud.

Un doute subsistait : le frère de Lucille avait été assassiné, elle avait lu la nouvelle dans le journal, de façon distraite. Gervaise Lamoureux ne pouvait pas, à cause de son âge, avoir un enfant aussi âgé que la victime du meurtre.

À la sortie, elle observa à nouveau Gervaise. Elle ne pouvait plus en douter : ces traits, ces pas hésitants… Il ne pouvait s'agir que d'elle.

– Comment s'appelle ton amie ?

– Lucille.

– Elle a bien un nom de famille ?

– Langevin. Son papa est décédé, sa mère aussi.

– Donc sa mère n'était pas à l'église ?

– Oui, mais c'est l'autre.

– L'autre ?

– L'autre mère, qui a pris sa place en mariant son père.

« Elle aurait épousé un veuf avec enfants. C'est une explication plausible. »

Julie prit la décision de laisser passer un peu de temps et d'aller visiter cette femme qui avait joué, dans sa jeunesse, un rôle qui avait changé toute sa vie.

L'office fut simple, sans homélie. Seul l'orgue jetait ses notes tristes. Le catafalque descendit l'allée centrale, précédé de Lucien qui tenait la croix symbolique, le front haut, le visage impassible. Gervaise se tenait au bras de son mari. Elle regardait droit devant elle, avec la dignité et la contenance d'une grande dame. Le silence et l'attitude des paroissiens empruntaient à la piété. La tenue révérencieuse de Gervaise et des siens avait fait oublier le côté lugubre de la cause du décès d'Alphonse.

Alors qu'on se rendait au cimetière, là, tout à côté, derrière ses portes de fer forgé et du Calvaire où Marie reçoit le corps de Jésus, le carillon de l'église, de sa sonnerie vive et gaie, parlait de l'élan que l'âme du décédé prend après la mort pour entrer dans la vie éternelle. Gervaise vint jeter une rose rouge sur le cercueil, là, dans la profondeur de la terre où Télesphore, son épouse et les aïeux dormaient. Chaque enfant répéta son geste, puis le goupillon laissa tomber une pluie fine d'eau bénite.

Lentement la foule se dissipa, laissant là, recueillie, la famille immédiate. On fit une prière.

– Venez, les enfants, dit Gilbert.

Raymond, en retrait, observait sa sœur. Il savait ce que son cœur ressentait, il connaissait la profondeur et la délicatesse de ses sentiments. Elle s'attardait, pensant à tous ceux qu'elle avait perdus jusqu'à ce jour.

Au moment où ils allaient monter dans la voiture, un homme qui se trouvait là s'exclama :

– Vous avez assisté aux funérailles ?

– Oui.

– C'est finir ben bas pour un gars qui avait tant d'idéal dans la tête !

– C'était mon fils.

– Pardon, bonne dame, je ne savais pas !

– Avez-vous un fils, monsieur ?

Sans attendre de réponse, Gervaise s'éloigna.

*

* *

Une collation les attendait au retour. Angéline avait préparé des petits plats savoureux, les préférés des jeunes. Gervaise refusa de manger. Elle prit place dans la chaise berçante.

– Buvez au moins ceci, Gervaise. Où est votre mari ?

– Aux bâtiments, il avait encore à faire.

– Profitez de ma présence, allez vous reposer.

– Ça ira.

Les enfants, d'abord très sages, échangeaient maintenant leurs points de vue.

– Je pensais, moi, que le tueur lui avait coupé la tête.

– Tu es folle ! Un fusil, ça ne coupe pas une tête.

– Il était bien beau, on aurait dit qu'il dormait.

– Il portait un habit neuf, je ne l'avais jamais vu.

– S'il était resté avec nous, ça ne lui serait pas arrivé.

– Il n'était pas heureux, tu te souviens ! Il trouvait toujours à redire et faisait fâcher papa.

– Même qu'une fois…

Gervaise s'approcha et prit place auprès d'eux.

– Mes enfants, si vous avez de la difficulté à oublier ses erreurs, faites un effort pour les lui pardonner. Tout le monde peut se tromper. Même les plus sages.

– Comme Léo Vadeboncœur. Tu l'as vu, maman ? Avec sa femme, Robert et Armand.

– Oui, je les ai vus et ça m'a fait chaud au cœur.

– Je l'ai bien tenue, la croix ?

– Un dignitaire n'aurait pas fait mieux !

Les propos des enfants devenaient de plus en plus légers. Leur chagrin s'amenuisait, le temps ferait le reste. Ils étaient à un âge où les épreuves n'ont d'importance que le temps qu'elles durent. Gervaise se félicitait de leur avoir dit toute la vérité, telle qu'elle était, dans toute sa laideur. Le choc est grand momentanément mais, une fois assimilé, on n'a pas à redouter que des éléments accablants qu'on a tus surgissent, enveniment la situation et minent la confiance.

*

* *

Gilbert s'était fait discret. Il avait observé cette famille unie et fière, compatissant à leur épreuve. Ils en sortaient grandis, plus proches les uns des autres que jamais.

Dans l'intimité de leur chambre nuptiale, il se fit tendre et confia à Gervaise que sa discipline sans commandements était plus efficace que toutes les règles établies, car elle prenait sa source dans l'amour et dans le respect mutuel. « Tu sais dominer les passions parce que tu les comprends ; tu es ardente, très ardente. »

– Continue sur ce ton et je deviendrai très, très vaniteuse.

Assise sur le pied du lit, en robe de nuit, elle brossait ses cheveux. Lui, devant le miroir, l'observait.

– M'aimeras-tu toujours ? Je me sens si petit près de toi, ta force morale me trouble ; serai-je toujours à la hauteur ? Que pourrais-je faire pour m'assurer de mériter toujours ton attention, ton affection, ton amour, dis, Gervaise ?

Gervaise avait suspendu son geste. Elle plissait le front, la bouche ouverte, mais il ne lui donna pas le temps de glisser un mot. Il continua sa taquinerie, amusé par son air étonné, son allure de petite fille désemparée. En ce moment, elle affichait un air vénérable. Elle avait une attitude très différente de celle adoptée plus tôt devant cette lutte serrée qu'elle avait dû soutenir toute la journée. Il se retenait pour ne pas pouffer de rire.

Elle baissa la tête, sourit.

– Monsieur cherche à se disculper ; je mettrais ma main au feu que monsieur fuit ses obligations matrimoniales, cherche de faux prétextes pour échapper à ses devoirs d'époux. Il faut le ramener à l'ordre.

Elle déposa la brosse, se dandina pour se saisir de sa robe de nuit qu'elle enleva et jeta sur le plancher.

– Retourne-toi, vilain, et ose, si tu le peux, résister au tableau que je t'offre…

Les émotions de la journée, la soif de tendresse, le besoin de laisser tomber les masques et de redevenir soi-même firent que ce soir-là Gervaise et Gilbert connurent la plus belle de toutes leurs nuits d'amour ! Ils se fondirent l'un dans l'autre. Pour la première fois, dans les bras l'un de l'autre, le couple goûta le plaisir orgastique simultanément partagé.

Pour la première fois, elle s'endormit la première, nue, abandonnée dans ses bras. Transportée au royaume des rêves, elle ne savait pas qu'il continuait de l'embrasser, de la caresser, de la chérir. Il était subjugué par ce petit bout de femme passionnée jusqu'au bout des orteils.

Gilbert n'avait jamais ressenti un si grand bonheur. « Je t'adore, ma belle brune, je t'adore ! »

*
* *

Lorsqu'elle se réveilla, Gervaise fut surprise du silence qui régnait dans la maison. La fenêtre de sa chambre, baignée de la lumière du soleil, lui indiquait qu'elle avait dormi très tard. Sa nudité la surprit, puis elle se souvint de ce grand bonheur qui l'avait enveloppée. Elle se roula dans son lit, heureuse du contact des draps doux, de cet état d'engourdissement merveilleux, de cet enjouement qui lui donnait le goût de crier son bonheur. « Je t'aime, Gilbert Tremblay, je t'aime ! » Elle fermait les yeux, s'étirait, regrettait de ne pas pouvoir prolonger ces minutes exquises.

Lorsqu'elle descendit à la cuisine, elle eut la surprise de trouver une note sur la table. Les enfants étaient partis pour l'école et Papachou avait été confié aux bons soins d'Angéline, « afin que madame puisse goûter le repos bien mérité… ». Elle sourit, regarda l'horloge. Elle marquait 10 heures. « Pas étonnant que j'aie la fringale ! »

Elle s'attabla et mangea avidement, tout en relisant la note que Gilbert avait signée : ton mari pour toujours. « Il devient de plus en plus sentimental, il s'humanise. Trop de solitude, peut-être, l'avait rendu aussi exigeant et sévère. »

Elle pensa à Alphonse, à la tristesse de cette journée à jamais mémorable où son endurance avait été mise à rude épreuve. Et, par ricochet – elle n'y avait pas songé jusqu'à cet instant – elle constatait que l'absence de Mariette, hier, lui avait échappé.

*

*   *

Pendant ce temps, à Loretteville, un autre drame se tramait.

Mariette avait connu une nuit affreuse. Elle était si tourmentée, son sommeil était si troublé, qu'elle se réveillait en proie à des cauchemars et avait de la difficulté à se rendormir. Elle se leva tôt, s'habilla et eut la surprise de croiser Mme Trottier qui lui avait préparé son déjeuner.

– Vous allez mieux, ma belle enfant ?

– Oui, je suivrai votre conseil, je vais prendre une longue marche.

– Voilà qui est sage.

Puis, Mariette s'était rendue à l'endroit le plus proche pour acheter le journal, espérant y trouver des informations sur l'affaire qui la préoccupait. Si la chère dame avait su ce que mijotait Mariette, elle aurait été effrayée. La jeune fille rageait intérieurement ; plus elle réfléchissait, plus grande était sa conviction que Gervaise avait vendu son frère.

Lorsqu'elle eut enfin le journal en main, tout ce qu'elle y trouva d'information fut un portrait-robot de Squelette, mystérieusement disparu, mais qui avait été vu par les policiers. On promettait une récompense à qui fournirait des informations permettant de retrouver le présumé assassin de Cartouche et d'Alphonse.

Dans les circonstances, Mariette avait avantage à ne pas bouger, à ne pas faire connaître l'endroit où elle se terrait. « Bon sang ! Que j'ai été sage de fuir ! Je pourrais, moi aussi, me trouver en tôle ! »

Voilà qu'elle souhaitait que Squelette ait rejoint Richard, et que tous deux soient cachés, quelque part, en sécurité. La haine qu'elle vouait à Gervaise grandissait de minute en minute. Elle plia la page du journal, la glissa dans sa bourse. Elle vit une cabine téléphonique et y entra. Elle resta quelques minutes à repenser aux propos qu'elle servirait à cette boiteuse responsable de tous ses malheurs.

*
* *

Gervaise rinçait la vaisselle de son déjeuner, elle ne pouvait s'empêcher de penser à ce qu'elle avait dû vivre la veille, à ce qu'il en coûte parfois pour accomplir les devoirs reliés au rôle d'une mère de famille.

Le téléphone sonnait. Elle ferma le robinet afin de s'assurer si elle avait bien entendu. Elle s'essuya les mains et marcha vers l'appareil, non sans appréhender cet appel. « Je ne vais pas recommencer à ajouter foi à mes appréhensions, ça va devenir maladif. »

– Madame Langevin, vous devez être fière, très fière de votre réussite : vous haïssiez tellement le fils de Télesphore que vous l'avez trahi. Vous l'avez vendu ! Toi seule savais ! Tu l'as vendu, traîtresse, salope, tu as vendu mon frère, tu as même informé la police qu'il était séminariste. Tu avais souhaité…

Gervaise n'entendait plus, ses oreilles bourdonnaient. Elle raccrocha et resta là, la main sur le combiné, incapable d'un mouvement, fixant le mur devant elle, sidérée.

« Si cette fille dénaturée croit que je vais l'aider à assouvir sa haine, que je vais écouter ses propos infâmes, que je vais entrer dans son jeu, elle se trompe ! »

Gervaise s'affala dans un fauteuil et repensa aux propos diaboliques de Mariette dont elle avait reconnu la voix. Un instant, elle avait cru que la jeune fille voulait renouer avec les siens, rentrer au bercail, après avoir traversé une lourde épreuve. Elle venait d'entendre la confirmation que Mariette ne changerait pas, que peut-être elle ne savait pas aimer, qu'elle ignorait tout du regret, du repentir. Ce n'était sûrement pas une coïncidence qui avait accolé le prénom de Mariette à toute cette histoire. Aujourd'hui, elle ne trouvait rien de mieux que de faire rejaillir sur les autres ses frustrations et sa fureur. Comme tout était compliqué, tortueux, malsain !

Pendant qu'elle était là à réfléchir, Raymond était entré, tenant le jeune Télesphore dans ses bras. Il avait interpellé sa sœur, mais celle-ci n'avait pas bronché. L'avait-elle seulement entendu ?

Inquiet, Raymond alla prévenir Gilbert de ce qu'il venait de voir.

– Je ramène Papachou chez moi.

Gilbert se précipita dans la maison, où il trouva sa femme plongée dans ses noires pensées.

– Gervaise, Gervaise…

Il se pencha, chercha son regard.

– Gervaise, répéta-t-il d'une voix douce.

– Ah ! Tu es là…

– Que t'arrive-t-il ? Es-tu souffrante ?

– Non.

– Alors ?

– Disons que j'ai reçu un appel… époustouflant ! C'est le moins que je puisse dire.

– De qui ?

– De ma chère fille, Mariette.

– Où est-elle et que veut-elle ?

– Rien, oublions tout ça. Ça ne vaut pas la peine d'en parler. Elle m'a tenu des propos dérisoires.

– Pourtant tu sembles ébranlée.

– On le serait à moins. C'est ainsi chaque fois que je lui parle et ce, depuis que je la connais. Alors… une fois de plus, c'est tout. Tu as encore du travail ?

– Ça peut attendre. Je vais rester près de toi.

– J'espère que cet incident sera le dernier, que nous trouverons enfin la tranquillité.

– Certaines souffrances font plus mal que d'autres.

– Oui, la blessure de l'âme s'incruste et ne nous quitte plus !

Gervaise détourna la conversation ; mais sous ses propos légers, Gilbert sentait bien que son épouse était bouleversée, que Mariette l'avait amèrement et profondément chagrinée.

Les enfants rentrèrent de l'école. Ils étaient silencieux. Leur attitude démontrait bien que la journée n'avait pas été facile. Ils s'attablèrent et firent leurs devoirs sans que leur mère ait à insister. Jacqueline semblait ravagée par les soucis. Cette enfant, toujours sereine et d'humeur égale, avait l'âme délicate. Gervaise comprit qu'elle avait traversé des émotions troublantes.

– La journée s'est bien passée, Lucien ?

– Ouais, si on peut dire.

– Ce qui signifie ?

– Ben, on s'est fait regarder drôlement. Dès qu'on est là, les autres se taisent ; je sais bien pourquoi.

– Moi, je me moque de ce qu'ils bavassent dans mon dos ; Alphonse était mon frère et je l'aimais !

– Voilà, Réjeanne, la bonne attitude. Je suis fière de vous, vous avez décidé d'affronter la situation. Ne vous en faites pas, les esprits vont se calmer. Vous n'avez pas à avoir honte.

– Tu penses ça, toi, maman ?

– Oui, Lucille, je l'ai appris. Tous oublient, très vite même ; c'est celui qui a été blessé qui continue de se troubler et pour cause !

– Ma meilleure amie Monique était à l'église, je l'ai vue.

– Et ça t'a fait plaisir ?

– Oui, bien gros. Mais les autres… regarde.

La fillette sortit un livre de classe et le posa devant sa mère. Elle l'ouvrit, il contenait un portrait-robot de l'assassin de son frère. Gervaise referma le livre et le lui rendit.

– Où l'as-tu pris ?

– Quelqu'un l'avait placé sur mon pupitre.

– Comment as-tu réagi ?

– Je n'ai pas réagi. J'ai fait semblant de ne rien voir. J'ai pensé que toi, tu aurais fait comme ça.

– Bravo ! Celui ou celle qui t'a joué ce méchant coup a perdu la face. Tu as bien fait de l'ignorer.

Gervaise jeta un coup d'œil en direction de Gilbert ; il n'avait pas eu de réaction et ne démontrait pas d'étonnement. Elle en conclut qu'il avait déjà vu cette photo.

Après le souper, elle lui demanda :

– Tu ne lis pas le journal, ce soir ?

– C'est déjà fait.

– Ah ! Alors tu m'aides à faire la vaisselle, hein ?

– Oui, ma belle brune, avec joie.

Gervaise empilait les assiettes. Quelque chose dans son subconscient la troublait ; elle continuait néanmoins de s'affairer à sa besogne.

– As-tu lu quelque chose de nouveau sur cette affaire ?

– Un simple entrefilet où il est question de l'assassin et des recherches du coupable dont on ne retrouve pas la trace.

– Et… ton opinion personnelle ? Tu dois t'en être fait une, ne serait-ce que par déformation professionnelle.

– Le chef du gang est toujours au large, c'est-à-dire en liberté. C'est probablement lui qui tirait les ficelles, un homme habile et puissant. Tant qu'il ne sera pas cerné, on se taira. Il arrive parfois que des bandes rivales se chargent d'éliminer un clan. Alphonse aurait été une victime. C'est une sorte de pyramide très difficile à ébranler. À mon avis, Alphonse avait un bien petit rôle à jouer dans ce réseau, il a sauté le premier. On peut tout imaginer ; la vérité diffère parfois des meilleures assertions ; encore faut-il qu'elles soient justifiées par les faits. Et ça ! Combines, rouages, intrigues, on s'y perd. C'est un monde, tout un monde. Plein de défis, de lavages de cerveaux, de fausses promesses, de miroitements, mais à la base de tout se trouvent l'appât du gain et l'ambition. Les conflits personnels mêlent les cartes et la pagaille éclate.

– Comment expliquer que des êtres humains en viennent à accepter de vivre dans un tel tumulte ? Ils n'y trouvent sûrement pas de satisfaction personnelle, de joie de vivre ! Alphonse, par exemple, jeune, éduqué, qui a connu une enfance heureuse et confortable, qui a eu des contacts étroits avec le milieu religieux, qui a appris à se discipliner, comment a-t-il pu glisser si bas, si vite ?

– Cherche dans une autre zone, celle de son caractère : insoumission, révolte, insatisfaction… Qui sait ? L'ambition est un grand maître !

– Sa mort aura mis fin à bien des angoisses.

– Tu as là un exemple parfait du peu de considération que l'on fait de nos erreurs. Les conflits amènent des conflits ; les guerres, par exemple, elles tuent, elles font souffrir et elles recommencent, ailleurs, pour d'autres raisons, toujours pour une soi-disant bonne cause. L'expérience des autres ne compte pas, on doit la prendre soi-même, à la cuillère à thé. Ce n'est qu'après coup qu'on s'exclame : si j'avais su ! Mais il est déjà trop tard.

– On m'a dit un jour que tout dépendait de l'usage que chacun faisait de sa liberté…

– Les dictons de la bonne vieille sagesse ! Si on s'arrêtait à y réfléchir, on s'épargnerait bien des déboires.

– Je me demande souvent, depuis quelques jours, ce que j'aurais fait seule, sans toi, pendant ces heures de pénible épreuve. Ainsi, au repas, ce soir, tu nous écoutais discourir, attentif, mais sans humeur maussade. Elle t'en impose, ma famille, des contretemps désagréables non mérités !

– Tu te souviens de ce que l'officiant a établi comme règle le jour de notre mariage ? Tu as entendu quand il a prononcé les mots sacrés : « Pour le meilleur et pour le pire. » Le meilleur, c'est toi, toi et les tiens ; le pire, ce sont les à-côtés, qui sont imprévisibles, mais font partie du tout. Avec une femme telle que toi, c'est facile : je te laisse les rênes quand il s'agit de tes enfants ; tu ne te départis pas facilement de tes obligations… Je n'oserais jamais attaquer de front un des tiens ; je t'ai vue un jour mutiler le visage d'un voisin qui avait osé le faire…

Gervaise éclata de rire.

– Ce pauvre Léo !

– Tu aurais dû te voir : une furie !

– Une furie ! Ce n'est pas joli.

– Une furie que j'aime, maman furie, épouse furie, amoureuse furie, du feu, de la flamme, de la passion. Tout pour que je t'adore.

Gervaise était maintenant acculée au mur. Gilbert, le linge à vaisselle à la main, l'y avait poussée, pas à pas, en l'embrassant sur le front, sur le nez, sur les joues. Elle riait, ses yeux pétillaient.

– Gervaise, ma Gervaise, je vois mon bonheur se refléter dans ton regard et ça me plaît.

Gervaise fermait les yeux. Gilbert la réconfortait, l'aidait à surmonter la peine qui inondait son cœur ; elle lui en était reconnaissante.

– Rends-moi ce linge et va faire tes mots croisés !

Il s'éloigna, souriant. Elle continuait de mettre de l'ordre dans sa cuisine. Les mots prononcés par Mariette continuaient de trotter dans sa tête. Elle lirait le compte rendu du drame relaté par le journal, afin de comprendre les insinuations et les accusations de sa fille : « Tu l'as trahi, mon frère, salope... »

Tout à coup, elle suspendit ses gestes. Une pensée terrible lui traversait l'esprit : ce soir-là, pas si lointain, où Gilbert lui avait parlé de Mariette et d'Alphonse, ses aînés dont elle ne parlait pas... Elle essayait de se souvenir plus précisément... Elle lui avait mentionné le rêve de ce fils et le doute, terrible et sournois, se glissa dans son esprit : était-il possible que Gilbert ait fourni inconsciemment les informations à la police ? Il avait aussi été question de Mariette, mais dans quels termes ? Dans quel but l'aurait-il fait ? « Pourquoi, grand Dieu, pourquoi ? » Tout se confondait dans son cerveau. « Toi seule savais qu'il était séminariste... » Le doute affreux, mêlé à l'inquiétude, remettait tout en question, lui faisait mal. « Non, c'est impossible, Gilbert ! Non ! » Elle avait mal, très mal.

Elle voulait savoir, tout ! Elle irait au fond des choses, elle ne laisserait pas les aiguillons du doute heurter son âme et briser l'harmonie de son foyer. Il ne pouvait s'agir que de coïncidences malheureuses. Gilbert ne l'aurait pas trahie : « Je n'oserais jamais m'attaquer à un des tiens... » Il était sorti ce soir-là à la suite d'un appel téléphonique. « Oh ! Gilbert ! »

Toujours sous l'emprise de ses inquiétudes, elle s'approcha de la table où les enfants faisaient leur travail de classe, pendant que Gilbert noircissait les cases de ses mots croisés.

– Viens, Gilbert.

Il sursauta, le ton était grave. Gervaise prit son châle et sortit par la porte arrière ; elle se dirigeait vers l'étable, d'un pas précipité, légèrement courbée sous le poids de sa tristesse. Il la suivait, comprenant le sérieux de la situation. Sa femme voulait un tête-à-tête, hors de la présence des enfants. Elle entra et ferma la porte derrière son mari.

– Gilbert Tremblay, écoute-moi bien : je veux savoir comment et par qui les policiers ont su que mon fils Alphonse était séminariste. Que la réponse soit claire, nette et précise ! Surtout, pas de quiproquos ; la vérité toute nue, quelle qu'elle soit, c'est ce que j'exige.

Gervaise tourna les talons et revint vers la maison. Elle courait presque.

Surpris, Gilbert restait là, éberlué. « Mariette, pensait l'homme, Mariette a jeté des doutes dans son âme, mais comment ? »

Il connaissait sa Gervaise, il lui faudrait trouver une réponse qui dissiperait ses craintes. « Elle semble me tenir rigueur de quelque chose, mais de quoi, au juste ? »

Gervaise s'appuya contre la porte. Elle regarda derrière elle, mais ne vit pas Gilbert. Elle ferma les yeux, cherchant à se donner une contenance, à maîtriser ses émotions avant de reparaître devant les enfants. Lorsqu'elle entra, tous levèrent les yeux vers elle.

– Maman, ça ne va pas ? demanda Lucien. Tu es fâchée ?

– Fâchée, non. Un petit problème à régler, c'est tout. Et ces devoirs, terminés ?

Gervaise prit son jeune fils dans ses bras, le souleva.

– Viens, mon gaillard, il est temps d'aller dormir.

Elle montait l'escalier lorsque Gilbert entra. Il attrapa son crayon et reprit son mot croisé là où il l'avait laissé.

Gervaise resta là-haut. Gilbert n'osait la rejoindre. La première surprise passée, nombre de questions affluaient dans son esprit. Lorsqu'il monta dormir, il eut la surprise de trouver la lampe de chevet allumée ; mais Gervaise n'était pas dans la chambre nuptiale. Elle avait choisi de dormir seule, dans un autre lit. Ce qui confirma ses inquiétudes : « Elle croit que c'est moi qui ai informé les policiers. » Il pensa aussi à ce coup de téléphone d'un confrère...

Le lendemain, au déjeuner, Gervaise trouva une note sous son assiette. « Je m'absente. J'ai mis les journaux qui t'intéressent peut-être sur la commode de notre chambre. »

Il n'avait rien signé, pas même un mot réconfortant pour adoucir sa peine ; Gilbert était blessé.

Après le départ des enfants, elle fit la lecture proposée. De fait, on mentionnait le fait que la victime était un ex-séminariste. « Salope, traître... » La journée parut longue, très longue ; les heures s'étiraient et, avec elles, le tourment de Gervaise.

Gilbert parut enfin. Les traits tirés de sa femme le frappèrent. L'angoisse transparaissait sur son visage.

– J'ai la réponse à ta question, Gervaise. Tu devras, pour le moment, prendre ma parole, mais je t'apporterai des preuves de ce que j'avance quand elles me seront fournies. Confidentiellement, Alphonse a été mis sous arrêt le matin du jour où il a été assassiné. Il a alors signé une déclaration à la police qui mentionnait qu'il avait été séminariste, ce qui a pesé lourd dans la décision de le libérer. J'ignore pourquoi il a été arrêté ; l'enquête est en cours et rien ne doit être divulgué pour le moment.

Gervaise fondit en larmes. Sa peine depuis trop longtemps contenue éclata. Son stoïcisme habituel lui faisait défaut, elle croulait ; elle s'affaissait sous le poids de l'angoisse. Gilbert lui tendit son mouchoir, mais ne dit rien. Il le savait par expérience, pour avoir lui-même trop intériorisé son chagrin : elle s'était oubliée, s'était efforcée d'aider les autres à traverser l'épreuve ; aujourd'hui, l'âme de Gervaise exigeait d'être libérée de ces surcroîts d'amertume accumulés. Il prit son châle et en couvrit ses épaules, puis il sortit, la laissant seule avec son désespoir. Gervaise ne pensait pas, ne réfléchissait pas. Elle souffrait, elle pleurait sa souffrance. Peu à peu, le calme se fit dans son cœur. Petit à petit, l'espoir renaissait ; sa belle confiance refaisait surface et, avec elle, le pardon. Elle pardonnait à ce grand fils égaré et puni, à sa fille Mariette qui, sans doute confondue, avait rejeté sur elle le trop-plein de son désespoir. « Comme je l'ai moi-même fait… Gilbert me pardonnera-t-il d'avoir douté de lui ? »

Elle courut vers l'étable, il n'était pas là. Elle alla d'un bâtiment à l'autre, il ne s'y trouvait pas. Peut-être était-il chez Raymond… Lorsqu'elle atteignit l'orme où se nichait la cabane de Lucien, elle entendit son nom. Elle leva la tête. Gilbert, assis sur le seuil, les pieds appuyés sur un barreau de l'échelle, lui tendait les bras.

Elle grimpa à sa hauteur. Il la prit sur son cœur, silencieux. Ils revinrent à la maison. Devant une tasse de thé fumant, Gervaise dit alors d'une voix repentante :

– Gilbert, la main sur la conscience, je dois t'avouer que, pour la première fois de ma vie, j'ai commis une grossière erreur de jugement, une injustice impardonnable en doutant de toi.

– Non, madame Tremblay, non. C'est votre esprit de justice qui vous a dicté votre conduite à cause de certaines conjonctures. « Pour le meilleur et pour le pire. » Je crois que je viens de vivre le pire, c'est-à-dire une peur bleue de te perdre, de perdre ton cœur. Faisons de cette épreuve un chaînon qui consolidera notre amour à jamais. Je suis ton mari. Avec toi je dois tout partager, bonheurs et peines. Nous en sommes là, c'est merveilleux.

– Quelle idiote je suis !

– Chut ! Ne parle pas de ma femme sur ce ton, je te l'interdis.

XII

Les heures d'angoisse que venait de vivre Gervaise s'étaient estompées. Elle avait retrouvé la sérénité et le bonheur.

Mais Mariette aurait encore un long cheminement à faire pour retrouver la paix.

Madame Trottier, qui l'avait chaleureusement accueillie, ne tarda pas à comprendre que cette fille, venue comme ça, sans s'annoncer, sans bagage, ne ferait pas que passer. Elle cherchait un refuge provisoire. Mais sa solitude était si grande qu'elle lui avait ouvert non seulement sa porte, mais aussi ses bras et son cœur. Les premières heures lui avaient suffi à comprendre que Mariette cachait un lourd secret. Mais la bonne dame n'aurait jamais pu imaginer la situation dramatique qu'avait connue cette jeune fille au passé tumultueux.

Les premiers jours, c'était une Mariette relativement calme qui écoutait Mme Trottier discourir. Cela ressemblait plus à un monologue qu'à un dialogue.

– Ce n'est pas de vieillir, de rider, de voir son corps se flétrir qui est affreux ; c'est de perdre ses illusions, une à une, de perdre des êtres chers, de devoir accepter qu'on est d'un autre siècle, qu'on est démodée, surpassée.

– Les jeunes ont droit à leur place...

– Ils la veulent toute, la place ! Lentement, on leur cède la nôtre, on se terre derrière les fenêtres qu'on n'a plus à laver parce qu'elles ne s'illuminent plus.

– Vous avez une famille, non ? Des neveux, des nièces.

– La vieille maison de tante Rolande tombe en ruine, ça ne les incite pas à venir me voir. L'un d'eux disait à ma jeune sœur : « Sa fortune doit ressembler à sa cabane. » Cette sœur venait parfois me visiter après la mort de Béatrice ; elle a cessé de venir. L'amour désintéressé n'existe pas. Remarque que, en principe, je le savais, mais, quand ça nous est froidement servi par un être aussi proche que sa sœur, ça fait très mal.

– Il se trompait peut-être, le neveu...

– C'est ça le plus pathétique de l'histoire ! Mon mari avait pris une assurance vie sur la tête de Béatrice. Sa valeur, ajoutée à nos économies de toute une vie, ce n'est pas à dédaigner. Je l'aime, moi, ma cabane. C'est ma boîte à souvenirs, le tabernacle de mes amours ; je l'aime, moi. Hélas ! Elle n'a de valeur que pour moi. Mais je t'ennuie avec mes propos de bonne femme, toi qui as besoin de gaieté et de soleil. Je ferai revivre le jardin, au printemps ; les pâquerettes fleurissent bien ici, tu verras. Et les géraniums... Ma maison sera encore jolie, blanche, toute blanche sur un carré de verdure. Nous la ferons belle pour accueillir ton enfant. Tu verras !

– Vous saviez donc ?

– Oui, depuis le premier jour. J'ai compris, à ton grand désarroi ; seules les peines d'amour font aussi mal. Que tu caches cette vérité à ta famille, ça, c'est autre chose. Je suis sûre qu'on te pardonnerait. Tu as des sœurs ? Bon, je vois ! Excuse-moi. Je ne veux pas être curieuse, je te l'ai dit, je te le répète : tu es mon rayon de soleil, peut-être le dernier. Accepte mon amour, je t'en suis redevable. Tu veux voir ? Attends un peu.

Madame Trottier se leva. Elle attendit un instant, histoire de trouver son équilibre avant d'avancer. Mariette la regardait poser ce geste qu'elle remarquait pour la première fois. « Elle ne marche pas, elle roule ! » La dame se dandinait sur une jambe, puis sur l'autre, s'aidant de ses bras pour prendre son élan. Elle traînait les pieds.

Pourtant, ses vieilles pantoufles minables et sales qu'elle portait le jour de sa venue avaient été remplacées par d'autres, démodées mais nettes. Même sa robe était jolie ; ses cheveux blancs, soyeux et propres. « Quel changement, depuis mon arrivée ici ! » De plus en plus souvent, elle avait de longues périodes de franche gaieté, de bonne humeur ; elle chantonnait même, parfois. Lorsqu'elle se faisait morose, Mariette l'écoutait distraitement.

En somme, cet asile était un royaume. Partout ailleurs on la répudierait. Les journaux ne parlaient plus de ce drame maudit qui avait brisé sa vie. Squelette était toujours au large. Tant qu'il ne serait pas repris, elle devait rester à l'ombre, ne pas être reconnue. Ici, sur cette rue paisible, elle ne risquait rien. Sa grossesse lui pesait, mais elle devait admettre que Mme Trottier avait raison de prétendre que sa condition la rendait sympathique aux voisins qui la saluaient gentiment. « Une parente qui a perdu son mari », avait-elle jeté nonchalamment à une curieuse du voisinage.

Ainsi pouvait-elle aller librement et n'était-elle pas prisonnière. Seul le moment présent importait. Elle flânait, lisait, dormait beaucoup. Elle en avait le loisir et, de plus, elle avait toujours ces étourdissements qui l'effrayaient et qu'elle attribuait à sa future maternité.

Elle avait appuyé sa tête au dossier de la chaise et fermé les yeux, repassant mentalement la confidence qu'elle venait d'entendre. Elle devait se faire une amie, une alliée de cette femme. Tant et aussi longtemps qu'elle n'aurait pas trouvé le moyen de rejoindre son Richard, elle devait se faire conciliante et profiter du répit qui lui était donné.

En ouvrant les yeux, Mariette vit Mme Trottier qui l'observait ; elle tenait à la main des tricots qu'elle avait confectionnés durant ses nuits d'insomnie.

– Regardez ; vous aimez ? Il sera beau, votre chérubin dans ces langes. Je travaille sur une couverture, une jolie courtepointe qui le gardera au chaud. Vous et moi, nous lui donnerons tout l'amour dont il pourrait avoir besoin. Nous en ferons un joli petit prince, vous verrez.

Dans un élan de tendresse qui n'était pas feint, Mariette embrassa la dame sur la joue. Émue, celle-ci recula et, de son pas maladroit, elle retourna à sa chaise, le cœur débordant de joie. Oui ! Elle l'aimait, cette fille, malgré son humeur souvent imprévisible. « La naissance de son enfant lui rendra son équilibre, elle sera une bonne maman. Et, qui sait… peut-être restera-t-elle ici longtemps avec son môme… » Rolande rêvait d'avoir enfin trouvé quelqu'un à choyer, des êtres qui donneraient un sens à sa vie de recluse.

Quelques semaines s'étaient passées. Mariette était calme. Chaque jour, en faisant les courses, elle achetait le journal, s'arrêtait prendre un café et, fébrilement, feuilletait les pages, espérant trouver un filon qui lui indiquerait ce qu'il advenait de Richard et de Squelette. Puis, un jour, elle apprit la triste fin du père de son enfant. Ce fut pour elle le coup le plus dur. Elle ne parvenait plus à lire l'article ; tout se brouillait devant ses yeux. Richard n'était plus ! Plus tard, elle ne se souvint pas être revenue à la maison de Mme Trottier, tant elle était désespérée.

Elle entra, courut à sa chambre, claqua la porte et laissa éclater son désespoir, un désespoir mêlé de rage qui la rendait folle. Elle criait de dépit devant les injustices de la vie. Mariette voyait tous ses rêves s'anéantir. Finis la sécurité et le confort ! Et ce gosse qui vivait en son sein ! Horreur ! Elle se voyait acculée au pied du mur, seule en ce monde, bannie de tous.

Du revers de la main, elle balayait ce qui se trouvait sur la commode de son amie Béatrice, lançait au bout de ses bras tout ce qui l'entourait. Madame Trottier comprit que quelque chose de nouveau s'était passé. Elle monta à la chambre de la jeune fille. Celle-ci était aux prises avec une véritable crise d'hystérie. C'est en vain qu'elle tenta de la calmer, elle n'entendait rien. Puis Mariette sombra dans un délire inquiétant ; elle répétait sans cesse les noms de Richard et d'Alphonse. Allongée sur son lit, elle hurlait, frappait des poings dans ses oreillers, les yeux exorbités, puis elle se mit à sangloter, à trembler de tous ses membres. Madame Trottier craignit de devoir appeler à l'aide.

Elle descendit à la cuisine, mit un soporifique dans un verre de lait et força Mariette à boire, gorgée par gorgée, en lui parlant avec sévérité. Peu à peu, la médication eut raison de Mariette qui s'endormit. Après l'avoir bordée, elle remit un peu d'ordre dans la chambre et ne put manquer de voir les journaux qui lui révélaient la vérité. Le nom de Mariette n'y figurait pas, mais il était évident que l'un des noms qu'elle répétait était celui du père de l'enfant qu'elle portait. Elle plia les journaux, les déposa sous le sac à main de Mariette et les couvrit du manteau qu'elle avait lancé sur le plancher. Assise dans un fauteuil, elle passa la nuit à observer cette fille qui, elle le savait maintenant, vivait un véritable drame.

De temps à autre, Mariette laissait échapper des mots à peine audibles, dont le nom de Damas. Son sommeil était agité ; des sueurs perlaient à son front. Madame Trottier la veillait tout en égrenant son chapelet.

Mariette dormit très tard. À son réveil, la dame vit les larmes qui inondaient ses yeux et se répandaient sur son visage pâle.

– Le père de mon enfant est mort ! Richard est mort !

Elle se roula, face au mur, et continua de sangloter.

– Mais je suis là, ma chère enfant. Je vais vous protéger, l'aimer, votre petit. Vous et moi…

– Je vais me faire avorter !

Madame Trottier porta la main à la bouche. Elle allait crier : « Non, pas ça ! »

Sans un mot, elle s'éloigna, traversa la chambre et, au moment de sortir, elle dit d'un ton froid :

– Quand vous aurez faim, descendez, je prépare une fricassée.

Elle ferma la porte, laissant Mariette aux prises avec ses problèmes. Elle ne la contredirait pas, pas maintenant. Cependant, elle se montrerait ferme, ne partagerait pas avec elle une telle monstruosité ! Ça, jamais ! « Faites, mon Dieu, qu'elle revienne à de meilleurs sentiments. »

Elle ouvrit l'album de photos de sa fille, à la page des souvenirs de ces vacances où les fillettes riaient ensemble, désinvoltes, cheveux au vent. Ce n'était pas la Mariette renfrognée d'aujourd'hui.

Une demi-heure plus tard, Mme Trottier eut la surprise de sa vie : Mariette arrivait, toute souriante. Elle porta la main à la tête et s'exclama : « J'ai une faim de loup ! »

– Et votre enfant, Mariette ?

Instinctivement, la dame avait utilisé le vouvoiement. Le revirement dans l'attitude de Mariette lui avait imposé une certaine réserve.

– Mon enfant ?

– Oui, votre enfant, Mariette.

– Ah ! lui !

– Qu'avez-vous décidé ? Il vivra, n'est-ce pas ?

– Vous devez me comprendre, je suis…

– Écoutez-moi bien. Je suis prête à vous être secourable, à veiller sur vous, mais si vous choisissez, si seulement vous pensez à un avortement, alors, quittez cette maison, tout de suite, que je n'entende plus jamais parler de vous.

Et Mariette pleura, rusa, tenta d'amadouer sa protectrice. Vainement ! Celle-ci restait sur ses positions.

– Vous ne comprenez pas que son père est mort !

– Qui vous l'a dit ? On vous a prévenue, ici, à Loretteville, ce matin ?

– Non, mais…

– Alors, qu'en savez-vous ?

Mariette ne trouvait pas de riposte à une question aussi directe. Partir signifiait s'exposer à être reconnue, arrêtée. Et là, une fois qu'elle serait derrière les barreaux, qui l'aiderait ?

– Vous trouvez que c'est plus sage de mettre au monde un orphelin ?

– Il est déjà au monde, bon sang ! Regardez-vous. Il est là, votre enfant, bien vivant ; il ne demande qu'à vivre puisqu'il existe déjà. Des centaines et des centaines de femmes voudraient être mères, seraient heureuses d'avoir un enfant à chérir. Et vous ne faites que penser au père. C'est de l'égocentrisme à outrance. Il est dans votre sein, il se nourrit à même votre sang et vous voulez le détruire ? Choisissez, si vous en avez le courage, mais sans mon approbation et hors de ma présence.

Madame Trottier voyait que la jeune fille boudait son assiette. La semonce lui coupait l'appétit. Mariette perdait facilement ses moyens quand elle n'avait personne sur qui s'appuyer. Pour l'instant, cette femme était sa planche de salut ; elle n'avait pas le choix. Elle était seule, sans argent ; ici, elle avait un toit, de quoi vivre. Elle baissa la tête. Pas un instant, elle ne se douta que Mme Trottier avait pu lire les journaux qu'elle avait lancés dans sa chambre.

– Mangez, Mariette, ce bébé a faim. Je ne veux pas seulement qu'il vive, je veux qu'il soit sain et beau. Un jour, vous me remercierez. Le ciel est bon ! Vous êtes venue à moi qui ai besoin de vous ; vous verrez, nous ferons bon ménage. Faisons la paix. Regardez ma vieille chatte : avant votre arrivée, j'avais une peur bleue qu'elle meure. Elle a presque dix ans. Je lui préfère votre compagnie.

Mariette eut un pâle sourire ; le ton de Mme Trottier s'était adouci.

– Je suis sans argent, j'ai peur.

– Alors, parlez à votre mère, vos parents comprendront.

– J'ai perdu ma mère, ça a été le début de toutes mes misères.

– Et votre père ? Vous avez des sœurs, des frères ?

– Mon père est décédé après avoir marié cette maudite boiteuse qui l'a amadoué et qui m'a mise à la porte ! Je suis seule, mes sœurs sont de jeunes enfants et elles ne peuvent rien pour moi.

– Alors, il ne reste que moi… Vous et moi. Il faut me faire confiance, Mariette. Pour le moment, mangez avant que ça refroidisse dans votre assiette. Réfléchissez encore, votre situation n'a rien de désespéré.

Rolande se rendit au salon, appela sa chatte. Elle prit place dans le fauteuil berçant. Sofa sauta sur ses genoux, se frôlant, cherchant une caresse. Sous la main tendre de la vieille dame, elle se mit à ronronner. L'oreille à l'affût des bruits de la cuisine, Mme Trottier souriait : oui, Mariette mangeait, finalement. « Cette fille finira bien par comprendre le bon sens, elle n'a pas le choix. Qu'elle ne compte pas sur moi pour l'aider à se faire avorter. Ça, jamais ! Quand le bébé sera né, elle sera libre de prendre ses décisions ; entre-temps, ce petit gagnera sûrement son cœur… Je le lui souhaite ; être si jeune et avoir à affronter des situations si ambiguës ! Je la plains. »

Sofa leva la tête lorsque Mariette entra au salon. Elle se cambra dans un fauteuil, prit une revue qu'elle feuilleta machinalement. Le temps passait. Madame Trottier avait décidé de ne pas rompre le lourd silence. Elle se berçait en promenant ses doigts dans l'épaisse fourrure de son chat. « Pendant qu'elle boude, le bébé est vivant, bien au chaud. Je n'en demande pas plus. Je vais rester sur mes positions et le lui faire sentir. »

– Vous ne sortez donc jamais ? demanda enfin Mariette.

– Très peu. Vous savez conduire la voiture ?

– Oui, bien sûr, pourquoi ?

– La première chose que mon âge m'a obligée de sacrifier a été… mes beaux souliers à talons hauts… Ma vanité en a pris un dur coup ! Puis, petit à petit, j'ai dû renoncer à l'usage de mon auto. Jamais je ne conduisais seule lorsque Béatrice était ici. Peut-être qu'avec vous, je pourrais me remettre au volant. Nous pourrions faire nos courses ensemble… Quand naîtra votre enfant ?

– Au début de l'été, répondit Mariette d'un ton agacé.

– Au temps du muguet, une saison de paix, de promesses.

– Quelles promesses ? Un enfant sans père !

– Mais avec une mère ! Vous êtes là, vous ! Et une grand-mère : moi ! Et ce toit et toute cette belle sécurité qui vous entoure ! Ce n'est pas à dédaigner. Vous avez beaucoup aimé le père de votre enfant, n'est-ce pas ?

– Zut !

Mariette lança la revue qu'elle tenait et s'enfuit dans sa chambre, impatientée.

Sofa cessa de ronronner, leva la tête en dressant les oreilles. Rolande soupirait. « Que cette fille est perturbée ! C'est à croire qu'elle est vidée de tout sentiment. À cet âge, ce n'est pas normal. Peut-être étais-je présomptueuse de croire que je pourrais l'attendrir en lui parlant des siens… C'est une mauvaise approche. Ce qui compte pour le moment, c'est qu'elle accepte plus facilement la réalité de sa condition et, surtout, qu'elle cesse d'envisager l'avortement. »

Prenant la chatte à témoin, elle lui parlait tout haut.

– Tu crois, Sofa, qu'elle finira par m'aimer un peu, Mariette ? Dis-moi, me fera-t-elle confiance un jour ? Mon cœur est tout plein d'amour pour elle et elle ne le voit pas, ne le sent pas. Toi, Sofa, tu vas l'aimer, ce beau bébé rose et dodu que nous bercerons ensemble. Ça grandit très vite, un bébé. Tu pourras courir avec lui, t'amuser à chasser la boule, dormir auprès de lui quand il sera grand. C'est gentil, des enfants. Tu te souviens de Béatrice ? N'est-ce pas qu'elle était belle et gentille ? Elle te parfumait, te mettait des boucles de ruban au cou ; ah ! c'était le bon temps, hein, Sofa ? Peut-être que Mariette ne nous aime pas. Mais ça viendra, un jour. Elle souffre, elle a perdu son amoureux, comme j'ai perdu Béatrice. Elle souffre et elle pleure comme j'ai pleuré, moi. Mais je n'ai plus de larmes, vois-tu. J'étais si heureuse quand Mariette est venue ; elle me rappelait ma fille. Tiens, regarde cette photo : là Béatrice, ici Mariette. Elles étaient si gaies alors. Mais Mariette a perdu sa maman. Une maman, ça ne se remplace pas. Je ne peux pas espérer que Mariette m'aime, moi. Je n'ai plus que toi. Tu réchauffes mes vieilles pattes, le soir, dans mon lit. Alors, je cesse de bouger pour ne pas te déranger et je m'endors en t'écoutant ronronner : c'est ta façon de me chanter une berceuse. Je t'aime bien, Sofa.

En haut de l'escalier, Mariette écoutait le monologue, elle s'était approchée au son de la voix de la dame. « Elle parle à son chat ! Non mais, quelle idée ! »

– Dis, Sofa, si Mariette décide d'aller voir un charlatan qui fera périr son bébé et mettra sa vie et sa santé en danger, tu ne la suivras pas, promets-le-moi. Je ne veux pas voir ça, comprends-tu ; c'est une belle fille, solide et jeune. Elle ne connaît pas le danger qui l'attend si elle fait cette chose vilaine. Béatrice aurait pu le lui expliquer. Moi, elle ne veut pas m'écouter. Je crois qu'elle ne m'aime pas. Je suis trop vieille ; elle me croit incapable de la comprendre. Alors, si elle décide de partir, je ne la retiendrai pas. Elle n'est pas obligée de m'aimer, mais moi, je ne veux plus pleurer. Je n'ai plus de larmes, Sofa. Promets-moi de rester, toi…

Mariette regagna sa chambre à reculons et resta là, pensive. La vieille dame ne changerait pas d'idée : elle la chasserait et personne ne l'aiderait. Elle n'avait d'autre choix que de se montrer conciliante.

Madame Trottier souriait ; elle savait que Mariette avait écouté ; elle connaissait tous les bruits de sa vieille maison et elle avait entendu les planches couiner sous les pas feutrés de la fille qui s'était approchée jusqu'à la rampe de l'escalier. « Ainsi elle sait ce que je pense vraiment. Pourtant, le soir où je lui ai fait voir mes tricots, j'ai vu briller dans son regard une lueur d'amour. Est-ce une illusion ? Serait-elle vraiment insensible ? Incapable d'aimer, même l'enfant qu'elle porte en elle ? Cet homme, le papa, elle n'en parle pas ; la nouvelle de sa mort ne semble pas avoir eu d'écho dans son cœur, hormis le fait qu'il n'est plus là… Quelque chose m'échappe. Ah ! Et tant pis, je n'ai pas à connaître son passé ; ce qui me préoccupe, c'est le présent. Je dois sauver la vie de cet enfant, coûte que coûte. Son manque de maturité l'empêche d'être rationnelle. Elle a sans doute très peur de l'avenir. L'abandonner à son sort serait une grande cruauté. »

Lorsque la vieille dame monta dormir, elle fut étonnée de voir la porte de la chambre de Mariette ouverte, et plus encore d'entendre la voix de la jeune femme qui lui souhaitait bonne nuit.

Plus d'un mois s'était écoulé depuis l'irruption de Mariette chez Mme Trottier. La pauvre fille devait supporter les conséquences du mode de vie qu'elle avait choisi. Ses souffrances étaient profondes, réelles. Sa protectrice s'était montrée ferme et elle avait peu à peu accepté de se plier à sa seule exigence, celle de respecter cette présence en son sein.

Parfois, elle pensait à Squelette qui l'avait sauvée au risque de sa vie. Son sort actuel était bien doux comparé à ce qu'il aurait pu être. Cette maison, que Richard lui avait désignée comme la sienne, lui donnait parfois de l'espoir. Mariette se perdait souvent dans ses réflexions profondes, cherchant une issue.

Inconsciemment, elle se liait d'amitié avec cette femme qui veillait sur elle avec bonté, une bonté qui l'émouvait et qui ne la contraignait pas. Les repas que les deux femmes partageaient, les minauderies de Sofa qui se frôlait sur leurs jambes pour attirer l'attention, les bons petits plats contenant toute une gamme de vitamines nécessaires à un bébé, les projets d'avenir relatifs à leur home qu'elles souhaitaient tantôt rose, tantôt blanc, enfin les coq-à-l'âne où dominait l'harmonie : tout cela créait une ambiance familiale qui laissait de la nostalgie au cœur de Mariette. Si bien qu'un jour elle laissa tomber un premier mot d'amour, qui émut Rolande.

– Parfois vous me faites penser à maman…

La dame posa la main sur l'avant-bras de la fille qu'elle tapota, le regard larmoyant. Elle lui dit tout simplement : « Merci, ma grande. »

Ce soir-là, Rolande n'eut pas de mal à s'endormir. Elle remercia Dieu. Le bonheur devenait enfin possible : Mariette manifestait une certaine quiétude intérieure.

Usant de tact, Mme Trottier amenait sa protégée à lui parler de son bébé, à extérioriser ses sentiments profonds. Petit à petit, Mariette s'épanchait, parlait de cette grande maison qui avait abrité son enfance, de son frère adoré, Alphonse. Mais son regard se durcit le jour où il fut question de cette deuxième mère, la boiteuse, qui avait pris la relève du foyer auprès de ses frères et sœurs.

Jamais elle ne mentionnait le nom de Richard, qui, la dame le savait maintenant, était le père de l'enfant. Il devenait évident que Mariette cachait encore des secrets traumatisants dans les replis de son cœur.

Les mois passaient, laissant leur trace sur la taille de cette maman en devenir. Madame Trottier la surprit un jour, debout devant une fenêtre, à admirer les flocons de neige que le ciel émiettait sur la terre. Mariette, la main ouverte en étoile sur son ventre, parlait à son enfant.

– Cesse de bouger ainsi, sois calme, petit. Vois comme c'est beau, cette neige blanche qui couvre tout ; tu pourras un jour y courir, en faire des gros bonshommes, comme je faisais autrefois avec Alphonse.

Sofa aussi avait appris à reconnaître le changement dans l'humeur de Mariette. Souvent la chatte quêtait ses caresses. Ce jour-là, elle se pencha, la saisit dans ses bras et lui colla le nez à la vitre. « Tu en as de la chance, toi, tu as un chez-toi bien chaud et plein d'amour. »

Rolande, qui observait depuis l'embrasure de la porte, s'éloigna silencieusement.

*
*   *

Les deux femmes célébrèrent joyeusement la fête de Noël. Mariette avait toutefois refusé d'assister à la messe de minuit. Par contre, elle avait gentiment dressé la table et décoré la maison de guirlandes dénichées dans un placard où Rolande les avait dissimulées après le décès de sa fille.

– Coquine ! Il ne fallait pas : tu aurais pu tomber et te blesser en grimpant pour décorer. Pense à notre bébé ; j'ai prié pour lui, en cette nuit divine. L'an prochain, ce sera lui notre Messie, notre étoile de David. Tu verras, on peut le prévoir, le bonheur, en cette nuit d'amour où tout espoir est permis.

– Parfois je vous envie. Il y a longtemps que j'ai perdu toutes mes illusions.

– Pourquoi ce perpétuel pessimisme ? Pourquoi t'arrêter uniquement au côté négatif des choses. Tu as la jeunesse, la santé ! Un enfant viendra bientôt illuminer tes jours. En somme, tu n'es pas si malheureuse, tu as eu de bons parents qui t'ont aimée, un amoureux aussi à ce qu'il semble. Les bébés qu'on trouve sous les feuilles de chou, je n'y crois pas, tu sais.

Lorsqu'elle disait cela, un éclair ironique passait dans son regard.

– La vie nous tape sans cesse dessus ; comment peut-on apprendre à être heureux ?

– Bien souvent en lui faisant un pied de nez, à la vie. Ainsi, je pourrais, ce soir, pleurer la perte de Béatrice ; je choisis d'être heureuse avec toi. Bien souvent, il s'agit de ne pas trop s'apitoyer sur son propre sort. Mais assez de jérémiades, passons à autre chose ; attends un peu.

– Vous n'allez pas sortir dehors ainsi vêtue.

– Mais, non. Vois-tu, j'avais caché des choses dans la dépense pour ne pas que tu les voies. Voilà, c'est pour toi.

Enjolivés de rubans, deux paquets furent déposés sur les genoux de Mariette.

– Ouvre et bon Noël !

Mariette marcha vers le réfrigérateur, et en sortit un plateau sur lequel elle avait disposé des friandises qu'elle avait faites pour les offrir à sa protectrice.

– Non ! Du bonbon aux patates. Mes préférés. Merci, Mariette, merci mille fois. Mais, tu sais cuisiner ?

– C'est une recette que je faisais, petite, avec maman.

– Cette chère femme ! Elle doit te sourire de là où elle est. Mais, ouvre tes paquets…

Mariette, touchée, tirait lentement sur les rubans. Le premier présent était cette courtepointe promise ; l'autre, une robe de maternité marine, à pois blancs, ornée d'un collet de dentelle tricoté au crochet.

Sofa reçut une balle qu'elle roulait entre ses pattes, mais derrière laquelle elle n'avait plus le courage de courir vu son âge avancé.

– Tu permets ?

Madame Trottier prit un ruban, en orna le cou de sa chatte.

– Voilà, ma belle, en souvenir de Béatrice.

La radio laissait entendre le *Minuit, chrétiens !* toujours si évocateur de souvenirs pour ceux qui ont aimé.

– Tu vois, Mariette, dit Mme Trottier dès que le chant fut terminé, tu vois bien que l'on peut être heureux, sans tambour ni trompette. Le bonheur, il est en soi.

XIII

PENDANT CE TEMPS, à Saint-Pierre-de-Montmagny, le congé de Noël ne ressemblait à aucun de ceux qui survenaient habituellement. Les tantes s'étaient donné le mot pour inviter les enfants à venir chez elles fêter les vacances. Jeannine avait expliqué que Gervaise avait besoin d'un peu de répit, d'un tête-à-tête avec son mari, afin qu'ils aient l'occasion de se bien connaître. Les épreuves récentes que leur belle-sœur avait vécues lui méritaient bien cette délicate attention.

On avait insisté pour que bébé Télesphore se rende, lui aussi, à cette réunion de tous les cousins et cousines. Gervaise avait préparé des paniers de victuailles variées, puisant dans ses nombreuses réserves. Il fallait voir l'impatience des enfants le jour du départ dans la grande familiale d'oncle Jacques. On s'était assuré que le cousin Henri serait là avec sa guitare.

– Ne vous embarrassez pas de trop de bagages, les enfants, gardez de la place pour les cadeaux.

Gilbert s'était fait complice des jeunes. Il avait remisé les gâteries qui leur étaient destinées dans le fenil de la grange afin que « maman ne se doute de rien ». Quel branle-bas, en ce jour tant attendu ! Gervaise avait d'abord hésité à se soumettre à cette idée, mais, devant l'enthousiasme des enfants, elle avait finalement cédé aux arguments persuasifs de son mari.

– Penses-y bien, Gervaise, pour eux c'est une occasion unique. Ils seront tous réunis, sans surveillance et ils devront se comporter comme tu le leur as enseigné. De toute façon, le jour même de leur retour, tu auras des échos, avec moult détails, de tout ce qui se sera passé et dit là-bas.

– Je devine un peu d'égoïsme mâle derrière ces propos bien convaincants…

– Ça nous donnerait le loisir de vivre enfin notre lune de miel, au beau milieu des bancs de neige de Saint-Pierre.

– Voilà !

– Pour toi, ça signifie une totale solitude auprès d'un mari ennuyeux. Moi, j'aurai toujours les bêtes à chérir, je ferai le train trois fois par jour.

– Ben… Euh ! je pourrai toujours me réfugier chez mon frère qui habite à deux bancs de neige d'ici…

– Ah ! non, tonna Réjeanne furieuse, ne saisissant pas le sens moqueur des propos des parents. Vous n'allez pas vous disputer.

– Mais non, ma grande ! Ta mère se paye ma tête, elle me taquine. C'est sa façon de vous dire « oui » sans avoir à prononcer le mot.

Gervaise baissa les yeux, retint son sourire et, d'une voix boudeuse, elle demanda :

– Serai-je obligée de préparer les repas, de faire la vaisselle seule ?

– Maman, lança Lucille, dupe à son tour, si tu veux, on va te laisser un panier de provisions. Je suis sûre que Gilbert t'aidera à…

Gervaise pouffa de rire.

– Chère petite ! Tu es adorable, tu as un cœur d'or. Eh bien oui ! Ma réponse est « oui ». Vous irez passer Noël là-bas. Et vous vous amuserez beaucoup, j'en suis certaine.

– Ouf ! s'exclama Jacqueline, la silencieuse.

– La taquinerie, mes enfants, est la fleur de l'amitié.

Lucien repoussa sa chaise et se dirigea vers l'escalier. Il s'arrêta au bas des marches pour lancer bien haut :

– Je ne comprendrai jamais rien aux propos des adultes !

Il revint avec ses bagages. Gilbert savait ce qu'ils cachaient : ses gants de boxe et son lance-pierres.

Il fallait voir les visages réjouis de cette marmaille qui partait à l'aventure, vers des horizons lointains, les yeux pleins de rêves !

« Prends soin d'eux, Jacques », fit promettre Gervaise, les yeux mouillés de larmes.

La porte n'était pas aussitôt fermée qu'elle s'exclama :

– Quel silence ! Je me sens déroutée. On dirait que la vie suspend son cours. Pas d'enfants, pas d'obligations, la maison est vaste mais vide. Pauvre papa ! Pauvre Mlle Anita !

– Tu retournes à tes souvenirs ?

– Non, je constate seulement le vide que laisse l'absence des êtres aimés d'autrefois, de ce qu'ils ont dû souffrir ! Toi aussi, Gilbert, par ricochet.

– Ça t'aide à comprendre pourquoi je vous ai si vite aimés, toi et les tiens. Car vous ne faites qu'un.

– Au fond, je suis séparée des miens par choix et momentanément. Ce n'est pas une fatalité ; du moins, pas encore...

– Il coulera beaucoup d'eau dans la rivière avant que ne vienne ce jour que tu redoutes. Et je serai là, moi, je suis un solide gaillard.

– Oh ! Gilbert.

Il ouvrit les bras pour qu'elle s'y blottisse ; elle appuya sa tête contre sa poitrine, émue. Il ébouriffait ses cheveux, laissant ses émotions bouleversantes suivre leur cours. Tendres moments d'amour goûté et partagé, où le silence devient le plus éloquent des discours. Gervaise se reprit très vite.

– Tu veux une tasse de thé ?

– Non merci, chérie, j'irai d'abord terminer mon travail. Je te laisse à tes réflexions.

Sa voix s'était faite tendre. Il lui sourit et s'éloigna. Gervaise alla s'asseoir dans sa berçante ; elle ferma les yeux. Par pudeur, elle n'avait pas mentionné l'impression pénible d'absence qu'elle avait connue au décès de Télesphore. Le grand bonheur vécu auprès de lui, qu'elle avait intériorisé, avait laissé dans son âme une marque indélébile qui lui servait de guide depuis, qui motivait ses jugements et éclairait sa foi. Ce grand amour auquel elle était toujours demeurée fidèle, même après son remariage, avait participé à son épanouissement, à la joie de vivre qu'elle ressentait et qu'elle transmettait aux siens.

Quand le doute ou l'incertitude se glissait en elle, elle faisait appel à cette flamme intérieure qui la guidait. La force qui l'habitait s'extériorisait dans son regard de feu ; tant de fermeté inquiétait parfois son entourage. Léo, son meilleur ami, ne l'avait-il pas qualifiée d'enjôleuse, de sorcière ? N'avait-elle pas éveillé la méfiance de ses enfants, Mariette et Alphonse ?

« Je t'ai tant aimé, Télesphore ! Ton amour ne me quitte jamais ; mais il fallait continuer de vivre, je n'avais pas le droit de m'abandonner à mon chagrin ; tous ces chérubins que tu avais inclus dans notre corbeille de mariage, il leur fallait un père pour te remplacer, tout comme il leur fallait une mère le jour où tu m'as recueillie. L'amour que j'ai pour toi se répercute encore dans celui que je vis maintenant. Je me souviens de cette nuit affreuse où, désespérée, encerclant de mes bras un arbre de la forêt, je t'ai appelé à mon secours. Serait-ce toi, par hasard, qui aurais mis Gilbert sur ma route, le lendemain ? »

Gervaise souriait. Elle se remémorait la soirée qui avait précédé son mariage à Gilbert. « Je devais avoir l'air d'une parfaite idiote : je parlais des poules… L'équivalent de ton alliance trouvée dans une boîte de “Cracker Jack”... Quelle éducation à transmettre à une jeune fille ! »

Cette fois Gervaise riait franchement. Gilbert la regardait à distance. Il allait s'éloigner lorsqu'elle se leva et le vit.

– Et ce thé, tu le veux ?

– Je ne sais pas à quoi tu pensais, mais ta franche gaieté laisse deviner que c'était merveilleux.

– J'ai, là, mon pays des merveilles.

De son index, elle pointait sa poitrine. L'eau du robinet coulait dans la théière. Gervaise s'affairait pour créer une diversion. Elle aurait été bien embarrassée d'avoir à révéler la teneur de ses pensées profondes.

– À ce que je vois, la solitude ne t'est pas trop pénible à supporter.

– Et toi, Gilbert Tremblay, les animaux ont-ils comblé tes attentes ?

La sonnerie du téléphone vint couper court au dialogue.

– Ne répondons pas !

– Et si c'était un appel urgent ?

– Et si c'était Mariette ?

– J'irai...

Gervaise se dirigea vers l'appareil.

– Angéline et Raymond insistent pour que nous célébrions Noël avec eux, chez eux. Qu'en penses-tu ?

– Pour une fois tu te laisseras gâter ; tu l'as bien mérité. Nous irons à la messe de minuit. En carriole, ce serait amusant. Je vais sortir les grelots ; ils annonceront notre passage.

– Comme au jour de ma confirmation ; mon père, alors, tenait les rênes.

– As-tu fait des retraites fermées dans ta jeunesse ?

– Pourquoi cette question ?

– Souvent, tu plonges dans ton intérieur. Tout porte à croire que tu as été initiée à la méditation.

– Influence de la vie au couvent, des examens de conscience avant la confession, peut-être. Rien n'est plus doux que les souvenirs.

– Les autres, les mauvais, on n'a qu'à les oublier, même si parfois ils sont utiles comme expérience. Ce n'est pas eux qui descendront du fenil la ration de foin des animaux. Je te laisse à tes joies. À tantôt, ma jolie.

– Il faudra bien manger, ce soir ; demain sera jour de jeûne et d'abstinence.

– Bon, ce qui peut vouloir signifier qu'au souper, il y aura bombance et double dessert. L'un servi de tes mains, l'autre goûté dans tes bras.

Gilbert s'éloigna en turlutant : « Prenons le temps d'aimer, de rire et de chanter, car tout passe… » Il fit un clin d'œil à Gervaise et sortit.

« Il est heureux. »

*

* *

Gilbert passait le plus de temps possible auprès de son épouse. Il devinait que le grand vide créé par l'éloignement des enfants la laissait désemparée, à l'heure des repas surtout.

– Je n'ai jamais tant paressé de ma vie. L'oisiveté me prend au dépourvu.

– Meuble tes loisirs en faisant des choses que tu rêvais d'accomplir quand tu ne trouvais pas le temps de le faire.

– J'ai remué complètement la corbeille du raccommodage, j'ai passé les armoires en revue. Je m'inquiète déjà de ce que sera la vie quand nous serons devenus de respectables grands-parents !

– Tu anticipes beaucoup trop ! Pour le moment, tu n'as que moi à gâter.

– Noël, c'est demain.

Gilbert porta chez Raymond les paquets que les enfants lui avaient remis en grand secret. Le tout fut placé au pied du beau sapin qui fleurait bon.

Il s'en fallut de peu qu'il ne croisât Gervaise qui venait accomplir la même mission. Angéline se fit discrète.

– Nous irons à l'église avec le cheval, ce soir. Je suis libre, je peux t'aider ?

– Tout est prêt ; merci, Gervaise.

– Alors, à ce soir.

Gervaise avait compris : Angéline préférait qu'elle ne s'attarde pas. Tel que projeté, les Tremblay descendirent au village confortablement emmitouflés, bien rapprochés l'un de l'autre. Gilbert avait passé son bras autour des épaules de sa femme qui fredonnait des chants de Noël appris au couvent. Les grelots tintaient gentiment au rythme des mouvements du cheval qui hennissait dans le froid de la nuit. Gilbert se sentait grisé par le grand bonheur que lui donnait son épouse, « belle et pure comme ce firmament étoilé ».

Au retour, ils empruntèrent au folklore des chants qui évoquaient leur jeunesse. Parfois Gilbert s'empêtrait ; Gervaise le corrigeait et ils riaient à gorge déployée, tels des enfants insouciants. La monture s'arrêta devant la maisonnette de Raymond, tout illuminée pour la grande fête.

– Je ramène le cheval à l'écurie et je viens te rejoindre.

La soirée fut joyeuse. Pourtant, de temps à autre, les pensées de Gervaise allaient vers ses enfants qui lui manquaient. Angéline s'était surpassée ; elle avait mis beaucoup d'amour à préparer le réveillon. Après le dessert, on fit le traditionnel échange de cadeaux.

Noël serait d'une blancheur immaculée. Du ciel tombait une neige mouilleuse et abondante qui, telle de l'ouate, couvrait le sol et s'accrochait aux fils et aux arbres.

– Il ne faudrait pas que la tempête se lève, les chemins fermeraient. Tant de gens sont sur la route à cette période-ci. Habituellement à Noël, je travaillais pour laisser mes confrères profiter du congé avec leur famille.

Gervaise se taisait, une main devant la bouche. À cause du temps tout particulièrement humide, sa hanche la faisait souffrir et l'amoncellement de la neige rendait sa démarche plus pénible.

– Que c'est beau ! Tout est si blanc, si éclatant ! Ça donne une impression de grande clarté.

Gilbert prit la main de Gervaise qu'il serra très fort. Un instant, le souvenir de Télesphore s'empara des pensées de sa conjointe. Ensemble, ils avaient tant arpenté cette route. La jeune femme savourait son bonheur ; elle avait l'âme débordante d'amour et de reconnaissance.

*
* *

– Non ! Ce n'est pas possible !

Gervaise sursauta. Gilbert rabattit les couvertures, s'assit sur sa couche et s'exclama :

– Tu as entendu ?

– Non, quoi ?

– Le coq.

– Le coq ?

– Le coq a chanté si fort qu'on le croirait dehors.

Gilbert courut à la fenêtre et s'exclama : « Zut ! »

– Tu as rêvé ou tu le vois, le coq ?

– Ton satané coq !

Gilbert enfila son pantalon et disparut sans rien expliquer. Gervaise entendit la porte extérieure se fermer avec fracas. Elle se leva, marcha à la fenêtre et vit le désastre. La neige avait glissé depuis la couverture de la grange et endommagé la façade vitrée du poulailler, si bien que le chanteur de l'aurore avait réveillé Gilbert. Gervaise pouffa de rire. Ne pouvant résister à la tentation, elle ouvrit le châssis, sortit la tête et cria :

– Gilbert.

Celui-ci se tourna vers elle. Elle enchaîna :

– Tu vois, Gilbert, je t'avais prévenu : c'est un coq loyal et fidèle. Il t'a appelé à son aide pour protéger ses poules contre le froid. Si les œufs ne sont pas gelés, apporte-les pour faire l'omelette.

Pan ! Elle referma le panneau. En se frottant les bras pour se réchauffer, elle retourna vers le lit douillet. Son rire s'égrenait derrière elle.

– Je devrais descendre préparer le déjeuner… C'est Noël.

Mais, quand Gilbert rentra, Gervaise dormait profondément.

*
* *

Le retour des enfants se fit dans la joie. Gervaise les serra un à un dans ses bras ; Papachou, des poches aux yeux pour avoir dormi tout le long du parcours, se mit à pleurer.

– Il a été sage ?

– En auto surtout, il a dormi à l'aller comme au retour.

– Vous m'avez manqué, mes petits. La maison est très grande quand vous n'êtes pas là.

– Votre mère chantait pour meubler le silence, jeta Gilbert.

– Et le coq aussi, renchérit-elle, l'œil moqueur.

Attablés, les enfants savouraient un casse-croûte préparé pour les accueillir. Tous parlaient en même temps. Ils avaient tant de choses à raconter ; mais, bientôt, le sommeil les gagna. Ils montèrent dormir sans qu'on les y invite. Après les avoir bordés, Gervaise vint rejoindre Gilbert, du bonheur plein les yeux.

– Tu vois, c'est tout à fait silence et, pourtant, je les sens là autour de nous ; leur seule présence, même s'ils dorment, s'imprègne dans la maison ; ils dégagent une chaleur, une vivacité... Pourquoi souris-tu ?

– Oh ! rien... Ma furie est subjuguée, transportée par l'amour. Dis-moi, ai-je sur toi ce même pouvoir envoûtant ?

– Toi, tu complètes le tout. L'année se termine. Elle n'a pas été de tout repos. Pourtant, rien ne pèse lourd dans mon cœur ; être deux pour traverser les épreuves, s'aimer, savoir se le dire, c'est l'ultime bonheur.

– Ce qui m'impressionne le plus chez toi, c'est ta façon bien particulière d'extérioriser tes sentiments, sans fausse pudeur. C'est une qualité rare, tu sais ; tu donnes, tu aimes, tu laisses déborder le trop-plein de ton cœur avec autant de facilité que tu remplis les bols de soupe. Tu es très attentive aux besoins des autres et tu ne sembles jamais rien attendre en retour.

Gilbert se tut un instant, il semblait fouiller dans ses pensées ; puis il poursuivit.

– Ça fait peut-être partie de nos mœurs, cette manie de cacher nos sentiments. Je crois que c'est dû à la grande influence religieuse subie. On nous guidait dans le sens du devoir à accomplir et on considérait la douceur comme une espèce de faiblesse. Dieu seul méritait d'être aimé et adoré.

– Je n'avais jamais considéré ça sous cet angle, mais je crois que tu as raison. La femme devait être silencieuse et soumise. Pour soi-disant se vouer davantage à ses nouveau-nés ? C'était limiter la capacité d'aimer au seul devoir d'état. Ce qui, je l'ai trop souvent ressenti au couvent, était la façon d'être et de faire des religieuses. Je me souviens qu'un seul mot tendre prononcé par l'une d'elles me laissait confuse.

– Tu aurais dû voir l'étonnement de la foule au bas de la montagne, quand tu t'es précipitée vers ton fils Lucien, le jour de notre mariage. Il s'est fait un silence… émouvant.

– Eh quoi ! Il aurait fallu que je lui donne la fessée, je suppose ! Il souffrait déjà tant, le pauvre enfant. Sévir ce jour-là aurait pu avoir des conséquences graves, lui enlever tout espoir et toute confiance.

– Tu es toi-même si jeune. Comment peux-tu deviner les besoins des enfants ? Est-ce dû à ta mère ?

– J'ai été privée de la présence de maman vers l'âge de sept ans. Ayant goûté très petite l'amertume de l'existence, j'ai eu tout loisir de comprendre les peines des autres qui, le plus souvent, s'apparentent aux nôtres. Je sais que l'amour, le véritable amour, peut faire des miracles.

– J'aimerais revenir à la fugue de Lucien : à ce moment-là, je luttais pour vaincre la face abrupte de la montagne. De là j'entendais ta voix ferme et douce donner des directives à ton fils et ce, avec un calme impressionnant. Je devinais pourtant ce qui se passait dans ta tête : la peur, la peur de chaque instant. Sais-tu, Gervaise, je me demande parfois si cette aventure désagréable n'a pas joué un grand rôle dans notre vie amoureuse. Cette épreuve nous a rapprochés, a cimenté notre union à jamais.

– Dis-moi, tu es heureux ? Foncièrement heureux au milieu de nous ?

– À travers toi, oui, Gervaise, je vous aime tous. Tu m'as donné une famille formidable. Tu me demanderais lequel des enfants je préfère et je ne saurais répondre.

Elle lui sourit, rangea les chaises avant de lui donner la main. Ensemble, ils montèrent à l'étage. Le bonheur du couple fleurissait au fil des jours, les unissant toujours davantage.

*
* *

Les vacances finies, on se remit au boulot. L'habitant a sa façon bien à lui de vivre les loisirs que lui apporte la saison froide. Il travaille aux bâtiments, répare la machinerie, passe à la loupe les détails qui allégeront ses labeurs des beaux jours.

La neige tombait en abondance. Gilbert parlait d'un nouveau tracteur car celui qui se promenait sur cette terre depuis plus de vingt ans menaçait de tomber en morceaux. On parlait de défricher un autre coin de boisé afin d'étendre les semences au-delà des champs existants. Raymond s'avérait un parfait partenaire, un beau-frère vaillant et généreux. Le bon voisinage se doublait d'un bon copinage. On se rendait mutuellement service, on planifiait le travail. Les champs de l'un aboutaient ceux de l'autre ; le sillon était peut-être plus long à creuser, mais il se faisait en une seule opération. La clôture séparant les lots était imaginaire. On économisait aussi en efforts et en temps.

L'harmonie qui régnait chez les siens enchantait Gervaise. Une seule ombre au tableau : elle aurait aimé avoir un autre enfant, un enfant de Gilbert, qui aurait consacré leur union. Papachou grandissait très vite, trop vite. Elle aurait tant aimé avoir un bébé tout neuf à chérir. Elle en rêvait, mais ne se confiait pas ; elle craignait même d'en parler à son Dieu qui la choyait déjà tant, qui lui avait tant donné ! Si elle quémandait des grâces, c'était en faveur des siens.

« Toi qui me donnes tant de bonheur, n'oublie pas ma fille Mariette. Il n'y a qu'à Toi à qui je peux en parler ; protège cette enfant qui souffre sûrement beaucoup pour être aussi révoltée et amère. »

À Télesphore, elle faisait des reproches sévères : « Toi, si bon, tâche de réveiller son ange gardien qui semble dormir là-haut. »

Le téléphone sonna. Gervaise, toujours un peu superstitieuse, alla vers le salon, certaine qu'il s'agissait de Mariette. Elle aspirait profondément, se prépara à faire bonne contenance, quelle que soit l'attitude de la fille butée.

Mais la voix qui l'interpellait lui était inconnue. Une dame Rhéaume, mère de Monique Rhéaume, amie de sa fille Lucille, lui demandait si son nom était bien Gervaise Lamoureux-Langevin. Étonnée, Gervaise répondit par l'affirmative, mais d'un ton distant.

– J'ai cru te reconnaître, à l'église, le jour des funérailles de ton fils. J'accompagnais ma fille Monique. Je vois que ma voix ne te dit rien. Julie…

– Julie…

– Julie Lamont, de Saint-Claud.

– Julie ! Non, c'est impossible !

La conversation prit très vite une tournure agréable.

– J'ai pensé à toi si souvent, Julie.

– Et moi tous les jours. Même si nous étions alors des enfants, tu n'imagines pas l'influence que tu as eue sur ma vie !

Un flot de confidences s'ensuivit. Julie habitait tout près. Elle avait une fille de l'âge de Lucille.

– Mais tu t'es mariée bien jeune ?!

Cette remarque fut suivie d'un silence bien significatif. Gervaise fit dévier la conversation et invita la jeune femme à venir passer une journée auprès d'elle.

– Ta fille viendra nous rejoindre avec Lucille après l'école, vous souperez avec nous. Le mercredi, mon mari s'absente. Nous serions en tête à tête. Ce serait très agréable. Mercredi prochain, ça te conviendrait ?

Ce coup de fil replongeait Gervaise dans son passé. Sa vie active de mère et d'épouse avait creusé un fossé entre son enfance et le présent. Voilà que surgissait de l'ombre un personnage évocateur de ces mauvais jours qui l'avaient tant meurtrie.

*

* *

Gervaise se préparait à bien accueillir son amie d'enfance ; elle faisait briller sa maison, avec fierté. C'était sa maison, son royaume. Elle fouillait dans ses souvenirs ; choisir son menu pour ce mercredi soir en fonction de ce qu'elle se rappelait des goûts de Julie serait lui faire la plus plaisante des surprises.

Elle s'étonnait que le nom de sa mère n'ait pas été mentionné. Gervaise soupçonnait que cette fillette, si mal aimée, avait eu à souffrir beaucoup. « Si jeune et déjà veuve, avec la charge d'une enfant sur ses épaules ! »

Le plat de sucre à la crème fut placé au centre de la table. Gervaise prépara une limonade et la mit à refroidir. Elle regardait l'horloge. Son amie ne tarderait plus.

« Pourquoi suis-je nerveuse ? Je n'ai pas à être inquiète. Ou bien suis-je tout simplement bouleversée… Je deviens sauvageonne ; je suis si bien ancrée dans mon bonheur que tout ce qui m'est extérieur m'effraie ! »

*

* *

À quelque distance de là, Julie Lamont regardait fixement le plafond. Dieu qu'elle avait lutté pour ne pas succomber à son désir ardent de revoir Gervaise, depuis ce jour, à l'église ! Mais l'appel intérieur était si vivace, sa soif de savoir si grande, qu'elle n'avait pu s'empêcher de téléphoner. Gervaise comprendrait ; elle serait sa confidente, son guide, comme autrefois, là-bas, à Saint-Claud.

« Elle a toujours cette voix assurée, elle est toujours forte, déterminée. Comme je l'envie ! Si seulement j'avais un peu de cette force vitale, de cette ardeur à vivre, de cette perspicacité débordante ! J'étais là, désarmée, hésitante ; mais elle était toujours confiante, prête à lutter pour la justice ; elle prenait ma défense, toujours à ses risques, sans peur apparente ! Je la croyais disparue à jamais. Voilà que notre route se croise une fois de plus… »

Julie se souvenait de l'irruption soudaine de cette enfant arrivée dans une grosse auto noire, escortée de son père et de cet être fabuleux en soutane noire. Ils étaient partis et l'avaient laissée là. Elle ne se doutait pas alors qu'elle deviendrait une amie véritable, la première petite fille à entrer chez elle. Et ce miracle : sur la table de la cuisine s'était élevé un monticule de légumes, de gros choux ; qu'ils étaient gros, ces choux ! Elle fermait les yeux, revoyait ce passé gravé dans sa tête d'enfant tel un conte de fées. Ses premiers jours heureux, entre une mère faible et effrayée, et un père cruel et sans entrailles qui n'avait qu'une passion : la bouteille. L'arrivée de cette petite fille, boiteuse, mais douce, avait momentanément tout changé, par magie.

« Elle lui tenait tête, elle, à ce père dénaturé. Elle se glissait entre lui et maman, elle lui parlait en le fixant droit dans les yeux alors que je frémissais tant. J'avais peur ; peur pour elle, peur pour maman. Les coups m'effrayaient moins que sa méchanceté.

« Mon premier manteau, taillé par maman, cet accident terrible dont les détails m'échappent, le cauchemar, les hurlements, la porte qui se brise, la colère noire de mon père, maman qui hurle, lui qui jure, Gervaise qui gémit, un trou profond, le silence. Le réveil atroce, mon père a fui. Gervaise aussi, comme ça, sans un mot, son ardoise brisée abandonnée sur le lit, sans ses vêtements ; et maman qui pleurait à chaudes larmes.

« Le prêtre est revenu. Il s'est enfermé au salon avec maman. J'espérais encore. Ramènerait-il Gervaise ? Je ne pouvais même plus aller à l'école. La vie semblait s'être arrêtée.

« Puis papa est revenu… doux et affable. Guéri, disait-il. Maman a encore pardonné. »

Jusqu'au jour où…

Julie pleurait maintenant, la tête dans l'oreiller. Elle étouffait dans ses sanglots au souvenir du drame véritable, celui qui avait irrémédiablement brisé sa vie. Elle avait grandi, car les années passaient, lentes, moroses. Son père était souvent absent. Sa mère faisait des ménages pour mettre le pain sur la table. Quant à elle, elle faisait l'apprentissage de ce que sa mère pouvait lui apprendre : les éléments de la couture, tailler dans de vieux vêtements, quelques rudiments de cuisine en faisant des miracles avec peu.

Il était venu cet après-midi-là. Il était ivre. Il l'avait saisie, brutalisée. Il l'avait plongée dans un gouffre noir, plus morte que vive. Sa mère l'avait surpris étalé de tout son long sur sa fille figée par la peur. Le reste de ses souvenirs se perdait dans des hurlements. Les voisins avaient alerté la police. Sa mère gisait dans une mare de sang. Lui, il avait été coffré ; la fillette s'était évanouie dans les bras de celui qui tentait de la secourir.

La société, jusqu'alors silencieuse et trop tolérante, avait pris charge de la fille. Le père avait disparu de sa vie, mais il lui avait ravi toute raison de vivre. Le désespoir profond où elle se trouvait plongée devait prendre une dimension plus dramatique encore : Julie était enceinte.

Ah ! Le drame. Les saintes personnes qui l'avaient recueillie se faisaient un devoir sacré de la persuader de donner son enfant en adoption. D'abord docile à ces propos dont elle ne comprenait pas le sens véritable, Julie s'était rebellée pour la première fois de sa vie : la vie florissante en elle lui donnait enfin une raison de s'accrocher, d'espérer. Elle n'avait rien voulu signer, tout en continuant de jouer les belles soumises. En ces jours sombres, elle pensait à Gervaise, à sa détermination, à ses leçons de courage dont elle avait gardé le souvenir.

Après la naissance de son enfant, elle avait pris des arrangements pour travailler à la crèche où elle résidait, pour défrayer la pension de son bébé. Se cacher, devoir se cacher pour caresser son poupon, afin qu'on ne se doute pas des projets qu'elle nourrissait dans son âme ; devoir jouer un rôle pour laisser croire à sa bonne foi ; garder le sourire, se faire docile alors que son âme pleurait. Julie n'avait reculé devant rien. Seul son enfant comptait.

Une fois encore elle avait revu l'homme à la soutane. Une fois encore il lui avait semblé menaçant, mais il ne portait pas la robe noire. L'heure était venue d'apposer sa signature en bas de cette page qu'elle n'aurait pas su lire : tout dansait devant ses yeux. Mais elle avait tenu bon, elle avait cherché des arguments, tenté de savoir s'il était possible d'obtenir l'appui de ce saint homme. Il avait évoqué la loi, la loi des hommes. Comme elle demeurait inflexible, il avait changé de stratagème et choisi l'autre méthode : le mélodrame.

– Un enfant sans père, sans soutien nourricier.

– Parlez-vous de moi ou de ma fille ?

– La société tolérerait bien mal…

– Mais elle a permis à mon père de tuer ma mère parce que, justement, elle est indifférente à ce qui l'entoure !

– Votre inexpérience de la vie…

– J'en ai assez vécu pour meubler deux vies normales !

– Les besoins de votre enfant…

– Je suis aussi qualifiée que l'était ma mère qui, en plus de me nourrir, pourvoyait aux besoins primaires de mon père. Je veux, moi seule, pouvoir élever mon enfant, car moi seule connais ses antécédents.

L'homme d'Église s'était tu. Était-il à bout d'arguments ? Une lueur d'espoir illuminait le regard de la jeune fille.

– Si vous saviez comme j'ai prié Dieu que ce soit une fille ! Pour une fois, Il m'a exaucée. Allez-vous tout briser ça, vous mettre en travers de ses vues sur nous deux ?

Il allait partir. Il reviendrait ; il lui fallait consulter, réfléchir… Et Julie s'était faite suppliante, multipliant les promesses.

Le religieux avait ses raisons, mais elles tenaient bien peu compte des vœux de Julie. Les couvents étaient de plus en plus désertés, les religieuses retournaient dans le monde ; il y avait de grands besoins à combler au sein de la société ; l'œuvre sociale elle-même devait être repensée.

Julie devait finalement remporter une bien grande victoire. Sa ténacité avait été récompensée : on l'avait placée dans une famille aisée qui lui donnerait, à elle et à son enfant, gîte et couvert en retour de soins que nécessitait un couple âgé. Enfin, elle connaissait un répit bien mérité. Elle avait connu le bonheur.

Et sa fille Monique prit un jour le chemin de l'école sous le nom de Rhéaume. Pour fermer la porte sur son passé, Julie avait donné à sa fille le nom de sa mère. De même elle avait créé une légende autour du décès du père de sa fille.

Aujourd'hui elle venait de franchir un autre pas difficile, elle avait téléphoné à Gervaise. La revoir d'abord. Si elle était toujours cette fille brave et sincère qu'elle avait aimée, elle viderait le trop-plein de son cœur et lui dirait toute la vérité, celle que même sa fille ignorait.

Jamais encore elle n'avait eu l'occasion de trouver sur sa route une oreille attentive et discrète. Qu'il serait bon de pouvoir se libérer de toute cette souffrance, de cette laideur qui meublait ses pensées obsédantes ! Sa solitude lui pesait lourd. Retrouver Gervaise lui permettait d'espérer une amitié certaine. Mais encore fallait-il que le climat de confiance puisse être recréé pour rendre les confidences possibles. Elle espérait de toute son âme, puis se repliait dans la crainte. Bercée entre la peur et l'espoir, elle s'était endormie inquiète. Monique, sa fille, avait tellement crié sa joie qu'elle ne pouvait plus reculer. Elle ferait taire ses appréhensions et irait de l'avant. C'est bouleversée et torturée de doutes qu'elle se rendit enfin à ce rendez-vous duquel elle espérait tant.

La vue de cette grande maison à corniches avec sa vieille pierre et sa grande galerie, surmontée d'une cheminée qui laissait échapper des nuages de fumée dans le ciel froid de janvier, tout cela l'impressionnait. Il était évident que derrière ces murs se cachaient la sécurité et le confort. Elle avait le sentiment de faire piètre figure, d'être la parente pauvre. Son cœur se serrait.

Gervaise lui ouvrit les bras. Julie vint se blottir contre son amie. L'étreinte durait. L'une comme l'autre cherchait à cacher l'émotion qui la gagnait.

Gervaise, silencieuse, regardait la jeune femme et, avec une tendresse infinie, caressait sa chevelure.

– Tu es devenue une très jolie femme, dit-elle enfin. Viens, j'ai une pleine théière fumante qui nous attend.

Julie se laissait entraîner vers la table familiale. Gervaise versait la tisane, cherchant le regard de Julie.

– Alors, raconte. Dis-moi tout. Parle-moi de ta mère, de nos compagnes de classe, de ce manteau qui nous intriguait tant ; parle-moi de ta fille, de ton mari. Mais, je parle sans arrêt… Je suis si émue de te revoir.

– J'ai tant souffert de ton départ subit. Quel vide tu as laissé derrière toi. Et, toutes ces années qui ont suivi, je n'espérais plus avoir la joie de te revoir.

– Nous étions si jeunes, et pourtant si liées par une affection réciproque. La vie est bête parfois.

Julie baissait la tête ; sa main tremblait quand elle portait la tasse à sa bouche. Gervaise devinait qu'il n'était pas facile, même après tant d'années, de retourner au point de départ, à cette nuit terrible, et de l'expliquer. La cruauté de son père était cause de tout, mais son amie pouvait-elle aborder ce sujet sans ressentir une profonde humiliation ? Aussi fit-elle dévier la conversation.

– Ne trouves-tu pas extraordinaire, Julie, que nous nous soyons ainsi retrouvées grâce à nos filles ?

Le mot magique était prononcé ; le visage de Julie s'enflammait enfin : Monique, son enfant, sa raison de vivre.

Julie parla de l'émotion ressentie à l'église, lorsqu'elle l'avait reconnue. Gervaise, elle, racontait son mariage organisé, planifié par les religieuses, à un veuf ni vu ni connu, qui avait une kyrielle d'enfants à lui offrir.

– Tu ne t'es pas révoltée à cette idée ?

– Que si ! Et comment !

Gervaise raconta les mises en garde de la Mère supérieure au sujet des hommes, de tous les hommes, de celui-là en particulier. Les éclats de rire fusaient. Il était question de Télesphore qui l'avait séduite le premier jour, de ce grand amour qui avait ensoleillé leur relation si pleine, mais hélas ! si éphémère.

Une fois lancée, Gervaise ne tarissait plus. Elle se réjouissait d'avoir capté l'attention de son amie pour qui les confidences étaient sans doute plus pénibles, moins heureuses. Elle devinait qu'il lui faudrait l'apprivoiser, lui donner du temps et, si elle restait cantonnée dans le silence, elle respecterait son choix.

Bébé Télesphore fit irruption dans le décor. Julie le prit sur ses genoux.

– C'est mon premier mari tout copié, son père en miniature.

– En somme tu as eu de la chance, beaucoup de chance.

Une note de regret perçait dans la voix, confirmant les appréhensions de Gervaise. La différence dans les conditions de vie de ces deux jeunes femmes rendait pénible ce premier contact après tant d'années de séparation. Tout un monde les séparait. Le malaise était inévitable. Par contre, les liens des enfants laissent leur marque et Gervaise espérait que quelques rencontres pourraient renouer les liens qui les avaient unies dans le passé. La conversation prenait de plus en plus un caractère personnel. L'une comme l'autre évitait les détails embarrassants. Peu à peu, l'atmosphère se détendait.

L'arrivée des enfants créa une heureuse diversion. Monique entra derrière Lucille empressée d'ouvrir toute grande la porte accueillante de sa maison, de son foyer. « Elle est tout ton portrait, Julie. »

Les mamans dressaient le couvert, parlaient popote ; les enfants, en permission bien spéciale, s'émerveillaient devant le poste de télévision. On passa à table.

Il était question du congé de Noël, des vacances passées chez des tantes, au loin.

– Qu'est-ce que tu as fait, toi, Monique, à Noël ?

Hésitante, la fillette répondit qu'elle avait reçu des cadeaux.

– Si j'avais su, vous auriez pu venir ici, Julie. La maison était bien grande sans les enfants, nous aurions apprécié votre compagnie.

La messe de minuit en carriole, les chants dans la nuit, le Noël tout blanc, tous avaient des tas de choses à raconter. Julie se taisait. Monique écoutait, tournant la tête vers l'une puis vers l'autre, enchantée par tant de verve.

– Julie et moi ferons la vaisselle. Débarrassez la table et pensez à vos devoirs.

– Zut !

– Qu'est-ce qui ne va pas, Lucille ? Tu veux faire toi-même la vaisselle ?

– Ben, non.

– Quoi alors ?

– Demain, c'est le dernier jour pour remettre la composition.

– Alors ?

– Ça ne me tente pas, je déteste ça.

– Ce n'est pas en contournant tes problèmes que tu vas les régler. Mets-toi au travail et tu réaliseras vite qu'il est moins pénible de faire ton devoir que de te morfondre inutilement à en parler.

– Maman me dit toujours ça, elle aussi.

– Ta maman a raison. Quand c'est fini, on est doublement récompensé.

– Maman…

– Oui, ma fille.

– Veux-tu que Monique couche ici ?

– Quelle bonne idée ! Restez. Demain les petites iront à l'école, on va vous prêter des jaquettes pour la nuit. Mais à condition que vous fassiez votre composition bien sagement.

Julie voulut protester, mais Gervaise ne le permit pas. Monique et Lucille semblaient émerveillées. La vaisselle s'empilait sur l'évier, les cahiers de devoirs sur la grande table.

– C'est abuser de ton hospitalité.

– Tut, tut, tut, fit Gervaise.

D'un mouvement de la tête, Julie indiquait les enfants qui étaient silencieux. Les mamans parlaient à voix basse.

– Comment peux-tu réussir à imposer une telle discipline à ces jeunes ?

– En les aimant.

– Tu crois que ça suffit ?

– Crois-moi, oui. J'ai été si seule, je me suis tellement ennuyée dans mon enfance, je le sais.

– Et moi qui ne pouvais même pas t'aider…

– Allons donc ! Qu'est-ce que tu racontes ? Tu ne vas tout de même pas te faire des reproches pour une responsabilité qui ne relevait pas de toi, à l'âge que tu avais…

– Pourtant, toi, tu réussissais à me protéger, à imposer ta façon de voir…

– Je sais une chose, Julie : avoir été à ta place, je crois que j'aurais agi exactement comme tu l'as fait ! Mais changeons de sujet. Faisons de ces minutes des moments agréables et joyeux. Remuer le passé n'est pas toujours agréable.

– Contourner ses problèmes plutôt que d'y faire face… comme tu l'expliquais tantôt à ta fille.

– C'est une de mes marottes.

– Tu as du cran, c'est le moins que je puisse dire.

– Si tu veux bien m'excuser, je vais aller coucher mon petit ; je reviens vite.

– Je termine tout ceci, va.

Julie ne pouvait s'empêcher de se remémorer la

table de ses parents, subitement couverte des légumes variés déposés par le père de Gervaise. « Elle n'a jamais connu la faim. »

Les devoirs terminés, les enfants montèrent se coucher. Gervaise et son amie se regardaient avec tendresse.

– Merci du bonheur que cette visite donne à ma fille ; elle a peu d'amies. Toutefois, elle s'est liée très vite à Lucille. Tu crois qu'elles dorment, présentement ?

– J'en doute. Si tu te souviens, nous jacassions tard malgré la défense formelle de ta mère.

– Elle avait de bonnes raisons de vouloir que nous dormions tôt… Mais la désobéissance m'aura permis d'apprendre très vite à lire ; même ça, je te le dois.

– Tu étais très douée.

– Et toi, espiègle. Je me suis posé tant de questions à ton sujet durant toutes ces années. Je devinais que tu avais une vie qui sortait de l'ordinaire. Imagine donc : mariée, mère, veuve, remariée. Tout ça en si peu de temps. Rêves-tu d'un autre enfant ?

– Là dans le secret de mon âme, oui.

– Il est beau, ton nouveau prince ?

– Attends.

Gervaise alla au salon et revint avec deux albums de photos. Les ancêtres Langevin défilèrent, figés sur l'image, avec une expression sévère, car les appareils d'alors exigeaient une immobilité de plusieurs instants avant que la pellicule ne reproduise le sujet.

– Là, Télesphore… J'étais enceinte…

Gervaise narrait les incidents de ce jour, les propos de son mari, sa joie. Ses yeux brillaient ; elle passait le bout de l'index sur la photo, multipliant les détails de cette journée. Julie souriait, fascinée d'entendre et de voir son amie laisser exploser sa flamme intérieure.

– Comme tu l'as aimé !

– Oui ! Lui, les siens, cette maison, tout ce qu'il était.

– Et ce qu'il est toujours, je le devine à t'entendre.

– C'est que… jamais encore je n'ai eu l'occasion de laisser ainsi parler mon cœur, de livrer mes sentiments profonds. Tout s'est passé si vite ! Grâce à Télesphore et à son grand amour, j'ai pu oublier le passé, mon infirmité surtout qui me faisait souffrir. Il a donné un sens à ma vie, il m'a aidée à devenir une vraie femme, à avoir confiance.

– Toi ! Si forte et déterminée ! Je te croyais bien au-dessus de ces appréhensions.

– Jeune, grâce à mon père, j'ai appris à surmonter les problèmes, mais la lutte n'était pas pour autant gagnée.

Le visage de Julie se rembrunit. Gervaise venait de gaffer, elle le sentit bien. Aussi déplaça-t-elle ce premier album pour ouvrir l'autre. Elle parla, à mesure que les photos défilaient, des enfants et de leurs exploits, de ce fils, Alphonse, séminariste alors, et de son décès dramatique.

– Tu vois : même là, le destin a joué puisqu'il t'a remise sur ma route.

– Tu as une foi à toute épreuve ! Comme je t'envie.

– Dis donc ! Tu as une fille adorable, belle et enjouée, c'est ce qu'il y a de plus précieux au monde.

– N'est-ce pas qu'elle est charmante, ma Monique ? Je ne vis que pour elle.

– Ça demeure toujours un mystère, cet envoûtement de la mère devant les enfants. C'est sans doute un objectif bien précis qu'avait visé le Créateur lorsqu'Il a créé la femme, alors que l'homme regarde l'enfant comme un prolongement de lui-même, une continuité de sa propre vie. Gilbert avait un fils, né de son premier mariage. Il est décédé depuis et j'ai vu sa souffrance. J'aimerais tant lui donner la joie d'avoir un fils. Mais nous devenons trop sérieuses. Ne parlons pas de regrets.

– Toi, si occupée, avec toute une corvée sur les bras, comment, ici, en pleine campagne, as-tu pu dénicher un deuxième mari ?

Gervaise s'esclaffa. Puis, prenant un air mystérieux et grave, elle confessa :

– Gilbert m'a recueillie sur la route. J'étais hideuse à voir ; j'avais passé la nuit couchée sous un perron, dans un nid de souris. J'avais volé une chemise et une pomme, je faisais du pouce après avoir vagabondé toute une nuit sous la pluie…

Julie ouvrit de grands yeux, incrédule, estomaquée.

– Qu'est-ce que tu racontes ? Tu te payes ma tête ou quoi ?

– La vérité, je te l'assure. Et il m'a aimée, comme ça. Moi, une fripouille… Et je l'ai demandé en mariage…

Devant l'ahurissement complet de son amie, Gervaise expliquait maintenant les faits, les remettant dans leur contexte. Leur gaieté était partagée.

– De tes malheurs tu sais tirer des joies.

– Pourquoi pas ? Le hasard est parfois un charmant complice. Tu te souviens de la chanson de Charles Trenet : « Le bonheur passe près de vous, un soir, dans la nuit, n'importe où… »

– Mais tu aurais pu croiser un être infâme, laid, je ne sais pas, moi.

– Alors, je ne l'aurais pas épousé. Voilà tout !

– Encore fallait-il qu'il soit libre…

– Pas même, il faisait partie des forces de l'ordre. Pour nous, il a tout laissé tomber. Il adore la terre ; le voilà devenu habitant, et heureux de l'être.

– Ça n'arrive que dans les romans heureux, des histoires comme celle-là. Tu as une photo du nouvel élu ?

– Bien sûr, prise le jour de notre mariage d'abord. Mais on le voit bien mal. Regarde, il est là, et, devant lui, cette femme à chapeau…

– Mariage double ?

– Mon frère et sa femme. Tu les connaîtras un jour.

– Ton frère que tu avais perdu ?

– Quelle mémoire ! Tu n'as pas oublié ça ! Viens au salon, j'ai de belles photos de Gilbert.

Il y en avait une de Gilbert en uniforme, qui montrait sa taille élancée, et une autre en buste, Gilbert souriant. Julie regardait, médusée.

– N'est-ce pas qu'il est beau ?

Julie ne répondait pas, elle avait blêmi. Reculant de quelques pas, elle s'exclama :

– Grand Dieu !

– Qu'est-ce qui t'arrive, Julie ? Que se passe-t-il ? Allons, parle-moi, Julie !

– Je... je viens de me rappeler quelque chose, quelque chose d'urgent. Nous allons devoir partir. Ah ! Gervaise, pardonne-moi. Mais je dois partir, tout de suite. Viens, allons réveiller Monique. Je t'expliquerai.

La voix angoissée de Julie, la pâleur de son visage, ses mains tremblantes laissaient percer la terreur qui l'habitait. Déconcertée, Gervaise ne savait quoi objecter à une réaction aussi vive. Julie monta au pas de course. Gervaise la suivait, clopinant loin derrière elle.

Monique fut tirée de son sommeil. Surprise et apeurée, elle obéit à sa mère. Lucille, à demi réveillée, protestait à peine.

– À demain, alors, Monique.

Elle se retourna et se rendormit. Fébrile, presque sans voix, Julie pressait sa fille. Au moment de sortir, elle jeta d'une voix sanglotante :

– Je t'expliquerai tout, Gervaise.

La porte se referma. Gervaise restait là, debout, fixant l'endroit que son amie venait de quitter.

– Seigneur Jésus ! Qu'est-ce que ça signifie ? Que lui arrive-t-il ?

Comme cette autre nuit, là-bas, devant la cruauté du père de son amie, sa fuite à elle, la nuit, comme ce soir... Gervaise frissonnait de tout son être.

Gilbert la trouva bouleversée, effrayée, les lumières toutes allumées. Elle était couchée dans son lit, mais elle avait le regard troublé et il la sentait complètement déconcertée.

– Et moi qui me suis attardé le plus possible pour vous laisser en tête à tête. Elle t'a fait souffrir à ce point ? Que t'a-t-elle raconté ?

Gervaise se contenta de hocher la tête. Elle ne trouvait pas de réponse. Gilbert la prit dans ses bras, la serra contre lui ; alors, elle pleura, intarissable.

– Ma pauvre chouette !

Tendresse et douceur réussissaient lentement, bien lentement, à atténuer la douleur de Gervaise. La chaleur, tout humaine, qui se dégageait de cet homme affectueux se communiquait à l'âme souffrante qui, même dans son sommeil, continuait de subir des soubresauts. Peu à peu, l'effet calmant des caresses opérait.

Gilbert se leva avec le chant du coq. Il couvrit Gervaise et s'empressa de faire le train habituel afin de se trouver près d'elle à son réveil. Intrigué, il se posait mille questions. Quel incident du passé lui avait donc remémoré son amie, quelle plaie mal cicatrisée avait été ouverte ?

Il rentra. Les enfants déjeunaient « silencieusement car maman dort encore ».

– Monique voulait passer la nuit ici, mais sa mère a changé d'idée, commenta Lucille, déçue. Maman est beaucoup plus gentille.

– Elle avait sans doute des motifs sérieux de vouloir partir. Parfois il faut faire preuve d'indulgence avec ses amis.

– Moi, quand j'aurai des enfants…

Gilbert souriait : les parents, ces éternels coupables… Ils partirent tous pour l'école. Le jeune Télesphore dansait sur les genoux de Gilbert lorsque Gervaise fit enfin son apparition.

– Tu t'es reposée, ma femme.

– Oui, merci. J'étais si désemparée. Merci.

– Allons ! Tu n'as pas à expliquer ce côté fragile de ta personnalité, ni à t'excuser parce que tu as une âme attentive et délicate.

– Je me demande ce qui a bien pu lui traverser l'esprit pour qu'elle me quitte ainsi ; tu imagines, sa fille dormait déjà. Elle l'a réveillée et… elle semblait fuir quelque chose… Je la sentais terrorisée.

– Comme ça, sans raison ?

– Je t'assure. Rien dans notre conversation ne saurait justifier ce revirement subit.

– Peut-être que tu n'y es pour rien. Je suppose que vous allez vous revoir ? Attends ses explications, elle t'en donnera sûrement.

Mais la journée passa et, le soir, Lucille rentra de l'école en s'exclamant que Monique était absente.

Gervaise fit taire son inquiétude en présence de sa fille, mais elle en parla à son mari.

– Au pire, tu peux attendre un peu ; si elle ne se manifeste pas, tu iras aux nouvelles.

– Mais où ?

– Tu pourras bien obtenir son adresse par la direction de l'école. Peut-être que Lucille la connaît.

Mais de Julie, aucune nouvelle. Quand il se fut écoulé une semaine, Gervaise, n'y tenant plus, fit la démarche suggérée par son mari.

– J'irai avec toi. Ne proteste pas ! J'insiste, je t'accompagnerai là-bas.

La maison devant laquelle s'était arrêté Gilbert était impressionnante, spacieuse.

– Ce sont les parents de son mari qui y habitent ; elle a dû épouser un garçon fortuné.

– Tu préfères que je t'attende dans la voiture ?

– Oui, ta présence la gênerait peut-être.

– Quelque chose me dit que tu vas avoir de vilaines surprises. Je ne bronche pas. Si tu es inquiète, fais-moi signe.

– Merci, Gilbert. Ne t'en fais pas.

– Mon petit bout déterminé de femme saura bien faire face à la situation. Va, je vais lire mon journal en t'attendant.

Gervaise s'avançait, le cœur palpitant. Une dame répondit à la porte. Le carillon continuait encore de propager des notes joyeuses qui se répercutaient dans l'immense hall d'entrée.

– Madame Rhéaume, je présume ; je suis l'amie de Julie.

Surprise, la dame plissa le front.

– Ah ! Je vois. Vous êtes cette dame qui l'a invitée avec sa fille… Entrez.

– Vous êtes sa belle-mère, n'est-ce pas ?

– Sa belle-mère ? Je ne comprends pas.

Il fallut plusieurs minutes pour démêler l'écheveau compliqué de la situation. C'était clair, Julie avait menti.

– Vous m'inquiétez. Suivez-moi. Julie n'est pas revenue. Je la croyais chez vous.

– Si vous permettez…

Gervaise expliqua le départ précipité de son amie, le soir de sa visite. « Mon mari m'accompagne… Nous nous morfondons, nous aussi. » Gervaise sortit et invita Gilbert à se joindre à elles.

Ensemble ils se rendirent aux chambres occupées par Julie et sa fille. Les lieux étaient vidés de toutes leurs affaires. Julie et sa fille avaient fui.

– Il faudrait alerter la police ! Ce n'est pas normal, soupira Gervaise.

– Peut-être n'est-ce pas là la bonne solution.

Et la dame expliqua que Julie lui avait été recommandée, qu'elle avait un protecteur, que Julie était peut-être allée vers lui.

– Vous semblez étonnée. Ne m'avez-vous pas dit qu'elle était votre amie ? Alors vous savez tout.

– Non, justement. Nous nous étions perdues de vue depuis très longtemps ; elle ne m'a rien confié. Pourtant, pendant le court laps de temps passé ensemble, j'ai à quelques reprises senti qu'elle aurait aimé s'épancher. La pudeur l'en a sans doute empêchée. Son enfance n'a pas été des plus heureuses. J'avais cru comprendre que vous étiez sa belle-mère.

– Il ne m'appartient pas de vous dévoiler ses secrets

et ses misères. Il vaut mieux que vous sachiez seulement que Julie travaille ici depuis plusieurs années. C'est une fille épatante et honnête, triste au possible ! Mais très dévouée. Son départ précipité me bouleverse. Je suis sûre qu'elle a agi sous l'impulsion du moment et qu'elle ne tardera pas à s'expliquer.

– Puis-je vous prier de me faire savoir ce qui se passe ? J'aimerais l'aider.

Madame Lefebvre fixait Gervaise. Parfois elle jetait un regard en direction de Gilbert qui se tenait à l'écart.

– Dites-moi, monsieur, avez-vous aussi senti son bouleversement ?

Le sujet s'épuisait. Chacun se tenait sur ses gardes, Gervaise le sentit. Il n'y avait plus rien à se dire, le mystère resterait complet.

– Ma fille Lucille sera très peinée, elle était très liée à Monique.

– Ainsi, vous êtes la mère de Lucille. Monique m'en a parlé, parfois. Vous savez, madame, certaines misères, certaines peines font mal très longtemps. Julie appartenait au groupe des mal-aimés.

– Elle avait pourtant une mère très bonne…

L'autre baissa les yeux. Il était évident que Gervaise ne savait rien de l'histoire de Julie. Elle se taisait, maintenant persuadée que Julie avait fui à cause d'une page de l'histoire de sa vie qu'elle voulait tourner. Ce qui la rassurait un peu. Elle se leva, tendit la main, promit de donner des nouvelles si Julie approuvait.

Gervaise prit le bras de Gilbert. Celui-ci posa une main sur la sienne et ils s'éloignèrent en silence, sentant le regard de la dame posé sur eux. Sur le chemin du retour, Gilbert fit part de son opinion à sa femme : Julie n'était pas en danger. Tôt ou tard, elle entrerait en contact avec elle et lui dirait tout.

– Tu crois ? Sincèrement, tu le crois ? Tu ne dis pas ça pour me rassurer ?

Une semaine se passa, longue, accablante. Gervaise ne parvenait pas à chasser ces pensées de sa tête. Elle repassait mentalement les incidents de cette journée, les propos qu'elles avaient tenus, cherchant la réponse à sa question : pourquoi ? Puis une lettre arriva, postée depuis Québec. Une simple feuille de papier, quelques lignes qui avaient dû demander un grand effort à leur auteure :

Ma chère, très chère Gervaise,
Pardon et merci. J'ai dû fuir, avec ma fille, à son grand désespoir. Ci-joint une lettre de Monique pour Lucille.
Demande à ton mari s'il se souvient d'une fille qui s'est évanouie, dans ses bras, à Saint-Claud, une certaine nuit…
Je l'ai reconnu, sur les photos. J'ai eu honte, j'ai eu peur. Pardon et merci. Je t'aimerai toujours.
Ton amie à jamais.

Julie.

Et ce fut Gilbert qui apprit à Gervaise le triste sort de Julie, cette petite fille sacrifiée par la vie. Il lui appartenait maintenant d'imaginer la dose de courage qu'il lui avait fallu trouver dans son âme pour surmonter l'affreux calvaire. Et encore, Gilbert ne connaissait que les grandes lignes du drame. Une fois de plus, Gervaise remercia le ciel de l'avoir épargnée, elle, de si grandes misères morales. « Si ça peut te réconforter, Gervaise, ton amie a, heureusement, une certaine aisance financière. La maison qui appartenait à sa mère a été vendue et les fruits lui en sont versés par les soins de son protecteur. »

Gervaise pensa à Télesphore, si généreux, si attentif aux besoins des siens.

Sa reconnaissance quintuplait une fois de plus, pour sa capacité d'aimer, et le besoin de partager qu'il lui avait transmis. Un sentiment de paix intérieure l'enveloppait.

*
* *

Lorsque Gervaise remit à sa fille la lettre que lui avait adressée Monique, son visage s'épanouit. Elle la prit, manifestement heureuse, et s'enfuit dans sa chambre. Une première lettre ne manque jamais de prendre de l'importance, surtout aux yeux d'un enfant. Lucille n'échappait pas à la règle.

Elle n'en dévoila pas la teneur à sa mère, jouissant de l'effet de mystère que laissait planer autour d'elle ce secret. Gervaise, qui savait faire la part des choses, souriait. Elle comprenait la fierté ressentie par sa fille et se réjouissait que ses enfants aient de ces réactions saines dans leur cheminement.

Aussi leur suggéra-t-elle d'écrire à leurs cousins et cousines qui les avaient accueillis à Noël. Détails anodins, mondanités, mais qui participent à l'épanouissement des jeunes, favorisent les contacts humains, resserrent plus étroitement les liens.

Gilbert s'étonnait de ce que Gervaise ne ramène plus le nom de Julie dans leurs conversations ; elle qui allait toujours au fond des choses, elle gardait le silence à ce sujet.

Elle avait perdu l'occasion de tendre une main secourable à son amie. Mais maintenant qu'elle savait que son mari était en cause, quoique indirectement, elle n'eût plus à choisir. Elle ne s'appesantirait pas sur un sujet aussi délicat. Il appartenait à Julie de faire face à la situation ; à tout prix, Gervaise veillerait d'abord au bonheur des siens, dont Gilbert était.

Elle s'efforçait d'oublier la tournure qu'avait prise cet événement. Julie lui avait menti en brodant autour de la vérité ; cela choquait sa conscience droite. Il eût été si simple de ne rien dire si elle répugnait aux confidences.

Gervaise ne pouvait deviner que la remarque faite à sa fille Lucille à l'heure du souper avait grandement marqué Julie : « Ce n'est pas en contournant tes problèmes que tu les régleras. »

Julie, de nouveau exilée, méditait cette phrase qui s'appliquait si bien à elle. Un premier pas était accompli ; même malhabile, il porterait des fruits. La jeune femme gardait dans son cœur l'image d'une famille unie et heureuse, elle s'acharnerait elle aussi à poursuivre le bonheur. Cette rencontre avait réveillé son désir de s'épanouir, de rompre avec le passé, de persévérer. Un jour, elle le voulait ardemment, elle se présenterait devant Gervaise avec une désinvolture gracieuse, un visage radieux. Oui, Julie se jurait d'aller de l'avant.

XIV

LA PLEINE LUNE TOMBA LE 20 MARS. Ce serait Pâques dans vingt-neuf jours. Au Québec, cela signifiait, pour la femme, que l'heure était venue du grand ménage de la maison. Nettoyée dans ses coins et recoins, elle brillerait pour la fête pascale.

Gervaise se conformait religieusement à cette coutume. C'était une façon merveilleuse d'imiter Dame Nature qui se chargeait du décor des grands espaces. La neige, à part quelques névés qui faisaient taches blanches dans les sous-bois, allait gonfler le lit des rivières à la poursuite de plus grandes mares. Les arbres en profitaient pour s'abreuver, digérer cette eau qui deviendrait sève, qui à son tour nourrirait les bourgeons. L'harmonie !

Ce réveil subit de la nature n'était pas sans toucher le cœur des hommes. L'air pur du matin, l'herbe piétinée qui se redresse et verdit, le ciel qui devient plus bleu, les oiseaux qui nidifient en criant leurs amours faisaient que les humains, même inconsciemment, subissaient les effets de cette régénération.

– Couvrez-vous bien la gorge, les enfants, le temps est aux rhumes ; ne jouez pas dans l'eau.

– Maman, tout de même ! On n'est plus des enfants, protestait Réjeanne.

– Virus et microbes se soucient bien peu de votre âge ou de votre degré de maturité.

– Ouais, Réjeanne Langevin. Mets ça dans ta pipe.

– Lucien ! Sois poli avec tes sœurs.

Le garçon sortit, l'œil railleur.

« En voilà un qui développe la manie de la plaisanterie, à l'image de son père. »

– Les petites pestes ! Je les adore.

Gilbert souriait. Décidément Gervaise ne cesserait jamais de couver ses enfants.

– Tu seras une belle-mère insupportable. Je plains tes futurs gendres !

– C'est ça, mets-moi à la retraite maintenant que les petits ont appris à marcher.

– Ne change pas, ma chérie, ne change jamais. Je t'adore telle que tu es. Eux aussi.

– Bientôt, ce sera le tour de Papachou de prendre le chemin de l'école ; j'ai peine à le croire.

– Tu devrais te réjouir ! Si tu connaissais les tourments que j'ai traversés, le jour où j'ai compris que jamais mon fils n'aurait une vie normale, que jamais il ne fréquenterait l'école…

– Tu as transposé ce surcroît d'amour sur Lucien ; il s'épanouit à vue d'œil depuis que tu es ici et que tu veilles sur lui. C'est vraiment le rôle du père, l'éducation d'un garçon.

– Voilà un sujet qui ne se tranche pas aussi simplement ; je crois que c'est l'affaire du couple ; il ne faut pas fractionner ce qui forme un tout. J'oubliais, Raymond et Angéline viendront jouer aux cartes après souper.

– Vrai ? Alors, excuse-moi, je vais rouler une tarte et la mettre au four.

– Non, tu ne changeras jamais !

Gervaise se leva brusquement et grimaça.

– Qu'est-ce que tu as ?

– Rien, c'est ma hanche, il va pleuvoir. Ce n'est rien.

– Reste donc assise et repose-toi.

– Il vaut mieux que je bouge. Viens me tenir compagnie.

– Le printemps est doux, il se fait invitant. Bientôt viendra la saison du labourage. Le temps passe très vite.

– Lucien a déjà fait le nettoyage de sa cabane. Il a eu la surprise de trouver un nid dans l'arbre, juste au-dessus du toit.

Et, du quotidien, on s'entretenait, au gré des pensées ; un bonheur simple, paisible, confortable, unissait les époux. Gilbert admirait sa femme sans cesse motivée par l'amour des siens. Il la regardait faire virevolter l'assiette à tarte sur une main ouverte alors que, de l'autre, elle taillait le surplus de pâte qui en débordait. Les doigts trempés dans le lait, elle badigeonnait la pâtisserie, y saupoudrait du sucre, retouchait le feston décoratif blessé pendant les opérations, puis, l'ayant déposée sur la table, elle reculait, l'admirait, disant tout haut : « Voilà, ma belle, il ne te reste plus qu'à aller dorer au four. Tu seras délicieuse et tu me feras honneur, ce soir. »

S'étant approché, Gilbert la prit dans ses bras et amorça des caresses qui ne tardèrent pas à l'enflammer.

– À quelle heure as-tu dit qu'ils viendraient ?

– Après souper.

– Nous avons quarante-cinq minutes. Le temps que ma tarte cuise.

Il la souleva de terre. Avec son fardeau léger, il grimpa à l'étage. La fenêtre était ouverte, le vent doux faisait valser le rideau de dentelle, le soleil continuait sa lente course vers l'ouest. Gilbert se pencha sur Gervaise, l'amour était au rendez-vous.

*

* *

À Loretteville, Mariette s'alourdissait sous l'œil attendri de Mme Trottier. Le sujet qui leur tenait tant à cœur n'était que rarement abordé. Rolande attendait que Mariette parle d'abord de l'enfant et elle profitait de l'occasion pour livrer ses impressions. Les liens entre les deux femmes s'étaient resserrés, avec ou sans paroles. Leur principal objet de rapprochement était cet enfant à naître. Mariette en parlait volontiers au temps présent, mais elle ne mentionnait jamais ce que serait l'avenir, ces jours qui suivraient la naissance du bébé. Rolande continuait d'espérer.

« Elle l'aimera ; elle ne pourra jamais s'en défaire. Elle est forte, pétante de santé ! Ce petit sera formidable. Je suis sûre qu'elle rumine de beaux projets pour lui. »

Si Sofa, la vieille chatte, avait pu parler, que de secrets elle aurait pu transmettre à l'une ou à l'autre de ces deux femmes. Inconsciemment, Mariette imitait Rolande : quand l'animal grimpait sur son lit, elle le caressait et laissait s'épancher le trop-plein de son cœur. Que Mariette se soit laissée ainsi apprivoiser par Sofa donnait à la vieille dame une autre raison de croire que le cœur de cette fille n'était pas aussi dur qu'elle tentait de le laisser croire : elle était capable d'amour.

– Elle t'aime bien ; regarde-la se frôler sur ton gros bedon ! Qui sait, d'instinct, peut-être sent-elle qu'il y a une autre vie en toi !

– Moi, j'en suis convaincue. Ça bouge là-dedans. Parfois il me réveille.

– Je me souviens, oui, je me souviens de ces moments de parfaite communication qui s'établissent peu à peu, au rythme du temps. Il faudra surveiller la prochaine pleine lune… Elle pourrait nous jouer des tours.

– Foutaise, ce dicton, ne croyez-vous pas ?

– Pourtant, même les médecins y croient. Les docteurs qui accouchent dans les campagnes surtout. Ils sont unanimes à affirmer que la lune a une influence sur l'enfantement. Les Indiens y croient aussi.

Mariette se leva et alla consulter le calendrier. Rolande sourit : elle l'avait déjà fait.

– Est-ce normal, j'ai toujours faim ?

– Bien sûr. Qu'est-ce que tu crois ? Où penses-tu que le chérubin puise son énergie ? Attends de lui offrir le sein, tu verras alors à quel point un bébé peut être glouton.

– Ça, jamais !

– Non ?

– Je ne suis pas une vache, tout de même !

– La vache qui va te fournir le lait n'y est pas plus obligée que toi !

– Jamais ! Si c'est pour ça que tu me gaves de ton lait caillé, tu es aussi bien d'en prendre ton parti. Je ne nourrirai jamais ! Fini le lait caillé, à partir de ce soir.

– Ça, c'est pour ses dents, ses ongles et son teint.

– Merde !

Mariette frappa sur la table et prit la direction de l'escalier.

Sofa releva la tête, coucha les oreilles et pivota sur elle-même. La colère de Mariette l'avait effarouchée. Rolande la saisit, la colla sur sa poitrine pour la réconforter et lui chuchota ses confidences.

– Voilà, ma belle, le sujet est épuisé, il faut maintenant laisser le temps à Mariette d'avaler ça... Attends que son marmot lui fasse des caresses ; ça cimentera leur amour réciproque.

En donnant un élan à la berçante, Rolande ferma les yeux, satisfaite. « Il restera à discuter du nom à choisir. Pour le moment, elle rage : c'est bien, ça va la divertir un peu. Elle doit s'ennuyer, la môme, elle doit se sentir bien seule avec seulement nous deux comme compagnes. Ce n'est pas de son âge ! Mais je t'avoue que je préfère la voir en furie qu'en pleurs. Allons, montons dormir. Tu serais gentille si tu allais t'étendre près d'elle. »

Rolande rinça la vaisselle qui était sur la table, la laissant dans l'évier. Elle n'avait plus lavé une tasse depuis le jour où elle avait surpris Mariette, qui avait eu l'amabilité de le faire à sa place.

*
*   *

Elle dormait. Un cri transperça la nuit. Rolande se réveilla, mais elle crut avoir rêvé. Elle se retourna et referma les yeux. La chatte sauta sur le lit, frôla sa maîtresse.

– Couche, couche-toi, fifille.

Cette fois, il n'y avait plus de doute, Mariette gémissait. Rolande bondit, enfila ses pantoufles, se rua dans l'autre chambre où elle fit de la lumière.

– Bon sang ! Le petit, déjà.

Elle pivota sur ses talons, dégringola l'escalier, prit le téléphone.

– Vite, venez vite, ma fille accouche, le bébé est déjà né.

Elle hurlait. Une voix grave lui répondit.

– Donnez-moi votre adresse, soyez calme. Vous êtes à la caserne des pompiers, mais on s'occupe de vous envoyer quelqu'un tout de suite.

Rolande remonta, redescendit. L'eau bouillante… Elle remplit tout ce qu'elle avait de chaudrons, passa devant la lingerie, prit la pile de serviettes et retourna dans la chambre.

– Bon sang ! La porte d'entrée est verrouillée.

Elle redescendit, tenant toujours les serviettes, puis remonta et se mit à rassurer Mariette de façon maladroite.

– Tu n'en mourras pas, ce n'est pas le premier bébé à naître sur cette planète. J'ai téléphoné, les pompiers vont venir… Reste calme, calme que je te dis et crie si tu veux. Courage, c'est rien, c'est normal, c'est rien qu'un bébé. Crie si tu veux.

Et vlan ! Les serviettes sous les fesses, le bébé barbouillé en route, un cri perçant, un élan, un soubresaut, un autre cri, la sonnette de la porte d'entrée, deux gaillards penchés, une Mariette qui relève la tête, regarde ce qui lui arrive, une nouvelle mère secouée par un rire nerveux, un gaillard qui réclame une ficelle, Rolande qui court, revient, remet une pelote de corde, s'évanouit… et disparaît presque complètement sous le lit. La chatte a crié aussi, le gaillard a failli l'écraser, elle a filé vers l'autre chambre et a grimpé sur le rebord de la fenêtre fermée, où sa silhouette se dessine sur un fond de clair de lune, une lune pleine. Un 29 mai.

– Elle ne va pas mourir ? demandait Mariette en voyant la pâleur de Rolande qu'on ranimait.

– Mais non ! Votre mère a eu un peu trop d'émotions, elle s'en remettra. C'est un beau garçon, pas fripé du tout, bien en chair. On va vous le rendre propre, propre.

Mariette promenait son regard sur ces deux étrangers qui avaient surgi sans qu'elle les voie entrer. L'un d'eux disparut et revint avec la bouilloire fumante.

– Vous avez bien une salle de toilette ?

– Première porte sur votre...

Elle s'était endormie après s'être laissé glisser dans une sorte de langueur floue, douce, enveloppante. Elle reposait, sereine, un sourire accroché aux lèvres, les cheveux encore humides, collés au front, dans une position pas très pudique.

L'homme avait insisté : Rolande devait rester étendue sur le plancher. Elle crevait de honte dans sa vieille robe de nuit, horrifiée d'avoir ainsi fléchi dans un moment aussi crucial. Elle ne se le pardonnerait jamais !

Au premier cri émis par le bébé, elle avait fondu en larmes.

– Vous êtes seules dans cette maison ?

Elle opina du chef.

– On va vous envoyer une infirmière pour la nuit, c'est plus prudent.

Bon sang, qu'elle avait honte ! Elle n'avait même pas fait les ablutions qui s'imposaient.

*

* *

L'infirmière offrit à Mariette à peine réveillée un bol de lait caillé trouvé au réfrigérateur.

– Vous devez avoir une faim de loup ! Avalez ça, il vous faut refaire vos forces.

– Et Rolande ?

– Elle dort comme un ange, cette dame. Mais ne vous en faites pas, c'était l'émotion. Sa tension artérielle est bonne. Dites-moi, aviez-vous décidé de nourrir votre bébé ? Il faut décider. Vous êtes-vous procuré des biberons ?

– Je vais lui donner le sein.

– C'est beaucoup mieux, croyez-moi. Je suis peut-être vieux jeu, mais c'est le plus beau cadeau qu'une mère puisse offrir à son enfant naissant.

Mariette dépliait les doigts de son bébé, des doigts si petits, « ses mains de demain ». Le miracle s'opérait de minute en minute pendant que, là-haut, dans le ciel, la lune, moqueuse, laissait lentement place à l'astre du jour.

Lorsque Rolande ouvrit les yeux, il lui fallut quelques minutes pour retrouver ses esprits. Elle sauta du lit et courut vers la chambre de Mariette. Celle-ci, la tête inclinée, regardait son enfant qui s'abreuvait à une fontaine de vie, qui puisait à la même source que celle des neuf derniers mois. Rolande s'éloigna, discrète et silencieuse, en essuyant les larmes qui remplissaient ses yeux. Elle retourna à sa chambre, se signa et remercia Dieu.

– Viens, Sofa. Suis-moi, et surtout, surtout, je t'interdis de t'approcher du bébé, tu m'as entendue ? Allons déjeuner, viens.

Madame Trottier était heureuse. Bientôt les cris et les gazouillis du poupon égayeraient à leur tour la petite maison. L'oreille attentive, elle vaquait à son train-train quotidien. Sur un plateau, elle déposa le déjeuner de Mariette qu'elle lui monterait bientôt.

Sur une feuille qu'elle épingla au mur, elle inscrivit la date et l'heure de la naissance du bébé, ainsi que l'heure de sa première tétée. Dorénavant elle aurait tout plein d'occupations merveilleuses, récompensées à chaque fois par l'épanouissement d'une nouvelle vie en pleine éclosion.

Là-haut, Mariette se sentait dépassée par ce qu'elle venait de vivre. « Pendant neuf mois, j'ai refusé de croire que je pouvais donner naissance à un être vivant. Pas un instant je n'ai cru qu'il pourrait respirer, sentir, avoir faim. Et le voilà, encore accroché à moi, en petite victime, qui dépend de moi, qui s'abreuve pour continuer de vivre. Une petite bibitte sans défense mais drôlement douée d'instinct de conservation ! Moi, Mariette Langevin, transformée en nourrice par ce petit fripé qui est mon fils ! Grand Dieu, Richard ! Qu'est-ce que tu m'as fait ! »

Pour la première fois, Mariette pensait avec attendrissement à cet homme qu'elle n'avait jamais sereinement aimé. Elle revivait cette étape qui avait bouleversé sa vie, avant de l'amener jusqu'ici, auprès de sa bienfaitrice qui l'aimait et la protégeait. Elle pensait à sa mère, à son père Télesphore qu'elle avait renié et qui avait pourtant continué de l'aimer. Et aussi à cet autre, à cet individu dénaturé, son sang à elle, son père biologique qui l'avait si durement repoussée malgré son grand désespoir.

Pouvait-elle repousser cet être innocent et sans défense ? Le rayer de sa vie, l'abandonner ? Instinctivement elle resserrait l'étreinte qui l'unissait à son fils, lui pardonnant le dégoulinement qui la souillait ; oui, elle l'aimait déjà ce bébé accaparant, elle l'aimait inconditionnellement.

Il dormait, maintenant. Elle le regardait, encore incrédule malgré la réalité manifeste. « Petite fripouille ! » murmurait-elle.

Rolande montait l'escalier lentement. Elle tenait le plateau qu'elle avait orné d'une fleur de géranium.

– Bonjour, ma grande, voici de quoi te ravitailler, tu dois être affamée. Tu permets ? Non, ne bouge pas, reste là, bien tranquille. Tu es sous ma domination pour les jours à venir.

Madame Trottier sortit et revint avec un moïse qu'elle avait orné en cachette et dissimulé dans un ravalement de sa chambre.

– Voilà ! Le nid de ce chérubin. Dès qu'il ouvrira l'œil, il aura droit à un bon bain chaud et étrennera ses langes ; cette serviette est trop rugueuse.

Elle souleva le nourrisson et le déposa dans la corbeille d'osier, celle-là même où avait dormi sa fille, Béatrice, il y avait de cela bien longtemps. Avec des soins infinis, elle bordait l'enfant. Mariette s'était endormie. Rolande la couvrit avec douceur. Elle restait là à rêvasser.

Le jour où elle avait ouvert sa porte et accueilli cette fille, elle avait laissé entrer le bonheur.

Sofa s'approchait à pas feutrés, la queue dressée.

– Non, Sofa, non.

La chatte s'arrêta, miaula, puis avança sa patte velue. Rolande pointa un index menaçant.

– Non, Sofa.

Elle baissa les oreilles, replia la queue, fit demi-tour et se coucha dans le couloir, la tête tournée vers sa maîtresse, les yeux à demi ouverts. Rolande sourit : « Serait-elle jalouse ? » pensa-t-elle. Sofa crut à une invitation et elle s'étira, prête à venir quémander une caresse.

– Non, Sofa, non.

Résignée, la chatte s'allongea sur le tapis. De temps à autre, elle dressait les oreilles, sans doute consciente du revirement dans l'attitude de Rolande, habituellement si tendre envers elle. Elle ne ronronnait pas. Les chats ont cette manie de se frôler sur les nouveaux venus, histoire de les marquer comme faisant partie de leur environnement. Elle sentait sûrement la présence du nouveau-né, avertie par son odorat. Rolande le savait. Aussi gardait-elle l'œil attentif.

Mariette se réveilla. Elle posa la main là où le bébé aurait dû être, pendant que Rolande l'observait.

De la main, elle indiqua le moïse. S'étant redressée sur ses oreillers, Mariette émit un oh ! admiratif.

Sofa bondit en avant, sauta sur le lit ; Rolande se fâcha, chassa la chatte qui fouaillait de la queue.

– File ! Allez, ouste ! Dehors.

Sofa fit le gros dos et s'éloigna.

– Il va falloir la garder enfermée dans la cuisine. Elle a pris l'habitude de venir dans ta chambre.

Ce disant, elle prit le bébé et le déposa dans les bras de sa mère.

– Tiens, mon chérubin, retourne visiter ta maman.

– Merci, merci pour tout, je…

Assise près de Mariette, Rolande caressait ses cheveux. Le geste remplaçait les paroles qu'elle ne parvenait pas à prononcer, prise par l'émotion qui l'envahissait.

Mariette reprit la phrase interrompue.

– Hier, ou plutôt cette nuit, j'ai compris tant de choses… J'ai perdu la notion du temps…

– Ne cherche pas à t'expliquer, à résumer tout ce que tu as connu d'émotions. Assimile ton bonheur, savoure-le, vis-le dans toute son amplitude. Tu es heureuse, ça se voit, ça se sent. Savoure ta joie. Tu as un bébé adorable, c'est toute une raison de vivre.

– Pourquoi parliez-vous des pompiers, hier ?

Madame Trottier éclata de rire. Ensemble, elles évoquèrent le côté cocasse de la situation. Rolande mimait ses trottes dans l'escalier, son énervement, l'appel à la caserne des pompiers, sa surprise en voyant la tête du bébé qui se faisait un chemin sur les draps. Elles riaient aux larmes.

C'est alors que Mariette raconta que, pour n'avoir pas pensé aux biberons, elle avait dû offrir le sein au bébé.

– Ah ! c'est donc ça ! Eh bien ! ma belle, sache qu'il y a six biberons et des tétines bien à l'abri, dans un placard de la cuisine !

– Tant pis !

– Je n'avais pas pensé à la ficelle, je dois te l'avouer ; il faut dire que j'étais loin de m'imaginer que tu accoucherais ailleurs qu'à l'hôpital ! Tu m'as prise au dépourvu.

– Ce n'était pas une raison pour m'abandonner à mon triste sort et aller se cacher sous le lit… Hein, bébé, elle nous a faussé compagnie, cette Rolande, qui sait s'évanouir au moment opportun.

Mariette se servait sur le plateau. Les rôties, quoique refroidies, lui semblaient délicieuses ; elle nageait en plein bonheur.

– Que tu es belle ! Qu'il est bon de te voir si joyeuse ! Le bonheur te va bien. Il faut te reposer, beaucoup. Et pardonne-moi, mais je dois continuer à te gaver de lait caillé, c'est une bonne source de calcium.

Rolande resta là, jusqu'à l'heure de la tétée. Puis elle s'éloigna afin de laisser la mère et l'enfant en union intime. « Ce sont ces instants privilégiés, d'heureux contacts qui permettront à l'enfant, plus tard, une bonne orientation dans la vie. »

Madame Trottier insista tant que Mariette dut se plier à ses exigences : dix jours francs au lit avec la seule permission de se rendre aux toilettes. Mariette pestait ; Rolande ne voulait rien entendre.

Et ce fut la liberté, le retour aux obligations, le bain du bébé, la tétée, les langes, les couches, les coliques, les rots.

– Mais c'est un travail à temps plein, s'exclama-t-elle. Les dix jours au lit ne sont pas un caprice ; j'y retournerais volontiers ! Comment avez-vous pu vous en tirer ? Et toute seule !

– L'expérience, ma chère. Et encore, tu as de la chance que j'aie une lessiveuse automatique. Pense à nos mères : les bébés arrivaient dru dans le temps, les femmes ne flânaient pas.

– C'était quoi l'idée d'avoir tant d'enfants ?

– Oh, ça, ma chère, je pourrais t'en raconter long sur le sujet. Il faut comprendre ce qu'était le contexte religieux du temps. Ma propre mère m'a si souvent reproché les maternités que j'avais « espacées par pur égoïsme » et qui me « précipiteraient en enfer pour l'éternité ». Ce sont là les mots qu'elle m'a répétés inlassablement jusqu'à ce que mon mari se fâche noir. Ce jour-là, elle a pincé le bec et s'est mise à bouder. Rien n'empêche qu'au moment du décès de Béatrice, ses paroles me sont revenues à la mémoire. J'ai connu l'enfer ici-bas. Mais ce n'est pas le temps de ressasser ces histoires tristes. Il y a autre chose à faire, de plus joyeux et de très important : le baptême du petit. Dis-moi, n'y a-t-il pas quelque part quelqu'un à qui tu voudrais faire part de la naissance de ton enfant ?

– Non !

– Une parente, une amie, je ne sais pas, moi. Il lui faut une marraine à ce poupon-là.

– Ce sera toi, Rolande. Triple rôle : marraine, grand-mère, après avoir été accoucheuse.

– Ça me fait chaud au cœur d'entendre ça. Je dois t'avouer que j'ai informé le presbytère. Le curé trouve qu'on a déjà bien tardé. L'enfant qui décède sans baptême va dans les limbes ; tu sais ça, n'est-ce pas ?

– Les limbes ?

Le bébé dut entendre la menace, car il se mit à pleurer.

– Il est régulier comme l'horloge. C'est l'heure de son boire. Tu as choisi son nom ?

– Oui, Richard.

– Mais tu accepteras bien d'y ajouter celui du saint que l'on fête le jour de sa naissance, non ?

– Qui est ?

– Attends que je consulte le calendrier liturgique. Bla, bla, bla. Bon, 29 mai, sainte Madeleine Pazzi, carmélite, née à Florence en 1566. Écoute bien ça : elle fut tentée par le démon ! Oublie ça ! Donne-lui le nom de Richard, conclut Rolande en éclatant de rire. Dis, es-tu peinée à l'idée que son père ne connaîtra jamais son fils ?

– Maintenant, oui. Avant la naissance, j'en étais moins sûre. Richard n'incarnait pas l'homme idéal, mais il avait un cœur d'or sous des dehors rudes et maladroits. Il a été très, très bon pour moi, tendre même.

Des regrets perçaient dans la voix de Mariette.

– S'il était là, le champagne coulerait à flots. Il le voulait tant, cet enfant.

Le 7 juin, l'eau bénite régénérait l'âme de Richard, en faisant un chrétien, et lui ouvrant les portes du ciel.

Mariette fut impressionnée par le cérémonial. Elle fut profondément remuée par l'appel de Dieu et la délivrance des griffes de Satan, sous le commandement de l'officiant. Richard grimaça devant l'âcreté du sel, mais il accepta bravement les ablutions saintes.

« Mon petit homme », lui dit-elle en le serrant dans ses bras avec amour.

– Attends-moi ici, j'en ai pour une minute.

Madame Trottier traversa la nef et se rendit à la droite du maître-autel. Là se trouvait une statue de l'Immaculée Conception. Elle alluma un cierge, s'agenouilla et pria la Mère du monde de veiller sur cet enfant.

– Sa première sortie aura été une visite à l'église, où l'aura conduit sa marraine dans son vieux tacot ! Regarde comme il est beau, le pouce dans la bouche. Tout un poing ! Il sera colosse, ce petit : regarde la largeur de ses poignets.

Les appréhensions de Rolande s'estompaient peu à peu ; ses craintes faisaient place à la confiance. Tout dans l'attitude de la jeune maman démontrait que la paix emplissait son âme. Était-elle pleinement heureuse ou seulement satisfaite de l'étape franchie ? « Elle ne parle jamais du futur, et si peu du passé. Elle est trop jeune pour se murer avec un enfant dans l'ombre d'une femme de mon âge ; elle mijote sûrement quelque chose. »

Mais Mariette continuait d'afficher un visage heureux et une désinvolture totale. Rolande se faisait complice, s'efforçant de rendre la vie de ses hôtes aussi agréable que possible. La routine s'installait dans leur vie. Le bébé demeurait le centre d'attraction des deux femmes. Seule Sofa souffrait de l'atmosphère ambiante. On ne tolérait plus qu'elle grimpe sur les fauteuils ou les lits, on l'enfermait dans la cuisine le soir. Elle affichait un air de tristesse que l'on ne remarquait même plus. Finies les heures de caresses ou de confidences.

Par contre le bébé s'épanouissait. Joufflu, les mains potelées, les cheveux qui poussaient en broussaille aussi foncés que ceux de son père, glouton plus qu'il n'est possible de l'être, il avait tout de papa Richard.

Il devenait si costaud que Rolande n'osait plus lui donner son bain. La tâche revenait entièrement à Mariette. Les liens se tissaient entre la mère et l'enfant, de plus en plus solides. Mariette s'oubliait, se consacrait entièrement aux besoins de son fils.

– Continue de l'aimer ainsi ; il te le rendra au centuple. Les premiers mois de vie marquent pour toujours.

Le sevrage de Richard marquait une étape, comme tout ce qui le concernait.

– Pourquoi mes seins se sont-ils ainsi taris ? s'inquiétait Mariette ; je l'ai pourtant gobé, mon lait caillé !

– Soupèse-le : il est lourd, une vraie roche ! Gourmand comme il est, il n'en souffrira pas. Une bonne nourriture maison contient toutes les vitamines dont il pourrait avoir besoin. Ce sera bientôt l'heure des fricassées.

Juillet était en fête, le soleil toujours radieux. Richard découvrait les balades à quatre pattes, multipliait les finesses. On l'adorait.

Jamais Mariette n'avait été aussi heureuse. Rolande ne se préoccupait plus de l'avenir. Tout se figeait autour de leur présent bonheur. Pourtant…

*

* *

Richard dormait sur la véranda. Une mousseline le recouvrait pour le mettre à l'abri des moustiques. Mariette et Rolande sarclaient les fleurs, bêche à la main. Mariette leva les yeux. Sofa avait tiré sur le voile protecteur. La mère laissa échapper un cri. Sofa sauta en bas du perron et fila en direction de la route ; une voiture freina brusquement. Rolande s'élança à la poursuite de sa chatte. Mariette cria, un camion arrivait. Elle s'élança, tira Rolande vers elle, mais le camion s'arrêta trop tard : Mariette resta là, coincée entre les deux bolides. Sofa était allée se réfugier sous le perron.

Le bruit des sirènes, mêlé aux cris de Rolande, attirait les curieux. L'ambulance arrivait enfin, mais vainement. Une victime, une seule : Mariette ! Un jeune médecin tentait de contenir Rolande aux prises avec une vraie crise d'hystérie. Elle fut conduite dans sa maison. Une voisine s'offrit de la veiller et de s'occuper de l'enfant. Les jours qui suivirent furent pénibles, angoissants.

La pauvre Mme Trottier prenait sur ses épaules tout le poids de la responsabilité. Ses nuits étaient hantées de cauchemars ; elle revivait le drame dans ses rêves ; elle refusait de manger.

– A-t-on idée d'être aussi égoïste ? lui reprocha la voisine. On aide un enfant à naître pour ensuite s'en désintéresser. Encore un orphelin qui finira dans un orphelinat ! Je vous pensais d'une autre trempe, madame Trottier.

Rolande bondit.

– Quoi, à l'orphelinat ? Non, mais vous êtes folle !

– Alors secouez-vous et prenez vos responsabilités. C'est rendu à ce point qu'il faut faire taire le bébé pour vous laisser prendre votre sommeil de dopée ! C'est dégoûtant ! Moi aussi j'ai des occupations, imaginez-vous donc ! Je vous ai vue errer comme une somnambule au décès de votre fille ; ça a duré des années. Vous allez recommencer ça, ce coup-ci ? Quand ça ne marche pas comme vous le voulez, vous vous laissez sombrer dans la déprime ! C'est du joli !

Rolande voulut se lever. Elle n'y parvenait pas, sa tête tournait.

– Prenez ça : c'est naturel et ça ravigote ! Quant à vos pilules à dodo, voilà ce que j'en fais : aux vidanges ! Excusez-moi, je vais m'occuper du petit.

La dame sortit en claquant la porte de la chambre. Un grand sourire se dessinait sur son visage. Ses discours porteraient fruit, elle le savait.

Sofa n'était pas réapparue.

*

* *

Rolande l'avait tout à elle, ce bébé. Elle s'efforçait d'avoir un visage gai, lui chantait des berceuses ; lorsqu'elle l'endormait dans ses bras, la tête appuyée, elle revivait le drame et pleurait la mort de Mariette qui lui avait sauvé la vie au prix de la sienne.

« Dire que je me permettais d'avoir un jugement sévère sur elle ! Il me faudra bientôt envisager une autre séparation cruelle : ce bébé doit avoir un encadrement plus solide que ce que j'ai à lui offrir. Je ne suis plus d'un âge à pouvoir lui donner le genre de vie dont un enfant a besoin. »

Vers qui se tournerait-elle ? Le bébé dormait dans sa chambre depuis le drame. Elle y avait transporté tout ce qui était nécessaire à ses soins. Elle n'avait pas le courage de retourner dans celle de Mariette, qu'elle avait sans doute condamnée à jamais.

Mais ce soir elle se ferait violence, elle chercherait parmi les objets personnels de la mère des indices qui pourraient la mettre sur une piste. Il lui fallait retrouver la famille de Mariette, coûte que coûte. Ces vieux journaux lui donneraient peut-être une réponse. Elle tourna la tête du côté du poupon. Comme il dormait à poings fermés, elle se rendit dans l'autre chambre.

Le lit où Richard était né, une couche souillée qui traînait, un plat de céréales asséché, la petite cuillère, les pantoufles qui avaient appartenu à Béatrice et qu'avait laissées là Mariette pour aller travailler dehors : tout n'était que souvenirs cuisants.

Elle prit son sac à main et l'ouvrit. Dans un compartiment, elle trouva un paquet de gommes à mâcher vidé de son contenu. « Étrange ! murmura Rolande. Il doit représenter quelque chose. » Une carte d'un club de nuit de Montréal, cent soixante dollars bien comptés, une bague, un poudrier, un parfum « Joy », combien ironique.

Elle ouvrit les tiroirs. Quelques livres, dont un écrit de Pascal ; en première page un nom avait été griffonné : Alphonse Langevin, Séminaire de Sainte-Anne-de-La-Pocatière. « Son frère, sans doute. »

Dans une boîte, une simple clé, sans aucune indication. Quelques sous-vêtements très propres, d'autres bijoux, en or véritable, enfouis dans une pochette de brocard. Une bourse du soir perlée, un fichu de soie. « Oui, elle le portait à son arrivée ici. »

Le reste avait appartenu à Béatrice. Voilà que les deuils de sa fille et de Mariette s'entremêlaient pour n'en faire qu'un.

Le gong de la porte d'entrée se fit entendre. Elle s'y précipita. Un policier apportait un papier timbré intitulé « Autopsie pratiquée sur le corps de Mariette Langevin », l'acte de décès et un questionnaire (nom, âge, famille...). Rolande endossa toutes les responsabilités : Mariette irait reposer au cimetière auprès de son mari et de sa fille, dans le lot familial, ici à Loretteville. L'exposition de la dépouille n'était pas possible. Rolande dut se faire violence pour ne pas faiblir. Oui, elle assumerait les coûts et prendrait les arrangements avec l'Église. Elle la connaissait bien, « depuis sept ans ».

Rolande tut délibérément la naissance de Richard. Elle ne fit que relater l'accident pour confirmer les dires des témoins oculaires. Non, elle n'entreprendrait pas de poursuites judiciaires. Elle signa tous les documents d'une main tremblante. Et l'horrible chose prendrait dorénavant la forme d'un fait divers vite oublié par tous… « Voilà à quoi est réduite l'importance de l'être humain ! »

La porte se referma ; c'était ça, le passé. Il ne restait que les souvenirs, les regrets, « selon l'amour qu'on a su inspirer de son vivant ». Tout le reste passe, sombre dans le néant. Même l'image du visage aimé s'estompe avec le temps, devient floue… Seules quelques réactions vives subsistent. Le 29 mai serait une date mémorable… Cette tête de bébé… Ces lèvres agrippées au sein dégoulinant de Mariette… Sofa menacée, les sirènes… Rolande ferma les yeux. Quelques mots, déjà, résumaient un drame terrible. À part le nom de la chatte, Sofa, les autres n'étaient pas connus d'elle : « La fragilité humaine… Tout réside dans le fait que nous nous trouvions là, à ce moment précis… Et on dit que le destin n'existe pas ! »

Elle tenait toujours le document. Sa pauvre tête éclatait, les larmes tombaient sans qu'elle s'en soucie. « Je n'ai plus la force de lutter. Heureusement qu'il y a la mort ! Si elle n'existait pas, il faudrait l'inventer. Je suis au terme de mon pèlerinage terrestre. Il me faut concentrer le reste de mon énergie à pourvoir aux besoins de Richard. Je testerai en sa faveur ; tout ce qui me reste sera à lui. »

Elle téléphona au presbytère et prit les arrangements pour l'inhumation de Mariette. Bientôt, elle irait les rejoindre dans ce lopin de terre. « Je transplanterai là les fleurs qu'elle a caressées de ses mains le jour fatal… »

Elle remonta à la chambre de Mariette. Le bébé dormait encore. « Cher petit ange ! Déjà seul dans la vie ! » Elle fouillait maintenant pour mettre la main sur les articles de journaux. « Au pire, je m'informerai à ce séminaire… Mais j'y pense, grand Dieu ! La correspondance de Béatrice… »

Elle courut vers sa chambre. Elle trouva quelques lettres adressées autrefois à Mariette Langevin, Saint-Pierre-de-Montmagny, à l'attention de Télesphore Langevin. Il y avait même un numéro de téléphone.

« Devrais-je attendre après les funérailles ? » Non, trancha-t-elle, elle ne mêlerait pas le drame de la mère à la candeur de la jeune vie de son fils. « On me pardonnera si je me trompe. »

Et Rolande Trottier partit un matin, tenant dans ses bras un bébé qui assisterait au service funèbre de sa maman. Ils étaient seuls dans l'église, à part une voisine bienfaitrice et quelques indifférents qui assistaient au saint sacrifice. Cette fois encore, elle fit brûler des lampions aux pieds de l'Immaculée Conception. Elle regarda la statue au visage serein, aux yeux d'un bleu perçant comme le ceinturon qui entourait sa taille. Elle fit une prière.

Le lendemain elle reviendrait au cimetière. Dans le sol fraîchement remué, elle planterait ses fleurs vivaces qui y prendraient racine.

XV

MADAME TROTTIER avait retrouvé les journaux. Elle avait lu et relu les articles, se faisant une image douloureuse du père de Richard dont on disait tant de mal. Les quelques remarques de Mariette lui faisaient comprendre qu'il s'agissait bien de cet individu. Remettrait-elle les informations à la famille ? « Ils doivent savoir. » Dans un surcroît d'émotions, elle détruisit ces documents ; ces drames appartenaient au passé, un passé révolu. Richard, c'était la vie, l'avenir, des lendemains heureux.

Puis, les mains tremblantes, le cœur chaviré, elle téléphona à Saint-Pierre-de-Montmagny, espérant secrètement ne pas obtenir de réponse. En obtenir une signifierait peut-être une autre épreuve, qui sait, l'indifférence, le désintéressement de ces gens. Mariette ne lui avait-elle pas dit que sa belle-mère, la boiteuse, l'avait mise à la porte ?

Si, par contre, on l'écoutait, ce serait le début d'une autre grande solitude, le départ de Richard. Rolande souffrait, mais sa conscience l'obligeait à s'oublier, à ne penser qu'à l'enfant, à lui assurer la tendresse et l'amour d'une maman.

« Mon nouveau bonheur aura été de courte durée », soupira Rolande. Et, se faisant violence, elle composa le numéro. La sonnerie lui parut interminable.

Une voix de femme répondit.

– Madame Télesphore Langevin ?

Une légère hésitation, puis :

– Elle-même.

– Vous ne me connaissez pas, chère madame. Aussi, je vous prie de m'écouter. J'ai besoin de vous rencontrer. Il s'agit d'une affaire très personnelle, grave, et qui nous concerne, vous et moi. Je m'appelle Rolande Trottier, je suis de Loretteville. Mon nom ne vous dira rien, je le sais.

– En quoi puis-je vous aider ?

– Je ne crois pas pouvoir répondre, comme ça, au téléphone. Le sujet est trop sérieux et trop délicat.

– Je vous écoute, madame Trottier.

– Je suis âgée, il m'est impossible d'aller vers vous. Si vous êtes la femme généreuse que j'espère, vous saurez venir vers moi. L'avenir d'un être cher en dépend.

Gervaise pensa à Mariette, mais n'en souffla mot.

– Madame Trottier, nous sommes cultivateurs et le travail est très exigeant en cette période de l'année. Si vous voulez bien me donner vos coordonnées, je vais consulter mon mari et j'entrerai en communication avec vous dès que possible, soyez-en assurée. J'espère que rien d'urgent…

– Non ! Rassurez-vous.

– Voilà qui est bien.

Madame Trottier donna donc son adresse et son numéro de téléphone, et elle conclut cet appel avec une gentillesse exquise.

– Merci de m'avoir écoutée. Mes amitiés, chère madame.

– Au revoir, madame Trottier.

Gervaise raccrocha, elle gardait les yeux rivés sur ce nom et sur cette adresse qui ne lui rappelaient rien. Loretteville… « Il ne peut être question que de Mariette. » Lorsqu'elle se retrouva seule avec Gilbert, Gervaise lui parla de cet appel qui lui semblait bien singulier.

– Je me doutais bien que quelque chose te troublait ; tu étais distraite pendant le souper.

– Crois-tu qu'il s'agit de Mariette ?

– Ou de Julie.

– Ah ! je n'y avais pas pensé.

– Tu ne parles plus de Julie.

– Non ! Dans ma tête, tout est classé. Mariette, c'est une autre histoire, c'est ma fille.

– Quand veux-tu que nous allions là-bas ?

– Nous ?

– Bien sûr ! Crois-tu que je te laisserai aller seule à un rendez-vous avec une inconnue !

– La confiance règne. Toi surtout, qui n'hésites pas à faire monter les filles qui font de l'auto-stop.

– Sois sérieuse ! Donne-moi l'adresse.

– Bon, le policier va faire son enquête.

– Et comment !

Gilbert se dirigea vers le salon. Il reparut dix minutes plus tard.

– Attends-moi.

Il sortit et se rendit chez Raymond. À ce dernier, il expliqua que, ne pouvant s'absenter, il aimerait qu'il accompagne sa sœur à Loretteville. « Elle serait plus à son aise avec toi. Je prendrai la relève pour le soin des animaux en ton absence. »

– Qu'est-ce qui se passe là-bas ?

– Je n'en sais rien ; Gervaise non plus. C'est pourquoi je ne veux pas la laisser partir seule.

– Ça ne finira donc jamais, ces emmerdements !

– Tu connais ta sœur avec son cœur plus gros que le monde. Elle se morfond sans doute pendant que je suis ici. Parles-en à ta femme et laisse-moi savoir.

– Pour une fois que je peux lui rendre service, c'est oui, sans hésitation. Elle ne demande jamais rien.

– Alors, prenez rendez-vous ensemble.

Gilbert rentra chez lui. Vérification faite, cette dame existait vraiment, l'adresse aussi. Il se sentait rassuré. Sa femme saurait se débrouiller avec le reste, sa grande logique aidant. Si Mariette se cachait derrière tout ça, Raymond serait mieux placé pour conseiller Gervaise qui, elle, n'écoutait que son cœur.

– Voilà, chérie, Raymond va t'accompagner là-bas, quand tu voudras. Je vais m'occuper des animaux en votre absence. Je serai l'ange gardien de tout ce beau monde.

– Et cette enquête ?

– Cette dame existe, l'adresse aussi. Il est probable qu'elle est entrée en contact avec toi à la demande de Mariette. Mais reste sur tes gardes ! Cette fille semble avoir l'esprit retors, sois prudente.

– Tu n'es pas très rassurant.

– Remarque que tu n'as pas à te plier à cette demande de te rendre là-bas. Mais, te connaissant bien, je sais que tu n'as qu'une idée en tête, aller au fond des choses.

– Dis donc, toi !

Gilbert semblait ne pas avoir entendu, il poursuivait :

– J'ai confiance. Tu ne te laisseras pas berner. Tu n'as pas l'habitude de te laisser abuser, malgré ta grande générosité. Tu sais donner, tu ne recules pas devant tes obligations, mais tu le fais avec discernement, alors que la majorité des gens se replie dans leur cocon de bien-être égoïste et se foute du genre humain. Tandis que toi… tu es un phare dans la nuit.

– Non, mais, tu exagères ! Je ne suis pas une sacrifiée.

– Justement ! Loin de là. Tu as une âme d'élite. Tu vas au bout de tes rêves et tu aspires à de grandes choses, sans jamais sombrer dans la désespérance.

– De grandes choses tout de même ! Je vis le quotidien, bien simplement.

– Oui, mais en profondeur. Alors, tu sais, même si je m'objectais à ce voyage… Si tu savais comme je t'aime, ma Gervaise.

– Voilà enfin des mots que j'aime entendre ! Redis-les-moi !

*

* *

Pendant que Gervaise et Gilbert roucoulaient, Rolande serrait Richard sur son cœur, consciente que très bientôt elle devrait le déposer dans les bras d'une autre maman. Elle emmaillota le bébé et le déposa sur la banquette, près d'elle. À l'arrière se trouvaient ces plantes qu'elle allait transplanter là-bas.

Pendant que le bébé vagissait sur un coin de verdure, elle fleurit ce lopin de terre où dormaient ceux qu'elle aimait. Ses larmes arrosaient chaque bouquet. La vieille dame ne se leurrait pas : pour la dernière fois ce sol serait bientôt remué de nouveau pour l'accueillir, elle. Mais, hélas ! jamais plus on ne viendrait le fleurir. Elle était seule au monde. De ses vieux doigts fatigués, elle brisait les mottes de terre grasses et fraîches au toucher. Le soleil brillait, faisant perler la sueur de son front et ses larmes abondantes.

Elle fit une prière et sentit la raideur de ses vieux os. Elle posa une main à la taille et, lentement, se releva.

Le bébé dans les bras, elle arpentait les allées, s'arrêtait près des monuments rongés par les ans. Le temps allait jusqu'à gruger les inscriptions que les sculpteurs avaient gravées dans le granit ou le marbre. « La puissance du temps l'emporte sur celle de la nature. »

Elle s'arrêta à l'église, sa dernière visite avant l'ultime. Elle fit brûler des cierges, sécha ses larmes et reprit le chemin de la maison.

Près des plantes, elle avait laissé cette bêche, le dernier objet qu'avait tenu Mariette avant de s'élancer pour la protéger.

Rolande monta et déposa Richard sur le grand lit. Elle l'entoura d'oreillers pour le protéger, puis elle redescendit et ouvrit la porte du garage. Le vieux tacot retournait aux oubliettes pour la deuxième et dernière fois.

Rolande rentra chez elle, le silence ambiant la fit frémir. Mariette avait été un mirage sous la forme d'une oasis merveilleuse, une percée de soleil. Elle prit l'enfant dans ses bras et attendit, la mort dans l'âme, le téléphone qui lui apprendrait que Richard la quittait, avant même d'avoir pu enregistrer dans sa mémoire les traits de sa vieille marraine qu'il avait tant émue lorsqu'elle l'avait vu se pointer sur les draps.

– Cher trésor, cher enfant du bon Dieu !

*

* *

Gilbert s'était avancé jusqu'à l'auto. Il avait embrassé sa femme, regardé s'éloigner l'automobile ; il saluait de la main. Ils ne s'étaient rien dit. L'un comme l'autre n'avait plus besoin de s'exprimer avec des mots ; ils se comprenaient.

Gervaise se taisait. En méditant, elle regardait défiler le paysage. Il lui faudrait trouver en elle toute une réserve d'indulgence et de sang-froid si elle devait affronter l'arrogante Mariette. Son chantage et sa mesquinerie auraient grand besoin d'un solide écran de sincérité pour réussir à la berner. Elle se sentait sur la défensive et cela lui répugnait. Oui, elle préférait que ce soit Raymond qui soit là ; en présence de Gilbert, c'eût été l'humiliation. Jamais encore Mariette n'avait causé d'agréables surprises. Pourquoi aurait-elle changé, aujourd'hui ?

Raymond observait sa sœur du coin de l'œil. L'adversaire devrait bien se tenir. Quand Gervaise croisait les armes, elle était stoïque et sévère.

On traversait le pont, on filait franc nord. Gervaise résumait ses arguments.

– Tu ne trouves pas que tu as assez ruminé, Minotte ?

– Si tu crois que cette flatterie affectueuse va m'amadouer, tu te trompes.

– Holà ! Ma sœur ! Ma belle petite sœur. Que tu es amère !

Elle sourit à la pensée des flatteries de Gilbert, qui lui avait parlé de sa grandeur d'âme. « S'il voyait dans quel état je suis présentement, il déchanterait ! »

– Allons, sœurette, détends-toi, on arrive là-bas. Tu es tendue comme un lion prêt à rugir.

– Tu as des bonbons ?

– Regarde dans le coffre à gants.

Gervaise ouvrit le rouleau de « Life Savers ». Elle croquait sans merci.

– Lequel préfères-tu ?

– Grand drôle.

– Tu es vraiment inquiète, Gervaise ?

– Non, mais bien décidée à ne pas me laisser berner.

– Quelle opinion te fais-tu de la dame qui t'a téléphoné ?

– Sincère et honnête, mais angoissée. C'est ça qui me trouble le plus.

– Tout au plus une victime de Mariette plutôt qu'une complice.

– Si tu veux. Comment as-tu pu aimer cette fille ?

– Tu oublies qu'elle a permis nos retrouvailles.

– C'est vrai ! C'est son seul mérite, et je lui en sais gré.

– N'oublie pas ça, surtout aujourd'hui, si ça peut t'aider à te montrer indulgente. C'est ici, Loretteville.

La maison était là, semblable à toutes les autres, cachant ses secrets derrière ses murs. Par une fenêtre, la vieille dame vit l'automobile s'arrêter. Elle avait fixé l'heure du rendez-vous en tenant compte du temps de repos du bébé qui dormait là-haut.

– Attends-moi, Raymond, je vais sonder le terrain.

– Tu y vas seule ?

– Bien sûr.

Elle descendit et s'avança de sa démarche claudicante. « La boiteuse, elle m'a mise à la porte ! » Les mots martelaient la tête de Rolande. « Elle a pris la place de ma mère… La boiteuse… La boiteuse ! » Rolande tremblait, ne savait plus quoi faire. C'était à son tour de se mettre sur la défensive. Elle alla répondre à la porte, le cœur meurtri.

– Madame Trottier, bonjour.

– Entrez, venez vous asseoir. Ce monsieur vient aussi ?

– Non, mon frère m'attendra.

– Votre frère. Bon. Tout ça doit vous sembler bien mystérieux…

– Je vous l'avoue, je suis très intriguée.

Déjà, Gervaise s'était radoucie. Elle attendait que l'autre parle, mais Rolande cherchait ses mots tout en observant Gervaise. Celle-ci sourit.

– Vous me rappelez une religieuse qui, jadis, m'observait ainsi.

– Et ?

– Elle m'avait jugée indigne parce que je boitais.

– Indigne ?

– De joindre les rangs de la communauté religieuse.

« Elle a tout de même du cran, pensa Rolande. C'est sûrement une femme franche ! » Et, tout haut, elle ajouta :

– Je crois que nous allons bien nous comprendre.

– C'est si difficile ?

– Plus que vous ne le croyez. Vous accepterez bien une tasse de thé ?

– Volontiers, allons à la cuisine, c'est ma pièce préférée.

Rolande fondit en larmes. Éberluée, Gervaise ne savait plus quelle attitude prendre. Madame Trottier remplissait la bouilloire, sortait les tasses, en tâchant sans succès de refouler ses pleurs.

Gervaise prit place devant la fenêtre et attendit.

– Il s'agit de Mariette, une amie d'enfance de ma fille Béatrice.

– Qui vous cause des tourments.

– Elle a changé vous savez, à la suite d'un événement heureux.

– Permettez-moi d'en douter.

– Chère madame, je veux bien reconnaître vos vertus, mais si vous le prenez sur ce ton, nous n'avons plus rien à nous dire.

Rolande avait plaqué violemment ses mains grandes ouvertes sur la table et regardait Gervaise droit dans les yeux.

– Je vous demande pardon.

– C'est mieux. Je suppose que vous connaissez et lui reprochez sa mésaventure par peur du scandale.

Gervaise plissa les yeux, fit non de la tête.

– Non, j'ignore ce à quoi vous faites allusion. Les inconséquences de Mariette remontent à loin. C'est une histoire de famille qui n'a rien de scandaleux.

– Je vois.

Rolande versa l'eau bouillante et sortit des biscuits avec des gestes lents, mesurés. Et, doucement, étape par étape, elle dressa le tableau de l'arrivée de Mariette chez elle, taisant ce qui lui semblait répréhensible, respectant la mémoire de celle qui lui avait sauvé la vie.

Quand le mot grossesse fut prononcé, Gervaise bondit.

– Cet enfant…

– Reprenez votre chaise ! Écoutez-moi ! C'est déjà assez pénible.

Elle prit un verre, y mit de l'eau froide qu'elle laissa tomber sur le thé en infusion, joua un instant avec l'anse de la théière et, de sa main tremblante, emplit les tasses.

– Lait et sucre ?

– Non, merci.

Les yeux baissés, la voix entrecoupée d'hésitations, elle raconta tout, la naissance, la joie, l'émerveillement de la jeune maman, les finesses du bébé, le baptême, leurs joies et la fin dramatique de Mariette, l'accident fatal.

Le thé s'était refroidi dans les tasses. Le silence s'était fait. Les deux femmes se recueillaient.

Un cri bien doux s'éleva. L'enfant pleurait. D'un mouvement instinctif et spontané, les deux femmes s'étaient levées ; elles se regardèrent et sourirent.

– Attendez, je vais le chercher.

– Le ? C'est un garçon ?

– Oui, un garçon. Un beau gros garçon.

– Un garçon, c'est merveilleux ! Et il est ici !

Rolande montait déjà. Gervaise traversa le salon en courant, ouvrit la porte d'entrée et cria à Raymond de patienter.

– Eh !

Il sortit de la voiture et cria : « Gervaise ! » Elle se retourna.

– Ça va ?

– Oui, oui !

Et elle disparut derrière la porte qu'elle referma.

« Non, ma foi, elle semble folle de joie ! Elle ne finira jamais de me surprendre. »

Rolande avait changé la couche du bébé et retroussé les poils qui ornaient sa jolie tête. Elle descendit, légère et heureuse, fière de son fardeau. Gervaise tendait les bras.

Rolande hésita, puis elle remit l'enfant à cette visiteuse qui venait lui ravir sa dernière joie.

– Son nom est Richard.

Gervaise, émue, n'avait pas entendu.

– Vous avez dit ? demanda-t-elle en admirant l'enfant.

– Il s'appelle Richard.

– Richard…

Gervaise plissa les yeux. Richard… Ce nom lui rappelait quelque chose, mais quoi ? Ou qui ? Mais toute son attention se concentrait sur le bébé.

– Il est si mignon. Quelles mains ! Ce sera un athlète.

– Ça, ce n'est pas pour demain.

– Il a tout le temps, n'est-ce pas, jolie frimousse ?

L'enfant gazouillait, manifestement heureux de son sort.

– Vous sentez-vous capable de l'aimer ?

– Quoi ? Je l'adore déjà. Vous connaissez le père ?

Ainsi, pensa Rolande, elle ne sait pas tout.

– Si le père existait, ne croyez-vous pas que ce serait lui et non vous à qui je remettrais l'enfant ?

Le ton ne prêtait pas à équivoque. Un silence lourd pesa. Le moment des émotions était passé ; il fallait en venir aux décisions sérieuses.

– Votre frère est marié, je suppose ? Oui, alors peut-être serait-ce mieux de…

– Mais je suis mariée aussi, si c'est ce qui vous inquiète.

– Avez-vous l'âme assez généreuse pour l'accepter quelles que soient ses origines ?

– Quelle question ? Je ne suis pas un monstre.

– Et ce petit n'est pas une quelconque marchandise !

Rolande prit le bébé, étendit la couverture sur le sol et l'y déposa.

– Tu veux un biscuit, Richard ?

Le petit exprimait sa gaieté en battant des mains.

– Il est de si belle humeur ! C'est un ange.

Gervaise méditait toujours la dernière phrase de Rolande. « Comment ai-je suscité une telle colère en elle ? »

– Je vous ai offensée, je le sens bien. Pourtant, loin de moi l'idée de…

– Je cherche surtout le bonheur de l'enfant, sa sécurité.

– J'ai déjà deux fils et trois filles, oncles et tantes de Richard, cadeaux du papa de Mariette, Télesphore, que j'aime toujours. Je me suis remariée à un homme bon et dévoué, qui les adore tous, qui veille sur nous, qui est veuf lui aussi. Il a perdu un enfant que Richard remplacera.

– Je suppose que même cette religieuse devrait approuver le test subi...

– Mon nom est Gervaise.

– Rolande vous dit merci, Gervaise.

– Moi de même. Vous ne pouvez savoir à quel point vous me faites plaisir. Pauvre Mariette, elle n'aura pas été comblée par la vie. Morte si jeune...

– Attendez-moi, j'ai autre chose.

En revenant, elle s'arrêta au milieu de l'escalier et regarda Gervaise assise sur le sol qui jouait avec l'enfant. Cette image en effacerait bien d'autres ; elle resterait gravée dans son souvenir et la consolerait de l'immense sacrifice qu'elle s'imposait en se séparant de cet enfant qu'elle chérissait.

Ces deux femmes que la vie avait aguerries s'étaient d'abord affrontées dans la méfiance pour des raisons différentes ; elles l'avaient fait avec une franchise totale car l'heure décisive avait sonné ; il fallait trancher, vite, faire fi des sentiments intimes. Le bonheur de Richard en dépendait. Aussi avaient-elles dû laisser parler leur raison, juger maintenant et bien. L'honnêteté avait percé, s'était manifestée toute nue, directe, sans jeux de mots. L'orgueil banni, la méfiance écartée, il n'y avait pas de victoire, mais la mission était accomplie. Richard perdait une marraine qui l'aimait assez pour lui offrir la plus grande preuve d'amour du monde : elle le confiait à une maman. Cette mère posait le geste le plus noble qui soit : ouvrir son cœur à un enfant, lui tendre les bras, le cacher sous son aile, lui donner bonheur et sécurité, l'orienter dans la vie. À ce socle sécurisant se greffait l'amour de frères et de sœurs, d'un père, et la douceur d'un foyer. Des minutes bénies, une atmosphère imprégnée d'une présence divine, des émotions qui étreignent. Gervaise avait appuyé l'enfant sur ses jambes repliées. Elle caressait sa jolie tête et, dans un silence pieux, elle prenait un à un les objets que lui tendait Rolande.

– Voici le baptistaire de Richard et l'acte de décès de sa mère. Ses objets personnels, dont son sac à main, ses bijoux. Cette valise contient les vêtements de Mariette. Celle-ci, les vêtements et les couvertures du petit. J'ai préparé des biberons pour le voyage de retour. Promettez-moi de me donner de ses nouvelles. Aimez-le… toujours. Parlez-lui un peu de moi plus tard, quand il sera grand.

L'enfant, candide dans son innocence, battait des mains et des pieds. Il pivotait, mais il revenait inlassablement s'agripper à Gervaise. On n'entendait que son gentil gazouillis, entre les phrases enrouées que prononçait péniblement Rolande.

Il y eut une pause, des larmes refoulées, puis un éclat de voix brisée :

– Partez, Gervaise, emmenez-le vite, pendant que j'ai encore assez de courage.

Gervaise saisit l'enfant et l'enroula dans la courtepointe. Elle empila les objets, Rolande avait disparu. Elle revint, tenant à la main un biberon de lait tout chaud.

Les deux femmes se regardèrent, longuement, intensément. Avec ses sacs en bandoulière, le bébé contre son cœur, Gervaise s'éloigna lentement. Rolande ouvrit la porte toute grande. Gervaise s'immobilisa un instant, ressentant jusqu'au plus profond de son âme la peine qui bouleversait cette vieille dame, une peine que les mots ne réussissent pas à définir, une peine qui abrégerait ce qui lui restait de vie, une peine dont on ne se remet jamais.

Elle descendit les quelques marches, regarda devant elle, et ferma les yeux. Elle réalisait que, là, presque à l'endroit où elle se trouvait, Mariette avait péri ; Mariette, sa fille, la mère de ce bébé.

Raymond était accouru. Il prit les sacs en regardant Gervaise qui, elle, ne le voyait pas. Elle serra l'enfant contre son cœur. Une larme coula et tomba sur la tête du bébé.

Derrière ses rideaux, Rolande regardait sans voir. Elle fit demi-tour et prit place dans son vieux fauteuil. Le hasard voulut que, sur le siège, se trouve un hochet oublié ; elle le prit, le baisa et resta là, les yeux perdus dans l'infini.

Dehors, Raymond demandait :

– Gervaise, Gervaise, que se passe-t-il ? Qui est cet enfant ? Que te voulait-on, là ?

Gervaise atteignit la portière de l'auto. Elle se taisait. Raymond ouvrit et revint à son siège.

– Gervaise…

– C'est l'enfant de Mariette ; elle est décédée.

– Sainte-Marie du bon Dieu !

– Papa…

– Quoi, papa ?

– Il avait raison, une fois de plus. « Dieu a de ces façons… »

– Sainte misère du bon Dieu ! Et ton mari, que va dire ton mari ? Lui as-tu parlé ?

– Il est beau, un cœur ! Regarde ses mains, il sera fort. Gilbert va l'adorer, il va lui vouer le même amour qu'à ce fils qu'il a perdu.

– Tu as une foi à faire pâlir les plus croyants.

– Il ne m'est même pas venu à l'idée que Gilbert pourrait s'objecter à ce que j'accepte… Oh ! mais, Raymond, penses-y…

Dans son enthousiasme, Gervaise avait crié. Richard sursauta. Elle le rassura et, bouleversée, elle termina sa phrase d'une voix plus calme.

– Ce bébé fait de moi une grand-mère ! Je n'y avais pas songé. Son éducation sera plus qu'un plaisir, ce sera un devoir ! Rolande savait… Moi, je n'y ai même pas pensé ! Mariette lui aurait donc parlé de moi ?

– Rolande, c'est cette dame ?

– Oui, Mariette a sacrifié sa vie pour la sauver d'une mort certaine.

– Elle était donc capable d'aimer ? Quelle preuve d'amour inouïe ! Je n'en reviens pas. Comment s'appelle l'enfant ?

– Richard.

– Richard. Je n'ai connu personne de ce nom-là.

Gervaise croyait déceler une certaine tristesse dans la voix de Raymond, un peu de mélancolie peut-être. Mariette n'avait-elle pas été l'amour de sa jeunesse ?

On approchait de Saint-Pierre ; les pensées de Gervaise revenaient vers Gilbert pour ensuite aller vers Rolande.

Elle parut enfin à leur vue, la grosse maison de campagne, dans son style bien de chez nous, solidement campée sur le sol dont elle faisait presque partie, confortable, sécurisante, une vraie bastide.

Au-delà du champ qui séparait la route des bâtiments, on pouvait voir la haute stature de Gilbert qui s'occupait dans le potager.

Gervaise descendit de l'automobile et marcha vers son mari. Voilà qu'il passait justement près d'elle, incliné sur les manchons de la brouette qu'il poussait. Assis en plein centre, bébé Télesphore se dandinait. « Et Gilbert refuserait d'aimer celui-ci ? »

– Coucou, coucou, fit Gervaise.

– C'est maman !

Papachou voulut se précipiter, Gilbert le déposa par terre et l'enfant courut vers sa mère.

– Bonjour, mon trésor, tu as été sage ?

Gilbert regardait sa femme. Elle s'avançait, le cœur palpitant.

– Tiens, Gilbert, prends.

– Un bébé ! C'est un bébé ! Pour l'amour…

– Ce qui fait de toi un grand-père. Tu veux bien ?

– Un bébé !

– C'est le fils de Mariette, elle est décédée.

Papachou regimbait, tirait sur la salopette de Gilbert,

voulait voir. L'homme s'écrasa sur ses talons et ouvrit plus largement la courtepointe.

– Ce sera dorénavant ton frérot, dit Gervaise, affectueusement.

L'enfant se mit un doigt dans la bouche et recula de quelques pas. Gilbert fit un clin d'œil à sa femme : la jalousie…

– Bon, puisqu'il en est décidé ainsi…

Il déposa Richard dans la brouette et y fit grimper Papachou, il embrassa Gervaise, prit les manchons du véhicule et se dirigea vers la maison. Une fois là, il rendit Richard à Gervaise.

– À toi l'honneur de l'introduire chez nous. Viens, Papachou.

Ils entrèrent, tenant dans leurs bras chacun un bébé.

– Nous serons plusieurs à l'aimer, ce petit-fils.

Gervaise sentit qu'elle allait pleurer. Raymond avait déposé les bagages et il était parti discrètement.

– Tu m'as manqué, ma femme. Je m'inquiétais ; mais te voir revenir avec un enfant, ça dépasse… l'imaginable. Ça n'arrive qu'à toi, ces choses-là.

Gervaise déposa le bébé sur la table, défit ses langes et changea la couche imbibée.

– Heureusement que j'ai été initiée, plaisantait-elle.

– Et ma tasse de thé rituelle ?

– Après l'heure du biberon.

– Voilà ! Papachou perdra sa bassinette et moi mes gâteries.

– Mes pauvres chères victimes ! Je vous aimerai davantage.

Gilbert mit l'eau à bouillir, pendant qu'il sortait les tasses et les biscuits.

– N'oublie pas le verre de lait de Papachou, lui rappelait-elle, du bonheur plein la voix.

Les bébés dormaient. Gervaise raconta les faits dans le détail.

– Cette Rolande a du cran. Elle m'a fait passer un test de son cru. Quelle femme ! Quelle bonté !

– Richard… Tu as deviné ?

– Bien sûr !

– La dame savait-elle ?

– Elle n'a dit que du bien de Mariette ; je crois qu'elle n'a réussi à la mater qu'à cause de sa condition de dépendance. Mais ce que je dis là n'est pas charitable. Richard Langevin…

Après une hésitation, elle ajouta :

– Il manquera à notre couronne un autre fleuron : un enfant Tremblay…

– Doucement, doucement, ma femme !

– Tu as peur ?

– Oui, j'ai peur et je ne souhaite pas avoir à subir cette peur de te perdre !

– Voyons, Gilbert…

– J'aime notre marmaille, mais toi, tu es le pilier de cette famille. C'est ça qui compte. Réfléchis un peu, un tout petit peu. Pour le moment, je dois penser à terminer la cueillette des choux. Le potager devait prévoir qu'il aurait une nouvelle bouche à nourrir, il s'est fait généreux.

– Dieu, tu sais, Gilbert…

Elle laissa sa phrase en suspens. Il sourit : non, jamais Gervaise ne changerait.

Dès qu'il fut sorti, Gervaise téléphona à Rolande pour la rassurer. Elle lui raconta le voyage de retour, l'accueil de son mari, la randonnée en brouette. Gervaise semblait inventer un conte de fées.

*

* *

Tout en vaquant à ses occupations coutumières, elle savourait sa joie intérieure. Gervaise avait appris à regarder bien au-delà de son infirmité, à l'oublier même. Toutefois une autre misère, morale, celle-là, immatérielle, imprécise, impalpable, mais tout aussi cuisante, s'était installée en elle dès son jeune âge. Elle était constamment en alerte, allait du doute à l'incertitude, de l'incertitude à la crainte. Elle n'en finissait plus d'analyser ses sentiments, les décisions à prendre, les gestes à poser.

Elle avait été profondément marquée par certaines épreuves vécues dans son enfance. Le contact étroit avec les rigueurs du milieu disciplinaire religieux qui cadraient mal avec sa personnalité l'avait empêchée de s'épanouir naturellement, spontanément. Continuellement, elle devait faire appel à la logique et à la morale pour asseoir ses jugements, ce qui la laissait souvent songeuse, inquiète.

L'influence bienfaisante de son premier mari l'avait beaucoup aidée à s'orienter. Mais il n'était pas si tôt entré dans sa vie qu'il en était sorti, trop vite.

Aussi s'en remettait-elle souvent à celui auprès de qui elle avait connu l'amour inconditionnel.

Gilbert, elle l'aimait, bien sûr, mais différemment. En lui, elle trouvait l'âme sœur, l'intégrité, la sécurité. Ils avaient su s'apprécier bien avant que l'amour les unisse vraiment. Puis les liens s'étaient resserrés : le partage du quotidien, leur confiance mutuelle, le bonheur de se mieux connaître, jour après jour, tant dans la joie que dans les difficultés ; ils avaient atteint l'harmonie, l'unisson ; telles les eaux d'un ruisseau tortueux qui se forme dans les sous-bois avant d'atteindre le lit de la rivière qui les déversera majestueusement dans l'estuaire. C'était là qu'elle en était aujourd'hui : on lui avait révélé l'existence d'un enfant né de sa fille ; il avait perdu sa mère, il devenait sien.

Si Rolande Trottier avait été moins généreuse, quel aurait été le sort de Richard ? Elle frissonnait rien que d'y penser, elle qui connaissait si bien l'impact de l'abandon, dût-il être imposé par la force des événements, ou les circonstances de la vie.

Elle n'avait pas un instant mis en doute l'accueil chaleureux que Gilbert ferait à l'enfant.

Sur ces quelques arpents de terre, ici, à Saint-Pierre-du-Sud, où la volonté de l'autorité l'avait un jour transplantée, se trouvait sa forteresse, ses enfants, son seul frère. Voilà qu'un fleuron venait de s'ajouter à sa couronne.

*

* *

Les enfants mirent plus de temps à s'ajuster à cette idée d'un nouveau bébé. Gervaise avait doucement expliqué que leur sœur aînée, Mariette, était décédée après la naissance de son fils.

– Mais elle n'avait pas de mari, tonna Lucille.

– Grande folle ! Ce n'est pas nécessaire, protesta Réjeanne.

– Comment ça ? Tu crois encore à l'histoire des sauvages qui amènent des enfants, toi ?

– C'est un bébé donné.

– Non, emprunté.

Gervaise intervenait de temps à autre au sein de la discussion, somme toute plutôt amusante.

– Il est à la fois votre neveu et votre frère.

– Comment ?

Jacqueline écoutait mais n'intervenait pas. Elle avait eu un véritable coup de foudre. Dès qu'elle avait vu Richard, la fillette, qui vivait une adolescence timide et réservée, s'était éprise du bébé.

– Il ne faut pas le gâter.

– Mais non, maman. Entre gâter et choyer il y a une différence.

– En tout cas, moi, je n'ai pas de problème, je serai toujours le plus fort, crânait Lucien. Qu'ils se dépêchent de grandir, les deux flos, afin que je puisse leur apprendre à viser et à lutter.

– Trois filles, trois garçons, c'est plus correct comme ça.

Gervaise baissa la tête. Elle avait perdu deux enfants, Alphonse et Mariette ; ils lui étaient rendus.

Elle pensa à Télesphore à qui elle n'avait pas encore songé dans toute cette histoire. « Télesphore, irradie ton amour sur nous tous, plus que jamais. »

Conscient de la dévotion de Gervaise pour le jeune Richard, Papachou se collait à Gilbert. Le sujet se banalisait, tout entrait dans l'ordre, l'enfant nouveau était accepté, assimilé, choyé.

Et Réjeanne demanda à sa mère, d'un ton confidentiel, pourquoi Mariette n'avait jamais parlé de son amoureux et pourquoi elle n'avait pas été inhumée ici, à Saint-Pierre, comme Alphonse, auprès de sa mère et de son père.

Gervaise ne livrait de ses pensées que les choses belles à entendre. Protéger l'image de Mariette faisait aussi partie de ses obligations. Elle avait découpé les articles de journaux qu'elle avait lus et relus. Gilbert avait donc eu raison en affirmant que ce n'était pas accidentellement que Mariette avait figuré dans toute cette histoire morbide qui entourait le meurtre d'Alphonse.

Le surnom de Chewing-gum donné à Richard trouvait son explication car, dans le sac à main de Mariette, un emballage de gomme figurait ; elle l'avait conservé précieusement.

Gervaise tirait ses conclusions et n'en aimait que davantage cette étrangère, Rolande, qui lui avait donné un amour généreux, inconditionnel. Rolande qui avait su taire le côté malveillant de Mariette, qui avait su mater ses instincts de résistance et de rébellion.

À Gilbert, le soir, dans l'intimité de leur chambre, elle livrait le fruit de ses méditations. Avec lui, elle partageait peines et joies. Elle en sortait réconfortée, fortifiée.

Rolande avait été catégorique : à la proposition de Gervaise d'aller lui rendre visite avec Richard, elle s'était opposée ; elle ne voulait plus revivre ce déchirement.

– Alors, prends des photos du petit au milieu de nos autres enfants et fais-les-lui parvenir. Elle ne pourra refuser et elle en tirera de grandes joies.

– Gilbert, que je t'aime !

– Redis-le-moi, lui murmurait-il à l'oreille, redis-le-moi.

Gervaise ralluma la lampe de chevet, plongea son regard dans le sien et, dans la tendresse qui les unissait, ils donnèrent libre cours à leurs effusions amoureuses.

Un bonheur plein de quiétude régnait dans cette grande maison où Gervaise, tant d'années plus tôt, s'était introduite pleine d'appréhension, elle, l'étrangère. Son pouvoir d'aimer avait depuis lors permis des miracles.

*

* *

Le lendemain, à son réveil, Rolande eut l'heureuse surprise de voir Sofa étendue de tout son long sur la base extérieure de la fenêtre. Elle sortit, prit la chatte dans ses bras et, assise dans le vieux fauteuil accueillant, une fois encore, elle meubla sa solitude en relatant le dernier épisode des événements. La chatte ronronnait, puis se tournait pour se rendormir aussitôt. La voix éraillée de la vieille dame lui valait une douce berceuse. Ainsi Sofa apprit que, souventes fois, la maman de Richard téléphonait. Rolande vivait maintenant pour ces appels qui brisaient la monotonie.

XVI

UNE FOIS LES CHAMPS DÉPOUILLÉS de leurs fruits, les ruminants furent ramenés à l'étable, les poules reconduites dans leur quartier. « Tiens, il en manque une ; elle est encore là-bas, je suppose. » Gilbert se rendit à l'écurie ; il savait que les chevaux s'amourachaient souvent d'un petit animal ; le sien n'échappait pas à cette loi. La poule trônait dans un coin de l'auge, le cheval lui ayant réservé un peu du foin de sa ration à cet usage.

– Hé, Rouquine, tu ne rentres pas à la maison ?

La poule étira le cou et le regarda de ses petits yeux de martyre. Le cheval, que Gilbert caressait, bougea les oreilles, secoua la crinière et hennit. Non, il n'aurait pas le courage de dénicher la volaille, de priver son vaillant compagnon de travail d'une si agréable compagnie, même s'il savait que cette amitié coûtait le prix d'un œuf à chaque matin, car l'animal le gobait.

« Reste là, Rouquine, si ça te chante ! »

Le fenil regorgeait de foin tendre, fraîchement séché. Les légumes se gardaient frais au caveau. Il ne restait plus que le blé d'Inde à séparer des cotons qui joncheraient bientôt le sol pour le fertiliser.

Le tracteur et les petits instruments aratoires avaient repris le chemin de la grande porte ; il faudrait leur sonder les reins et les cœurs pour les retaper si nécessaire. Les couvertures des bâtiments avaient été revues, badigeonnées de goudron au besoin. Le fermier était prêt à affronter la saison froide. Cette année, le troupeau ne s'était enrichi que d'une seule bête : une génisse avait mis bas. « Le taureau doit se faire vieux. » Gilbert éclata de rire : « Moi ce n'est pas mon cas, et pourtant… »

Il rentrerait à la maison, content, satisfait. Pas un instant, il n'avait regretté son retour à la culture. Il se rendit à la cabane de Lucien, grimpa l'échelle ; assis sur le pas de la porte, il laissait errer son regard sur ces champs immenses que le labeur récent avait colorés selon la culture : les verts, les bruns, les ocres peignaient un énorme tableau. Le ciel, fidèle aux saisons, était d'un bleu plus léger. Les nuages étaient plus consistants, les jours plus courts.

Il tourna la tête du côté de la maison. Gervaise devait cuisiner : une fumée montait en spirale au gré du vent frisquet. La vue d'une cheminée fumante l'avait toujours attendri ; c'était une note de gaieté, la preuve d'une présence dans un foyer. Depuis qu'il avait épousé ce petit bout de femme, Gilbert sentait son âme vibrer ; elle éveillait en lui un romantisme dont il ne se serait pas cru capable.

Il pensa à son fils. Sa peine s'était atténuée peu à peu. Aujourd'hui il remerciait la mort d'être venue le délivrer. La grande foi de Gervaise l'aidait à mieux saisir les petites choses de la vie. Pas un instant elle n'avait même songé s'inquiéter de l'arrivée si soudaine de cet enfant qui lui avait été confié. Sa tâche s'alourdissait, mais peu en importait. Le devoir primait sur tout. Plus encore, elle l'accomplissait avec joie, sans jamais gémir sur elle-même : une générosité sans limites. « On ne peut s'empêcher de l'aimer en retour. » Il descendit de son perchoir. Il ferait la traite des vaches plus tôt ; Angéline et Raymond venaient jouer aux cartes, ce soir. Gervaise prisait ces soirées. Aussi il voulait être là pour aider sa femme.

Il fredonnait des airs connus, allait d'une vache à l'autre, content quand, enfin, il réussissait à se bien tenir sur le banc à trois pattes qui, à cause de sa grande taille, ne manquait pas, régulièrement, de le faire atterrir sur son arrière-train, ou tout simplement tomber sur le dos. Depuis qu'il était là, il avait pris la résolution de s'en rafistoler un, selon ses besoins personnels, mais il ne l'avait toujours pas fait. Cette fois encore l'instrument bancal lui fit défaut ; il tomba, se cogna la tête et éclata de rire : « Tête de mule, tu n'as que ce que tu mérites ! »

Il rentra à la maison de bien belle humeur, ses bidons de lait remplis à ras bord avec, en surface, des bulles de belle crème encore chaude.

– Voilà, madame, de quoi remplir les biberons ; mais, dis donc, qu'est-ce que je vois ! C'est ma cravate, ça ?

– Oui et alors.

– Pourquoi attaches-tu le bébé à la chaise haute avec ma cravate ?

– Parce que, mon cher, elle a été taillée sur le biais, ce qui permet à l'enfant de remuer tout en étant rivé à sa chaise. Voilà ! Si ça peut te réconforter, ou te rassurer, ce n'est pas demain qu'il va courir dans tes souliers !

Gilbert se mit à rire d'un rire sonore, éclatant, à la mesure de son thorax.

– Que tu es belle quand tu te mets en colère ! Une tigresse.

Il se laissa tomber sur une chaise et raconta au bébé, avec force mimes, que sa maman était une furie et qu'il l'adorait. « Tu vois, ce soir, par exemple, je suis rentré tôt, en bon mari, pour alléger sa tâche, lui permettre de jouer aux cartes plus longtemps. Tu vois comment elle me récompense ? »

– Amen, cria Gervaise.

Il la saisit, la souleva de terre et pivota sur lui-même. Elle riait, se cachait la face dans le cou de l'homme, le frappait de ses talons.

– Sois sage ou je te monte là-haut ; je te soumets à l'esclavage de mes sens ; je te prive de ta soirée.

Elle lui mordillait les oreilles, lui murmurant des mots tendres. Comme il entrait à ce moment-là, Lucien vit le spectacle. Gêné, il fila à sa chambre.

– Toi, femme, plus perverse que Marie Madeleine, file à ta cuisine.

Elle frottait son nez contre le sien, le regardant dans les yeux d'un regard chaud, brûlant. Ils se taisaient, attendris.

Il la déposa sur ses pieds et gémit.

– Qu'est-ce qui t'arrive, Gilbert ? La joie se lit sur ton visage.

– Peut-être est-ce dû à ma méditation : je me suis perché au sommet de l'orme, j'ai promené les yeux sur notre domaine et j'ai vu la boucane s'échapper de la cheminée, ce qui m'a indiqué que tu étais à cuisiner. J'ai eu le goût de toi. Malheureusement, ce soir, nous jouons aux cartes…

– Que tu peux être aguicheur ! Grand Dieu ! Mon pâté chinois !

Déjà, elle s'était envolée.

– Ton journal est sur le guéridon. Lis-le maintenant. Ça va te changer les idées.

La phrase resta sans réponse, car les enfants arrivaient l'un à la suite de l'autre. Moqueur, Gilbert passa la soirée à faire des œillades à sa femme.

Le couple allait partir, Gervaise attira Angéline au salon.

– Raymond t'a raconté.

– Oui, tu as été bien bonne, Gervaise.

– Mais non, tout le bonheur est pour moi. Je suis sûre que tu aurais fait la même chose.

– Mariette décédée, tout restera dans le mystère.

– Passe l'éponge, pardonne-lui. Il y a une croyance

qui dit que ceux qui sont dans l'éternité ont besoin de notre pardon pour connaître la paix.

– Son enfant est très beau.

– Et costaud.

– Raymond semble avoir eu tout un choc.

– Dans tout ça, toi et moi, nous sommes les gagnantes. Notre vie est heureuse et sans histoire.

– Tu as bien raison.

– Ta mère, Éva, viendra-t-elle cet été ?

– Non, j'irai là-bas, avec Raymond.

– C'est bien. C'est très bien. Quand on est heureux, il faut savoir donner en retour.

Les deux hommes jasaient sur le perron. Le soir d'automne était frais et les étoiles scintillaient dans la voûte céleste. Dès que les invités eurent descendu les marches de la galerie, Gervaise, avec grand fracas, rentra et courut vers l'escalier. Gilbert éteignit et fila derrière elle. Il ferma la porte de leur chambre.

*
* *

– Gilbert, je suppose que tu sais manier les armes.

– Bien sûr, pourquoi ?

– Bientôt s'ouvrira la saison de la chasse. Autrefois, Léo me fournissait le petit gibier et Télesphore la venaison. J'en aurais besoin pour ma recette de cipaille. Si tu pouvais ramener un chevreuil, je cannerais le surplus. C'est si bon, cuit avec du lard salé.

– Encore faudrait-il savoir où on peut trouver le gibier.

– Mais ici, sur la terre. Je le sais, j'ai vu leur ravage. Je connais le sentier que le chevreuil emprunte.

– Toi ?

– Bien sûr, ce n'est pas très loin de la cabane à sucre, dans cette direction-là.

– As-tu dit une érablière ?

– Ben oui.

– Mon rêve.

– En mars prochain, nous irons. C'est tout à fait au nord de la terre. Il y a tout ce qu'il faut là-bas, même des mulots.

– Petites bêtes inoffensives.

– Qui m'horripilent !

– On en fera du ragoût.

– Pouah ! Quelle idée !

– Il est loin, le ravage ?

– Non. Si tu veux, nous irons vagabonder par là en fin de semaine. Je confierai les petits aux filles.

– Nous irons en tracteur.

– Tiens, c'est bien pensé.

Sa trotte en carriole, bien emmitouflée, appuyée contre Télesphore lui revenait en mémoire.

– Je suppose qu'il y a ici un fusil de chasse également ?

– Oui, plusieurs, de différents calibres, ils sont dans le ravalement de notre chambre. Il faudrait peut-être nettoyer l'âme de celui que tu voudras utiliser. Je me souviens que mon père mettait de l'huile à fusil dans le canon. À l'aide d'une tige de bambou, il y promenait un chiffon doux. Il fermait un œil, levait l'arme en direction de la lumière et regardait à l'intérieur. Ça me fascinait. Les cartouches et les balles sont au sec, dans la garde-robe, dans un coffret de métal.

– Tu as appris à viser ?

– Non, j'étais trop jeune. Mais j'ai assisté à l'initiation de Raymond, avec un douze à deux canons. Mon père se tenait derrière lui ; après dix grosses minutes d'attente, Raymond avait enfin tiré. Bang ! Le coup est parti, d'une telle force qu'il est tombé sur les fesses. Il s'est mis à pleurer. Papa riait et Raymond a couru se réfugier dans les jupons de maman. Il n'a plus jamais voulu toucher aux armes.

– Ta mémoire retient tout, jusque dans les détails.

– C'est vrai, je suis visuelle ; j'enregistre, même inconsciemment. Les enfants seraient ravis que nous allions à la cabane ce printemps.

– Je vais organiser une partie de chasse et amener Lucien.

– Tu ne crains pas les accidents ? Il est si jeune.

– Non, il est docile, je lui apprendrai les normes de sécurité ; ça demande beaucoup de discipline, tu sais. Et il faut de la patience, l'attente peut être longue. Dis donc, y aurait-il aussi un lac poissonneux dans les environs ?

– Pas que je sache.

*

* *

C'était mercredi. Gilbert s'était absenté comme à l'habitude. Gervaise avait longuement jasé avec Rolande, de tout et de rien, mais surtout de Richard.

Les enfants dormaient ; ce soir, sous prétexte de faire une révision des devoirs et des leçons, elle avait consacré de longs moments à parler avec chacun d'eux. Ces minutes d'intimité étaient souvent colorées des confidences de l'un d'entre eux ; que ce soit pour un regret ou un doute à atténuer, Gervaise gardait l'oreille attentive. Les problèmes, anodins pour l'adulte, ont parfois une très grande importance pour les jeunes. Solutionner, trancher rapidement, redonner la paix, permet aux adolescents de s'épanouir en toute confiance.

Elle se berçait, lentement, consciente de son bonheur. Ses pensées se reportaient dans son passé pas toujours rose, lui permettant d'établir certains parallèles qui guidaient sa façon de faire. Combien de fois n'avait-elle pas souffert de n'avoir personne vers qui se tourner alors qu'elle aurait eu tant besoin d'une oreille pour l'écouter, d'une directive ou d'une simple tendresse ?

À moins de trente ans, elle avait l'impression d'avoir vécu plusieurs vies. Elle se surprenait à sourire : « La souffrance semble savoir façonner l'âme. Peut-être devrais-je moins m'inquiéter. »

Toutefois, le souvenir de Rolande, le sacrifice immense qu'elle s'était imposé en se séparant de Richard, la hantait. « Peut-être que l'âge est un facteur déterminant dans la capacité de faire et d'accomplir. La bonté n'est jamais excessive, le contraire l'est toujours ! »

Que Mariette ait donné sa vie pour sauver Rolande d'une mort certaine la troublait. Serait-ce le miracle de l'amour ? « Ai-je été impartiale au moment de juger cette fille ? Et Alphonse, chez qui je n'ai jamais entrevu la plus petite parcelle de bonté ou de droiture, qui était en perpétuel désaccord avec son père Télesphore pourtant d'une intégrité à toute épreuve ! »

Gervaise faisait un examen de conscience sévère, ne voulant pas se tromper.

Ses personnages prenaient leur place sur l'échiquier de la vie, jouaient leur rôle, s'entrecroisaient. Pour le moment, le calme et la sérénité régnaient, le bonheur planait autour d'eux.

« L'existence nous asservit. D'où l'importance de garder la conscience pure, le jugement éclairé ; la voie du repentir est un bien maigre palliatif à l'erreur, consciente ou pas ! Lucien, désespéré au sommet de cette montagne, m'a servi de leçon ; grand Dieu ! Que mon désespoir serait grand si, ce jour-là, j'avais perdu mon fils ! Je ne me le pardonnerais pas ! »

La chaise s'immobilisait. Gervaise se dressait : une pensée lui traversait l'esprit, elle s'y attardait, cherchait une issue : « Comment retrouver Julie ? Où la localiser ? Elle et sa fille, seules, sans doute désespérées, accablées, quelque part dans ce monde ingrat ! Et Rolande, dans sa grande maison, qui a un tel besoin d'amour et de compagnie ! »

Son amie ne donnait plus signe de vie et Monique n'écrivait pas à Lucille. Alors ? Et cette dame chez qui elle travaillait, elle avait bien parlé d'un prêtre qui la protégeait ? « Gilbert m'aidera. Je dois absolument donner un peu de ce bonheur dont je suis comblée. Ces êtres esseulés, je vais les réunir, ou tout au moins faire les efforts nécessaires pour permettre cette prise de contact. »

La berceuse, de nouveau en mouvement, reprit le refrain de ses craquements. C'est dans cette attitude que Gilbert retrouva sa femme qui lui exposait maintenant son nouvel objectif.

– Gervaise, ce n'est pas un cœur que tu as, c'est une cathédrale.

– Ne te moque pas de moi.

– Me moquer ? Au contraire, je t'admire.

– J'ai parfois l'impression d'être trop exigeante.

– Tu n'es nullement exigeante, mais très ardente. Parfois, ta perspicacité est si grande que tu désarmes ton entourage. Tu finis toujours par avoir raison. Ta force morale est étourdissante. Ce n'est pas moi qui te le reprocherais. Surtout que tu es humaine, sans prétentions, jamais arrogante. Tu es un pilier sur lequel il est bon de pouvoir s'appuyer. Et je m'en plaindrais ? Il n'y en a pas assez, des individus qui se consacrent foncièrement et généreusement au bien-être des leurs. Tu aimes les tiens : tu les couves de ton aile, une vraie poule couveuse. C'est peut-être pour ça que tu aimes tant ton coq !

Gervaise, gênée, avait baissé la tête. Les mots prononcés par Gilbert la rassuraient tout en la bouleversant. Elle avait tellement souffert de l'incertitude qu'elle savait détecter chez les autres ! Aussi, quand Gilbert en vint à évoquer le coq, elle saisit l'occasion de mettre fin à cette pluie de compliments qui la mettait mal à son aise. Elle se leva, plia les bras et, battant des ailes, elle s'écria : « Coq, coquelicot ! »

– Ah non, chérie ! Ce n'est pas l'heure du réveil, c'est l'heure du dodo. Suis-moi.

Gervaise s'endormit avec la certitude qu'on l'aimait autant qu'elle aimait ; elle espérait que leur vie familiale connaîtrait dorénavant une longue période de bonheur et que rien ni personne ne viendrait plus le troubler.

C'est Gilbert qui éteignit la lampe de chevet.

XVII

VOULANT VOIR GRANDIR SON TROUPEAU, Gilbert décida de ne pas faire boucherie. Par contre, fort des informations que lui avait fournies Gervaise, il irait à la chasse. Ramener quelques bêtes signifierait une grande économie et permettrait de faire une bonne provision de viande pour l'hiver.

Il en parla à Raymond. Celui-ci fut emballé par l'idée, mais elle lui causait aussi de l'inquiétude car il ne connaissait pas grand-chose sur le sujet. Sa seule expérience, il l'avait vécue auprès de son père qui lui avait enseigné l'essentiel sur la façon de manipuler les armes. Il avait gardé un souvenir troublant des leçons reçues. Il n'osait parler de ses craintes : la pudeur l'en empêchait. Gilbert affichait tant d'enthousiasme qu'il ne voulait pas avoir l'air d'un peureux. Lucien, lui, exultait. Son lance-pierres en poche, l'œil brillant, il était prêt à partir bien avant les hommes.

Gervaise avait préparé un lunch qu'on avait placé dans le havresac avec les balles et les cartouches.

– Pourquoi trois fusils ?

– Le douze, la trois cent trois et le quatre cent dix, selon les besoins, répondit Gilbert avec une désinvolture toute mâle. Tout dépendra du gibier qu'on va rencontrer.

Ils traversèrent la prairie, le cœur joyeux, gonflé par l'émotion bien étrange qui gagne les chasseurs en route pour la grande aventure.

Lucien grandissait d'une coudée. Jamais il n'oublierait le visage des filles restées à la maison, crevant de jalousie.

– Il ne faudra pas revenir bredouilles, les femmes riraient de nous.

Raymond grimaça. Sa femme s'était tellement opposée au projet qu'il avait failli reculer. Son orgueil d'homme avait alors tranché.

– J'ai entendu papa dire à maman que les chevreuils ont l'oreille fine. Il faut garder le silence le plus complet quand on approchera du ravage.

– Le ravage ? demanda Raymond, le néophyte.

– Les bêtes savent repérer un endroit où la nourriture abonde. Elles empruntent toujours les mêmes sentiers, ce qui fait qu'ils sont battus à force d'être parcourus. Ça leur rend la vie plus facile, surtout en saison froide, quand la neige couvre le sol. Quant à nous, ça nous permet de savoir où aller chasser.

Gilbert fit une pause. Il inspectait l'endroit où ils se trouvaient et qui lui semblait favorable. Il y alla ensuite de ses conseils.

– C'est ainsi qu'il faut porter une arme à feu, dans le bois. Regardez bien : il faut la tenir devant soi, la crosse en haut et le canon pointant vers le sol, prendre bien soin de protéger la mire pour ne pas la fausser. Les animaux sauvages ont l'ouïe fine et savent flairer le danger. Ils nous sentent de loin. Le silence ne suffit pas, il faut prendre garde où on met les pieds. Une branche sèche qui craque sous nos pas et psst ! la bête file en douce.

La chasse, c'est le monde des mâles, exclusif et sacré, dont ils tirent gloire. Léo ne voulait plus fournir de cuissots à Gervaise ? Grand bien lui fasse ! Lui, Gilbert, le ferait. Il voyait déjà la belle fesse au four, piquée de lardons.

On arrivait enfin à un endroit propice, il faudrait se séparer. On ajustait les montres, secouait la boussole, fixait des rendez-vous pour le retour. On désignait des points de repère : « Là, ce grand sapin qui dépasse les autres d'une tête. »

Raymond ravalait. Il partirait seul. Il plongeait la main dans sa poche pour se rassurer. Là, tout au fond, des bouts de cordes qu'il accrocherait aux branches pour se repérer sur le chemin du retour. Oh ! si Angéline avait su, elle se serait moins morfondue auprès de Gervaise qui, elle, ne semblait nullement inquiète.

Gilbert lui avait expliqué : « Éloigne-toi, trouve une butte et assieds-toi, l'arme chargée, prête à tirer. Ne fais marcher que tes yeux pour localiser la bête. Surtout ne tire pas sur ce qui bouge sans avoir d'abord bien vu. Nous ne sommes peut-être pas les seuls sur le territoire. »

– Mais c'est la terre de Gervaise, une propriété privée !

– Si tu crois que ça suffit pour étouffer les remords des chasseurs, mon vieux, tu te trompes. C'est le gibier qui attire.

Raymond avait senti ses jambes flageoler. « Dans quel merdier me suis-je embarqué ! » Il fonçait dans le bois, plus mort que vif.

Gilbert avait pris l'autre direction, suivi de Lucien. Une toute petite clairière retint son attention. Un peu d'herbe s'y trouvait. Il s'arrêta, toucha Lucien, lui fit un signe de la tête. Assis l'un près de l'autre, ils commencèrent l'attente à la fois angoissante et palpitante. La première demi-heure passa. C'était supportable, mais la deuxième semblait interminable pour Lucien ; il avait la bougeotte.

Gilbert le sentait. Il mit la main dans la réserve, en sortit un sandwich et le lui remit. L'autre, respectant la loi du silence, le remercia des yeux. Et tous deux se figèrent en statue. Dissimulés sous le feuillu qui bordait un petit espace découvert, leur champ de vision était idéal. Gilbert croyait maintenant discerner le bruit lointain de branches déplacées et celui d'une bête lourde qui se frayait un chemin en avançant. Il se raidit, fronça les sourcils. Lucien l'observait, son cœur se mit à battre très fort.

Gilbert tendit le bras, prit la trois cent trois déjà chargée et attendit l'instant propice.

Lentement, Gilbert avança la main, pointa l'index. Lucien, le souffle coupé, tourna la tête ; là, un panache se montrait, puis une belle tête fière, avec de grands yeux d'un brun lumineux, puis une croupe charnue et le beau « buck » apparut dans sa totalité. Dieu qu'il était beau, ce mâle à pelisse, fier et gracieux sur ses longues pattes fines, majestueux jusque dans sa démarche.

Il baissa la tête. Le moment tant attendu était arrivé. L'animal reniflait une bouchée d'herbe à brouter. Gilbert pointa l'arme. L'autre mâchouillait. Gilbert épaula. L'orignal rebaissait la tête. Gilbert tira.

La bête bondit, fit deux pas et tomba de tout son long. Comme un écho un autre coup de feu retentit, venu d'ailleurs. Lucien allait s'élancer.

– Ne bouge pas, pas encore. Il pourrait avoir un sursaut de vie.

Alors Lucien se mit à crier et à danser : une véritable explosion de joie qui dépassait en intensité tout ce qu'il avait imaginé, Gilbert devenait un dieu, Lucien un futur chasseur chevronné. De sa vie il n'oublierait jamais cette heure suprême. Qu'il avait hâte de voir les gueules de ses sœurs ! Qu'il en aurait long à raconter !

Il dut se calmer quand Gilbert sortit le couteau à dépecer. Il fallait saigner la bête, la vider de ses viscères et ce sans tarder pour ne pas que la viande brûle et se gâte.

– Tiens-lui les pattes arrière ouvertes.

La lame perça la fourrure ; une odeur nauséabonde en sortit, Lucien se tourna pour vomir. Gilbert riait aux larmes.

– Le revers de la médaille, tit-gars. Gaspille pas comme ça les sandwichs de ta mère. Ha ! Ha ! Ha !

Gilbert plongeait les mains dans la panse béante, en rejetait le contenu. Puis il tira la bête en un endroit plus propre. Il sortit la poivrière de ses poches, enduisit le trou laissé par le passage de la balle dans la nuque et aspergea l'intérieur.

– Apporte-moi une petite branche solide pour tenir le bedon ouvert.

Lucien s'éloigna. Tout à coup, il s'immobilisa et lança un cri terrifiant. Gilbert sursauta. Devant eux se tenait Raymond, pâle comme la mort.

– Qu'est-ce que tu as ?

– A… A… A…

– A, quoi ?

– J'ai…

– Raymond, reprends tes sens, qu'est-ce que tu as ?

Gilbert le secouait. L'autre tremblait comme les feuilles d'un saule les jours de grand vent.

– Hé ! Raymond.

– J'ai tué, j'ai tué…

– Quoi ? Quoi ?

– Un... chevreuil.

Gilbert pouffa de rire.

– Moi aussi, j'ai tué, regarde. Où est ta bête ?

– Là-bas.

– Tu l'as ouverte ?

– Ouverte ?

– Ça alors, viens me montrer ça.

« L'autre coup de fusil, pensa Gilbert, c'était lui ! » Comment réussirait-il le portage de tout le gibier ?

Et le secret du truc du chemin marqué fut dévoilé. La bête, plus petite, n'avait que deux ans. Pas plus que Lucien, Raymond ne put assister Gilbert lorsqu'il s'agit d'éventrer l'animal. Le reste du poivre passa à cette opération. Il disposa les quartiers de viande sur des branches de sapin empilées avant de revenir à son site de chasse.

– Attendez-moi ici.

À grandes enjambées, Gilbert se rendit vers l'endroit où il avait stationné le tracteur afin de le rapprocher de la clairière. « Au pire, je pourrais toujours suspendre les grosses pièces aux arbres et revenir plus tard les chercher. C'était le truc des Indiens : c'est encore bon. » Mais, heureusement, la remorque que tirait le tracteur pouvait contenir le tout, même Lucien qui décida de voyager avec les bêtes.

– Veux-tu garder la tête ? avait demandé Gilbert à Raymond. Tu pourrais la faire empailler et en faire un trophée pour prouver ton exploit.

On allait partir, lorsque Gilbert s'immobilisa. Il tira Lucien par la manche en même temps qu'il incitait Raymond à s'arrêter. Un chant venu du ciel, un bruissement agréable, venait de capter l'oreille du chasseur :

– Écoutez…

Il leva la tête, explora le ciel : un volier d'outardes se pointait dans leur direction, il passerait tout près ; il saisit le douze, y inséra deux cartouches, s'appuya sur le tracteur, écarta les jambes, pointa l'arme qu'il promenait doucement, suivant le vol des bernaches. Il visa. La décharge sonore fut suivie d'un jacassement strident, d'un bruit d'ailes déployées. À vingt pieds d'eux, sur le sol, deux outardes magnifiques gisaient.

– Va, mon Lucien, va chercher le petit gibier. Tu le prends par les pattes. C'est lourd, tu verras.

Lucien hésitait. Il semblait paralysé par l'émotion.

– Va, mon vieux, elles sont inoffensives.

– Tu ne vas pas les dépecer ?

– Non, on les plumera à la maison. On m'avait dit que la région était favorable à cette sorte de migrateurs. Montmagny est sur leur route habituelle. Bientôt, ils partiront pour des cieux plus cléments.

– En attendant, c'est Gervaise qui va être contente.

– Il nous manquerait une couple de lièvres pour compléter le tout, mais c'est trop tôt. Plus tard, en saison, je viendrai tendre des collets.

Et les deux hommes de rire aux larmes : Lucien ne parvenait pas à hisser les oiseaux ; il les traînait par les pattes et les ailes ouvertes des outardes lui donnaient l'allure d'un enfant ailé.

*
* *

Le jour descendait. Angéline se morfondait.

– Tu n'es pas inquiète, toi ? La nuit s'en vient.

– Tu veux mon opinion ? Je ne voulais rien dire pour te réserver la surprise, mais c'est bon signe.

– Comment ça ?

– S'ils s'attardent, c'est qu'ils vont ramener du gibier, tu verras.

On les entendit venir de loin. Le « put-put » du moteur était accompagné des cris du guerrier triomphant : Lucien, en équilibre à travers le gibier, se tenait debout et chantait sa joie.

Ils s'arrêtèrent près du perron, firent admirer leur réussite et se rendirent à la grange pour y suspendre la viande qu'il fallait d'abord « laisser mourir » afin de l'attendrir. On ne la dépècerait que le lendemain.

– Pourquoi, Raymond, ton chevreuil n'est-il pas recouvert de sa peau alors que la bête de Gilbert l'est ?

– Ton mari, ma chère, en a décidé ainsi ; il avait peur que je lui vole une partie de son butin lors du partage.

Ce disant, Gilbert jeta un coup d'œil narquois en direction de son beau-frère.

– Venez souper, suggéra Gervaise, vous devez avoir la fringale.

Lucien ne tarissait plus, on eût dit un moulin à paroles. Les filles l'écoutaient, ravies. Gilbert se taisait, émerveillé de les voir si joyeux.

Dans son coin de cuisine, Gervaise s'affairait, servant double portion aux hommes. Elle s'immobilisa soudain.

– Maman, demanda Réjeanne, à quoi penses-tu ?

– Hein ?

– Tu sembles loin, à quoi penses-tu ?

– À Télesphore, ton père, ma chouette. Il serait si heureux s'il était là. Je suis contente ; ses fusils auront servi à répandre la joie. N'oublie pas de féliciter Lucien ; pour lui c'est un grand jour.

La jeune fille s'approcha de sa mère, lui donna un baiser, puis s'éloigna. « Oui, pensa Gervaise, le bonheur règne dans notre maison. »

*
* *

Le lundi matin, Lucien partit très tôt pour l'école. Il ne s'était même pas préoccupé de déjeuner.

Il s'était enfin endormi, mais il avait passé des heures de son sommeil à parcourir en long et en large de grandes prairies où se baladait du gibier inaccessible.

Il s'était vêtu en vitesse. Il lui fallait rejoindre son ami Yvon, pour lui raconter l'aventure extraordinaire qu'il avait vécue. Ils se croisèrent au bout du rang. C'est là, en bordure de la route, qu'avec moult gestes il vanta ses exploits, fier comme un paon. Yvon l'écoutait, hochait la tête.

– Tu en as, de la chance ! Ton père, c'est du tonnerre.

– Oui, mon vieux. Ça et ma maison dans l'arbre, c'est de lui. Si tu veux, après l'école, viens chez nous. Je te ferai visiter ma cabane.

De temps à autre, Lucien jetait un coup d'œil sur la route. Il espérait voir arriver les Vadeboncœur. Il serait si fier de les voir se pâmer de jalousie en apprenant la nouvelle : lui, Lucien Langevin, il pourrait se vanter d'être allé à la chasse et d'avoir ramené du gibier.

Les outardes prenaient des proportions inouïes. Les bois des chevreuils se multipliaient ; Lucien ignorait encore que le nombre de cornes qui ornent le panache de la bête en indique l'âge ; son imagination d'enfant amplifiait les faits. Yvon était émerveillé.

Les cours lui semblèrent bien insipides ce jour-là. La réalité était tellement plus agréable. Enfin, on arrivait à la maison. La porte s'ouvrit. Lucien lança son sac d'école sur le plancher, cria :

– Salut, m'man.

– Eh ! Jeune homme !

Mais la porte s'était refermée. Elle s'ouvrit une seconde fois ; un autre sac, celui d'un autre enfant, vint choir près du premier.

Gervaise haussa les épaules et se dirigea vers la fenêtre. Lucien, accompagné d'un ami, traversait la cour, gesticulant, semblant d'une verve exubérante.

La mère sourit. Son fils s'épanouissait, il devenait un adolescent actif et vibrant. De tous ses enfants il était le plus sociable ; il avait beaucoup souffert de l'attitude des jeunes Vadeboncœur. Leur amitié en avait pris un rude coup ! Lucien s'était donc tourné vers d'autres amis, plus spontanés, plus simples. Yvon était un de ceux-là. « C'était à prévoir : d'une nature très ouverte, il recherche une compagnie bien vivante. Sans doute, devrais-je augmenter d'une ration le repas de ce soir ; ils s'attarderont à la maison. »

De fait, Lucien marchait d'un pas décidé vers sa cabane, qu'il décrivait à son camarade.

– Ouah ! Lucien, c'est pas de cinq cennes !

– Je te l'avais bien dit. Et c'est à moi, avec le terrain tout autour. C'est mon arbre, « ma maison ».

– Tabarouette ! Je peux grimper ?

– Moi d'abord.

– Va donc aux bines !

Lucien s'esclaffa.

– Qu'est-ce que tu as à rire comme ça ?

– Tu as des expressions bien drôles.

– Tu ris de moi !

Lucien grimpait l'échelle. Il entra et se figea.

– Qu'est-ce que tu as ? Avance que je voie quelque chose, sainte peanut !

– C'est pas vrai, c'est pas vrai ! Recule, descends. Il faut parler à Gilbert.

– Qu'est-ce que tu as, Lucien ?

Gilbert venait, à grandes enjambées. Grimpé là-haut à son tour, Yvon riait aux éclats.

– Ma maison est pleine de rats et tu ris !

– Des rats, bien non ! Ce sont des « écureux » qui ont fait ces ravages, ils se préparent à hiverner chez toi. Les rats ne font pas de nid dans les feuilles mortes ; regarde, des noix piquées aux arbres, emmagasinées là.

– Et ils ont rongé ma patte de chaise ! Gilbert, as-tu un fusil à écureuils ?

Yvon se tordait de rire.

– C'est pas ça qui va régler ton problème. Les « écureux » ont leurs territoires. Ils ne sont peut-être pas plus que deux à faire des dommages ici. Il faut les trapper, leur faire comprendre qu'ils ne sont pas admis chez vous. Si tu en attrapes un, l'autre va comprendre et déménager. C'est pas de cinq cennes !

Les garçons, accroupis l'un en face de l'autre, discutaient le phénomène des réserves territoriales de la faune sauvage environnante. Gilbert n'avait pu placer un mot ; toujours juché sur un barreau de l'échelle, il les écoutait, émerveillé.

L'un des garçons se donnait des airs de supériorité, expliquait dans le détail. L'autre gobait ses dires.

– Si tu défais le nid avant de leur avoir fait comprendre que tu ne les veux pas ici, ils vont tout simplement le rebâtir et continuer de t'emmerder. Ils agissent par instinct, ils se foutent pas mal de tes opinions !

Lucien servait des « oui mais », Yvon y répondait du tac au tac, en expert.

Gilbert était retourné au travail, le sourire aux lèvres. « Ah ! cette belle jeunesse ! »

L'heure du repas apporta d'autres révélations pour le moins surprenantes. Les garçons s'étaient attardés. Gilbert avait eu le temps de raconter à sa femme l'importante conversation des enfants.

En rentrant, Lucien avait présenté son ami.

– Ça, c'est ma mère.

Moqueuse, Gervaise se retourna et regarda derrière elle, puis sous la table, dans un sens et dans l'autre.

– Ça, c'est mon père.

Gervaise répéta son stratagème.

– Qu'est-ce que tu cherches, maman ? demanda Lucien surpris.

– Tu as dit : « ça ». Pourtant ton père et moi ne sommes pas des « ça », mais des êtres vivants.

– Tu n'es pas drôle, maman ! tonna Réjeanne.

– Bon, d'accord. Je m'excuse. Invite ton ami à souper, Lucien, le repas vous attend.

– Je vais téléphoner à maman. « Ça », dit-il en mettant un doigt sur sa poitrine, c'est Yvon, l'ami de Lucien.

L'humour du garçon dérida toute la famille en mesure de comprendre.

– Ne t'en fais pas, mon Lucien, moi aussi j'en fais des coches mal taillées, dit Yvon.

Il revint et passa à table en disant que sa mère était d'accord. Il goûta. Tout occupé à bouffer, il se tut un moment avant de complimenter :

– C'est bon, madame Langevin, ça n'a pas d'arrière-goût.

– Qu'est-ce que c'est, un arrière-goût, Yvon ?

Réjeanne trépigna. Sa mère la regarda et la fillette rougit jusqu'à la racine des cheveux. Sous la table, Gilbert donna un coup de genou à sa femme. Elle leva les yeux vers lui. Du menton il désignait Réjeanne. Hélas ! Jacqueline vendit la mèche.

– Maman ! Arrête donc tes questions, tu gênes les amoureux.

Pan ! Le silence tomba.

– Elles sont pas de cinq cennes, tes sœurs, Lucien.

Gilbert se posa en sauveur de la situation.

– Dis-moi, garçon, vous habitez dans la région depuis longtemps ?

– Non, deux ans seulement, pourquoi ?

– Laisse-moi deviner, tes parents sont originaires du Bas-du-Fleuve ; ils vivaient en bordure de l'eau, à la campagne.

– Comment le savez-vous, monsieur Langevin ?

– Mon père est décédé, Yvon. C'est mon nouveau père, il s'appelle Tremblay, Gilbert Tremblay, expliquait Lucien.

– Ah ! Je ne savais pas.

– Tu ne pouvais pas deviner.

– Ça ne me dit pas pourquoi vous savez tout ça, au sujet de mes parents.

– À tes expressions et à tes connaissances des lois qui régissent les écureuils. Et puis tu grasseyes.

– Ce sont mes amis, les « écureux », je les connais. Les noirs vivent dans les arbres, ils ne font pas de dommages ; les suisses dans la terre. Les bruns sont des indésirables, rongent tout, ils sont agressifs et difficilement délogeables. Ils sont pas de cinq cennes. Mais, grasseyer, c'est quoi ?

– Tu roules les « r ». Tu grasseyes les « r ».

Yvon quitta à la demie de huit heures. « Maman m'a dit d'être à la maison à 9 heures. »

Il avait remercié pour le bon souper, donné la main à Gilbert, salué et complimenté la maîtresse de maison, puis, discrètement, il avait salué Réjeanne, ce qui n'avait pas échappé à Gervaise.

– Gilbert, qu'est-ce que tu penses de tout ça ? Que

dois-je faire ? Réjeanne est bien trop jeune pour cette sorte d'idylle ! Tu as entendu Jacqueline ?

– Et ce garçon qui a filé assez tôt pour obéir à sa mère, ça t'a échappé, ce détail ?

– Non, mais…

– C'est une bonne et louable camaraderie qu'il faut encourager. Il n'est pas question d'idylle, crois-moi. C'est normal entre jeunes de cet âge. Lucien saura bien mettre un frein aux amourettes si les choses se gâtaient. Ce garçon est très bien et de bonne famille.

Gilbert était retourné à ses mots croisés. Gervaise ruminait tout ça dans sa tête. « Si Gilbert se trompait ? Ce ne sont que des enfants ! Devrais-je attaquer le sujet avec ma fille au déjeuner ? »

Réjeanne descendait, Jacqueline lui demanda : « Sais-tu où est ma barrette pour attacher mes cheveux ? »

– Toi, la paix ! Je ne te parle plus.

Gervaise décida de se taire ; il ne fallait pas envenimer la situation. Elle attendrait.

« Zut ! pensa Lucien une fois au lit. J'ai oublié de montrer le gibier à mon ami Yvon ! »

XVIII

TÉLESPHORE ÉTAIT DEVENU UN PETIT HOMME. Il prendrait bientôt le chemin de l'école. Pour le moment, il faisait la sieste.

Richard dormait, le pouce dans le bec. « Reposez-vous, mes deux anges. » Elle descendit à la cuisine, sortit la grosse jarre à bines en grès brun, qui fait partie de la tradition québécoise. Celle-ci était imposante de taille ; elle devait être dans la famille depuis plusieurs générations.

Les fèves blanches avaient passé la nuit à gonfler dans l'eau froide ; elles avaient subi une première cuisson, jusqu'à ce que leur enveloppe se fende, afin de les attendrir. « Il faut conserver l'eau de cuisson, elle contient beaucoup de fer et autres minéraux nécessaires à la santé », lui avait conseillé sœur Clara.

Gervaise déposa tout au fond de la jarre un gros oignon coupé en quatre, puis des rangées de lard salé, qu'elle faisait alterner avec les fèves.

– Voyons : du poivre, de la moutarde sèche, deux

cuillerées de ketchup, de la cassonade, de la mélasse ; j'oublie quelque chose… Oh ! oui, une cuillerée à soupe d'herbes salées. Et maintenant, il ne me reste plus qu'à les recouvrir de l'eau de la première cuisson et de les mettre…

Quelqu'un était à la porte. Elle essuya ses mains sur son tablier, tout en allant ouvrir. Ce qu'elle vit l'effraya. Un homme était là, devant elle, grand et maigre, au visage hideux. Ses paupières retombaient sur ses yeux, les yeux ronds et glaireux d'un crapaud. Un homme sans âge qui n'avait que la peau et les os. Une partie de sa face était couverte d'une barbe longue et blanche comme la neige. Gervaise faillit reculer et claquer la porte. Mais il se taisait, l'air inconfortable et misérable. Il était vêtu d'un long manteau noir comme seuls les curés en portaient pour couvrir leur soutane. Deux mains maigres et effilées dépassaient de ses manches. Il était vraiment horrible à voir. Aussi elle ne l'invita pas à entrer.

– Monsieur ?

– Mon nom ne vous dirait rien. Vous ne me connaissez pas. Mais je crois que vous pourriez m'informer. Je suis déjà venu ici, il y a à peu près deux ans. J'ai beaucoup tourné en rond, mais je suis certain qu'il s'agit de votre maison.

– Et ?

– Je vous comprends de vous méfier. Écoutez-moi, je vous en prie. Vous connaissez une jeune fille du nom de Mariette ?

Gervaise s'appuya contre le mur.

– Oui.

– Serait-elle ici, par hasard ?

– Non.

– Madame, elle attendait un enfant ; vous savez où il se trouve, cet enfant ? Vit-il ?

– Seriez-vous le père ?

– Non. J'ai toujours été aussi laid ; personne n'aurait pu m'aimer, surtout pas une jeune femme, avoua l'homme avec un triste sourire.

Gervaise baissa les yeux pour cacher le soulagement que lui donnait cette confession.

– Pourquoi les cherchez-vous ?

– Parce que l'ami de cette fille m'avait confié une mission. Je cherche Mariette. Son enfant est concerné.

– Cet enfant est sous bonne garde.

– Alors il vit, Dieu soit loué. Ne dites pas à Mariette que je suis venu. Elle ne doit pas savoir.

Jacqueline arrivait en coup de vent. Elle ralentit à la vue du visiteur qui lui tournait le dos. « Bonjour », lança-t-elle regardant l'homme ; elle plissa le front et laissa tomber un second « bonjour, monsieur ». Puis elle entra. De temps en temps, elle revenait à la fenêtre et jetait un coup d'œil en direction de sa mère.

L'homme fouilla à l'intérieur de son paletot. Il tendit une enveloppe à Gervaise et poursuivit :

– Prenez ceci. Vous le lui remettrez quand l'heure sera venue. Je vous fais mes adieux, bonne dame. Vous aurez ensoleillé mes derniers jours en ce bas monde.

Il inclina la tête.

– Puis-je vous demander une dernière faveur ? Dites-moi le nom de cet enfant.

– C'est un garçon, il s'appelle Richard.

Le visage hideux grimaçait. Était-ce sa façon de traduire sa joie ? Il leva une main et, de ses longs ongles crochus, il gratta sa barbe à la base du menton. Lentement, il se retourna et descendit les marches. Gervaise le regarda s'éloigner, le dos courbé, écrasé semblait-il, par tous les péchés du genre humain. Il reprit la route. Elle le suivit du regard, honteuse de son manque de chaleur, de son mensonge, troublée par la déroute de ce vieillard brisé.

S'il n'y avait eu l'enveloppe qu'elle tenait à la main, elle aurait cru avoir entrevu un fantôme.

Elle roula l'enveloppe et la fourra dans la poche de son tablier. Elle ne parlerait de cette visite à Gilbert que tard ce soir, afin de donner au fantôme le temps de filer au loin.

Après avoir parcouru un bon bout de route, le personnage s'arrêta et s'adressa à un homme qui redressait une clôture.

– La famille Langevin, une grande maison blanche, à ce qu'on m'a dit, vous connaissez ?

– Bien sûr, feu Télesphore Langevin. Sa terre est à l'autre bout du rang. Allez vers l'est.

Le vieillard remercia et poursuivit sa route, rassuré. C'est là qu'il avait vu entrer Mariette, autrefois, en compagnie de Cartouche, le jour où elle était venue visiter sa famille. Gervaise ne pouvait deviner la joie qu'il avait ressentie en apprenant que le fils de Richard vivait et qu'il portait son nom. Il avait une pensée pour ce bébé joufflu qui, le jour fatidique, lui avait offert un bonbon rose dans le train.

Gervaise entra, bouleversée.

– Qui était-ce, maman, cet homme horrible ?

– Horrible ? Pourquoi horrible ?

– Tu as vu son visage ? Tout brisé, sa peau pleine de cicatrices, son long nez bourgeonné. Il a dû avoir les mauvais maux !

– Quoi ! Où as-tu pris cette expression ?

– Je ne sais pas, c'est comme ça, ça se voit dans la face. En tout cas, tu as bien fait de ne pas le laisser entrer dans la maison.

Et Jacqueline fila, déjà préoccupée par autre chose. Gervaise se promit de revenir sur le sujet. Ses filles vieillissaient, leurs propos aussi. Pour le moment, sa pensée était ailleurs, imprégnée de la vue et de la voix cassée du vieillard.

Gervaise n'oublierait jamais ce visage désagréable, ce regard fuyant. Elle voulait le chasser de son esprit, mais l'image s'imposait. N'étant pas d'une nature soupçonneuse, elle n'avait pas associé ce visiteur au drame qui les avait tous marqués : « Une connaissance de Mariette, peut-être… » Puis une phrase qu'il avait prononcée lui revint à la mémoire : « Un ami de cette fille… » ; pouvait-il s'agir de Richard lui-même ? Voilà qui était sérieux. Elle monta à sa chambre, sortit les articles du journal, les relut et laissa tomber tout haut : « Se peut-il que ce soit lui,

Squelette, le meurtrier de mon fils Alphonse ? » Un frisson la parcourut. Elle descendit et, claudiquant plus pesamment que jamais, elle se rendit aux bâtiments et appela Gilbert.

– Je suis ici, attends, je descends.

Elle se précipita dans ses bras, hors d'haleine.

– Je crois, Gilbert, que le meurtrier d'Alphonse était ici !

– Qu'est-ce que tu racontes ?

N'écoutant pas la fin de ses explications, Gilbert prit ses jambes à son cou, traversa la cuisine, s'empara des clés qu'il plaçait toujours sur la tablette de l'horloge et partit à la recherche du criminel. Il remonta le rang dans un sens et dans l'autre, se rendit au village, prit finalement la route qui menait à Montmagny. Il rapporta la présence de Squelette au poste de police de la région.

Malgré toutes les recherches, on ne revit pas l'homme au long manteau : il semblait s'être évanoui dans l'air.

Toutefois, cinq jours plus tard, grâce aux informations fournies par Gilbert, on put rapidement identifier le corps d'un vieil homme qui gisait dans les longues herbes le long de la voie ferrée. Le rapport du médecin légiste indiqua qu'il s'agissait d'une mort naturelle.

Au dossier, Squelette figurait comme suspect, n'ayant pas été arrêté, ni jugé. Son décès n'apportait pas d'éclaircissement dans l'affaire du double meurtre.

*
* *

Trois semaines s'étaient écoulées sans que se reproduisent les rebondissements que redoutait Gervaise à la suite de la visite de Squelette. Puis un bon matin, le notaire Gaboury convoqua Gervaise à son bureau.

– Tu m'accompagnes, Gilbert. Je n'ai pas le courage, cette fois, d'affronter seule ces interminables interventions dans notre vie. Il faut que ça finisse ! Je perds patience.

– D'habitude, quand le notaire s'en mêle, c'est qu'une page va se tourner de façon définitive.

– Le ciel t'entende. J'en ai soupé, je veux avoir la paix.

– Que t'a-t-il dit, au juste ?

– D'apporter avec moi l'enveloppe que cet oiseau de malheur m'avait remise.

– Une enveloppe ?

– Oui, je l'avais mise dans la poche de mon tablier et je l'avais oubliée là. Puis au moment de faire le lavage, je l'avais déplacée. Je viens de la retrouver dans le tiroir de ma table de chevet.

– Tu l'as ouverte ?

– Non, le monstrueux visiteur voulait que je la remette à Mariette. Tu comprends bien que je ne lui avais pas mentionné son décès. « À une heure qui me serait indiquée. » Alors tu comprends, moi le mystère, ce n'est pas ce que je préfère !

Oui, Gervaise était troublée, accablée. Les énigmes, les manigances, les demi-vérités, tout ce qui était nébuleux la mettait hors d'elle-même.

– La vie est déjà assez difficile sans qu'on ait à jouer à cache-cache.

Gilbert ne répondit pas, il sentait depuis quelque temps que sa femme était troublée. Il s'était efforcé de lui donner toute l'affection dont elle semblait avoir besoin. Il s'étonnait même qu'elle ait mis tant de temps à laisser éclater sa colère.

Gervaise était si fâchée qu'elle bourrassait tout ce qui lui tombait sous la main, ce qui rassurait son mari. Sa colère tomberait vite : habituellement si pondérée et conciliante, elle retrouverait son équilibre. La soupape avait sauté sous l'effet de la trop grande tension.

Vlan ! Elle échappa une tasse qui éclata en mille morceaux. Gervaise fondit en larmes et, sans considérer les tessons qui jonchaient le sol, elle courut se réfugier dans les bras de Gilbert.

Les pleurs ne manquèrent pas d'avoir un effet bénéfique sur le désespoir de Gervaise. Elle finit par laisser tomber les mots qui expliquaient sa lourdeur intérieure :

– Je n'ai pas le droit de t'imposer tout ça, à toi, qui es étranger à toute cette misère.

– « Pour le meilleur et pour le pire », a dit le curé, non ?

– Tu ne cesses de me répéter ça. Tout de même ! C'est à croire que seul le pire refait toujours surface, et sans répit.

– Je ne dirais pas ça. Je ne me plains pas, moi.

Une fois de plus, mari et femme retrouvaient à travers l'amour la paix que leur procurait leur union.

*

* *

– Dis-moi, Gervaise, saurais-tu pointer du doigt ou même définir ce qui te trouble tant ?

– Non, il y a là, là-dedans, une inquiétude folle, qui ne cesse de m'oppresser. La raison ? Je l'ignore. Peut-être languit-elle dans mon inconscient ? Je ne sais pas. Je vais y réfléchir. Ça se voit tant que ça ?

– Le moins que je puisse dire, c'est que tu as perdu beaucoup de ta verve habituelle. Elle me plaisait, tu sais !

Sans se départir de son sérieux, Gervaise se cambra sur la banquette. Ils allaient se rendre chez le notaire, ce qui n'était pas de nature à l'aider à se détendre. Là encore planait un autre mystère.

Gervaise remit au notaire l'enveloppe mystérieuse qui prouverait que Squelette avait bien arrêté son choix sur la personne qui serait en mesure de la produire. Ils sortirent de l'étude du notaire agréablement surpris de ce que Me Gaboury leur avait appris : un montant de 8 000 dollars lui avait été confié pour être placé en fiducie, auquel s'ajouteraient les fruits des placements. Et cette somme serait remise à Richard Langevin lorsqu'il aurait atteint l'âge de vingt ans.

– Voilà une nouvelle qui tombe bien : si ce garçon désire faire des études poussées, il en aura les moyens.

Gervaise ne fit pas de commentaire. Muette comme une carpe, elle regardait droit devant elle.

Arrivée à la maison, elle monta se pencher vers Richard qui dormait comme un bienheureux.

« Il ne reste plus que toi, mon chéri, toi au milieu de nous tous. Tous ceux qui auraient pu troubler ta vie sont disparus. Il ne te reste plus qu'à être heureux. Nous continuerons de t'aimer, de veiller sur toi. »

Elle releva la tête en souriant. Elle venait de trouver réponse aux questions de son mari. C'en était fait de ses tourments, de cette morbide inquiétude qui la rongeait. Enfin Richard lui appartenait, à elle seule. La vie reprendrait son cours normal, sans qu'aucune menace ne vienne plus peser sur eux.

Elle téléphona à Rolande sans mentionner l'intervention de Squelette, ni le beau geste qu'il avait posé, geste qu'elle n'appréciait pas outre mesure ; les besoins de ses enfants étaient les siens, son fardeau. La grande ferme des Langevin saurait pourvoir aux nécessités de ceux qu'elle abritait.

Gilbert retrouva au souper sa femme des jours heureux. Il savait que, ce soir, sur l'oreiller, elle s'épancherait. Ses yeux avaient enfin retrouvé leur sourire placide.

Certains objets vous ramènent parfois à des circonstances bien spéciales, à cause de souvenirs s'y rattachant.

Au fil des jours

Chaque fois que Gervaise remplirait la jarre à bines en grès brun, elle penserait à Squelette.

Chaque fois qu'elle mangerait des « Cracker Jack », c'est à Télesphore qu'elle sourirait…

Dans la même collection

Les textes de la collection Terre de poche nourrissent la mémoire collective à travers des histoires fortes, des récits de voyage, des documents historiques ou des chroniques intimes.

ALIA Josette
Le Pensionnat

AMOUROUX Henri
La Vie des Français sous l'Occupation

ANGLADE Jean
Le Chien du Seigneur
Les Mains au dos

ARNAUT Robert
Les Corneilles blanches

AUBARBIER Jean-Luc
Les Démons de sœur Philomène

AUCOUTURIER Alain
Le Milhar aux guignes

BARRAL René
Les Soleils de l'hiver

BATUT Maryse
Les Monvalan

BELARD Paul
Moissons d'enfance

BERNIER Daniel
Camille

BOUCHET Maurice
La Fille du pertuis
La Pierre au mercier

BOUDOU Josette
Le Mur de la destinée
Les Grillons du fournil

BOURRET Johan
Dans la gueule du loup
Le Camp des loups
Sœur Charité

BOUSSUGE Micheline
Barthélemy le ferblantier
La Maison d'Anaïs

BRIAND Charles
Le Seigneur de Farguevieille

CABROL Laurent
L'Enfant de la Montagne noire

CAPPEAU Marie-Nicole
Chantemerle

CASTELAIN Anne-Marie
Les Amours de Louise
Le Loup du marais

CHALAYER Maurice
Un buisson d'aubépine

CLEMENT-MAINARD Michelle
La Foire aux mules
La Fourche à loup

CORNAILLE Didier
La Croix du Carage
Le Vol de la buse
Les Gens du pays

COSMOS Jean
La Dictée

DANA Jacqueline
La Réfugiée de Saint-Martin

DE MAXIMY Hubert
La Rebouteuse de Champvieille
Le Bâtard du Bois noir

DE MAXIMY René
La Ferme des neuf chemins

DE PALET Marie
La Tondue
Les Terres bleues

DECK Olivier
Cancans
Les Chopines

DEFAY Renée
Tes petits pieds dans la trace de mes sabots

DESVIGNES Lucette
Le Miel de l'aube

DODANE Michel
Les Enfants de la Vouivre

DOURIAUX Hugues
Le Clos des grognards
Le Temps des loups

DUBOIS Yvonne
La Vallée des cyclamens

DUFOUR Hortense
Ce que l'océan ne dit pas
La Fille du saulnier

EXBRAYAT Charles
Rachel et ses amours

FRONTENAC Yvette
L'Etoile rousse
La Demoiselle du presbytère

GAGNON-THIBAUDEAU Marthe
La Boiteuse

GALONI Pierre
Le Pitaud

GAMARRA Pierre
Le Maître d'école

GAY Marie-Claude
Le Serment de Saint-Jean-de-Luz

GERAUD Roger
Les Vaches rouges

GIMBERT Yveline
L'Oeil de l'auberge
L'Ombre des chênes

GLEIZE Georges-Patrick
Le Chemin de Peyreblanque
Le Destin de Marthe Rivière
Rue des hortensias rouges

GRIFFON Robert
Le Bedeau de la République
Le dernier Forgeron

JEURY Michel
La Classe du brevet
Le Crêt de Fonbelle

JUDENNE Roger
La Maison d'en face
Les bons Jours

LABORIE Christian
L'Appel des drailles
Le Brouillard de l'aube

LAFAYE Claude
La Maison de l'espoir

LEMAIRE Philippe
Les Vendanges de Lison

LIMOUZIN René
Les Cèpes de la colère

MAGNON Jean-Louis
Les Belles du Midi
Les Hommes du canal

MALROUX Antonin
La dernière Estive
La Noisetière
Le Jardin de Louise

MAMERE Noël
La Malédiction des justes
Le Combat des humbles
Les Forçats de la mer

MAZEAU Jacques
La Malédiction de Bellary
Le Pré aux corbeaux
Terre de sang

MOUCHEL Jean
Le Fils d'Hélène

PELISSIER Patrice
L'Ange et le loup

PERREVE Paul
La Burle
Les Galoches rouges

PEYRAMAURE Michel
Le Bonheur des Charmettes
Le Château de la chimère

PINCE Jacques
Les Blouses grises
Tustou et Marie

PLUCHARD Mireille
Halix de Bagard Dame de soie

PRORIOL René
Antoinette, une vie de femme en 1900

QUEREILLAHC Jean-Louis
Trois sillons de terre rouge

REY Georges
La Montagne aux sabots
Le Bal des sabots

RIBES Georges
Les Gens de la vallée

ROSSET Jean
Les Porteurs de terre

ROUANET Marie
Apollonie

ROYER Roger
La Colombière

SABOURIN Pierre
La Terre des coteaux

SOYEZ Jean-Marc
Julia
La Tuile à loups
Les Galoches de Julia

STARASELSKI Valère
Nuit d'hiver

TAMAIN Louis
L'Encre violette
Le Temps de l'école
Médecin de campagne

THIROLLE Jérôme
Les Doigts d'or d'Elise

TOUATI Claude-Rose et Lucien-Guy
Une maison dans les herbes

VAISSIERE Marie-Louise
Marie, fille de Cocagne

VALETTE Paule
Le Pain de cendre

VERDIER Henri-Antoine
Les Lentilles vertes

VERRIER Michel
La Ferme des Pitaval
Là où les chèvres sont pires que les loups

VIGOULETTE Daniel
Les Ombres du Léman

VINCENT Claude
Les Roses de l'hiver

VITTE Louis-Olivier
L'Enfant de la rivière
La Servante

XENAKIS Françoise
J'aurais dû épouser Marcel

ZIMMERMANN Daniel
Le Gogol

Imprimé en U.E.
Dépôt légal : mai 2013
ISBN : 978-2-8129-0750-0